PARADDICT

PAULINE PUCCIANO

PARADDICT

GALLIMARD JEUNESSE

À Ludovic

13/09/2071

Attaque multiple au couteau à Hanovre, 17 victimes dont 9 enfants. Naître ou ne pas naître Délicat : notre enquête scientifique et sociale. Un vaccin enfin trouvé contre le virus SH772.

À l'intérieur de la roulotte, de minuscules grenouilles étaient en train de dévorer les hannetons échoués au sol. D'autres insectes, plus gros, vrombissaient dans l'air suffocant. Le cadavre du Délicat se décomposait trop vite, avec cette chaleur. Des vers de Rimbaud surgirent dans la mémoire de l'inspecteur Alvar Costa. « *A, noir corset velu des mouches éclatantes / Qui bombinent autour des puanteurs cruelles...* » D'un air particulièrement las, il se passa une pommade mentholée sur les narines et procéda à un examen rapide des lieux. La brigade scientifique de la police globale ne se déplacerait probablement pas pour la mort d'un Délicat chez les Nom's – même si c'était, de toute évidence, un meurtre. Mais avec les attentats, la police globale était surchargée de dossiers. Si quelqu'un devait rendre justice à ce pauvre type, ce serait lui, Alvar, et en solo. C'était entre lui, le macchabée, les grenouilles, et sa conscience. Il n'y aurait aucun autre témoin de sa lâcheté ou de son courage.

Le Délicat s'appelait Marek S'Kanza. Son corps d'un blanc laiteux avait pris une teinte spectrale, mais Costa savait que la mort n'avait fait qu'accentuer une pâleur d'origine. Les Délicats naissaient avec cette peau transparente à travers laquelle on pouvait deviner les formes sombres des organes. Certains ne supportaient pas la lumière et vivaient reclus derrière des volets hermétiques, ou bien sortaient la nuit. Les surnoms qu'on leur donnait n'avaient rien d'original. Ils étaient «les larves», «les vampires», les «albinos», parfois tout simplement, les «Blancs». La mortalité des bébés Délicats était un sujet d'étude très sérieux de la World Administration, parce qu'on n'arrivait pas à faire la part entre les décès naturels et les actes de maltraitance ou d'infanticide. Alvar ne fut donc pas surpris par le message grossièrement graffé sur le mur: «Sale Blême». Ce genre d'insulte était monnaie courante. Il prit le graff en photo et l'envoya machinalement au Bureau. Aucune recherche calligraphique, aucun effet plastique n'enjolivaient ces deux mots. L'auteur de ce message n'était pas allé chercher bien loin, ni pour son contenu ni pour sa mise en scène. S'il s'agissait d'un meurtre géniste, avec en arrière-plan l'espoir d'une médiatisation, on pouvait dire que c'était du bas de gamme. Et dans ce cas-là, le meurtrier aurait sans doute laissé des traces par dizaines. Le nombre de traces était en effet souvent proportionnel au quotient intellectuel du malfaiteur – donc, si on en jugeait par ce graff, la tâche de la police globale ne serait pas spécialement ardue.

Alvar songea que ce Marek S'Kanza, dans son malheur, avait eu de la chance, parce qu'il avait atteint l'âge adulte. Il disposait d'une roulotte personnelle, plutôt correctement aménagée, et portait des vêtements princiers. Allongé sur son lit dans une position fœtale, les cheveux clairsemés comme ceux d'un grand vieillard, il devait avoir une trentaine d'années. Alvar vérifia l'information sur son ordinateur mobile: la date de naissance, 2039, lui donnait trente-deux ans. Marek S'Kanza était inconnu des services de police et était déclaré sur le foyer fiscal de ses parents. Quelque chose dans l'attitude du mort émouvait Alvar, sans qu'il pût dire exactement quoi. Peut-être le repli sur soi d'une victime qui voit sa mort venir de l'extérieur. Cela lui rappelait les formes pétrifiées de Pompéi : la conscience de la mort qui avance était imprimée dans les gestes, dans un langage humain universel et poignant. Marek S'Kanza avait vu sa mort arriver, il avait crispé les paupières pour ne plus la voir, et rabattu sa tête et ses genoux comme pour ne lui donner aucune prise. Mais cela n'avait pas suffi. Alvar Costa encaissa, une fois de plus, toute la terreur figée dans une scène de crime. C'était une sensation fugitive, mais qu'il reconnaissait entre mille.

Après avoir essuyé son visage où la sueur commençait à perler, il versa dans sa paume gauche une giclée de « protection stérile » et se frotta les mains. Le produit durcit presque instantanément et constitua une pellicule intelligente. Ces gants seraient capables de prélever des micro-organismes, des fibres, des empreintes digitales, des résidus chimiques. Il retourna le cadavre, et constata un grand nombre d'hématomes sur le corps translucide. Cela ne voulait pas dire grand-chose – les Délicats étaient presque tous hémophiles, et leurs plaies et leurs contusions pouvaient perdurer pendant des années. Il prit également en photo un tatouage élégant à l'intérieur de la cuisse : un oiseau stylisé, doté de très longues ailes et sans pattes arrière. Il était curieux qu'un tatouage aussi soigné fût placé dans un coin de chair si discret. Un oiseau en plein vol, pour un Délicat emmuré entre les six planches d'une roulotte… Un désir enfoui, quelque chose qui n'était pas pleinement assumé, peut-être ? Les tatouages constituaient presque toujours, selon l'expérience d'Alvar, des pistes décalées et intéressantes. Il envoya également l'image au Bureau.

Un ordinateur mobile ordinaire, combinant toutes les fonctionnalités informatiques, téléphoniques, domotiques et bancaires, était posé sur le lit. Costa l'alluma rapidement, pour vérifier la page d'accueil, qui portait le nom de la victime, et le rangea parmi les pièces à conviction. Samir se ferait un plaisir de l'éplucher dès le lendemain. Marek S'Kanza avait probablement passé beaucoup de temps dans le monde virtuel, où son corps déliquescent ne pouvait pas le déranger. Il n'y avait pas de démangeaisons, ni de saignements ni de brûlures intestines dans le monde virtuel. Les Délicats avaient tendance à y élire domicile. La décoration de la roulotte, d'ailleurs, témoignait de cette ouverture virtuelle. Sur le mur numérique, une œuvre d'art que Costa ne connaissait pas, mais qu'il estima de qualité, était affichée. Il s'agissait d'un tableau animé, probablement issu du mouvement de l'abstraction spatiale qui faisait un tabac quelques années auparavant. Une galaxie spiralaire tournait, très lentement, dans des vapeurs nébuleuses. À côté, des photographies fixes et mobiles, pour la plupart de stars de cinéma, de toutes les époques. Aucun selfie, bien sûr. Les Délicats fuyaient l'image de leur corps sous toutes ses formes. En regardant de plus près, Alvar distingua parmi les photos quelques clichés personnels – des paysages, des vues de la Route, et trois portraits de femmes. Elles étaient aussi différentes que possible – l'une très jeune, avec une peau très blanche et des cheveux noirs, la deuxième, rousse, l'air assuré, qui posait dans des vêtements trop grands. Et la dernière, angélique, blonde, timide, dans un déshabillé provocant qu'elle portait avec maladresse. Les trois photos avaient des caractéristiques communes : le contraste accusé, le flou dans le fond, le regard légèrement décentré du sujet. Il en émanait un érotisme discret, auquel Alvar fut sensible. L'identification de ces trois filles serait l'une de ses priorités. Sur une petite table, il se saisit d'un livre papier, véritable curiosité depuis plus d'une vingtaine d'années. Il s'agissait d'une édition récente, qui devait valoir une fortune, de *Behind the Scenes*, de Terence Oxford, un homme politique très en vue du parti du Développement. Alvar feuilleta l'ouvrage et ne put s'empêcher de sourire de plaisir en caressant les pages veloutées, avant de remarquer une dédicace manuscrite, d'une superbe écriture cursive : *« Pour Marek, avec toute mon amitié et toute ma reconnaissance, 09 IV 70. »*

La garde-robe, dans l'armoire intégrée, était dix fois plus riche que la sienne propre. Les vêtements colorés, damassés, lamés, brodés d'or et d'argent, étalaient leur magnificence silencieuse. Alvar remarqua que l'une des somptueuses vestes d'intérieur avait justement servi d'accessoire à la modèle rousse. Le motif en était clairement reconnaissable. Cela n'était pas rare de trouver une telle ostentation chez les Nom's, qui aimaient porter leurs richesses sur eux. Quel effet ces atours faisaient-ils sur le corps dégingandé et blafard de Marek ?

La violente odeur de menthe commençait à s'estomper, et Alvar Costa ressentit le besoin de prendre l'air. Il passa sur le corps un spray cryogénique, retira ses gants et les conserva précieusement dans un sachet réglementaire. En se hâtant dehors, il sentit, pour la troisième fois de la journée, le corps d'une petite grenouille écrasé par sa chaussure. Il devenait presque impossible de ne pas marcher sur ces bestioles, tant elles étaient nombreuses. Et lorsque le soleil se couchait sur la banlieue, leur chant étrange était si fort qu'il couvrait presque tous les bruits humains.

Costa admirait la façon dont cette communauté s'organisait, au jour le jour, pour surmonter les aléas de la Route. On disait qu'en une heure à peine, tout un petit village pouvait surgir des roulottes, avec ses allées et ses commodités. Une tempête, une mort, une alerte terroriste, une consigne gouvernementale, un besoin de ravitaillement… tous les prétextes se valaient, tous les lieux se valaient. La destination n'importait pas plus que la vitesse. Seul comptait le mouvement – être sur la Route, en partance.

La roulotte de S'Kanza, à laquelle il n'avait pas prêté attention tout à l'heure, était, ainsi que certaines autres, décorée comme un arcane de tarot : des couleurs vives étaient appliquées de manière naïve autour de formes fantastiques. Châteaux, elfes et animaux disparus en ornaient les surfaces recouvertes d'un placage de bois. Il en émanait une magie de pacotille, celle du théâtre et des illusions. Alvar, en s'approchant, prit plusieurs détails en photo. Un personnage blanc et presque transparent, minuscule et toujours coiffé d'une couronne, apparaissait dans chaque dessin, comme une sorte de signature blafarde.

Les hommes qui traînaient autour de la roulotte le laissaient faire, mais ils semblaient nerveux. Costa lui-même était nerveux, d'ailleurs – comme tout un chacun à proximité d'un cadavre.

– Où est le Patron ? demanda Costa à l'un des types qui le regardaient.

– La tente bleue, répondit celui-ci.

– Vous avez des informations sur la mort de Marek S'Kanza ?

– Il ne sortait pas beaucoup de sa roulotte, dit l'homme en secouant la tête.

– Ses parents sont dans la roulotte verte, ajouta un autre. Peut-être qu'ils pourront vous aider.

La tente bleue. La roulotte verte. La vie semblait si simple sur la Route, si locale. Ce n'était pas la première fois que Costa était appelé sur la Route pour régler les papiers d'un décès. Mais cela était suffisamment rare pour qu'il se sente plus éveillé que d'habitude. Les hommes tiraient sur des pipes électroniques et leurs panaches de fumée se perdaient dans le fog. Sur les berges de la Route – ce devait être la RN7, à ce niveau, on devinait à travers le brouillard la City qui s'étendait et s'élevait, labyrinthe de verre, de métal et de béton ultra-connecté. Le fog s'était-il épaissi depuis tout à l'heure ? Il semblait à Costa que la Route se trouvait au milieu de nulle part, dans un entremonde à moitié irréel.

La roulotte verte était plus proche que la tente bleue, et Costa décida d'y faire un saut. Il aperçut des jeunes filles vêtues de rouge qui s'enfuirent à son approche. Une vieille femme était occupée à réparer une voile solaire sous l'œil vif d'un mioche silencieux. Costa se gorgeait de tous les détails, et les réflexions fusaient dans son esprit. Il y avait moins de vieillards, ici, que dans la City. Peut-être parce que les conditions de vie étaient plus dures. Et la natalité était plus forte – il se rappelait vaguement les chiffres de la WA concernant les données démographiques des Nom's. On estimait à vingt pour cent la proportion de naissances non déclarées à l'état civil. Pour les morts, le chiffre montait à presque cinquante pour cent. Pourquoi le Patron l'avait-il appelé aujourd'hui pour Marek S'Kanza ? Peut-être à cause de la réglementation sur le respect des Délicats, qui pouvait lui coûter sa caravane s'il était convaincu de discrimination. Peut-être parce qu'il avait de toute façon l'intention de prolonger son arrêt à cet endroit.

Les parents S'Kanza n'étaient pas des Délicats – ces derniers étant quasiment stériles, ils apparaissaient au hasard de la génétique. Leur roulotte, peinte aux couleurs d'une forêt tropicale à la flore luxuriante, était imprégnée d'un patchouli entêtant ; la mère, qui portait un kimono fleuri, avait les yeux gonflés et le visage défait. Le père, sombre, avait un casque sur la tête et écoutait peut-être de la musique. Ils ne parurent pas surpris quand Costa pénétra chez eux. Son brassard de la police globale devait pourtant être une denrée rare par ici.

– Vous allez retrouver qui a fait ça ? demanda la mère, sans conviction et sans même dire bonjour.

Le père grommela une phrase incompréhensible.

– Excusez-moi ? demanda poliment Alvar.

– Les Délicats, ça crève pour un oui pour un non, répéta

l'homme d'un ton rogue. Je lui ai toujours dit, mais elle veut pas m'écouter.

– Ils ne crèvent pas plus que toi et moi pour un oui ou pour un non. Ils ont un système immunitaire déficient, et ils doivent se protéger. Mais Marek était très prudent.

– La Mort, elle s'en fout qu'on soit prudent, dit le père d'un air buté. T'es payée pour le savoir.

La mère, à l'évocation de la Mort, fit les cornes avec ses doigts, machinalement. Costa se souvint que les Nom's avaient la réputation d'être superstitieux.

– Vous avez tous les deux été surpris par sa mort ? Vous ne lui connaissiez pas d'ennemis ?

– La liseuse de signes nous avait prévenus, dit timidement la mère.

L'homme dit à sa femme quelque chose pour la faire taire, dans une langue que Costa ne connaissait pas.

– De quoi Marek vivait-il ? insista l'inspecteur.

– C'est une question qu'on ne pose pas sur la Route, dit le père.

– Il gagnait un peu d'argent sur Internet, répondit vivement la mère.

– Comment ?

Le père, de plus en plus agressif, prononça à nouveau une phrase dans sa langue – et Alvar comprit qu'il s'agissait d'une insulte ou d'une malédiction.

– Il a raison, reprit la mère. C'est des questions qu'on ne pose pas, ici. C'est faire offense.

– Vous voulez dire que vous ne savez pas de quoi vivait votre propre fils ?

– C'est ce qu'elle veut dire et c'est ce qu'elle dit, aboya le père.

– Bien. Je vous présente toutes mes condoléances.

Costa se retourna pour partir, mais la mère, prestement, lui attrapa le bras. Ce contact le mit mal à l'aise, et il eut un mouvement de recul involontaire. Dans la City, les inconnus ne vous touchaient pas. Jamais. C'était une règle intangible.

– Je connais des gars qui seraient capables de tout, dit-elle à mi-voix.

Son mari l'assassina du regard.

– Tu peux faire tes gros yeux, ce « sale Blême », je l'ai en travers du gosier, moi. Et les potes de Maan, j'aimerais bien savoir s'ils ont du noir sur les doigts.

Alvar ouvrit la bouche pour parler, mais elle le coupa.

– Et le corps ? demanda-t-elle.

– Il est possible que nous le conservions un moment si nous ouvrons une enquête. Vous voudriez l'inhumer ?

Le père eut un rictus écœuré.

– Qu'est-ce que vous croyez, à la City ? Qu'on est des animaux et qu'on ne s'occupe pas de nos morts ?

– Loin de moi cette idée, monsieur, répliqua Alvar très froidement. Je vous demandais simplement ce que vous souhaitiez en faire, afin que nous puissions plus facilement accéder à vos souhaits.

– Nous voudrions l'incinérer, dit la mère avec les yeux mouillés. Nous voudrions conserver son urne.

– Bien sûr, dit Alvar. Je vous ferai parvenir la décision administrative dès que possible.

L'homme ricana.

– La décision administrative ? La décision administrative ? Et qui c'est qui la prend, la décision administrative, c'est pas vous ?

– Si, en partie.

– Alors pourquoi vous ne dites pas « ma décision » ?

Costa affronta un court instant le regard de cet homme qu'il ne connaissait pas et qui exprimait pourtant tant de haine à son égard.

– Je ne sais pas pourquoi je ne dis pas « ma décision ». C'est une habitude, je suppose. Je vais m'entretenir avec le Patron, je reviendrai vous voir un autre jour.

– C'est ça, c'est ça. Du balai, la flicaille.

Alvar Costa ouvrit la bouche pour répondre, puis il haussa les épaules et ressortit. Le brouillard, décidément, avait épaissi, peut-être parce que le vent était tombé brutalement. La chaleur ne descendait pas et semblait tout faire fondre de l'intérieur. La tente bleue ressemblait à une tente d'empereur romain, avec des dorures et des glands qui pendaient absurdement des drapés. Son intérieur était meublé comme un palais, vaste et étonnamment frais. Un homme puissant, en bras de chemise, avec de grosses bagues voyantes, était en train de travailler sur un ordinateur mobile. Cette modernité contrastait avec le bric-à-brac impressionnant qui s'entassait tout autour. Le Patron rapportait-il un objet de chaque lieu traversé, comme une sorte de trophée ?

– C'est vous, le Patron de cette caravane ? demanda Costa en entrant.

– On dirait, marmonna l'homme sans lever les yeux.

– Vers quelle destination avancez-vous ?

– Saintes-Maries-de-la-Mer. Vous connaissez ?

– Non. Qu'allez-vous faire là-bas ?

– Respecter la tradition, et rencontrer d'autres caravanes.

– Qu'y a-t-il au bout de la Route ?

– Il n'y a pas de bout à la Route. Quant aux Saintes-Maries, il faudrait que vous veniez voir par vous-même. Ça ne se décrit pas.

– Depuis combien de temps êtes-vous immobilisés ?

– Cela fait plusieurs mois que nous n'avons pas bougé. Les hommes deviennent nerveux.

– C'est fréquent, ça, de ne pas bouger pendant des mois ?

– Ça peut arriver, tout dépend.

Alvar haussa les épaules et se mit à inspecter le bureau du regard.

– Au fait, je suis l'inspecteur chargé de la mort de Marek S'Kanza, dit-il.

– J'avais cru comprendre. « Chargé de la mort », ça fait un peu employé des pompes funèbres... Ou bien tueur à gages.

Alvar hésita entre l'amusement et l'agacement.

– Oui, enfin, façon de parler.

– La façon de parler a une importance extrême, sur la Route, vous ne le saviez pas ?

– Je commence à m'en rendre compte.

– « Un faux mot, et vous êtes mort. » C'est un proverbe, ici.

– Un « faux » mot ?

– Comme un faux pas. Un faux pas verbal.

– Ça ressemble au genre de trucs que je fais plus souvent qu'à mon tour.

– Eh bien, mon conseil : ne vous attardez pas ici...

Le Patron interrompit enfin ce qu'il était en train de faire sur son ordinateur, et considéra Alvar avant de se lever pour lui serrer la main.

– Vous n'êtes pas très sûr de vous, fit-il sur le ton de la constatation neutre.

Alvar s'autorisa un petit rire.

– Je suis sûr de ce que je fais, c'est déjà ça. Et je suis sûr de ne pas être là pour parler de mes problèmes de confiance en moi. Mais pour vous poser des questions, à vous, sur la mort suspecte d'un Délicat dans votre caravane.

Le Patron lui donna une petite claque sur l'épaule en souriant d'un air approbateur. Costa réprima le mouvement de recul que ce contact lui causa. Il supposait que ce geste exprimait une forme d'encouragement.

– Vous auriez dû commencer par là, dit le Patron à mi-voix. Ne jamais perdre le contrôle de la conversation.

– Précisément. Cela arrive souvent, qu'un Délicat se fasse descendre tranquillement dans sa roulotte ?

Le Patron inspira profondément.

– Tout d'abord nous n'avons pas beaucoup de Délicats, dans la caravane. Avec Marek, il n'y en avait que trois, dont un assez âgé qui ne sort quasiment plus. Et, pour répondre plus directement à votre question, non, cela n'arrive jamais.

– Marek S'Kanza était mêlé à des affaires ? des conflits ? Il avait de l'argent ?

Le Patron prit un air philosophe.

– Qui d'entre nous n'est pas mêlé à des affaires ?

– Que faisait-il ?

– Il était très discret. Mais il se rendait régulièrement dans la City, la nuit, lorsqu'il le pouvait. Et il revenait sapé comme un prince.

– Vous ne vous mouillez pas trop, commenta Alvar. Que faisait-il exactement ?

Le Patron entrechoqua ses bagues dans un geste expressif, qui pouvait signifier « Allez au diable » comme « Dieu seul le sait ».

– Il gagnait sa vie sur Internet.

– Il était lié avec les autres Délicats de la caravane ?

– Pas que je sache.

– Des amitiés ? des ennemis ?

– Peu de liens sociaux physiques. Il était assez proche de ses parents.

– Vous le connaissiez personnellement ?

Le Patron parut offusqué.

– Nous sommes trois cent soixante-quatorze, non, trois cent soixante-treize maintenant. Et je connais chacun par son visage et par son nom, par sa famille et par ses faiblesses. Quel Patron serais-je, si je ne les connaissais pas ?

– Je ne sais pas. Vous n'avez pas l'air spécialement affecté. Quelles étaient les faiblesses de Marek S'Kanza ?

– Il voulait quitter la caravane.

Alvar Costa enregistra l'information avec intérêt.

– Pourquoi ça ?

– Pourquoi un Délicat quitte-t-il la Route ? demanda le Patron. Êtes-vous vraiment né de la dernière pluie ?

– Il subissait une forme d'ostracisme dans la caravane ?

– Évidemment.

– La discrimination envers les Délicats est passible...

– Oui, oui, je sais. Épargnez-moi le baratin. Je ne suis pas responsable de tout ce qu'ils disent et de tout ce qu'ils font. Vous me demandez la vérité, je vous la dis. C'était un type intelligent, avec des goûts raffinés. Il ne plaisait pas à tout le monde, ici ; et pour ne rien arranger, il avait de plus en plus d'affaires dans la City.

– Qu'est-ce qui se passe quand un Nom' a une affaire à régler quelque part, et que les hommes deviennent « nerveux » parce qu'ils ont envie de partir ?

– On se réunit pour décider si on l'attend ou s'il débarque.

– Et vous avez décidé de l'attendre. On l'a peut-être tué pour pouvoir enfin partir...

Le Patron haussa les épaules.

– Vous pensez qu'il peut s'agir d'un crime géniste ? continua Alvar.

Le Patron fit claquer sa langue dans sa bouche.

– Voilà un mot qui ne fait pas partie de mon vocabulaire.

– « Géniste » veut dire...

– Oui, je sais ce que ça veut dire. Un terme qu'on a inventé pour qualifier les crimes contre les Délicats... Ce concept n'a pas cours sur la Route.

Alvar ne se démonta pas.

– Vous pensez qu'on a pu le tuer parce qu'il était un Délicat ? Parce que ses manteaux damassés ne revenaient pas à certains ?

– Les manteaux, ce n'est pas les gènes, voyez-vous... Si on l'a tué pour son style, pour son côté solitaire, pour son désir de partir, ce n'est pas un crime géniste selon moi. Et cela prouve bien que ce concept ne veut rien dire.

– Vous noyez le poisson, observa Alvar. Pensez-vous que quelqu'un de la caravane ait pu le descendre ?

– Possible.

– Possible, probable, évident, certain ?

– Possible, ça veut dire possible.

– Vous ne voyez pas d'inconvénient à ce que je fasse une enquête, alors ? La caravane risque d'être immobilisée pendant plusieurs semaines encore. Des techniciens viendront prendre le corps, qui sera restitué à la famille à la fin de l'enquête.

– Faites ce que vous avez à faire. Chacun doit toujours faire ce qu'il a à faire.

– Et vous ?

– Moi, je sais ce que j'ai à faire aussi.

Alvar croyait voir à quoi il faisait allusion : une enquête personnelle, des hommes de main, un tribunal nocturne qui s'achève à l'aube par une exécution sommaire, un corps qui disparaît, une vengeance consommée. Le Patron, étrangement, paraissait lire dans ses pensées.

– Vous avez trop d'imagination, inspecteur... Alvar Costa, déchiffra le Patron sur son badge de la police globale. Trop de clichés sur la Route.

– Vous avez un mot pour ça, je suppose ?

– Oui. On appelle ça des conneries de Sédentaire.

Alvar ne répondit pas. L'entretien était terminé, mais tous les deux savaient qu'ils n'en resteraient pas là. Il salua le Patron d'un geste de la tête et sortit de la tente.

Les Nom's qu'il croisa le renseignèrent du bout des lèvres pour trouver le dénommé Maan, qui prenait le frais, les yeux dans le lointain. Un garçon d'une douzaine d'années vaquait à ses côtés, le regardant parfois craintivement.

– Écarte-toi, Joris, dit l'homme à son fils sans adresser un regard à Alvar. Il y a là un petit monsieur Sédentaire qui a deux mots à me dire.

Alvar hésita à relever le « petit monsieur Sédentaire ». Il tourna deux ou trois fois sa langue dans sa bouche, puis se lança.

– Je me suis laissé dire que vous n'aimiez pas trop les Délicats.

– Ah oui ? Et c'est un crime ?

– Pas à ma connaissance. Par exemple, moi, je n'aime pas les têtes de mule, mais je n'ai jamais été inquiété.

Maan se tourna vers Alvar avec un éclair d'intérêt dans le regard.

– J'ai dormi dans mon lit, comme un juste. Ma femme et mon fils pourront vous le confirmer.

– Pas terrible, comme alibi, commenta Alvar. Vous n'avez pas plus convaincant ?

– J'ai jamais pu encadrer S'Kanza. D'ailleurs, si vous voulez tout savoir, j'ai jamais pu encadrer son père non plus, qui, vous en conviendrez, n'est pas tellement Délicat.

– Soit. Marek S'Kanza vous a-t-il fait quelque chose ? Y a-t-il une raison pour que vous lui en vouliez ?

– Aucune. Sa tête ne me revenait pas.

– Parce qu'il était Délicat ?

– J'aime pas les Blêmes en général, mais lui, je l'aimais pas en particulier.

Alvar s'impatienta. Ils tournaient en rond, dans cette provocation stérile.

– Donc vous avez décidé de le supprimer ?

– J'aurais été bien bête. C'était ma poule aux œufs d'or.

– Il vous donnait de l'argent ?

– Pas consciemment.

Alvar fronça les sourcils.

– Disons que je connaissais sa planque, et que je lui

empruntais parfois quelques ducats. Il était tellement riche que je ne suis pas sûr qu'il s'en soit rendu compte.

– De quelle planque parlez-vous ? Et de quel genre de choses ?

– De son petit grenier, dans le faux plafond. Vous y avez déjà jeté un œil ? Il y mettait un peu de tout. Du cash, des bijoux, parfois, un ordinateur, plus récemment. Mais ça, je l'ai laissé.

Alvar ne savait que répondre.

– Mon alibi n'est pas terrible, reprit Maan, mais c'est pas à moi que profite le crime... S'Kanza était une saloperie de Blême arrogant, mais pour moi, sa mort est une sacrée mauvaise nouvelle.

Alvar, conscient d'être manipulé par tous les Nom's à qui il parlait, se rendit pourtant une nouvelle fois dans la roulotte et trouva sans difficulté une cache dans le faux plafond. Ce qui se trouvait à l'intérieur n'était pas exactement un ordinateur, mais plutôt un énorme disque dur, d'une taille et d'une capacité tout à fait inhabituelles. Il le mit sous scellés, satisfait, et l'emporta pour Samir.

Dehors, une odeur de friture et de viande épicée flottait dans l'air lourd. C'était l'heure où les rayons du soleil couchant faisaient dans le gigantesque nuage de pollution de la City un dégradé fauve, et plongeaient la Route dans une brume orangée...

Bientôt, les chauves-souris allaient commencer à voleter, et Alvar rabattit son col malgré la chaleur. Sur le chemin qui le menait à l'interurbain, il écrasa une quatrième grenouille et jura.

Quelques heures plus tard, il faisait la queue à l'entrée du Blue Note, où il avait rendez-vous avec son frère. Il faisait nuit maintenant, et un peu de fraîcheur semblait malgré tout descendre des étoiles invisibles. Devant lui, une quinzaine de personnes attendaient pour le scan intégral réglementaire. On se tenait à l'écart les uns des autres. Non que la crainte d'une attaque terroriste fût tout à fait consciente, mais les habitudes étaient là, profondément ancrées. Les citadins ne s'attroupaient plus, ne manifestaient plus et ne faisaient plus la fête dehors depuis des décennies. La rue était devenue un lieu de transit froid et sans âme – tout se passait maintenant à l'intérieur, derrière des portes blindées et des portails au rayon X. Même le lèche-vitrines était devenu une activité sous verre. Même la prostitution.

Alvar regardait d'un œil morne la chaussée presque déserte. Les rares véhicules électriques se déplaçaient sans bruit dans la nuit blanchâtre. L'affreuse mousse, la moisissure phosphorescente que les citoyens traquaient partout, des murs aux plafonds en passant par le cuir de leurs chaussures, se répandait sur le sol et les façades. Tout à coup, il y eut un éclair – un éclair silencieux. Le tonnerre, très lointain, ne se fit entendre que plusieurs secondes plus tard.

Lorsque ce fut son tour, Alvar ressentit un certain soulagement, car il avait aperçu plusieurs fourmis volantes passer à hauteur de ses yeux. C'était un soir de vol nuptial – et Alvar détestait ces soirs-là. Les fourmis fonçaient dans vos cheveux, dans vos yeux, et les crapauds envahissaient la chaussée.

Le scan intégral dura presque une minute – et lorsqu'il fut avéré qu'il n'avait sur lui ni arme, ni résidu de poudre, ni animal dangereux, ni produit explosif ou viral, il fut admis derrière les portes. La musique et la fraîcheur de la climatisation l'accueillirent, ainsi que le bruit rassurant des voix humaines. Il régnait une atmosphère animée mais tranquille, dans ce bar où la moyenne d'âge devait frôler les soixante-cinq ans. Il n'eut aucun mal à retrouver son frère Abel qui, à vingt ans, détonnait encore plus que lui au milieu de ces actifs un peu usés, qui venaient se détendre ou chercher l'âme sœur d'un soir.

Comme toujours, Alvar fut frappé par la beauté de son frère. Abel était beau, beaucoup plus beau que lui. Il était aussi plus intelligent, plus brillant, et préféré par leur père. Mais, étrangement, cela n'empêchait pas Alvar d'avoir une tendresse particulière pour lui, peut-être parce qu'il avait eu si peu le temps de connaître leur mère.

– Alvar, dit Abel en l'embrassant pour lui dire bonjour. Chaque fois que je viens, je me demande pourquoi tu passes tes soirées ici...

– Tu n'as toujours pas compris ?

Abel eut un petit froncement d'yeux, l'une de ses expressions favorites.

– Je ne vois qu'une seule explication. Tu m'as toujours menti sur ton âge et tu n'oses pas me l'avouer en face.

Alvar éclata de rire. Abel ne rentrait jamais dans les discussions trop personnelles, ne lui posait jamais de questions sur sa vie sexuelle désastreuse, et il lui en était reconnaissant. Il lui était également reconnaissant d'avoir déjà commandé les boissons.

– Ou bien je cherche à te caser avec une femme mûre, dit Alvar.

Abel devint songeur et fit mine de regarder autour de lui. Il y avait quelques jeunes femmes, qui accompagnaient pour la plupart des messieurs plus âgés. Et puis il y avait Sonia, la chanteuse, qui était mêlée aux clients, et qui lui adressa un petit signe amical.

– Tu ne veux pas m'accompagner à l'Exhibit, ce soir ? demanda Abel.

– Non, je me fais vieux, ma libido se limite au Blue Note.

– N'en parlons plus, dit Abel. J'ai terminé mes examens, et je suis parfaitement libre jusqu'à la fin du mois...

– Inutile de te demander si tu les as réussis ?

Abel hocha la tête d'un air caressant.

– Je crois que je ne les ai pas trop ratés, dit-il.

Il savait que son frère était passé par la même formation à la World Administration Academy, dix ans auparavant. Et que la médiocrité de ses résultats ne lui avait permis que de devenir flic. À la sortie de la troisième année, c'était le rang aux examens qui déterminait votre avenir. Les premiers faisaient leur choix de poste, et les derniers se contentaient de ce qui avait été dédaigné par les autres.

– Qu'est-ce que tu vises ? demanda Alvar. Je suis sûr que tu seras parmi les majors.

– L'Intellagency.

Alvar but une gorgée de son whisky et attendit de sentir le liquide brûler un peu son œsophage.

– La crème de la crème, dit-il en souriant.

– Eh oui.

Les deux frères se regardèrent, avec une tendresse un peu désolée. Chacun savait que le destin d'un agent de l'Intellagency et celui d'un inspecteur de la police globale n'avaient presque rien de commun.

– Papa va être fier de toi, dit Alvar avec un effort manifeste.

– Ne m'en parle pas, j'en frémis déjà, répliqua Abel avec humour. La seule pensée de ses félicitations me pousse presque à renoncer à ce projet.

Ils rirent, tous les deux.

– Tu es sur une enquête intéressante, en ce moment ?

Alvar songea qu'Abel était un type bien, malgré toutes ses perfections. Un type qui ne lui ferait jamais sentir sa supériorité.

– Intéressante, c'est beaucoup dire… J'ai été appelé ce matin pour le décès d'un Nom', sur la Route.

Les yeux d'Abel pétillèrent de curiosité.

– Tu t'es déjà rendu souvent sur la Route ?

– Une dizaine de fois, peut-être. C'est toujours une expérience marquante.

– Pourquoi ?

– Parce que les Nom's méprisent notre façon de vivre, notre façon de penser, et même notre façon de parler.

– Le décès, c'est un meurtre ?

– Oui. C'est un Délicat, qui avait à peu près mon âge. On l'a retrouvé dans sa roulotte. Un nommé Marek S'Kanza.

– Marek S'Kanza… Quel nom ! Tu as une idée du mobile ?

– J'ai pensé à un crime géniste.

Abel hocha la tête.

– J'ai hâte de faire mes propres enquêtes.

– Mais j'ai entendu dire qu'on allait sur le terrain immédiatement, à l'Intellagency… Tu ne sais pas sur quoi tu vas travailler ?

– D'après Papa, on va me laisser choisir une structure à infiltrer.

– Comme ça, sans formation ? Ça ne te fait pas peur ?

– Évidemment, on ne cible pas les structures dangereuses… je trouve ça plutôt amusant.

– Tes enquêtes seront certainement plus excitantes que les miennes. La plupart du temps, je boucle les affaires en deux ou trois jours, ou bien je les classe. Il n'y a rien de palpitant dans cette routine de la mort.

Abel eut un sourire triste.

– Tu te déprécies toujours, Alvar.

Ils restèrent un moment silencieux, parce que Sonia venait de monter sur scène. Alvar but une longue gorgée de son whisky et, lorsqu'elle commença à chanter, il oublia momentanément tout le reste. Les fourmis volantes, son enquête sur la mort de Marek S'Kanza, et son petit frère qui le dépassait, tout s'évanouit au profit de la voix grave, fêlée, pleine de cicatrices, qui modulait en musique une éternelle mélancolie.

Alvar connaissait Sonia depuis plusieurs années – d'abord, il l'avait connue avec son homme, un musicien aux cheveux longs qui l'accompagnait à la contrebasse. Il les avait trouvés beaux; et il avait commencé à penser à elle, distraitement, de temps en temps, quand une femme croisée au hasard lui rappelait sa silhouette ou ses cheveux roux. Puis le musicien était mort, brutalement, dans un attentat des théocrates devant un restaurant. Il avait eu le malheur de passer par là, et son thorax avait été sectionné par l'explosion. Sonia était avec lui – elle avait vu le carnage, reçu des gerbes d'un sang aimé. Alvar était venu la voir plusieurs fois à l'hôpital, où elle était suivie en soins post-traumatiques. Depuis, Sonia était revenue au Blue Note, seule. Elle chantait avec des musiciens différents chaque soir – et ses chansons exprimaient toujours la même irréparable fêlure. Le *crack-up*, disait Fitzgerald. C'était une fille lézardée, une fille dont la blessure n'était plus béante, mais toujours prête à se rouvrir. Sur la scène peinte en noir, devant les murs peints en noir, ses cheveux rouges dansaient comme des flammes.

Un avant et plus d'après
À 20h27
Le temps s'arrête
Un avant et plus d'après
Sur ma ligne de vie la fracture est nette

– Tu crois qu'Elzé sera contente, elle aussi ? demanda Abel, incapable de penser à autre chose qu'à son avenir.

– Non, elle sera déçue que tu ne fasses pas de sciences politiques.

Abel acquiesça.

– Oui, c'est ce que je me disais.

Abel ne lui demandait pas ce qu'il en pensait, lui, Alvar. Personne dans la famille ne semblait redouter son jugement – c'était ainsi, il avait l'habitude d'être le second couteau, le confident, le médiateur. Il était le deuxième, après tout.

Sur ma ligne de fracture ma vie s'arrête
Et je reset
À 20h27

Des applaudissements clairsemés fusèrent à la fin de la chanson.

– Le Délicat qui s'est fait tuer..., reprit Abel soudainement. Tu as consulté son ordinateur ?

– Pas encore. C'est Samir, mon collègue analyste, qui s'en occupera demain. Au fait, ça te dit quelque chose, ça ? À quoi ça te fait penser ?

Il fouilla dans son ordinateur mobile pour retrouver la photo du tatouage.

– Qu'est-ce que c'est ? un albatros ?

– Peut-être... Ça pourrait avoir du sens, pour un Délicat.

– Bon, tu es sûr que tu ne m'accompagnes pas à l'Exhibit ?

– Sûr.

– Alors je file avant que la queue soit trop longue...

Sonia venait d'entamer une autre chanson et Alvar dit au revoir distraitement à son frère.

Quand Alvar rentra chez lui, il enfila sa tenue d'immersion virtuelle et se connecta presque immédiatement au Paraddict. Dans son appartement sans fenêtre – depuis la vague d'attentats à domicile, beaucoup de fenêtres sur la rue avaient été murées –, l'écran de l'ordinateur constituait le seul cadre de lumière et la seule ouverture sur le monde.

La mélodie d'entrée lui procura, à elle seule, un sentiment d'apaisement. Enfin, il rejoignait l'éternel printemps, où la lumière du soleil pleuvait toujours dorée, et où les firmaments frissonnaient d'étoiles filantes. L'espace infiniment ouvert que l'on pouvait explorer en volant, à une vitesse aérienne et divine, ou que l'on pouvait arpenter lentement, les yeux ouverts à toutes les fantaisies inattendues qui fleurissaient sur la route. Le lieu où les lois terribles de la physique, de la biologie, de l'évolution n'avaient pas cours, et où l'on pouvait descendre en haut, remonter le cours du temps, nager dans la lumière et pénétrer dans des cathédrales grandes comme le rubis d'une bague. Le monde où tout ce que l'imagination collective des joueurs avait créé *existait*, le monde où l'on pouvait parler avec un arbre, voyager sur le dos d'un poisson volant, ou déclencher des aurores boréales en embrassant un ange. Dans le Paraddict, on n'était jamais forcé de mourir. La morale y tenait en trois commandements : pas d'argent, pas de violence, pas d'informations personnelles.

Alvar retrouva avec plaisir la façade sud de sa maison virtuelle. Un cottage charmant, dans le genre anglais, à moitié perdu dans la verdure et les roses trémières. Il en avait peaufiné les détails avec un soin méticuleux ; chaque brique, chaque végétal, chaque objet étaient son œuvre, ou le fruit d'un choix infiniment ouvert. Il émanait de ce lieu une impression paisible et pastorale. Il ne savait pas si Elyna était là, et, à tout hasard, il agita la clochette qui se balançait mollement à la brise de la porte d'entrée.

Elyna était un ange, comme lui. Il l'avait rencontrée deux ans auparavant, au cours d'une promenade dans un canyon virtuel réputé pour la majesté de ses paysages ; ils avaient fait connaissance, en anglais – car tout le monde parlait anglais, dans le Paraddict –, et s'étaient découvert d'étonnantes affinités, notamment une sensibilité et un sens de l'humour très voisins. Qui était-elle hors du Paraddict ? Un homme, une femme ? Une vieille dame coréenne ou une enfant africaine ? Il se plaisait à imaginer, dans un fantasme enfantin, qu'il s'agissait de Sonia, tout en sachant pertinemment qu'une telle coïncidence ne pouvait exister, même dans le Paraddict. Ils en étaient venus très naturellement à se toucher et à partager, au fond du canyon désert, une expérience érotique d'une intensité stupéfiante. Les développeurs du jeu faisaient constamment, et à pas de géant, des progrès dans l'interaction sexuelle entre les joueurs. Le simple souvenir du corps virtuel d'Elyna qu'il déshabillait dans la lumière rasante d'une fin d'après-midi, de ses caresses délicates, de son visage extatique suffisait à lui donner envie d'elle. Le désir, dans le Paraddict, était amputé des parfums et de la chaleur. Mais il lui restait les sensations tactiles, les images, et, surtout, son moteur le plus puissant. L'amour. La rencontre fortuite, la magie des points communs découverts au hasard d'une conversation à double sens, les émotions esthétiques partagées.

Elyna «dormait» à l'étage, dans une chambre magnifiquement meublée, éclairée par des tableaux de maîtres – des marines, pour la plupart, et quelques ciels. Ce sommeil signifiait qu'elle était retournée à la vie réelle – son corps virtuel attendait, paisiblement, le retour de son esprit. Alvar retira le drap pour regarder un moment son corps nu, puis il la laissa et se rendit sur la terrasse. Elyna et lui s'étaient mariés un an auparavant, après s'être donné tant de rendez-vous virtuels qu'ils ne les comptaient plus. Ils avaient décidé de s'installer ensemble, dans une maison construite par eux – une étrange maison sans cuisine, sans toilettes, sans radiateurs et sans verrou. Cette union était paisible et satisfaisante, malgré le décalage horaire qui rendait parfois leurs rencontres un peu aléatoires. Mais ils s'organisaient pour se voir un peu chaque jour, et leur vie sexuelle ne s'était jamais essoufflée. En un sens, Alvar était heureux. Mais il s'agissait d'un bonheur dont il ne pouvait parler à personne, et qui s'effilochait, à la manière d'un rêve, dès qu'il se déconnectait et que la réalité reprenait ses droits tyranniques.

Dans la chaleur humide, les sirènes de police, la paperasserie administrative et le fog permanent, Alvar se sentait décalé, infirme, inefficace. Mais lorsqu'il rejoignait le Paraddict, il devenait un ange puissant, créatif et libre. Un ange qui partageait l'intimité d'une épouse, et qui était fier de tout ce qu'il avait réalisé.

Conscient que le temps filait et que ses heures de sommeil étaient comptées, Alvar décida tout de même de voler jusqu'à un lieu qu'il avait commencé à explorer hier, un jardin de sculptures parlantes dont l'étrange poésie lui avait procuré de grandes joies, et où il s'était promis d'emmener Elyna. Mais il aurait tout le temps de l'y emmener une autre fois…

Le temps, dans le Paraddict, n'était pas de la même étoffe que le temps social. Il paraissait dilaté, suspendu, sans régularité, et son cours indolore vous faisait respirer plus largement, et grandir sans cesse, sans jamais vieillir.

20/09/2071

Zoom sur Terence Oxford : humaniste et gentleman. Les relations diplomatiques se tendent entre la Chine et la World Administration sur la question de la dette. Sixième extinction massive : disparition officielle des tortues luths.

Alvar, le dimanche suivant, arriva à midi pile chez son père. Abel et Elzé n'étaient pas encore arrivés, mais Francis Costa, ancien haut fonctionnaire de la WA, était déjà tout empli d'eux et n'avait que leurs noms à la bouche.

– Tu te rends compte, c'est énorme, ce qu'on propose à ta sœur. J'espère qu'elle en est consciente. Il faut qu'elle accepte. C'est le genre de proposition qu'on ne reçoit qu'une seule fois dans sa carrière… et encore, quand on a beaucoup de chance.

– Elle a toujours été ambitieuse, pourquoi n'accepterait-elle pas ? demanda Alvar d'un ton las, tout en aidant son père à fermer tous les volets roulants de l'appartement. Ils ont dit à quelle heure devait passer la tempête ?

– C'est énorme. Énorme. Je suis très honoré pour elle.

Alvar respecta un silence de quelques secondes avant de revenir à la charge :

– Et la tempête ?

– Ils ont annoncé qu'elle serait à son pic entre treize et seize heures. Je vous conseille de rester dîner, non ? Ce serait plus sûr pour tout le monde.

– Je ne sais pas pour les autres, mais moi, je ne pense pas. J'ai à faire ce soir.

Francis s'arrêta un moment pour considérer son fils.

– Ah, bon ? Qu'est-ce que tu as à faire ?

Alvar ne pouvait pas répondre qu'il avait un rendez-vous dans le Paraddict.

– Rien, des bricoles pour une nouvelle enquête.

– Ah. Et ton frère, alors, quel tueur ! Une vraie bête à concours, celui-là ! Même Elzé n'a pas été aussi bien classée !

– Oui, Abel est très brillant, convint Alvar.

Avant de fermer le dernier volet, il jeta un coup d'œil au ciel qui s'assombrissait vers l'ouest. Les tempêtes, depuis son enfance, l'avaient toujours fasciné. Il actionna presque à regret le volet rétractable en fibre de titane, qui recouvrit toute la façade de l'étage d'une structure noire et brillante, à l'épreuve de vents à quatre cents kilomètres à l'heure. Il se mit à écouter son père d'une oreille distraite, mais son esprit était parti là-bas, au loin, chevauchant les nuées noires.

– Tu vois, Elzé a toujours été une fille très intelligente, très mûre, très organisée. Mais Abel… Abel, c'est un zèbre. C'est quelqu'un qui a toujours pensé différemment. Même quand il était…

Il s'agissait toujours du même schéma, de la même inexorable progression. D'abord, le calme devenait étouffant. Puis la lumière changeait, presque comme pour une éclipse, et le monde sombrait dans un contraste violent. Il y avait un long moment de transition, avec des éclairs silencieux, dans un paysage immobile, comme à l'approche de la fin du monde. Et soudain, alors que le vent retenait son souffle, tout se mettait à déferler – et cela commençait par un grondement fantastique.

– Avec ta mère, on se faisait souvent la remarque. Abel sera un grand inventeur ou un grand artiste, disait-elle toujours.

– Et moi ? demanda Alvar sans y penser. Que disait-elle de moi ?

Francis Costa se sentit presque agressé par cette question – n'était-il pas en plein développement d'un sujet qui lui tenait à cœur ? Et puis, que répondre à Alvar ?

– Elle disait que tu ferais un homme de premier ordre, mentit Francis.

Alvar fit une moue dubitative, mais ne répondit pas. « Un homme de premier ordre », ça ne ressemblait pas au vocabulaire de sa mère. Ça ressemblait plutôt à la langue de bois administrative de son père. « Un collaborateur de premier ordre », à qui l'on décernait sans conviction la plus petite décoration possible...

Mais ce léger incident n'arrêta pas son père, qui avait sans doute estimé se fendre d'un grand compliment.

– Quoi qu'il en soit, je suis extrêmement fier qu'il ait choisi l'Intellagency. Je crois que c'est une grande première dans la famille – aucun agent du renseignement avant lui ! C'est tout de même quelque chose. Bon, dans ta branche, nous avons quand même mon père, qui était commissaire divisionnaire, et dans celle d'Elzé, la sœur de ta mère, qui a fait une carrière, certes dans l'ombre, mais tout à fait respectable...

« La pauvre tante Beth, songea Alvar. Encore un canard boiteux. » Les éclairs avaient commencé à se multiplier, comme un feu d'artifice allumé par un dieu dément. Depuis la fenêtre de son père, dans le 22e arrondissement, on ne voyait presque aucun arbre au milieu des bâtiments de métal.

– Alvar, tu m'écoutes ?

– Non, excuse-moi, j'étais ailleurs.

– C'est fou d'être dans la lune, comme ça ! Tu as toujours été dans la lune !

Alvar soupira et ferma à regret le volet. Il se sentit immédiatement pris au piège et ressentit un besoin presque physique de se connecter. Mais sa famille était religieusement technophobe, il lui faudrait prendre son mal en patience. L'après-midi promettait d'être long.

Heureusement, le tête-à-tête avec son père ne dura pas, car Abel arriva, passablement mouillé, vers midi et demi. Toujours un peu en retard, juste ce qu'il fallait pour se faire désirer. Alvar eut un moment de répit pendant les embrassades du père et du fils : la litanie des félicitations de son père ne semblait pas devoir prendre fin. Puis Francis, après une sixième claque virile dans le dos de son cadet, les laissa seuls pour préparer l'apéritif.

– Papa ne me sert jamais l'apéritif quand je suis seul avec lui, observa Alvar. On attend toujours que l'un de vous deux arrive.

– Je suppose qu'avec mes résultats, il n'a pas pu s'empêcher de te faire le coup du zèbre ? demanda Abel avec un air malicieux.

Il avait un sourire si généreux et une telle gueule d'ange... Comment leurs parents ne l'auraient-ils pas préféré ?

– Non, bien sûr, dit Alvar avec un sourire triste.

Abel se lança dans une imitation passable de leur père : « Abel est un zèbre, il a toujours pensé différemment », et les deux frères éclatèrent d'un rire un peu forcé.

– Ton enquête ? demanda Abel.

– J'ai du mal à penser à autre chose... Tout paraît plus embrouillé à chaque nouvelle piste.

– La piste du crime géniste ne se confirme pas ?

– D'abord, parce que l'ordinateur retrouvé à côté du corps est plus que louche. En dehors du nom de famille et de deux, trois morceaux de musique, il n'y a rien dessus. Aucune trace, aucune donnée bancaire ou personnelle. Exactement comme si on avait pris le sien et qu'on l'avait remplacé par un autre.

– Et on aurait mis l'inscription géniste pour maquiller le larcin ?

– Peut-être. En plus, j'ai retrouvé dans une planque de la roulotte un drôle de disque dur, sur lequel Samir se casse les reins. Il semblerait que ça ne contienne qu'un seul énorme logiciel, qui ne tourne ni sur le Paraddict ni sur rien de ce que je connais. Mais les fichiers ressemblent un peu à de l'Architecture.

– Ton Nom' était architecte ?

– Je ne parle pas d'architecture classique, mais d'architecture d'objets, de personnages, comme dans le Paraddict. Sauf que là, il ne s'agit pas du Paraddict – d'après Samir, ce serait un travail commandé par un studio de production de jeux ou un prototype militaire... Samir a aussi analysé les données que j'ai trouvées là-bas, et notamment les images. Il a identifié le symbole sur le tatouage.

– L'albatros ?

– Oui. Il s'agit du logo d'une sorte d'association de Délicats, qui s'appelle Alba Mater...

– Aaaaah, la voilà ! coupa la voix surjouée de Francis.

Et le spectre de Marek S'Kanza, déjà si peu consistant, disparut tout à fait, au profit de la superbe et bien vivante jeune femme de trente-quatre ans qui venait de faire une entrée triomphante. Avec une rapidité étonnante, Francis s'était rué vers elle, et il la serra avec effusion. Contrairement à Abel qui supportait sans les apprécier outre mesure les grandes accolades et autres claques viriles de son père, Elzé se prêtait à ces embrassades avec ferveur. Ces deux-là s'aimaient. Ils s'aimaient vraiment, comme un père et son enfant devraient toujours s'aimer. C'était un sentiment pur et évident, limpide.

– Comment elle fait pour avoir l'air si contente ? souffla Abel à mi-voix.

– C'est parce qu'elle l'est vraiment, répliqua Alvar.

Abel fit un clin d'œil à son frère.

– Et toi, comment tu fais pour avoir l'air si…

– Ne finis pas ta phrase, s'il te plaît, l'interrompit Alvar en se levant d'un air résigné.

Elzé dit bonjour à ses deux frères, avec une égale attention maternelle, et puis elle se mit à parler, volubile, en regardant surtout son père. Abel passa une partie de la conversation à consulter quelque chose sur son ordinateur de poche ; Alvar buvait son apéritif en essayant d'imaginer la tempête au-dehors, dont on entendait les rafales sifflantes. La lumière artificielle était de bonne qualité, et l'appartement n'était pas trop sinistre, mais l'odeur de moisissure qui finissait par vous prendre à la gorge quand tout était clos commençait à être forte.

– C'est une opportunité incroyable, je crois que je suis vraiment née sous une bonne étoile, disait Elzé.

– Mais non, mais non, la chance, ça n'existe pas, affirmait sentencieusement son père.

Évidemment, pensait Alvar. La chance, ça n'existe pas. La malchance non plus, d'ailleurs. Naître Délicat sur la Route, par exemple, c'était la même chose que de naître Elzé Costa, belle, intelligente, riche, aimée. La réussite n'était qu'une question de volonté et de mérite… Évidemment. Il connaissait la tirade par cœur.

– J'avoue que je n'ai pas trop mal joué ma partie, dit Elzé. Mais quand même, le fauteuil de Terence, je n'aurais jamais osé y songer !

– Est-ce qu'ils t'ont dit ce qu'ils attendaient de toi ? Pourquoi ils t'ont choisie, toi ?

– Je n'ai croisé Terence que très brièvement, mais il a été très chaleureux… Très simple, en même temps, et plein d'humour. Un homme vraiment supérieur.

– Évidemment ! fit son père.

– Évidemment ! fit Abel en écho, avec cette petite touche sarcastique dont son père ne s'apercevait jamais et qui faisait toujours sourire son frère.

– Et alors, ta mission ?

– Eh bien, je vais devoir faire mes preuves pendant quelques semaines… Et j'avoue que je suis un peu paniquée… Mais si j'y parviens, je suppose que je serai tête de liste.

– Aux élections ? fit Alvar.

– Je crois, oui, dit Elzé en tremblant un peu.

– Et tu as envie de ça ? demanda Alvar.

– Quelle question ! trancha son père avec agacement. Évidemment qu'elle a envie de ça, qui n'aurait pas envie de ça ?

– Moi, par exemple, dit-il simplement.

– Oui, mais toi, ce n'est pas pareil. C'est exactement la carrière dont elle rêvait, c'est…

– J'en ai très envie, Alvar, l'interrompit gracieusement Elzé. Même si ça me fait très peur.

Abel les regardait, tour à tour, avec l'éternelle petite distance qu'il gardait, même avec ses proches.

– Vous m'amusez, dit-il alors qu'ils passaient à table. À regarder toujours tout par le petit bout de la lorgnette.

– Le petit bout de la lorgnette ? s'indigna Francis. Je crois qu'il s'agit plutôt de la cour des grands…

– La seule chose vraiment importante, ce n'est pas de savoir si c'est Elzé, Terence ou Tartempion qui va finalement être élu. C'est plutôt de savoir pour faire quoi.

Francis, estomaqué, choisit de rire.

– Tu en as de bonnes, toi. C'est quand même un peu important pour elle, je pense.

– Oui, bien sûr. Mais ce n'est pas important en soi.

Le silence retomba. Elzé et Francis partirent en cuisine pour préparer la suite du repas, et Abel et Alvar se retrouvèrent seuls.

– Donne-moi un mot, Alvar. N'importe lequel.

Depuis des années, ils jouaient tous les deux à ce jeu : ils convenaient d'un mot, de préférence un mot rare, et ils devaient se débrouiller pour le placer dans une conversation avec leur père. Cela les avait plus d'une fois sauvés d'un ennui mortel. Alvar secoua la tête en souriant.

– « Turban », dit-il.

Abel éclata de rire.

– Turban ?

– Turban.

– Tu ne viens pas de le trouver, celui-là...

– Non, avoua Alvar, j'y pense depuis un certain temps déjà.

– Moi aussi, j'en ai un pour toi. « Aumône ».

Alvar n'eut que le temps de sourire, lorsque Francis et Elzé revinrent.

– En tout cas, tu n'as pas tort, Abel. Cette élection est particulièrement cruciale.

– Et tu crois qu'on va te laisser penser un peu par toi-même ? demanda Abel.

– Bien sûr, je participe déjà depuis trois ans au think tank du parti. Beaucoup de mes propositions ont été adoptées par le comité.

– Mais là, pour cette élection, tes discours risquent d'être sous contrôle. Qui va te les écrire ?

– Je ne sais pas..., reconnut Elzé. J'ai encore tout à découvrir, en fait. Mais assez parlé de moi.

– Oh, écoute, si on ne peut pas parler de toi quand il t'arrive un truc pareil ! dit Francis.

– Je ne t'ai pas encore félicité ! s'exclama Elzé. Treizième de ta promotion, c'est sensationnel, Abel, bravo !

– Et il ne t'a pas dit ce qu'il avait choisi...

– Le parti ?

– Non, répondit Abel. Quelque chose de plus festif. Qui

me permettra de me déguiser, de porter des lunettes noires, des perruques, des *turbans*…

Alvar fut seul à ricaner, sous l'œil glacial de son père. Abel était resté très sérieux.

– L'Intellagency? demanda Elzé, incrédule.

– Tout juste.

Elle posa sa fourchette, visiblement affectée.

– C'est très dangereux, Abel. Tu as mesuré toutes les conséquences de ce ch…

– Mais oui, sœurette. T'en fais pas.

– Tu t'es déjà présenté à l'Agence? demanda-t-elle.

Abel se passa un doigt sur les lèvres.

– Motus, fit Abel. Je ne vous dirai jamais rien, même si tu es élue.

Francis regardait son jeune fils avec admiration.

– C'est ça, l'Agence, dit-il. C'est une culture de la loyauté.

Alvar commençait à se sentir vraiment de trop. Mais il y eut encore un gigot de soja accompagné de pétales de maïs, du fromage de lait d'amande, une tarte aux pommes de synthèse, un café. Et la conversation, comme un manège, tourna en rond, entre les souvenirs de Francis et le brillant avenir d'Elzé, le brillant avenir d'Abel et les opinions de Francis… De compliments en confidences, de piques en mouvements d'humeur, les paroles tournaient comme les assiettes, servies, consommées, débarrassées, pleines de graisse figée. Alvar participait de moins en moins à la conversation. Il pensait à autre chose – à la tempête qui gémissait dehors dans une débauche de lumière et d'eau, à son cottage ensoleillé du Paraddict, à Marek S'Kanza, au Patron de la caravane. Être ici, enfermé avec sa famille dans cet appartement aux volets clos, immobilisé dans la City, lui donnait presque envie de prendre la Route. On disait que cela arrivait de plus en plus souvent que des Sédentaires plaquent tout. Il se demanda s'ils ne le regrettaient pas amèrement après.

– Alvar, tu m'écoutes ?

– Excuse-moi, Papa. J'étais ailleurs.

– « J'étais ailleurs »... On se demande bien où !

– Sur la Route, peut-être, suggéra Abel.

Francis, Abel et Elzé le regardaient en silence. Ils lui donnaient la parole, là, maintenant, et il fallait qu'il la prenne, pour qu'ils se sentent tous rassurés.

– Je vois que vous me faites l'*aumône* de quelques instants d'attention..., dit Alvar.

– Très fort, commenta Abel à mi-voix.

– De quoi voulez-vous que je vous parle ?

– Mais de toi, de ta vie, dit Elzé.

– J'étais en train de me demander si les Sédentaires qui faisaient le choix de prendre la Route en venaient à le regretter.

Francis blêmit.

– C'est un message ? demanda-t-il. Tu l'envisages sérieusement ?

Alvar mit une minute à comprendre que son père le croyait capable de prendre cette décision, ce qui en disait long sur la façon dont il le considérait.

– Mais non, pas du tout, répliqua-t-il, piqué. J'y réfléchissais simplement. J'aimerais savoir comment ils passent les tempêtes, par exemple, dans leurs roulottes solaires.

– Tu pensais à ça pendant que nous étions à table ? demanda Elzé, très surprise mais sans agressivité.

– Oui. Quand le cercle me paraît trop étroit, je prends la tangente.

Abel encourageait toujours son frère dans ses rares moments de rébellion.

– Joliment dit, commenta-t-il.

– Quoi qu'il en soit, je suppose que c'est l'un de nos derniers dimanches entre nous, continua Alvar. Elzé ne se déplacera bientôt plus qu'avec trois gardes du corps et aura des repas diplomatiques à répétition. Abel va sans doute partir en mission pour une durée indéterminée.

Francis encaissa la nouvelle.

– C'est ma foi vrai, dit-il.

– C'est la rançon de la gloire, continua Alvar.

Elzé s'était levée pour débarrasser la table, et Francis lui avait emboîté le pas – dehors, la pluie et le vent semblaient s'être calmés.

– Papa, il faut que tu fasses quelque chose pour ta cuisine... Toutes ces moisissures, là, ce n'est pas sain.

– Oui, je voulais demander son avis à Alvar...

– Je n'ai pas d'avis sur les moisissures, Papa. Et puis la tempête s'est calmée, je ne vais pas tarder à y aller.

Elzé regarda son jeune frère de manière pressante.

– Tu ne veux pas faire un effort ? Jeter un simple coup d'œil ?

Elle avait toujours eu l'art de tirer les ficelles et de protéger son père.

– Non, Elzé. J'ai eu ma dose. Et puis j'ai mes propres moisissures à la maison. Je n'ai pas besoin de celles de Papa.

Il embrassa son frère, sa sœur, et serra la main à son père.

– À une prochaine, dit-il en partant.

Derrière la porte, il entendit leurs voix plaintives.

– C'est toujours pareil, disait Francis. Il n'est jamais content, quoi qu'on fasse.

– Tu parles comme si tu faisais beaucoup pour lui. Qu'est-ce que tu as fait pour lui, aujourd'hui ? demanda Abel.

– Abel, moi aussi, je l'aime beaucoup, mais avoue qu'il est difficile, dit Elzé.

Alvar n'entendit pas la suite – il la connaissait. C'était presque toujours ainsi que se terminaient les dimanches en famille.

Au-dehors, les rues étaient encore plus désertes qu'à l'accoutumée. Il tombait des trombes d'eau, par intermittence, et le vent était encore suffisamment puissant pour donner l'impression d'une résistance quand on marchait. Mais Alvar se sentait libre, heureux que les éléments lui procurent le sentiment d'être vivant. Il avait l'étrange sensation que ses relations avec son père étaient tombées dans une ornière dont elles ne pourraient plus sortir : elles étaient fixées pour l'éternité, exactement comme s'il était mort. Ce fut une prise de conscience abrupte. Jusque-là, Alvar avait toujours attendu quelque chose : une reconnaissance tardive, un mot de rédemption, quelque chose qui rendrait moins terrible cet échec familial. Mais il venait de comprendre que ce qu'il avait toujours attendu n'arriverait jamais, et qu'il devait cesser de l'attendre. Son père ne s'intéressait pas à ce qu'il était. Il n'était capable de voir en lui qu'une seule chose : le fait qu'il n'était pas conforme à ses attentes. Alvar aurait voulu lui exprimer, d'une seule traite, d'un coup violent, toute la poésie qu'il connaissait par cœur, tous les mots tendres qu'il inventait pour Elyna, tout le respect dont il jouissait à la brigade. Il aurait voulu lui envoyer à la figure toutes ces années d'observation silencieuse et méticuleuse, qui l'avaient rendu si bon dans son domaine. Mais toutes ces choses qui le constituaient n'étaient que de la fumée pour son père. Alvar n'avait aucune réalité à ses yeux : il était un manque, un trou, un raté. Pas un être plein et parfait, comme son frère et sa sœur. Seulement un brouillon, une esquisse, un mort-né.

La tempête cessa brutalement, comme souvent, alors qu'il prenait l'interurbain, et Alvar, en refaisant surface à la tombée de la nuit, put entendre le chant déchaîné des grenouilles ivres d'orage.

Le Paraddict – un flot de lumière et de beauté. Elyna était bien réveillée, et portait sur sa nudité un simple voile brodé, dont Alvar apprécia les effets de transparence aux rayons printaniers.

– Ah, te voilà enfin ! s'exclama-t-elle, et elle vint se pendre à son cou, et poser sur ses lèvres un baiser humide qui accéléra ses battements cardiaques.

– J'ai eu un dimanche très pénible, dit-il.

– Chez ton père ?

– Oui.

Il lui prit la main pour la faire tourner devant lui. Elle portait aussi des boucles d'oreilles en émeraude qui attrapaient la lumière avec une singulière splendeur.

– J'ai passé toute la journée à me demander ce que je faisais là. À avoir envie de me… déconnecter.

– Te déconnecter du monde réel ? dit Elyna en souriant.

– Oui. J'avais l'impression que tout était statique, bloqué, que ma présence là-bas n'avait pas de sens. Je n'arrivais même pas à me concentrer sur mes propres sensations. Je n'ai écouté que le quart de la conversation.

– Cela t'arrive souvent ?

– J'ai l'impression que cela m'arrive de plus en plus souvent, surtout quand je suis en famille…

– Tu as envie d'en parler ?

– Non, dit-il. J'ai envie de tourner la page et de profiter de toi et de ces quelques heures de liberté. Dis-moi, tu as déjà rencontré un fichier comme celui-ci ?

Dans l'espace qui les séparait, Alvar projeta des données provenant du disque dur de Marek S'Kanza. Il y avait des lignes de commande qui défilaient, des schémas, des cartes programmatiques.

Elyna parut vivement intéressée.

– Où est-ce que tu as trouvé ça ?

– Lors d'une enquête. Qu'est-ce que tu en penses ?

– Ce n'est pas architecté pour le Paraddict.

« Architecter » était un néologisme qui s'était imposé avec le Paraddict, où l'on pouvait inventer et configurer l'espace à sa guise, à la manière d'un dieu.

– Tu en es sûre ?

– Oui, tout à fait. Mais ça ressemble quand même à ce que j'ai pu voir de la construction des anges. En beaucoup, beaucoup plus compliqué.

– Tu dirais que c'est une espèce d'avatar ?

– Je dirais même de super-avatar. Mais je ne sais pas pour quel environnement c'est conçu. Peut-être pour de la robotique...

– Merci, je voulais juste ton avis...

– Aujourd'hui je n'ai pas travaillé, et j'ai architecté une nouvelle pièce, dit-elle avec un sourire espiègle.

– C'est vrai ? Où ça ?

– Il faut que tu la trouves.

Alvar adorait les énigmes. Il fit le tour de la maison, mais ne repéra rien de nouveau. Il ouvrit pourtant tous les tiroirs, tous les placards, tous les meubles... Il passa en revue tous les objets d'art, créés par eux ou glanés dans leurs pérégrinations : les plantes rares, les machines étranges dont ils ne comprenaient pas le fonctionnement, et beaucoup d'objets magiques, dont Elyna faisait la collection. Il passa dans la chambre aux cheminées, où crépitait un éternel feu de bois, dans la chambre avec vue sur mer, dans la chambre-vaisseau spatial où l'on pouvait admirer, du grand hublot, des quasars et des nébuleuses, des géantes rouges et des naines bleues... Mais les escaliers n'avaient pas changé de place, et il ne trouva aucun passage secret. Le jardin, qui possédait sa cascade tropicale avec une vasque d'eau chaude, sa piste de patin à glace, ses chênes centenaires, ne semblait pas s'être agrandi. Alvar faisait l'inventaire de tout, suivi pas à pas par Elyna qui, facétieuse, lui arrachait parfois un baiser.

– Mais où peut bien être cette pièce ? demanda Alvar.

– Je te donne un indice ?

– Oui !

– Elle est sur moi.

Alvar sourit. Il saisit délicatement l'une des émeraudes qu'elle portait aux oreilles et commença à l'observer et à la tourner dans tous les sens. Les objets, dans le Paraddict, pouvaient receler des mondes, se transformer en animaux ou avoir des conséquences directes sur l'environnement. Il fallait parfois activer un mécanisme ou prononcer une formule, parfois même simplement les plonger dans un certain liquide ou les placer à un certain endroit. Ces objets magiques faisaient tout le précieux ADN du Paraddict – ils apportaient à chaque instant la jouissance onirique de cet univers infiniment délivré des règles. Chaque ange, selon la mesure de ses capacités, pouvait apporter sa pierre à l'édifice, et créer des objets, des plantes, des créatures, ou des lieux. La maîtrise de l'encodage et l'imagination étaient les seules limites.

Elyna riait en voyant Alvar se débattre avec l'émeraude. Lorsqu'il l'eut mouillée, frappée, brûlée, mise dans sa bouche, lorsqu'il lui eut parlé, lorsqu'il eut essayé de la placer à mille petits endroits spéciaux de la maison, elle lui donna en éclatant de rire un second indice.

– Ce n'est pas l'émeraude.

Alvar n'eut pas l'embarras du choix, car la seule autre chose qu'elle portait était son voile. Il le dégrafa, avec une sensualité délibérée, et prit le temps de lui faire l'amour avant de s'occuper du mystère. Elyna était tendre, et d'une sensibilité à fleur de peau, elle réagissait aux caresses avec une ardente propension au plaisir. Alvar ne s'était jamais lassé d'elle et n'imaginait pas qu'elle pourrait le lasser un jour.

– Depuis combien de temps n'as-tu pas fait l'amour dans le monde réel ? lui demanda-t-elle.

– Depuis très longtemps. Est-ce que cela te dérange ?

– Non.

Il savait qu'Elyna était mariée, dans le monde réel, et qu'elle avait deux enfants. C'était d'ailleurs le cas de la plupart des anges – parfois, il s'imaginait bigame, avec une femme dans chaque vie, un cœur dans chaque univers. Avec qui prenait-elle le plus de plaisir ? Avec son mari ou avec lui ?

– Tu as oublié ma nouvelle pièce ? lui demanda-t-elle, après un long moment silencieux où ils étaient demeurés sereins, sous la caresse d'une brise légère, les yeux suivant les évolutions des libellules bleutées et des grands oiseaux qui planaient.

Il se leva et se saisit du voile, dont la transparence se moirait maintenant de reflets. Il l'agita devant lui et, l'étalant à plat sur le gazon comme une nappe, il laissa échapper un cri d'admiration lorsque le rectangle fluide et mouvant se figea en une fenêtre qui s'ouvrait sur une salle de palais.

– C'est mieux lorsqu'on le positionne verticalement, conseilla Elyna.

Docile, Alvar obéit et reprit le voile pour le tendre entre deux branches ; la fenêtre était maintenant dans le bon sens et à sa hauteur ; frémissant d'un plaisir enfantin, il en poussa le battant et entra. La salle était à couper le souffle – Elyna faisait des progrès remarquables en Architecture. Il s'agissait d'une salle circulaire, comme on en trouve dans les tourelles, garnie de plusieurs fenêtres ogivales, dont certaines ornées de vitraux multicolores. Des colonnettes, fines et toutes sculptées d'un motif différent, soutenaient un plafond à plusieurs pans, sur lesquels étaient calligraphiés, en noir et or, des mots et des bouts de poème ; leurs chapiteaux gracieux exhibaient des personnages délirants en bas-relief. Des étagères circulaires épousaient la forme des murs, et leurs rayons débordaient de livres. Alvar parcourut les titres des volumes de cuir, superbement illustrés. Des recueils de poésie, des XIXe et XXe siècles…

Alvar en ouvrit un au hasard et tomba sur ces lignes de René Char :

« La liberté naît, la nuit, n'importe où, dans un trou de mur, sur le passage des vents glacés. »

Il ferma les yeux et reçut en silence le choc esthétique de ces mots, songeant vaguement à sa marche solitaire dans la queue de la tempête, tout à l'heure, en sortant de chez son père.

– Cette pièce, c'est pour moi ? demanda Alvar.

Elyna avait pénétré à sa suite dans la tourelle. Elle contemplait la vue, un paysage forestier, à travers les prismes colorés des vitraux.

– Oui, dit Elyna. Je te fais cadeau du voile.

Alvar faisait le tour des colonnettes, qui transformaient cette tour en une sorte de nef d'église. Ses yeux étaient irrésistiblement attirés vers une alcôve de pierre, juste sous une fenêtre, tapissée de velours épais…

Personne ne lui avait jamais, de sa vie, fait un cadeau aussi somptueux.

Il leva la tête. La phrase « *La poésie se fait dans un lit comme l'amour* » scintillait au centre du plafond, avec des caractères si contournés qu'ils ressemblaient presque à des arabesques abstraites.

21/09/2071

Gouvernance française : ce que cela va vraiment changer. Des images inédites de l'exoplanète 17 : un paradis à portée de main ? « Bombe froide » : la machine spectaculaire qui agit localement sur le climat suscite des polémiques.

Elzé ne perdait jamais tout fait conscience d'être une jolie femme – même lorsqu'elle était concentrée, comme maintenant, sur des questions ardues, même lorsqu'elle s'adressait à un enfant ou à un vieillard. C'était une manière d'être. Non qu'elle en jouât d'ailleurs, ou qu'elle fût particulièrement séductrice… Il s'agissait plutôt d'une sorte de dédoublement, de regard extérieur qu'elle ne pouvait jamais s'empêcher de porter sur elle-même. Un miroir mental dans lequel elle se regardait vivre sans cesse, à chaque instant. Un jour, son psychanalyste lui avait demandé avec les yeux de qui elle se regardait. Cette question, qui avait marqué la fin d'une séance particulièrement houleuse, l'avait perturbée. Elle avait fini par conclure qu'elle se voyait sans doute avec les yeux de son père. Mais elle avait refusé de l'avouer au psychanalyste.

Ainsi donc, sa conscience, en ce moment, se partageait en

plusieurs niveaux. À un niveau presque reptilien, Elzé avait conscience d'être une jolie jeune femme vêtue de rouge, qui croisait ses jambes avec élégance et répandait un parfum luxueux. À un niveau plus superficiel, elle prêtait une oreille attentive au discours qui lui était tenu et elle essayait de renvoyer la balle avec adresse. À un niveau intermédiaire, elle se gorgeait de la satisfaction d'être arrivée là, à ce point précis, en face de cet interlocuteur particulier, dans cette situation si inattendue : elle échangeait à bâtons rompus avec Terence Oxford sur les modalités de sa prise de fonction. Et cette conscience la remplissait d'une assurance merveilleuse, comme si un pouvoir nouveau avait été injecté dans ses veines.

Le décor vétuste de la World Administration – bureaux à la climatisation douteuse, parois aveugles recouvertes de moisissure, invasion de grenouilles dans les toilettes – était relégué dans un arrière-plan brumeux.

En face d'elle, le fonctionnaire vieillissant déroulait pour elle les trésors de son intelligence, de son expérience, de sa culture. Sa conversation était un palais aux mille pièces, dans lequel on se perdait avec volupté, et où il y avait toujours un objet à découvrir. Sa bienveillance, le fait qu'il affecte de se mettre avec elle sur un pied d'égalité, tout en lui caressait délicieusement son orgueil.

– À partir de maintenant, lui dit-il de sa voix grave – qu'il savait moduler comme personne et qui donnait une sorte de profondeur à ses propos, même les plus banals –, vous allez devoir avoir un avis sur tout. Une vision sur tout. C'est le propre des politiques. Au poste que vous allez occuper, vous ne pouvez pas vous permettre une hésitation ou un flottement.

– Une vision qui m'est propre, ou bien la vision du parti ?

Terence sourit.

– L'idéal est de faire converger les deux… Prenons un exemple. Quelle est votre vision du Paraddict ?

– Je n'ai jamais compris cet engouement pour le virtuel. C'est une drogue, pour moi, qui permet juste aux gens de rêver un peu en attendant de disparaître.

– C'est joliment dit, fit Terence d'un air rêveur.

Il avait cette capacité de vous faire sentir intelligent, et Elzé n'échappait pas à ce pouvoir hypnotique.

– Mais, même si vous avez sans doute raison, n'oubliez pas que le tiers, ou le quart, de vos électeurs potentiels, sont adeptes du Paraddict. Vous ne pouvez pas leur parler ainsi.

– Le Paraddict est un univers merveilleux, se reprit Elzé, et nous devons consacrer toute notre énergie à faire advenir sa beauté dans le monde réel. Toute la créativité, toutes les initiatives solidaires innovantes qui voient le jour dans le Paraddict doivent être reversées ici et maintenant, pour l'avenir de notre planète.

Terence secoua la tête, conquis.

– Vous apprenez vite, dit-il. Vous ferez une merveilleuse responsable nationale.

– Vous croyez ? demanda-t-elle, soudain anxieuse.

À son niveau reptilien, la jeune femme était en train de jouer l'ingénue, de façon subtile.

Terence se leva. Son visage un peu marqué avait la beauté des roches érodées, et son regard clair, vivant, l'animait tout entier.

– En premier lieu, je vous recommande d'observer, et de prendre votre temps pour déployer vos ailes. C'est un poste où l'on va vous regarder, vous écouter, sans cesse vous attendre au tournant. La prudence doit guider toutes vos décisions. Le chemin n'est pas difficile, mais il est à une hauteur vertigineuse. Vous ne devez pas trébucher, ni avoir le vertige.

– Vous ne serez pas trop loin, j'espère, dans les premiers temps.

– Je vous suivrai comme votre ombre.

Une question tracassait Elzé depuis sa nomination. Elle n'osait pas la lui poser de but en blanc – son parcours sans faute dans le parti du Développement lui avait appris à ne jamais prendre les problèmes de front. Il fallait gagner du temps, glaner des informations, reporter au lendemain les décisions. Une simple impulsion pouvait être une ennemie autrement dangereuse qu'un rival.

– Puis-je vous poser une question ? demanda-t-elle.

– Je suis là pour ça.

– Je sais que ma candidature n'était pas une évidence pour tout le monde.

Terence sourit à nouveau.

– Pourquoi ? Parce que vous êtes jeune ? belle ? brillante et prometteuse ?

– Il y en a d'autres, répliqua prudemment Elzé.

– Nous avons hésité entre vous et Safir. Mais vous l'avez emporté. Votre charisme paraît plus universel.

« C'est donc cela, pensa Elzé, un peu déçue. Une question de charisme. » Elle esquissa cependant un sourire reconnaissant et dit :

– Je crois que je vais me plonger dans les dossiers pour le moment. Vous restez à côté, si j'ai besoin de vous ?

Terence fit une révérence courtoise et s'éclipsa ; Elzé ferma la porte, et resta un moment en arrêt. Le bureau était privatif, et un peu plus spacieux que celui qu'elle avait occupé jusqu'à présent. Le climatiseur bourdonnait de manière irrégulière et gouttait sur le carrelage, mais il paraissait fonctionner, ce qui était un véritable luxe. Des tableaux numériques décoraient les murs – selon la coutume du parti du Développement, il s'agissait presque exclusivement de paysages, peints dans les siècles passés. De vertes vallées, des forêts enneigées, des jardins endormis, des bords de mer sauvages constituaient, partout, l'horizon du parti. La notion de développement durable avait émergé au début du XXIe siècle et évolué progressivement jusqu'à maintenant. La préservation de l'espèce humaine et de sa biosphère était le fer de lance de ce parti, dont les principaux dossiers s'accumulaient sur l'ordinateur du bureau. Retraitement des déchets nucléaires. Fermeture progressive des centrales extra-européennes. Reboisement. Propagande en faveur du végétarisme et taxation de l'élevage bovin. Nettoyage des océans. Incitation à l'écoresponsabilité des entreprises. La World Administration, qui n'était âgée que d'une trentaine d'années, en était encore à des balbutiements de fonctionnement, des déclarations d'intention, des recherches de financement, et son mouvement était sans cesse entravé par la lourdeur de son immense machine. En théorie, la WA avait maintenant autorité sur les multinationales, et il était désormais possible de penser un aménagement global du territoire planétaire. Mais les partis, soutenus par des lobbys puissants, se tiraient dans les pattes, et les changements trop fréquents de gouvernement empêchaient, une nouvelle fois, une action à long terme.

La température continuait à monter.

Les espèces continuaient à disparaître.

L'humanité continuait à danser au bord du précipice.

Elzé croyait sincèrement au manifeste de son parti. La cause de la planète était la seule qu'il lui semblait devoir défendre, et, lorsqu'elle avait eu, au sortir de ses études en sciences politiques, le choix d'un parti de gouvernement pour faire carrière, elle n'avait pas hésité. Le parti des Identités ne l'avait jamais tentée. Héritier d'un improbable mariage entre les populismes nationalistes et les communautarismes divers, le parti des Identités refusait toute notion d'universalisme et se présentait comme un rempart culturel contre la mondialisation. Le parti de l'Innovation, qui faisait du progrès technologique le seul espoir de l'humanité, lui était toujours apparu comme un parti d'illuminés, aux dogmes presque religieux. Le transhumanisme, la conquête spatiale, les recherches sur le refroidissement artificiel du climat qui piétinaient depuis quarante ans en étaient les principaux piliers.

Le prochain gouvernement global, qui changeait tous les quatre ans, serait français. Parachutée à la tête du parti du Développement, Elzé jouissait également de l'investiture pour l'élection globale, où elle serait la tête d'affiche de l'un des trois partis de gouvernement. Potentiellement donc, elle pouvait devenir la prochaine Secrétaire générale de la WA... C'était bien une « hauteur vertigineuse », comme le disait Terence, et elle se demanda fugitivement si elle serait capable de supporter la pression de cette stratosphère.

Pourquoi Terence Oxford avait-il renoncé à ce poste quelques mois avant l'élection ?

Elzé posa la question dans un coin de sa tête – c'était pourtant une question béante, agaçante comme une démangeaison. Elle devinait derrière sa réponse mystérieuse un monde de coulisses et de stratégies qui lui échappait partiellement. Bien sûr, elle n'était pas assez naïve pour croire que ce poste lui était offert sur la seule base de son mérite personnel. Et la réponse de Terence ne l'avait pas plus convaincue : son « charisme universel », comme il le disait, n'était que la partie émergée de l'iceberg. Elle avait évidemment les qualités requises : elle savait parler, elle présentait bien, elle avait suffisamment de loyauté et d'intelligence pour occuper ce poste. Mais ils étaient légion dans ce cas, et ce n'était pas cela qui avait emporté la décision. Terence l'avait surprise en lui annonçant qu'elle avait été en rivalité avec Safir, un collègue d'une soixantaine d'années, connu pour son dévouement extrême au parti. S'ils avaient pensé à lui, cela signifiait qu'ils avaient besoin d'une personne dévouée, ce qui était surprenant car le profil d'un candidat à l'élection globale est plutôt celui d'une personne ambitieuse, solide et indépendante. Safir était un collaborateur précieux, mais il était un homme de l'ombre, un brillant exécutant. Se pouvait-il que ce soit là ce qu'ils aient recherché ? Était-ce ainsi qu'ils la voyaient, elle ? Une brillante exécutante ?

Cette idée la blessait un peu, mais elle la considéra avec toute la lucidité dont elle était capable. Ce qui avait fait la différence, c'était son charisme, sa capacité à remporter l'élection. Et Terence l'avait déjà prévenue : « l'idéal est de faire converger » la vision personnelle et la vision du parti. La phrase de son frère Abel lui revint en mémoire : « Mais là, pour cette élection, tes discours risquent d'être sous contrôle. » Le parti se servait d'elle, probablement parce qu'il la jugeait suffisamment malléable. Et si elle tenait à ce poste, c'était exactement ce qu'elle devait parvenir à montrer… Mais cela ne répondait pas à la question : malléable pour quoi ? Elle soupira en supposant qu'elle le découvrirait bien assez tôt. Puis elle remisa définitivement la question et se plongea intensément, pendant plus de quatre heures, dans la consultation des différents dossiers qui lui avaient été laissés.

Ce fut Terence qui la sortit de sa concentration profonde. La nuit était tombée et les locaux presque déserts de la WA prenaient dans l'obscurité une dimension fantomatique.

– Je vous invite à dîner pour vous changer les idées ? demanda-t-il d'un ton enjoué.

« Je suis malléable », pensa-t-elle. Et elle dit, sur un ton similaire :

– Pourquoi pas ?

Ils quittèrent par des escaliers mécaniques les locaux souterrains de la WA et se retrouvèrent dans la rue. La vague de chaleur qui les accueillit était suffocante, et Terence dut ôter sa veste. Le fog paraissait toujours plus épais la nuit, il se condensait à la clarté blafarde des réverbères solaires, et semblait une vapeur empoisonnée prête à envahir vos poumons. Elzé ne put s'empêcher de tousser et sentit presque instantanément ses yeux la piquer. Il lui semblait qu'elle se montrait de plus en plus allergique à l'air; il faudrait retourner voir l'allergologue.

– Vous êtes allergique? demanda Terence, prévenant.

– Oui, j'ai l'impression que cela s'aggrave avec l'âge.

– De quel âge parlez-vous?

Elle sourit dans l'obscurité, et il se permit de la prendre par le bras.

– Nous n'allons pas vous infliger une longue marche, je connais un restaurant correct par ici.

Elzé songea que le restaurant serait sûrement infesté de collègues fonctionnaires de la WA, mais elle ne souffla mot. Terence la conduisit d'un pas décidé vers un établissement discret, qui n'offrait du dehors aucun signe de son activité.

– C'est un restaurant? demanda-t-elle, incrédule, voyant qu'il n'y avait aucune queue dehors pour le passage au scan.

– Oui, un restaurant pour les initiés... On ne peut connaître son existence que si l'on est parrainé.

– Vous portez-vous garant de moi? plaisanta-t-elle.

– Absolument, dit-il sur le même ton. Vous allez voir, c'est un endroit tranquille, dans lequel vous ne risquez de rencontrer que des gens de votre niveau.

«Des gens de votre niveau», releva-t-elle. Elle croyait entendre son père – mais ce qui l'agaçait chez son père lui semblait, étrangement, familier et attirant chez cet homme. Il avait la désinvolture et l'entregent de sa classe. Elle n'eût pas aimé qu'il l'emmenât dans un lieu vulgaire.

Le scan fut si rapide qu'ils eurent l'impression de ne pas en subir, et ils se retrouvèrent dans l'atmosphère artificiellement purifiée et climatisée d'un restaurant pour cols blancs. Fauteuils de cuir, vieilles coupures de journaux papier encadrées au mur, à côté d'œuvres photographiques contemporaines… La carte était écrite à la craie sur un tableau noir.

– Quelle remontée dans le temps ! admira-t-elle.

– J'en ai besoin pour me rendre un peu de jeunesse, dit-il, un sourire au coin des lèvres.

Ils s'assirent, et Elzé dut se moucher plusieurs fois avant que sa crise allergique ne s'estompe. Terence était moins bavard que dans les locaux administratifs ; il se laissait porter par l'ambiance, la lumière jaune, la patine du lieu, et l'observait avec bienveillance. Elle jeta un coup d'œil à la carte et ne cacha pas sa surprise.

– Un restaurant carnivore ?

Ses yeux arrondis en disaient long – Terence, à cet instant précis, la trouva délicieuse.

– Jarret de veau ? Tripes à la mode de Caen ? Confit de canard ? Si vous n'êtes pas habituée, je vous recommande un chateaubriand sauce foie gras.

– Je comprends mieux pourquoi il n'a pas pignon sur rue, observa-t-elle. Y a-t-il d'autres plats ?

– Mais bien sûr, très chère. Je ne veux pas vous forcer à aller contre vos convictions.

Elzé planta son regard brun dans les yeux gris de son interlocuteur. Elle songea : « Il teste peut-être ma malléabilité. »

– Ce ne sont pas tant mes convictions qu'un manque d'habitude… Je pense n'avoir jamais mangé dans un restaurant carnivore.

– Vos parents n'étaient pas amateurs de viande ?

– Non. Mais je ne refuse jamais une expérience intéressante. Le chateaubriand, dites-vous ?

Terence, qui semblait très satisfait, appela le serveur et commanda. Un chateaubriand cuit à point pour elle, une fricassée de foies de volaille pour lui, et une bouteille de saint-émilion.

Elzé dut admettre que le fumet de viande qui flottait dans le restaurant était appétissant, mais elle n'était pas sûre de parvenir à finir son assiette. La pression sociale sur le végétarisme était devenue si forte, les dernières années, qu'elle n'avait jamais songé à y résister.

– N'est-ce pas paradoxal pour un cadre du Développement ? demanda-t-elle lorsque sa viande arriva.

– La politique est un art du paradoxe, dit-il avec un air fin.

Elle nota intérieurement que Terence avait l'habitude de répondre aux questions directes par des aphorismes plus ou moins personnels. C'était une merveilleuse tactique de communication, qui vous rendait profond sans vous forcer à vous positionner clairement. Elle se promit de l'essayer dès que possible.

Le vin était exquis, lourd et capiteux. Terence redevenait bavard, sous l'effet de cette chaude liqueur, et il raconta plusieurs anecdotes de sa vie. Il était né et avait fait ses études et le début de sa carrière à une époque qui semblait assortie au décor de ce restaurant, une époque révolue et mystérieuse dont il semblait porter le précieux héritage. Lorsque les États-nations existaient encore, lorsque les partis politiques étaient encore indépendants, lorsque la démocratie prenait des risques. Elzé avait toujours été passionnée par cette période et ne cachait pas son intérêt pour tous les détails de la vie politique de ces années. Le chateaubriand, qui lui avait donné un haut-le-cœur au début, fut même relégué au second plan et s'avala tout seul.

Terence était né en Angleterre dans les années 2020, et il avait commencé sa vie d'adulte aux alentours de 2040, quelques années seulement avant la Globalisation. Il avait connu un monde sans Délicats, où l'on utilisait encore massivement le pétrole, où la banquise existait encore et où les îles de la Polynésie n'étaient pas encore immergées. Cela faisait à peine cinquante ans et il semblait à Elzé qu'il s'agissait d'une autre planète. Terence décrivait avec beaucoup d'humour ses débuts en politique dans le Parti travailliste au Royaume-Uni ; il parlait avec enthousiasme de la Globalisation, du formidable espoir que cela avait donné à la planète face à ses défis collectifs, du redémarrage de la notion de progrès depuis longtemps abandonnée. Les accidents nucléaires en série des années 2030 avaient précipité le programme international de dénucléarisation et de cet embryon de structure globale était née, quelques années plus tard, la WA. Les mesures les plus urgentes purent enfin être prises : développement des Forces de l'ordre mondial, impôt sur les transactions et la spéculation financière, développement des énergies propres, réglementation des normes agricoles, reforestation. La WA avait essuyé ses premiers conflits armés avec la résistance de multinationales qui s'étaient dotées progressivement de moyens paramilitaires : la bataille des pesticides, qui restait dans l'histoire sous le nom de « guerre des Abeilles », fit une dizaine de milliers de morts. Elle marqua un coup d'arrêt à la rébellion des entreprises.

Le Parti travailliste, à l'instar de tous les partis traditionnels, devint rapidement un parti international, et il dut faire des alliances avec d'autres partis. Le clivage gauche-droite qui avait persisté jusqu'au XXIe siècle semblait avoir fait son temps, et de nouvelles lignes politiques apparurent. Après l'élection de 2055, où les multinationales hostiles à la WA avaient injecté une fortune dans la campagne d'un parti populiste et avaient frôlé la victoire, la WA avait prudemment organisé une refonte de la démocratie. Les partis dits « de gouvernement » furent bientôt les seuls habilités à se présenter. Ils symbolisaient un pluralisme certain, avec des orientations politiques et des visions du monde différentes, mais aucun ne pouvait être suspecté d'entretenir un quelconque lien avec les multinationales. Et c'était en 2056 que Terence avait rejoint le parti du Développement, pour y accomplir la carrière brillante qu'Elzé connaissait.

– Pourquoi céder la place aujourd'hui ? demanda Elzé d'un ton faussement détaché. Cette élection aurait pu représenter le couronnement de votre carrière.

Terence la couva de ses yeux gris, à la fois tendres et intrusifs.

– Il faut savoir se retirer pour le bénéfice du parti, dit-il d'une voix douce.

« Encore un aphorisme, remarqua Elzé. La question le gêne. »

– Vous représentez l'avenir, vous êtes jeune, vous avez en vous une force de conviction que je n'ai plus. Des rêves intacts. Vous êtes l'esprit de la modernité, alors que j'ai un pied dans le vieux monde.

« Flatteries », songea-t-elle, tout en souriant et en s'efforçant de rougir légèrement.

– Et vous ? demanda-t-il, presque primesautier. Racontez-moi votre histoire.

– Oh, il n'y a pas grand-chose à en dire, comme vous le savez certainement. Je suppose que mon dossier personnel et professionnel a été épluché à la loupe, et que vous connaissez à peu près tout ce qu'il y a à savoir sur moi.

Terence sourit.

– Bien sûr. Une famille très loyale à la WA. Un père receveur général des impôts globaux, une mère ingénieure en chef pour le génie civil. Un frère policier, et le dernier…

– Brillamment admis à l'Intellagency il y a quelques jours.

– Vous devez être fière de lui, commenta Terence.

– Je suis fière de ma famille, en effet.

– J'ai cru comprendre que votre mère était morte ?

– Oui. Je suis restée très proche de mon père.

– Francis Costa. J'ai entendu dire beaucoup de bien de lui.

Elzé hocha la tête. Comparée à la biographie étourdissante de Terence Oxford, la sienne semblait tenir en quelques lignes. Elle n'en avait pas honte, simplement, cela la confortait dans la certitude que quelque chose clochait, qu'on lui confiait une mission anormalement importante pour son profil, quelque excellent qu'il fût. Et elle voulait savoir pourquoi.

– Vous n'êtes pas mariée, fit observer Terence. Avez-vous un compagnon, quelqu'un dans votre vie ?

Elzé mit un moment à répondre – un moment pendant lequel sa conscience d'être une jolie jeune femme devint aiguë.

– Pourquoi cette question ? demanda-t-elle d'un air ambigu.

– Je suis affreusement indiscret, excusez-moi. Mais... je m'intéresse à vous.

Elzé éclata d'un petit rire.

– Attention à ce que vous dites, votre phrase pourrait être mal interprétée...

– Peut-être le double sens en est-il assumé.

Cette fois, Elzé rougit vraiment. Elle avait beau être consciemment sur la défensive, quelque chose en elle fondait sous le regard de Terence, et elle se sentait physiquement de plus en plus attirée par lui.

– Je n'ai pas de petit ami et je n'en veux pas pour le moment, dit-elle pour couper court à l'intensité de l'instant, qui lui paraissait dangereuse. J'ai trop de pain sur la planche.

Mesuré, en homme habitué à pousser ses pions sans jamais pénétrer en force, Terence Oxford revint à un ton amical.

La soirée, fut, en tous points, élégante, caressante et prometteuse.

Sur le trajet du retour, entre deux quintes de toux, Elzé Costa trouva tout de même que la viande de bœuf que Terence lui avait fait manger, si parfaitement préparée qu'elle fût, était légèrement indigeste.

22/09/2071

Vers un appauvrissement de l'anglais international ? Notre expert linguiste répond à vos questions. Une saison cyclonique intense prévue en 2072. Sixième extinction de masse : disparition officielle des vaches charolaises.

À l'étage le plus profond du complexe de la WA, l'Intellagency bénéficiait de privilèges technologiques effarants. Abel ne perdait rien des détails qui prouvaient que l'Agence était la fille aînée de la WA : des robots nombreux, de toutes les formes et de toutes les tailles, se promenaient dans les couloirs, acheminant des informations sans passer par aucun réseau ni par aucune oreille humaine. Des scanners génétiques étaient installés à toutes les portes. Des drones caméras intelligents, capables de suivre une action dans son ensemble, bourdonnaient dans un air frais et pur, qui s'engouffrait délicieusement dans vos poumons irrités.

Ainsi que l'avait annoncé Francis, les études à l'Intellagency commençaient traditionnellement par une mission d'infiltration sous haute surveillance. Une mission sans enjeu géopolitique majeur, une simple mission de renseignement. Cela permettait à l'Agence de tester le caractère des recrues, leur résilience, leur profil. Cela permettait aussi aux recrues de remettre en question leur choix de carrière avant qu'il ne soit trop tard. Lorsqu'il avait rempli sa fiche de vœux pour la mission d'infiltration, Abel avait indiqué l'association Alba Mater. S'il pouvait faire d'une pierre deux coups et creuser cette piste pour Alvar, cela le déculpabiliserait un peu d'avoir si bien réussi là où son frère n'avait pas brillé.

La vieille femme qui avait la charge du briefing d'Abel ressemblait à une aimable grand-mère d'autrefois – sa voix, en revanche, était nette, tranchante et effilée comme la lame d'un rasoir.

– Vous êtes jeune et particulièrement beau, Abel Costa.

– C'est là mon moindre défaut, dit en souriant Abel.

– Ce que je veux dire par là, c'est que vous ne ressemblez ni de près ni de loin à un Délicat. D'où ma surprise lorsque je lis que vous souhaitez infiltrer l'association Alba Mater… Êtes-vous un expert en maquillage ?

– Non, dit Abel.

– Qu'est-ce qui vous est passé par la tête ? demanda-t-elle avec une pointe de moquerie.

– Très clairement, une mauvaise idée, admit Abel.

– J'avoue que je suis plus habituée à des étudiants un peu moins beaux et un peu plus réfléchis. Mais qu'à cela ne tienne. J'ai pris mes renseignements, et dans cette association Alba Mater, il y a un Délicat qui nous intéresse particulièrement. Un dénommé Oswald Seldwick, membre d'un groupuscule composé de jeunes, voire de très jeunes hommes, qui se fait appeler « Carpe Fatum ».

– Un groupuscule terroriste ? demanda Abel.

– Oui. Même si aucun attentat n'a été revendiqué officiellement par eux à ce jour. Il semblerait que la limite d'âge pour faire partie des happy few ne dépasse pas la vingtaine. C'est pourquoi nous avons du mal à les infiltrer.

– J'ai vingt ans passés, dit Abel.

– Mais vous avez une gueule d'ange. Vous pouvez en paraître dix-huit.

Abel ne sourcilla pas.

– Quelle est leur ligne politique ?

– *Grosso modo ?* La critique de la gérontocratie, la revendication du pouvoir aux jeunes générations… Plus précisément ? C'est à vous de nous le dire. Nous n'avons pas très bien saisi le fin mot de leur manifeste. Le leader est un jeune homme charismatique, un certain Cyril Borgheist, potentiellement homosexuel. Votre mission est simple et de courte durée : vous rendre à une réunion du groupe dont voici les coordonnées, pénétrer dans l'organisation, ouvrir vos yeux et vos oreilles, vous rapprocher si possible du leader, et disparaître au bout de trois semaines.

– Disparaître ?

– Oui. Vos cours à l'Academy commencent à la mi-octobre.

Abel hocha la tête, un petit sourire flottant sur les lèvres.

– Encore une chose. Pour vous punir de votre irréflexion, je vais vous donner pour mission de glaner au passage quelques renseignements sur votre association de Délicats, Alba Mater. Ce sera votre objectif secondaire. Avez-vous des questions ?

– Non.

– Pour toutes vos recherches et vos communications numériques, vous utiliserez exclusivement cet ordinateur mobile. Toute utilisation de vos appareils personnels serait considérée comme une faute grave.

– Compris.

– Je vous donne rendez-vous pour un premier débriefing le 30 septembre à huit heures quarante-cinq. Soyez ponctuel. En cas de danger réel, vous pouvez contacter ce numéro. Mais tout appel qui nous apparaîtrait comme intempestif vous écarterait du terrain pour le reste de votre carrière.

Abel jeta un coup d'œil au numéro qui s'était affiché sur l'ordinateur mobile qu'on venait de lui confier.

– Un conseil, mémorisez-le.

– C'est déjà fait.

La vieille femme considéra le jeune homme avec attention.

– Vous pouvez disposer, Abel Costa.

– Comment dois-je vous appeler, madame ?

– Vous n'avez pas besoin de m'appeler. Si vous souhaitez mentionner ma personne, en revanche, vous pouvez utiliser mon pseudonyme, « Abuela ».

Abel se leva et, en s'inclinant bien bas avec une pointe d'ironie, il quitta le bureau.

L'Exhibit – un flot de bruit et de fureur de vivre.

Quel autre endroit pour enterrer son existence d'étudiant ? Abel y avait traîné, tout au long de ses études, son besoin de se défouler, de hurler et de perdre toute mesure. Il y avait célébré le long dérèglement de tous les sens prôné par Rimbaud. Il y avait couché avec plus de filles qu'il ne pouvait s'en souvenir. Il y avait consommé plus de drogues que son cerveau n'en pouvait supporter. Il s'était toujours réveillé le lendemain midi, frais et beau dans son miroir, l'esprit aussi acéré que la veille. Toutes ces transes organisées, tous ces délires encadrés ne laissaient chez lui aucune trace. Ni souvenir, ni remords, ni gueule de bois. Il se doutait qu'il n'en irait pas de même à trente ou quarante ans, mais il n'en était pas là…

Ce soir, comme tous les soirs, il était vêtu simplement, laissant agir cette beauté qu'il possédait comme un don. On venait toujours vers lui spontanément ; on lui souriait, on lui offrait à boire, on croyait tous ses mensonges, on couchait avec lui. On ne lui en voulait même pas de s'en aller sans prévenir. Il n'avait qu'à se baisser pour cueillir les fleurs de la vie dans cette vallée d'abondance qui se déroulait à ses pieds, jusqu'à la satiété, parfois jusqu'à l'écœurement. Sa présence seule semblait être un cadeau qu'il faisait aux gens, un cadeau qui le dispensait d'en faire aucun autre. Abel était un don Juan sans attache, libre de son bon plaisir.

Ce soir, la fête battait son plein lorsqu'il arriva vers minuit. Il fit le tour des salles, comme il le faisait souvent, avant de consommer. La salle principale, ou salle Candy Crush, était décorée comme un jeu vintage des années 2000, avec des couleurs pastel fluorescentes et une musique électro déjantée. Les rayons roses, verts, violets tournaient, éclairant des visages en sueur, aux cheveux collant sur les tempes, et des corps rebondissant tous au même rythme. Des Délicats somptueusement parés, des filles à peine sorties de l'enfance, quelques sexagénaires dopés, des hommes de tous les milieux, de tous les styles communiaient dans cette grand-messe œcuménique. Le bar, dans un immense îlot central, se trouvait surélevé, à hauteur de la scène où se produisait le groupe et où des filles en transe exhibaient leurs tenues d'apparat. Dans les « chapelles » latérales, l'atmosphère changeait. Une musique new age accompagnait les montées et les descentes de ceux qui avaient consommé des stupéfiants divers dans la salle Woodstock, qui tenait de la fumerie d'opium. Sur des divans individuels ou collectifs, des gens étaient allongés, endormis ou simplement prostrés, rêvant les yeux ouverts ou balbutiant des discours sans suite. Dans la salle Cythère, des écrans géants diffusaient des images pornographiques sur fond de musique suggestive. Les écrans constituaient la seule source de lumière vive – d'improbables lustres à pendeloques, où ce qui ressemblait à des chandelles diffusait une lueur tremblante, assuraient le vague éclairage de la vaste salle pleine de recoins, en référence sans doute aux fêtes galantes d'une aristocratie promise à la destruction. Les corps, dans l'ombre, convulsaient en d'étranges coïts.

Au bar, Abel rencontra Sonia, la chanteuse du Blue Note. Ils se parlèrent un moment, et elle lui offrit un cocktail d'excitants et d'euphorisants dont elle lui dit grand bien. Ils dansèrent ensuite pendant un temps indéterminé, qui devait se compter en heures, sautant en rythme sur la musique dont les vibrations semblaient animer le ressort de leurs propres corps. Abel ne pensait plus à rien, sauf au rythme de la musique et des stroboscopes. Il resta avec Sonia qui conservait, même dans cet abandon, une sorte de distance mélancolique qui lui plaisait. Il décida de coucher avec elle et déroula son programme habituel de regards et de gestes d'invitation, auxquels elle répondit, comme elles le faisaient toutes, favorablement. Ils ne parlèrent quasiment pas lorsqu'il l'emmena à Cythère, et ils consommèrent leur désir contre un mur douteux, dans le clair-obscur versé par le lustre Louis XV.

Dégrisé, Abel ressentit une pointe de remords en songeant à son frère.

– Tu n'es personne pour moi, Sonia. Mais mon frère est amoureux de toi. C'est avec lui que tu devrais coucher.

La jeune femme, que l'amour physique avait rendue encore plus mélancolique, eut un sourire fugace. Mais Abel se sentait maintenant fatigué, et il lui dit au revoir par un rapide baiser sur les lèvres, avant de sortir de l'Exhibit.

Il avait une quinzaine de minutes de marche pour rentrer chez lui – comme toujours, la traversée de la City fut un peu suffocante. La chaleur semblait avoir augmenté, ou était-ce à cause de sa propre agitation ? Cela faisait des années que les nuits ne rafraîchissaient plus l'atmosphère. De rares noctambules, qui vérifiaient leurs arrières, traversaient l'espace urbain comme des spectres – les véhicules électriques qui roulaient silencieusement de loin en loin faisaient également figure de voitures fantômes. La seule vie qui s'épanouissait dans la rue était celle des insectes, rampants et volants, et celle des batraciens qui s'en nourrissaient. Des chauves-souris, qui s'accrochaient par grappes, durant la journée, dans les anfractuosités des immeubles, voletaient en tous sens, et plongeaient parfois en piqué pour faucher de la nourriture. Abel se demanda s'il y avait encore des rats dans les égouts. Les mammifères terrestres étaient devenus de plus en plus rares – même les chats et les chiens domestiques avaient vu leur longévité sérieusement entamée. Chlorotiques, quinteux, dépressifs, nourris par des propriétaires végétariens qui leur donnaient un régime trop peu carné, les pauvres bêtes avaient perdu de leur popularité. Abel songeait à toutes les espèces disparues, tous ces animaux majestueux qui avaient régné dans des écosystèmes fragiles. Ours polaires, loups des montagnes, éléphants... étaient tombés comme des rois détrônés. Les espèces qui avaient survécu, partout, étaient les plus veules, les plus nombreuses, les plus primaires. Les vers, les cafards, les moustiques, les fourmis, les hannetons s'étaient mis à pulluler, assurant la prospérité de leurs rapaces attitrés. Dans les villes, les buses et les chouettes avaient remplacé les pigeons, et on les voyait parfois piquer, dans les rues désertes, au clair d'une lune lointaine.

Abel venait de coucher avec Sonia et il pensa à Alvar. La même expérience aurait revêtu pour lui une importance bien différente – elle l'aurait comblé, nourri, elle aurait donné du sens à son attente, elle lui aurait ouvert un avenir. Tandis qu'à lui, cette expérience ne faisait rien. Il en avait toujours été ainsi, ou du moins, depuis si longtemps qu'il ne se rappelait rien d'autre. Les mêmes événements, les mêmes situations avaient atteint les deux frères, et Abel s'était toujours étonné de la profonde disparité de leurs réactions. La mort de leur mère, les remarques blessantes de leur père, les succès de leur sœur avaient représenté des éléments fondamentaux de la vie d'Alvar. Des chagrins profonds, des déceptions amères, des jalousies secrètes. Alvar avait vibré de toute son âme à chaque parole échangée dans cette famille, il avait mis son être en jeu à chaque repas, à chaque virage de leur route. Tandis que les mêmes événements avaient toujours glissé sur Abel. C'était comme s'il y avait une vitre protectrice entre sa vie et lui : ce qui lui arrivait ne l'atteignait pas vraiment. Il prenait sa vie comme un jeu, sans lui accorder trop d'importance, sans la prendre au sérieux. Était-ce lui qui n'était pas normal ? Était-ce Alvar qui était démesurément sensible ? À maints titres, Alvar lui faisait penser à un Délicat. Ces personnes pour qui la lumière, les petits incidents matériels de la vie, les virus sans gravité devenaient mortels... Il devait souffrir le martyre à chaque scène de crime, compatir avec chaque victime, donner de lui-même à chaque interrogatoire. Abel s'imaginait parfaitement indifférent dans les mêmes situations, ou plutôt, en proie à son démon particulier, ce démon orgueilleux et arrogant, l'ennui. Abel avait besoin de sensations fortes. De drogues, de danger, de défis. Lorsqu'il n'en avait pas, il avait l'impression de ne vivre qu'à moitié, dans une existence anesthésiée.

Tout en marchant, il sentait au fond de lui un frisson nouveau et agréable, qui n'était dû ni au sexe facile qu'il venait de consommer, ni au rythme de la musique qu'il sentait encore battre dans ses veines, ni aux pilules euphorisantes. C'était la pensée de sa mission, qu'il caressait au fond de sa conscience comme le souvenir d'un amour clandestin. Oswald Seldwick, membre d'Alba Mater, et Cyril Borgheist, leader charismatique du mouvement Carpe Fatum, étaient des défis à sa mesure.

Pour la première fois de sa vie, il sentait qu'il ne serait plus obligé de mentir sur lui-même, du moins pas à ses supérieurs et à ses collègues. Il n'aurait plus à jouer l'agneau lorsqu'il se sentait loup. La distance qu'il ressentait toujours face à toutes les situations de la vie courante, le second degré permanent dans lequel il se tenait, et qu'il avait toujours vécus comme anormaux, devenaient les premières nécessités de son métier, et acquéraient de ce fait une *légitimité* qu'ils n'avaient jamais eue.

Devant sa porte d'entrée, il s'immobilisa un instant. Une chouette au plumage crémeux, qui semblait sortir d'un Moyen Âge oublié, fondit dans un bruissement d'ailes sur une grenouille occupée à grimper la paroi d'un immeuble. Son mouvement fut rapide, précis et gracieux ; et Abel la suivit du regard jusqu'à ce qu'elle disparaisse dans l'ombre du toit.

Dans cette ville en déshérence, seuls les rapaces avaient encore quelque grâce.

23/09/2071

Entrée de la Chine au sein de la WA : les pourparlers se crispent. Un incident diplomatique à déplorer en marge du congrès annuel de la WA : la région Espagne oubliée dans les instances décisionnaires. Attaque au drone à Turin : le bilan sanglant s'élèverait à plus de 380 morts.

– La réalité, c'est une chose compacte. Très dense.

Alvar commençait à bien aimer ces conversations qu'il menait avec les Nom's. Elles lui rappelaient un peu certaines conversations qu'on pouvait avoir dans le Paraddict : les normes sociales qui l'ennuyaient tellement, et particulièrement dans l'administration, n'avaient pas cours ici. On philosophait ou on s'insultait, mais on ne parlait pas pour ne rien dire.

– Comme un sapin synthétique qu'on fait rentrer de force dans un tout petit carton. On se demande comment toute la magie de Noël peut tenir dans si peu d'espace.

La *liseuse de signes*, comme on l'appelait, ne ressemblait pas à l'image qu'il se faisait d'une cartomancienne de la Route. D'abord, elle n'avait pas de cartes ni d'objets de divination. Elle avait un air ordinaire, un visage neutre. Il était presque sûr qu'il ne se souviendrait pas de ses traits deux heures après l'avoir quittée. Mais sa voix – sa voix profonde et rocailleuse, capable de tonner ou de se fêler – entrait dans votre tête et n'en sortait plus.

– La réalité, on a besoin de la saisir, délicatement, par tout petits morceaux, et de la déplier.

– De la déplier ? répéta Alvar.

– Oui. C'est comme ça que j'ai toujours vu le rôle du langage. Le langage déplie le réel. Il révèle sa forme interne, il lui permet de s'épanouir.

Alvar s'arrêta un moment à cette idée qui lui plaisait.

– La poésie peut-être, admit-il.

– Non. Pas seulement la poésie. Tout le langage. Regardez, quand vous faites une enquête, vous avez la réalité ramassée, compactée, dans la scène de crime. Le cadavre de Marek dans sa roulotte, avec les mille détails, signifiants et insignifiants, repliés sur eux-mêmes. Et vous allez mettre des mots sur tout ça, poser des questions, former des hypothèses, pour déplier cette scène. Pour lui permettre de révéler sa structure, la nature de ses liens internes.

– Je serais donc, moi aussi, un *liseur de signes* ?

– Peut-être bien.

– Vous ne prétendez donc pas lire l'avenir au sens traditionnel du terme ?

– Non... Je laisse ça aux enfants.

– J'ai eu l'impression que les parents de Marek, par exemple, croient que vous avez une sorte de pouvoir... Ils disent que vous avez prédit sa mort.

– Je n'ai pas dit que je n'en avais pas, de pouvoir.

Alvar était d'un naturel patient. Il essayait de comprendre.

– Vous avez prédit la mort de Marek, sans vous fier à une quelconque puissance surnaturelle, c'est ce que vous voulez dire ?

– On peut dire ça comme ça. Ce qui me confère mon pouvoir, c'est la justesse de mes vues. Je ne peux pas empêcher les gens de me prêter un don surnaturel, mais moi, je n'y crois pas. Je crois en ma capacité à déplier le réel.

– Et qu'est-ce qui vous a poussée à prédire la mort prochaine de Marek S'Kanza ?

– D'abord, je n'ai pas prédit sa mort. J'ai prédit son départ. Ensuite, Marek était une personne d'une intelligence supérieure. Cela se sentait depuis l'enfance : sa façon de gérer son handicap génique, son indépendance, la profondeur vraiment unique de sa conversation. Il avait une compréhension intuitive des gens et des situations – il savait quand parler et quand se taire, et ça, c'est un don précieux.

– Il est né dans la caravane ?

– Oui. Ses parents sont des Nom's pure souche. Son père a eu beaucoup de mal à accepter sa différence, à cause de ses préjugés culturels. Mais je crois qu'il l'aimait quand même.

– Je l'ai trouvé très agressif.

– Avec vous ?

– Oui.

– C'est normal. On n'aime pas les flics de la Globale, ici. On n'aime pas les Sédentaires, de manière plus générale.

– Et on n'aime pas les Délicats, ajouta Alvar.

– Et on n'aime pas les Délicats, confirma la liseuse de signes. Bref, Marek était champion pour prendre la tangente. Intégré juste ce qu'il fallait pour ne pas avoir d'ennuis. Mais discret, absent, fuyant, même. Sa vie était ailleurs.

– Sur le Net ?

– Probablement.

– Que faisait-il pour gagner sa vie ?

– On ne parle pas de ces choses-là, ici.

– Pourquoi ?

– Parce que gagner de l'argent, c'est honteux. C'est comme

d'aller aux toilettes. Il faut bien le faire, mais on n'en parle pas. Et on le fait derrière des portes closes.

Alvar ne put réprimer un soupir de surprise. Il se remémorait les sempiternelles considérations paternelles sur l'importance d'une belle carrière et les promotions dans l'administration… Était-il possible, vraiment, qu'une communauté entière n'accordât aucune valeur au travail ?

– C'est l'argent, qui est honteux, ou le fait d'en gagner ? demanda-t-il.

– C'est le fait d'en gagner. La plupart des gens, ici, font semblant d'en avoir par la grâce de Dieu.

– Le mystère qui entoure les activités de Marek n'est donc pas anormal.

– Non.

– Pensez-vous qu'il soit possible qu'il ait gagné de l'argent autrement que sur le Net ? Activités illégales ? Vol ? Prostitution ?

– Il ne se rendait pas assez régulièrement à la City, même si je n'étais pas au courant de tous ses déplacements.

– Tout à l'heure, pour expliquer votre prédiction de son départ, vous avez dit qu'il était d'une intelligence supérieure. Est-ce que vous faites un lien entre les deux ? Les enfants de la Route supérieurement intelligents quittent-ils toujours la caravane ?

– Ils la quittent au moins temporairement. Comme le Patron.

– Pourquoi ?

– Parce que la grande intelligence a besoin de se nourrir, et que la communauté est trop étroite. Les jeunes ont souvent envie de partir – certains d'entre eux le font, intelligents ou pas. Mais les gens comme Marek finissent toujours par lever le camp.

– Délicats ou pas ?

– D'autant plus s'ils sont Délicats.

– Pourquoi n'est-il pas parti avant ?

– Je suppose qu'il prenait son temps. Ou bien il attendait quelque chose. D'avoir atteint un objectif qu'il s'était fixé. Ou que sa mère soit morte.

– Sa mère est malade ?

– Cancer. Depuis plusieurs années.

– Donc, selon vous, quitter la caravane était un objectif à moyen terme pour Marek depuis un certain temps. Tout le monde le savait ?

– Plus ou moins. Le départ des Délicats arrange tout le monde, même si certains les accusent de trahir.

– Mais il y en a deux qui restent dans la caravane, non ?

– Ceux-là ont intégré le discours qu'on a toujours tenu sur eux. Ils se sentent faibles, dépendants, incapables d'autonomie. Ils s'imaginent que la caravane les protège, alors qu'elle les étouffe.

– Mais ce n'était pas le cas de Marek.

– Non.

– Certains les accusent de trahir, avez-vous dit. Est-ce que cela pourrait aller jusqu'à les tuer pour les empêcher de partir ?

La liseuse de signes enveloppa Alvar d'un regard pénétrant.

– Je ne sais pas.

– C'est une réponse que vous ne faites pas souvent. Vous semblez savoir beaucoup de choses, et deviner le reste.

– Je ne m'exerce pas à deviner les choses du crime. C'est votre travail, pas le mien.

– Il y a des types, dans la caravane, susceptibles de tuer pour de l'argent ?

– Vous voulez dire, des types qui se font contacter par un col blanc, et à qui on propose un contrat ?

– C'est comme ça que les choses se passent ?

– Non.

Alvar hocha la tête. Il avait eu l'impression de glaner beaucoup d'informations en écoutant la liseuse de signes, mais il se rendit compte qu'il n'avait fait que subir le charme étrange de sa voix. Elle ne lui avait rien dit de substantiel, et se refusait à lui donner les informations précises qui auraient pu lui être utiles.

– Vous n'avez jamais pensé à rejoindre la Route ? demanda-t-elle soudain, après un long silence.

– Non, pas vraiment.

Elle ne répondit pas, et Alvar tenta de fixer dans sa mémoire les traits communs de son visage. Son silence semblait lui intimer l'ordre de partir, et il prit congé, mal à l'aise. D'abord son père. Puis la liseuse de signes. Pourquoi tout le monde le pensait-il prêt à rejoindre la Route ?

Le Patron ne se trouvait pas dans sa tente, ce matin, et Alvar finit par le trouver auprès d'un Nom' malade, auquel il prodiguait des conseils médicaux. Les Nom's semblaient avoir reçu des consignes le concernant ; ils répondaient à ses demandes et le laissaient passer, sans même lui jeter ces regards incandescents et suspicieux qui l'avaient mis mal à l'aise le premier jour. Il faisait presque partie des meubles maintenant, et l'impression d'étrangeté commençait à se dissiper. Seul, le père de Marek continuait à lui opposer une hostilité marquée.

– Pourrais-je vous parler un moment en privé ? demanda Alvar.

Le Patron s'adressa aux autres dans leur langue, et se rendit disponible presque instantanément. Alvar put observer son profil buriné, tanné par un soleil plus brûlant que celui de la City, dans lequel perçaient ses yeux clairs. Il ne devait pas avoir plus de cinquante ans.

– Qu'a donné votre enquête ? demanda le Patron en pénétrant dans sa tente climatisée.

Alvar esquissa un sourire.

– J'espérais plutôt être celui qui poserait les questions, fit-il remarquer. Mais mes résultats ne sont pas secrets. Marek a été tué d'un coup de matraque, ou d'un autre objet contondant. Le coup a été asséné derrière la tête, et par un gaucher. Il n'y a pas eu de lutte. Cela ressemble à une exécution de sang-froid. Ce mode opératoire vous dit quelque chose ?

Le Patron plissa ses yeux vifs, comme pour éteindre leur éclat.

– Peut-être.

– Je commence à écarter l'hypothèse du crime géniste. J'en viens à penser que cette inscription a été rajoutée pour brouiller les pistes. Marek a sans doute été éliminé pour un autre motif. Et mis à part les détails que je vous ai donnés, le cadavre est muet comme une carpe.

– Il en a déjà dit beaucoup.

– Vous trouvez ?

– Oui.

– Évidemment, les Nom's que j'ai interrogés n'ont rien vu, rien entendu. Ils disent qu'il n'y avait pas d'étranger à la caravane, ce soir-là.

– Et qu'en concluez-vous ?

– Je n'en suis pas au stade des conclusions, Patron. J'en suis au stade des questions à poser. Et j'essaie de n'en oublier aucune.

– Alors allez-y.

– Tout d'abord, avez-vous appris quelque chose depuis la dernière fois ?

– Non.

– Y a-t-il des individus, dans votre caravane, susceptibles de tuer pour un contrat ?

Le Patron hésita.

– Oui, je suppose.

– Pourriez-vous me donner leurs noms ?

– Non.

– Va-t-il falloir que je les interroge un par un ? Les trois cent soixante-treize ? Parce que, voyez-vous, je n'ai pas de date limite pour cette enquête. On me laisse carte blanche.

– Vous pourriez les interroger tous un par un. Nous avons tout notre temps.

– Qu'est-ce que je trouverais, à la fin ?

– C'est une vaste question, inspecteur Alvar Costa. Vous trouveriez sans doute beaucoup de réponses à vos questions personnelles, mais je suppose que ce n'est pas la réponse que vous attendiez. Alors, disons que vous trouveriez quelques noms d'hommes de main au passé un peu louche, qui ont parfois rendu quelques services sanglants. Mais tout cela ne vous dirait pas pourquoi Marek a été éliminé.

Alvar réfléchissait aussi vite qu'il le pouvait. Le Patron, dans son langage métaphorique plein de circonvolutions, était en train d'avouer à demi que c'était un de ses Nom's qui avait fait le coup, mais sur la commande de quelqu'un d'autre.

– Non. Cela ne me dirait pas pourquoi. Mais cela me dirait comment.

– C'est une préoccupation tout à fait respectable, inspecteur, et très prisée par les Sédentaires. Quand on ne sait pas pourquoi, on se raccroche au comment. Mais ce n'est pas ma philosophie. L'exécuteur n'est qu'une arme. Trouver l'arme du crime ne résout pas l'enquête.

– C'est une arme du crime dotée d'une mémoire et d'une langue…

– Les Nom's ne parlent pas. Vous perdriez beaucoup, beaucoup de temps.

– Vous me donnez votre parole d'honneur que le commanditaire est extérieur à la caravane ?

Le Patron fut piqué par cette question qui sortait du double sens convenu de leur conversation. Il hésita – Alvar savait que la question de l'honneur ne le laissait pas indifférent.

– Oui. Je vous donne ma parole.

– J'ai une dernière question, qui me taraude. Une autre question pour laquelle je vais devoir vous faire confiance. Connaissez-vous le mobile du meurtre ?

– Non, évidemment. Même l'arme du crime ne le connaît pas. Seul le meurtrier le connaît.

Alvar le crut – sans pouvoir s'expliquer pourquoi. Il fallait marcher à la confiance sur la Route – à la confiance et à la trahison. Il accepta l'idée que la mort de Marek S'Kanza avait été commanditée de l'extérieur, pour une raison inconnue, et qu'un Nom' de la caravane, probablement personnellement hostile aux Délicats, s'était chargé de la besogne moyennant finance.

– Vous vous simplifiez la vie en disant que le tueur à gages n'est que l'arme du crime. Il est aussi responsable que le commanditaire, à mes yeux.

– Pourquoi ? demanda le Patron, qui paraissait vivement intéressé par cette question de casuistique.

– La volonté sans le bras n'est qu'un mauvais rêve. Le bras sans la volonté n'est qu'une masse inerte. La volonté et le bras sont liés dans l'action, dans la faute, dans le sang. Il y a deux meurtriers, deux meurtriers entiers, alors que vous voulez croire qu'il n'y en a qu'un.

– Mais les bras sont interchangeables, protesta le Patron au bout d'un silence.

– Pas tant que ça. Si Marek avait été soutenu à l'intérieur de sa caravane, le commanditaire n'aurait pas pu l'atteindre.

– C'est vrai. Mais tous les individus isolés ou mal vus ne se font pas tuer.

– C'est toute la saveur du meurtre, Patron. Le passage à l'acte. La distance franchie entre les idées noires qu'on caresse le soir et le cadavre refroidi de l'autre côté de l'acte. Toute la distance entre le bien et le mal.

La Patron ne répondit rien, et Alvar se demanda s'il pouvait considérer cela comme une sorte de victoire.

– La liseuse de signes n'a pas voulu me dire qui étaient les Nom's les plus hostiles aux Délicats, et vous n'avez pas voulu me dire qui étaient ceux qui trempaient dans des contrats louches. Je suis sûre qu'il y en a un à l'intersection de ces deux ensembles. Un chez qui la vénalité a rencontré la haine géniste. Un qui a su allier l'utile à l'agréable et qui a accompli la volonté d'un autre tout en couvrant le fait qu'il accomplissait aussi la sienne.

Le Patron regardait Alvar avec une forme de respect.

– Êtes-vous flic ou êtes-vous prêtre ? finit-il par demander.

– La religion que je sers est plutôt moribonde, alors je vais m'en tenir à mon rôle de flic.

– Quelle religion ? insista le Patron.

– Moi ? Je crois en l'humain. En cet être de symboles et de langage, capable de se poser des questions sur le bien et le mal.

– Vous allez classer l'enquête et laisser repartir ma caravane ?

– Classer l'enquête ? Mais je viens juste d'arriver à la conclusion qu'il s'agissait d'un homicide, exécuté par un tueur à gages. Quel flic serais-je si je classais l'enquête maintenant ?

– Un flic sage.

– Un flic pourri, vous voulez dire. Ou indifférent. Mais je ne suis ni l'un ni l'autre. Quand je suis entré dans la caravane de Marek S'Kanza et que j'ai senti, à travers son cadavre, la solitude profonde de sa mort, je l'ai prise en pleine face, et je me suis senti concerné. Cela a créé un lien entre lui et moi. Un lien d'honneur. La solidarité que les membres de sa propre caravane ne lui ont pas manifestée, moi, je ne peux pas m'y dérober. Les devoirs post-mortem sont les plus impérieux.

– Vous ne le connaissiez pas.

– Justement. C'est l'être humain que je vois en lui. « Mon semblable, mon frère ».

Le Patron se leva pour raccompagner Alvar à la porte de sa tente, mais ce mouvement était lent. Il semblait, malgré sa décision d'y mettre fin, prendre goût à cette conversation.

– L'universalisme des Sédentaires est incompréhensible pour nous. L'être humain, ça ne veut rien dire. C'est une grande poubelle où on jette pêle-mêle des diamants et de la boue. Aux yeux d'un Nom', vous êtes timbré, inspecteur. Un doux illuminé. Personne ne se consacre de la sorte à un étranger.

– C'est mon métier, dit Alvar. La manière dont je gagne ma vie. Et j'en suis fier.

Le Patron lui tendit sa main baguée, et Alvar la serra.

Dehors, on entendait au loin le fracas des éoliennes, et le vent faisait claquer le linge que les Nom's étendaient sur des fils. Derrière un drap tendu, Alvar aperçut, en ombres chinoises, un couple qui s'enlaçait avec fureur. Il détourna les yeux et traversa le dédale de la caravane arrêtée en allongeant le pas. Du sexe, des enfants, des meurtres. Du désir. Il y avait quelque chose de puissant qui se dégageait de ces pancartes colorées, de ces étoffes rouges, de cette impermanence des lieux.

En rentrant dans le bureau aveugle et climatisé qu'il partageait avec l'inspecteur Samir Ayari, Alvar se servit un café. Samir était ce qu'on appelait depuis quelques années une « punaise d'écran » – s'il partageait avec Alvar son enthousiasme nocturne pour le Paraddict, il était de surcroît inspecteur analyste, c'est-à-dire qu'il traitait des données toute la journée. Un *homo numericus* comme Alvar les aimait : silencieux pendant de longues heures, mais d'une conversation charmante et dénuée de toute agressivité, toujours calme, jamais avare de son intelligence, passionné et d'une incroyable patience. Son obésité, qui faisait de lui un être aussi puissant que vulnérable, avait épargné son visage aux traits réguliers.

Il était pour l'heure en train de faire défiler les photos qu'Alvar avait prises de la roulotte de Marek. Sur la première, le petit personnage blanc et couronné était lové sur la lune; sur la deuxième, il était seul au milieu de toutes sortes d'humains menaçants. Sur la troisième, il était en cage et versait de grosses larmes argentées. D'autres images apparaissaient, plus confuses, au milieu de ce récit naïf: des lignes de chiffres, des mots qui ne ressemblaient ni au français ni à l'anglais, des visages plus réalistes.

– Ça fait des heures que tu es sur ces dessins, non? demanda Alvar.

– Ils sont intrigants, se défendit Samir. Regarde, il y a des bribes de codes, des mots.

– Et qu'est-ce que tu crois, que le gars a peint la solution de son propre meurtre sur l'entrée de sa roulotte?

Samir soupira, regarda l'heure et se frotta les yeux. L'aiguille des heures approchait de dix-sept heures.

– Tu as raison, je perds mon temps. On n'est pas dans un jeu vidéo… Par contre, j'ai du nouveau sur les donzelles.

– Les trois? demanda Alvar avec espoir.

– Hé… On se calme, l'ami… On va commencer par une. Je te présente Béatrice Giannini, l'ambassadrice d'Alba Mater, une Délicate qui défie les usages en s'exhibant partout où elle le peut… Tiens, regarde.

Le surnom de «vampires» n'avait pas été accolé aux Délicats par hasard: outre leur peau blanche et le fait qu'ils étaient souvent allergiques à la lumière, il y avait aussi le rejet des miroirs. Les Délicats avaient porté, presque dès leur apparition, la contre-culture antinarcissique; il y en avait même qui en avaient fait un cheval de bataille, comme ce chanteur, Silk Skin, qui refusait toute effigie de lui, et qui critiquait inlassablement la mise en scène de soi. Son plus grand tube, « Ego's On Stage », avait marqué toute une génération de Délicats. Cette Béatrice Giannini, avec ses cheveux teints en noir, et ses selfies *ad nauseam*, faisait tache.

– Parfait. J'essaierai de la rencontrer lundi. Et les autres ?

– La blonde est plutôt discrète. La reconnaissance faciale m'indique juste une série de photos : celles de la promotion de la master class de robotique, il y a une dizaine d'années. Je ne suis même pas sûr que ce soit elle.

Alvar compara les deux photos : celle de Marek était évidemment plus suggestive, et la jeune femme avait peut-être les traits plus fermes, plus accusés, ce qui était logique si elle avait pris dix ans. La jeune fille, au deuxième rang de la dernière photo de la WA Academy, avait cependant le même regard angélique et un peu perdu.

– Ces gosses que tu vois ne payent pas de mine, mais ce sont des têtes. Ils sont probablement maintenant tous haut placés dans les plus grands laboratoires de la WA.

– On a une identité ?

– Non. Aucun moyen de savoir de qui il s'agit. Je t'ai juste sorti la liste de noms de la promotion.

– Et la rousse ?

– Ah… La rousse. Ma préférée, je dois dire.

Alvar rit. Il ne put s'empêcher de songer à Sonia, au flamboiement de ses cheveux. Il l'imagina posant dans la même tenue, avec un vêtement masculin qui ferait apparaître par contraste toute sa féminité. Les traits de Sonia se superposèrent un instant au visage de l'inconnue, puis se dissipèrent.

– Une pro du camouflage, celle-là. Probablement très active dans le Paraddict. Je n'ai déniché qu'une seule photo qui lui ressemble, qui n'est reliée à aucune identité réelle, juste à un pseudonyme. Mantra.

– C'est un pseudo assez courant, non ?

Oui. Il y a des milliers d'anges qui portent ce nom. À tout hasard, j'ai appliqué divers filtres… Les Délicats, les membres de l'association Alba Mater, les Architectes, les spécialistes de robotique, les Nom's, les concepteurs de jeux, l'armée…

– Et?

– Et il y a une Mantra qui m'intéresse. Architecte dans le Paraddict, mentionnée par plusieurs clients. Mais introuvable.

– Avec tout ça, on ne sait toujours pas ce que Marek S'Kanza faisait pour gagner sa vie, dit Alvar.

– Je ne suis pas d'accord. On a un matériau abondant sur le sujet: il était riche, connaissait des gens haut placés dans différents domaines, comme la politique, la science, et l'architecture 3D. Il a conçu quelque chose qui ressemble à un avatar, peut-être pour un client.

Alvar adorait écouter Samir récapituler les données, qu'il avait le don de réorganiser sans cesse différemment selon les questions qu'on lui posait.

– Et sur sa personnalité?

– Esthète, créatif, homme à femmes.

– Si tu avais vu son cadavre, Samir, tu trouverais ça drôle d'arriver à cette conclusion.

Lorsque l'aiguille atteignit dix-sept heures, une petite musique apaisante retentit dans les haut-parleurs du couloir: le signal de la fin de la journée. Le bâtiment se mit à bourdonner comme une ruche, et Alvar et Samir, après avoir consciencieusement éteint les ordinateurs et les lumières, se joignirent au cortège des fonctionnaires qui sortaient.

C'était toujours un sujet d'étonnement pour Alvar, que ces spasmes qui secouaient la City à heure fixe. La foule paraissait vomie par des entrailles malades.

25/09/2071

Notre dossier : le lourd bilan terroriste du mois de septembre. Elzé Costa : étoile montante du parti du Développement. Tempête Sally : une trajectoire encore incertaine.

Il n'était pas rare que des oiseaux morts pleuvent, avec un bruit sourd, au voisinage des éoliennes. Puis c'étaient les autres qui s'ameutaient autour des charognes – souvent des mouettes ou d'autres oiseaux marins devenus terrestres depuis la disparition des poissons. Un pigeon lamentable était en train de se faire dévorer par un goéland hargneux, et ce spectacle fit à Elzé, à l'entrée de la WA, une impression désagréable.

Elle traversa les locaux avec sa démarche légère et son visage toujours souriant, se sentant comme une petite flamme fragile dans l'obscurité du bâtiment aveugle. On la saluait avec respect. « Toujours aussi élégante », « Cette couleur vous va bien », « Vous êtes rayonnante », étaient des paroles qu'elle entendait souvent, et qui tapissaient de fleurs ses déplacements entre les étages, les antichambres et les bureaux. Mais ces fleurs avaient depuis longtemps perdu tout leur parfum – elle avait eu l'occasion de se rendre compte qu'elles étaient jetées de manière indifférente sur quiconque avait quelque pouvoir, et ne s'adressaient nullement à sa personne. Il suffirait d'un seul revers, d'une faute professionnelle, d'une dégringolade dans la hiérarchie, et les regards affectueux croiseraient le sien sans le voir ; les bouches sucrées se figeraient à son approche. Tout cela était faux – depuis sa propre légèreté jusqu'aux compliments qu'elle cueillait, faux comme les couleurs d'un drapeau ou l'or trop brillant des médailles.

Le visage de Terence, qui l'attendait dans l'antichambre de la salle de réunion, lui parut le seul vraiment humain qu'elle eût rencontré depuis son entrée. Il l'attendait et il appréciait sa ponctualité. Il la regarda approcher avec une sorte de gourmandise, et elle soutint son regard, avec sa franchise désarmante. Elzé passait pour être une femme directe.

– Elzé ! C'est parfait, nous allons avoir le temps de vous présenter à tout le monde avant le début de la réunion.

Il la guida dans la salle de réunion, où quatre personnes étaient déjà présentes. Une jeune femme, avec de longs cheveux blonds noués en queue-de-cheval, et un regard bleu qu'on devinait beau derrière ses lunettes. Une rombière d'une cinquantaine d'années, un peu épaisse, tirée à quatre épingles, les lèvres figées dans une courbe dédaigneuse. Un homme un peu plus âgé, d'une soixantaine d'années, à la propreté douteuse, à la peau et aux cheveux gras. Et un homme dans la force de l'âge, agité de tics. Terence lui présenta rapidement les deux femmes – la plus âgée lui était vaguement familière – et les deux hommes dont elle n'avait jamais entendu les noms. Il ne laissa aucun silence s'installer.

– Je vous présente des hommes et des femmes de l'ombre, que vous n'avez peut-être jamais vus, mais qui font un travail remarquable pour le compte de la WA. Tous les quatre sont des ingénieurs très talentueux.

Elzé fronça les sourcils.

– Des ingénieurs ? Le projet dont vous m'avez parlé est-il de nature scientifique ?

Elzé perçut, du coin de l'œil, la désapprobation de la femme la plus âgée devant son manque de préparation. Elle ne lui en voulait pas à elle, mais à Terence. En fait, l'hostilité des quatre ingénieurs envers lui, bien que dissimulée sous des sourires de façade, était bien présente.

Elzé, avec un sourire radieux et quelque peu empreint de naïveté, s'assit. Elle était devenue nerveuse – elle s'attendait à une réunion de cadres du parti, et ne comprenait pas l'urgence d'une réunion technique. Quelque chose, une nouvelle fois, clochait.

– Lequel d'entre vous est le chef du projet ?

L'homme d'une soixantaine d'années se désigna, mal à l'aise.

– Il s'agit du projet Léviathan, articula-t-il.

Elzé essaya de croiser le regard de Terence, mais il fixait leur interlocuteur d'un air impénétrable. Il était anormal qu'elle n'eût jamais entendu le nom de ce projet, s'il était suffisamment important pour être abordé dans les premières semaines de sa nomination.

– Et en quoi consiste ce mystérieux projet Léviathan ?

La femme la plus âgée, agacée peut-être par ce ton frivole, prit la parole.

– Il s'agit d'un projet classifié, c'est la raison pour laquelle vous n'en avez jamais entendu parler. Vous avez maintenant l'accréditation nécessaire pour accéder à toutes les informations qui lui sont relatives. Le projet Léviathan a été lancé il y a vingt et un ans.

Elzé ouvrit la bouche et la referma. Puis elle se reprit, très calme.

– Vous êtes en train de me dire que la WA travaille à un projet majeur depuis vingt et un ans sans que personne le sache ?

– Oui, répondit l'homme timide qui s'était désigné comme

chef du projet. Le projet Léviathan a pour but de fournir une assistance informatique au gouvernement.

Elzé se tournait de temps en temps vers Terence, mais c'était peine perdue. Maintenant qu'il l'avait introduite, il avait pris le parti de se taire, et elle sentit qu'elle devait se débrouiller seule.

– Une assistance informatique de quel type? demanda Elzé.

– Nous avons tenté de mettre au point un supercalculateur, capable de modéliser des données issues de champs disciplinaires variés, et de produire un calcul de probabilités.

La plus jeune femme prit à son tour la parole.

– Nous avons entré dans Léviathan toutes les données géographiques, historiques, sociologiques, climatiques, géologiques, économiques, linguistiques, psychologiques, épidémiologiques, biologiques, astronomiques.

– En mélangeant les sciences exactes et les sciences humaines?

– Oui. En intégrant des marges d'erreur variables.

– Et vous avez réussi?

Le chef du projet observa un moment de silence et regarda ses collaborateurs.

– Oui, dit la femme la plus âgée.

– Oui, répéta-t-il. Nous avons réussi à entrer toutes ces données dans une sorte de modélisation de la planète.

Elzé lâcha, avec un petit rire amusé:

– Vous voulez dire que vous avez fabriqué un modèle du monde réel? Dans toute sa complexité?

Le plus jeune des deux hommes, qui n'avait pas encore parlé, attendit que son petit rire s'éteigne.

– Deux de mes collègues travaillent sur ce projet depuis vingt et un ans. Nous avons une équipe de trente-neuf programmeurs, développeurs et techniciens. Et lorsque nous annonçons à un politique que nous touchons au but, il se met… à rire?

Terence pinça les lèvres. Elzé sentit son cœur battre un peu plus vite mais ne se découragea pas.

– Excusez-moi. J'ai été conviée à cette réunion sans savoir du tout de quoi il retournait. Je découvre Léviathan avec une certaine stupeur. Et je n'ai pas assez de connaissances en informatique pour mesurer ce travail pharaonique.

Il y eut un silence.

– J'ai besoin de temps, reprit-elle. Je vous proposerai très bientôt une nouvelle date pour une autre réunion, à laquelle je me préparerai.

Les ingénieurs, mal à l'aise, ne répliquèrent pas, et Elzé se leva avec une certaine solennité. Elle ne chercha pas à rencontrer le regard de Terence, qu'elle tenait pour responsable de l'échec monumental de cette prise de contact.

– Mesdames, messieurs.

Elle inclina la tête et sortit. Elle vit dans le coin de son champ de vision que Terence la suivait, mais elle ne lui accorda pas un regard. Il était certes séduisant, et elle l'avait admiré pendant toute sa carrière, mais ce qu'il venait de faire était au mieux la marque d'une profonde incompétence, et au pire la preuve d'une duplicité qui la mettait en rage.

Ils attendirent tous les deux d'être dans son bureau pour parler – et encore le firent-ils d'une voix étouffée. Il n'était guère d'usage de hausser le ton, entre cadres du parti, dans les locaux de la WA.

– Y a-t-il une raison à votre silence concernant le sujet de cette réunion ? attaqua-t-elle.

– Je ne voulais pas polluer votre relation avec les ingénieurs par une présentation tendancieuse.

– Pensez-vous vraiment que ma relation avec les ingénieurs parte sur une base saine ? demanda-t-elle avec colère.

– Je ne veux avoir aucune part dans votre gestion du projet Léviathan. C'est capital – vous le comprendrez plus tard.

– Est-il capital aussi de me faire passer pour une incompétente qui n'a pas préparé ses dossiers ?

– Vous n'êtes pas passée pour une incompétente. Vous avez remarquablement géré la situation, en faisant preuve de réactivité. Vous n'avez pas cherché à les bluffer. Vous avez différé la réunion pour prendre le temps de la préparer. Vous avez agi comme un leader.

– Et vous ?

– Moi ? Ils me détestent déjà. Ils étaient persuadés que j'allais leur savonner la planche.

– Et ce n'est pas ce que vous avez fait ?

– Je n'ai rien fait, précisément. Je vous laisse la planche telle quelle, toute brute, avec ses aspérités. On ne peut pas me reprocher de l'avoir savonnée.

Elzé se calma et respira plus largement.

– Vais-je avoir droit à quelques explications, maintenant ?

– Sur quoi ?

– Sur l'historique du dossier. Quel a été votre rôle ? Pourquoi y a-t-il une telle tension entre eux et vous ?

– Les tensions personnelles autour de ce dossier sont inévitables. Et si vous voulez mon avis, elles sont de peu d'importance par rapport au dossier en lui-même. Vous avez eu parfaitement raison de dire que vous aviez besoin de temps. Vous avez en effet besoin de temps pour digérer l'information qu'ils vous ont lâchée. Pour la comprendre dans toutes ses implications.

– Le fait qu'il y ait un supercalculateur programmé pour une assistance au gouvernement ?

– Oui, répéta-t-il. Ou plutôt le fait qu'il y ait un supercalculateur opérationnel pour une assistance au gouvernement.

Elzé essaya de lire dans le visage de Terence Oxford la raison de tout ce mystère. Mais il restait fermé.

– Je suppose que je devrais donc me mettre immédiatement

au travail, dit-elle en ôtant la veste de son tailleur et en s'asseyant à son bureau.

Son mouvement avait dégagé une bouffée de parfum qui parvint jusqu'à Terence. Elle savait qu'il était en train de la regarder, en ce moment précis, et il lui était facile d'imaginer son profil net, avec son chignon très légèrement défait. Elle aurait pu lui adresser un sourire ou une marque d'amitié, mais elle lui en voulait toujours – légèrement, en surface – et décida de le punir par une indifférence affichée.

Sans ajouter un mot, il s'éclipsa, et elle ne regarda dans sa direction, l'air rêveur, que lorsqu'il fut sorti.

Le moteur de recherche interne de la WA était extrêmement performant. Avec son accréditation, elle lança une recherche sur le projet Léviathan, ainsi que sur l'année 2050. Elle possédait depuis longtemps de solides compétences en analyse de l'information ; en une demi-heure, elle avait réuni toute la documentation possible sur ce projet, y compris un manuel de vulgarisation des principes du calcul de probabilités appliqués aux intelligences artificielles. Le terme « intelligence artificielle » revint plusieurs fois dans ses recherches, mais elle n'y prêta guère attention. On ne lui avait pas parlé d'un être intelligent et privé de corps, capable de discuter de philosophie avec les humains, on lui avait parlé d'un calculateur de probabilités, d'un outil de gouvernance. Elle se concentra donc sur les aspects techniques du projet, ainsi que sur les grandes étapes de sa mise en place. Ce projet avait visiblement subi des réorientations et des modifications au cours de ces années. Le volet robotique de Léviathan avait été quelque peu délaissé, au grand dam de son inventeur qui, il le mentionnait fréquemment, souhaitait donner à son IA un « visage » et une « personnalité ».

Au niveau technique, il s'agissait d'une gageure. D'un serpent de mer, comme son nom l'indiquait. Et même d'un serpent de mer au plus haut niveau de l'État, comme son nom l'indiquait encore. Vingt et un ans, cela lui avait paru de prime abord une durée énorme, mais plus elle lisait d'articles, plus elle comprenait qu'au contraire, ce délai avait été extraordinairement rapide. Il n'avait fallu *que* vingt et un ans pour mener à bien un projet dont la plupart des dirigeants imaginaient sans doute qu'il n'aboutirait jamais. Elzé comprit que, en 2048, un groupe de chercheurs s'étaient réunis pour proposer un projet général à la WA, qui n'avait donné son accord de principe qu'après deux ans pendant lesquels le projet avait été constamment peaufiné et remanié. Les chercheurs, dont John Higgins, qu'elle avait rencontrés tout à l'heure, pensaient que seule une rationalité sans faille pourrait donner un cap, une direction à la gouvernance mondiale. Ils faisaient confiance à l'efficacité des ordinateurs. Le discours de présentation de Higgins, qu'elle lut intégralement dans les archives, était bien écrit, vibrant et plein de conviction. *« À l'heure où la raison humaine s'égare si souvent dans les marécages de la violence et de l'oppression, du profit et du consumérisme, c'est une raison plus qu'humaine qu'il nous faut convoquer. Une raison débarrassée des lenteurs et des étroitesses de vue qui caractérisent tous les chercheurs, même les plus fertiles. Une raison capable de poursuivre sur la voie étroite d'une seule priorité, jusqu'au bout. Cette priorité, ce n'est pas moi qui la définis, ce n'est pas la science. C'est la nature elle-même qui hurle son chant de destruction. Ralentir ou, si cela est encore possible, inverser la dégradation de la biosphère est un but qui doit fédérer toutes les intelligences de la planète. Léviathan sera, dans ce processus, une contribution majeure. »*

Elzé regarda sa photo – sur laquelle il était plus jeune. Elle eut honte d'avoir posé la question « Lequel d'entre vous est le chef du projet ? » comme s'il s'agissait d'un projet de construction dans le génie civil. Ce John Higgins resterait probablement dans l'histoire plus longtemps qu'elle – si tant est que l'histoire ne soit pas arrivée à sa triste conclusion.

Elzé soupira. L'inéluctabilité du désastre planétaire la plongeait toujours dans le même accablement. Ainsi donc, cet outil d'aide au gouvernement était finalisé. Les applications évoquées par les articles étaient nombreuses et variées : on pourrait tester sur le modèle aussi bien les effets d'une loi dans le domaine de la finance, que le bilan carbone d'une campagne de travaux, ou les répercussions sociétales à long terme d'une innovation technologique. On disposerait d'un brouillon, en quelque sorte, d'un coup d'essai. Si cela ne fonctionnait pas, si les conséquences étaient négatives, il deviendrait possible de le savoir à temps.

Des questions s'imposaient à l'esprit d'Elzé. Qu'est-ce que Léviathan aurait dit sur la découverte de la fission de l'atome ? sur l'imprimerie ? sur Internet ? sur l'opportunité de lâcher Little Boy sur Hiroshima ? Un silence un peu effaré se faisait en son esprit devant toutes ces questions ouvertes. Elle décida cependant de programmer une nouvelle réunion pour le surlendemain, et prit soin de se renseigner sur l'identité et la fonction des trois autres ingénieurs. John Higgins collaborait depuis dix-sept ans avec la femme plus âgée qui avait pris la parole en premier : Martha Blanköva. Informaticienne de grand renom, prix Nobel pour sa découverte des algorithmes indépendants G13, dont l'industrie robotique avait largement usé depuis quelques années. La plus jeune des femmes, Sylvanisia Henko, était une brillante jeune chercheuse, qui venait de soutenir un doctorat sur un point extrêmement pointu en sciences de la communication anthropo-mécanique. L'homme d'âge moyen, qui avait si vivement exprimé son mécontentement à la fin, se nommait Pat Navona, et il était un expert international en physique quantique appliquée. Elle avait traité comme des subalternes des gens qui devaient avoir le double de son QI.

27/09/2071

Paraddict : la FIFA lance la Coupe du monde virtuelle. Perturbateurs endocriniens : le lourd héritage du début du siècle n'est pas encore soldé. Dans le monde de l'infiniment petit : le récit palpitant de la découverte du minimo.

Le surlendemain, elle était la première dans la salle de réunion. Elle n'avait pas convié Terence. Les quatre ingénieurs arrivèrent en même temps, l'air fatigué. Ils paraissaient ne rien attendre de la réunion et s'être déplacés par pure obligation réglementaire. Elzé ne fit pas attention à leur mauvaise humeur affichée et les salua chacun par leur nom.

– Je tiens à présenter mes excuses pour l'impréparation de la précédente réunion. Vous aurez compris, je pense, que M. Oxford n'avait pas jugé souhaitable de me renseigner lui-même sur le projet Léviathan.

– Vous n'avez pas spécifié l'objet de cette réunion sur le courrier, remarqua Pat Navona d'un ton un peu agressif.

– Il me paraît évident que si un outil d'aide au gouvernement a été finalisé, il vous faudra tôt ou tard rencontrer les politiques. Votre présence est donc tout à fait naturelle. Pour tout dire, c'est plutôt la mienne que je questionne.

– La vôtre ?

– Pourquoi le parti du Développement et pas un autre parti ? Pourquoi moi ?

John Higgins et Martha Blanköva se regardèrent. Elzé venait de toucher un point sensible, et ils n'étaient pas sûrs de pouvoir lui répondre.

– La réponse est-elle trop complexe pour que je puisse la comprendre ?

– Non, dit Higgins sans sourire. Mais nous pensions vous expliquer cela plus tard.

– Après vous avoir expliqué plus en détail les fonctionnalités opérationnelles de Léviathan, et vous avoir fait rencontrer la machine.

« Rencontrer la machine », releva Elzé. Elle n'avait pas dit : « après vous avoir montré la machine », mais « après vous avoir fait rencontrer la machine ».

– Je ne vois pas pourquoi vous hésitez, intervint Pat Navona. Elle finira bien par l'apprendre.

– Je ne sais pas trop comment vous le dire, fit John Higgins.

– Léviathan pense que vous êtes, parmi les quarante-quatre candidats potentiels des trois partis de gouvernement, la plus susceptible d'être élue.

Elzé fronça les sourcils.

– J'ai peur de ne pas bien comprendre.

– Nous avons demandé à Léviathan de calculer les probabilités de succès électoral pour tout le personnel politique. Nous voulions avoir une chance d'approcher le futur Secrétaire général bien avant sa prise de fonction.

Elzé restait muette, sonnée.

– Ce n'est pas comme si vous méritiez ce poste, dit Pat Navona avec une pointe d'ironie. Le fait que vous soyez une ravissante jeune femme pèse beaucoup dans la balance, d'après Léviathan.

Elzé rougit violemment. Elle ne répondrait pas tout de suite, mais ce Pat Navona regretterait un jour de l'avoir humiliée ainsi.

– Quelle probabilité de succès pour Terence Oxford ?

– Cela dépend des configurations. Entre quarante-sept et cinquante-quatre pour cent.

– Et moi ?

– Entre cinquante et cinquante-sept pour cent.

On avait appris à Elzé à se méfier des sondages, et ce chiffre exprimé en pourcentage leur ressemblait trop pour qu'elle y prête foi.

– Tout ceci n'est qu'une simple hypothèse, finit-elle par dire.

– Ce qui sort de la bouche de Léviathan, on n'appelle pas ça de simples hypothèses, dit avec douceur Sylvanisia Henko. À moins que vous ne considériez comme une hypothèse que le soleil se lèvera demain.

Un silence pesant s'installa dans la salle. Les ingénieurs virent Elzé se reprendre ; la lueur d'effroi qu'avaient provoquée leurs paroles disparut, et elle retrouva sa contenance initiale.

– Bien. Hypothèse ou vérité, cela ne change rien à la tâche qui vous incombe, et dont je vous préviens qu'elle ne sera pas facile.

– Et quelle est-elle ? demanda prudemment Martha Blanköva.

– Vulgariser à mon intention tout ce que vous pouvez savoir sur Léviathan. Je suis impatiente de le rencontrer, mais… je ne voudrais pas lui donner l'impression d'avoir été mal préparée.

Martha Blanköva s'autorisa un sourire, et, de ce moment, Elzé Costa leur apparut à tous les quatre comme un choix judicieux.

Léviathan, décidément, ne se trompait jamais.

28/09/2071

Affaire Curtis Anglione : le cadre du parti du Développement blanchi par la cour d'appel. Alerte au vent de sable renforcée pour demain dans la zone nord-européenne. À trente-sept ans, le chanteur Silk Skin en soins palliatifs.

Dans la police, on ne traquait que rarement des tueurs. On traquait bien plus régulièrement des témoins, espèce fuyante et volatile, souvent décevante, mais toujours renouvelée. Béatrice Giannini était une créature cosmopolite, et bien qu'elle laissât partout de nombreuses traces de son passage, il avait été particulièrement difficile de mettre la main sur elle. En tant qu'ambassadrice de l'association Alba Mater, elle avait un emploi du temps de ministre – Alvar l'avait pistée à travers la région Belgique et la région Pays-Bas, avant de retrouver sa trace dans la City. La satisfaction qu'il éprouvait à l'entendre enfin se teintait cependant d'une sorte d'agacement préventif. Son métier était ainsi fait : les pistes les plus pénibles à remonter se révélaient souvent les plus stériles. Il se préparait donc à ce que cette demoiselle exubérante lui fasse perdre son temps – à ce qu'il put en juger dès qu'elle prit la parole, le sentiment était partagé.

– Je ne comprends pas ce que je fais ici avec vous, inspecteur Costa, dit-elle en plissant les yeux pour lire son badge.

Les témoins commençaient toujours par ce genre de phrases. Ils avaient le plus grand mal à entrer dans le vif du sujet.

– Vous êtes ici pour répondre à des questions sur le dénommé Marek S'Kanza. Quelle est la nature de vos relations ?

Béatrice Giannini avait un physique déroutant. Elle portait son étrangeté comme une bannière, avec une assurance impressionnante. Ses cheveux teints et ses lèvres rouge sang, contrairement à ce qu'il avait pensé en voyant la photo, n'étaient pas destinés à masquer sa condition de Délicate. Au contraire, ils ne faisaient qu'accuser la teinte crayeuse de son visage, l'absence de pigmentation de ses sourcils, de ses cils, et la clarté vraiment irréelle de son regard. Elle avait un corps attirant, un style sophistiqué, beaucoup de grâce dans ses mouvements maniérés.

– Marek est un ami. Pourquoi ? Qu'a-t-il fait ?

– Que pensez-vous qu'il ait pu faire pour s'attirer l'attention de la police globale ?

– Il nous suffit en général d'apparaître pour être suspects : on appelle ça le délit de faciès. Et, pour tout vous dire, ce qu'il a fait ou pas fait ne m'intéresse pas plus que ça. Qu'il se débrouille.

– Ce n'est pas très amical, ça, comme réaction.

– Ça fait quelques mois que je ne le vois plus.

– Vous étiez amis, alors ? Ou amants ?

Béatrice rougit, et Alvar admira cette vague de rouge, qui irrigua brutalement son visage et son cou. Il n'avait jamais vu un Délicat rougir.

– Ça ne vous regarde pas, dit-elle d'un ton sec.

– Malheureusement, si. Et croyez bien que si cela ne me

regardait pas, je ne m'amuserais pas à vous courir après à travers l'Europe pour vous poser des questions indiscrètes. J'ai besoin de savoir tout ce que vous savez sur Marek S'Kanza.

– C'est un Nom', un Sang-Blanc, un génie dans beaucoup de domaines, et un véritable bâtard.

– Un bâtard… au sens propre ?

– Non. Considérez ça comme une métaphore.

– Et donc, vous étiez amants.

– Excusez-moi, mais le terme me paraît un peu désuet. On a couché ensemble quelquefois.

– Comment l'avez-vous rencontré ?

– Par des amis communs. Nous faisions partie d'une même association.

– Alba Mater ?

– Comment le savez-vous ?

Alvar haussa les épaules et ignora sa question.

– Vous avez un albatros tatoué quelque part, vous aussi ?

Béatrice souleva ses cheveux et tourna la tête. L'albatros prenait son envol sur sa nuque.

– Comment décririez-vous les objectifs de cette association ?

– Nous sommes des militants, inspecteur. Nous militions pour le droit des Délicats. Nous apportons une aide financière et juridique à toutes les victimes de génisme, nous essayons de faire de la prévention dans les écoles, et même, à nos moments perdus, un peu de lobbying. Nous faisons aussi du mécénat pour les artistes.

– Donc, vous l'avez rencontré par le biais d'Alba Mater. Lors d'une réunion, d'une soirée ?

– Non, dans le Paraddict.

– Et comment l'avez-vous rencontré physiquement ?

– Il m'a demandé de poser pour des photos. C'est comme ça que je suis allée le voir dans sa caravane.

– C'était quand ?

– Il y a environ dix-huit mois.

Alvar nota ce détail. Il faudrait demander au Patron si la caravane se trouvait bien aux abords de la City à cette période. Alvar reprit, sans agressivité :

– Vous y êtes allée combien de fois ?

– Trois ou quatre fois. Puis la caravane est repartie, et nous avons continué à nous fréquenter dans le Paraddict.

– Quel est le nom de son ange ?

– Marek Kanzas.

Cette fois, bien qu'il n'en laissât rien paraître, et que son visage conservât toute son impassibilité blasée, Alvar avait ressenti une petite décharge de dopamine. Le nom de son ange, c'était la porte du Paraddict qui s'ouvrait pour continuer l'enquête à un autre niveau. Il eut conscience de sa brutalité lorsqu'il dit précipitamment :

– Marek S'Kanza est mort, nous avons retrouvé son corps le 13 septembre. Nous sommes remontés jusqu'à vous grâce à cette photo.

Elle ne regarda pas la photo, cependant, assommée par la nouvelle.

– Comment est-il mort ?

– Assassiné, très probablement. Nous n'écartons aucune piste.

Elle sursauta, comme s'il l'accusait confusément.

– Je ne connaissais pas cette photo, dit-elle au bout d'un moment. Elle est très belle. Marek était un génie de la photo.

Les témoins finissaient toujours par comprendre qu'ils étaient là pour un motif grave, et après avoir géré leur arrogance, puis leur impatience, il fallait encore compatir avec leurs larmes, réelles ou feintes. Les témoins étaient une espèce fatigante.

– Vous connaissez ces personnes ? demanda Alvar.

Un peu plus doucement, il lui mit sous les yeux les photos

de la blonde et de la rousse. Le visage transparent de Béatrice se pinça.

– Je vois qu'il était plutôt éclectique dans ses goûts.

– Pourquoi, vous, vous ne sortez qu'avec des Délicats ?

– C'est une proposition, inspecteur ?

– Vous connaissez ces personnes ? répéta Alvar, plus doucement et plus lentement.

– Celle-là, je connais sa photo. Elle était déjà accrochée dans la roulotte quand j'ai rencontré Marek.

Il s'agissait de la rousse, connue sous le pseudonyme de Mantra.

– Une idée de son nom ?

– Il m'a dit que c'était une amie, Architecte comme lui. Je ne crois pas qu'il m'ait dit son nom.

– Dans le Paraddict ?

Béatrice haussa les épaules.

– Évidemment, dans le Paraddict. Vous avez trouvé un cabinet d'architecture dans sa roulotte ?

– Et la blonde ?

– Je ne la connais pas, mais je suppose que c'est cette fille avec qui il était l'année dernière.

L'animosité rendait sa voix plus aiguë.

– Vous pouvez être plus précise ?

– Je me suis disputée avec lui vers le mois d'avril, donc, ce devait être dans ces eaux-là.

– Disputée pour quoi ?

Béatrice inspira une grande bouffée d'air.

– Excusez-moi, je ne me sens pas très bien.

D'ordinaire, Alvar lui aurait mis un peu de pression – les témoins avaient tendance à se sentir mal à des moments un peu trop opportuns. Mais cette fille avait une peau transparente, et il voyait sa tension artérielle qui s'emballait.

– Vous voulez prendre un cachet ?

Elle saisit dans son sac un inhalateur dont elle aspira de longues bouffées, puis elle avala un cachet.

– Vous êtes toujours aussi émotive ? demanda-t-il.

– Tous les Sang-Blanc sont émotifs.

– Marek était comme ça, lui aussi ?

– Bien sûr.

– Bien. Dites-moi ce que vous savez sur cette fille, sur la relation qu'il avait avec elle.

– Je crois qu'il est tombé vraiment amoureux d'elle. Le problème, c'est qu'il est tombé aussi sous son influence. Il s'est mis à tenir de grands discours qui n'étaient pas du tout son genre. Il a changé de projets, changé d'amis. Je suis sûre que c'est une perverse narcissique.

– Mais d'où sortait-elle ?

– Je n'en sais rien.

– Qu'est-ce qui vous fait dire qu'il s'agit bien de cette fille blonde ?

– Une intuition. Nous sommes très intuitifs, nous les Sang-Blanc.

– On dirait que Marek n'a pas eu l'intuition de ce qui allait lui arriver, en tout cas.

Les yeux diaphanes de Béatrice s'emplirent de larmes qui, en roulant sur sa peau, rendirent celle-ci encore plus transparente, comme un papier mouillé.

– Excusez-moi, j'ai presque fini de vous tourmenter. Comment s'appelaient ces amis communs ? Ces gens avec qui il a coupé les ponts ?

– Principalement des gens d'Alba Mater. Il a eu une dispute virtuelle violente avec l'un des membres, Oswald. Une espèce de polémique publique. Je me suis inquiétée, parce que Oswald est très rancunier.

– Cet Oswald aurait pu l'intimider, lui faire du mal ?

– Je l'ai craint sur le moment, mais je ne pense pas. Ils

étaient amis, au départ, ils se connaissaient déjà quand je les ai rencontrés. Oswald était furieux, mais cela m'étonnerait que leur embrouille ait débordé dans le monde réel.

– Après cela, Marek a quitté l'association ?

– Non, pas officiellement, mais ça n'aurait pas changé grand-chose parce qu'il n'a jamais été très actif à Alba. Il n'a jamais été très porté sur le militantisme Sang-Blanc. Il n'avait pas l'esprit communautaire.

– Pourquoi ?

– Peut-être parce qu'il était Nom'. Il appartenait à deux minorités très différentes, et qui n'ont pas beaucoup de tendresse l'une pour l'autre. C'était ce qui le rendait si spécial.

– Vous saviez qu'il comptait quitter la Route ?

– Non. Quand je l'ai rencontré, il n'en parlait pas du tout. Il aimait l'errance.

– Et vous ? Vous êtes militante ?

– Oui. Ultra-militante. Rien ne me dégoûte plus que le génisme. Je trouve même que les Sang-Blanc sont un modèle dont les Normos devraient s'inspirer.

– Les Normos ? C'est comme ça que vous appelez les gens qui ne sont pas Délicats ?

– Oui, ceux qui fixent la norme et qui vous décrètent anormal alors que vous venez juste de naître. Les gens comme vous, inspecteur.

– Et Marek n'adhérait pas à ce type de discours ?

– Non. Il n'en avait rien à faire de tout ça. Ce qui l'intéressait, c'était l'art et le mécénat.

Alvar, finalement, n'avait pas perdu son temps. Lorsqu'il autorisa Béatrice à partir, elle se leva, prit ses affaires et ajouta :

– Cette blonde… Je suis sûre que c'est à cause d'elle qu'il est mort.

– Une intuition ?

– Une intuition de Sang-Blanc.

Resté seul dans la salle d'entretien, Alvar laissa son cerveau divaguer. Il lui arrivait souvent de faire ça – c'était un peu comme de lâcher un cheval trop longtemps enfermé : son cerveau avait besoin de galoper, à bride abattue. Il le laissait s'élancer très loin, faire des tours, revenir sur ce qui était déjà pensé, explorer l'improbable. Tandis qu'il repassait, de cette façon non conventionnelle, tout ce qu'il avait perçu et appris de Béatrice, il se fit la remarque que, dans la même semaine, on l'avait successivement traité de Sédentaire et de Normo. Était-il vraiment ce que ces étiquettes désignaient ? Peut-être ces étiquettes auraient-elles déterminé Marek S'Kanza à lui tourner le dos, s'il l'avait connu de son vivant. Et pourtant, lui, il avait ressenti une sympathie immédiate pour Marek S'Kanza – pour son cadavre en position fœtale, pour sa roulotte peinturlurée, pour ses photos. Maintenant qu'il l'approchait d'un peu plus près, par la bouche de Béatrice, il découvrait un homme complexe, plein de contradictions, refusant les embrigadements, libre dans ses mœurs comme dans sa pensée.

Quelque temps plus tard, Samir lui faisait part de découvertes intéressantes sur Oswald Seldwick. Son histoire tenait en peu de lignes ; après une enfance surprotégée dans une riche famille autrichienne, il avait fui à la City et tenté de faire fi de sa tare génétique. Mais celle-ci l'avait rattrapé – il avait été hospitalisé à maintes reprises, dont une fois pendant plusieurs mois, et c'est là qu'il avait rencontré un certain Cyril Borgheist, dont il était devenu le compagnon de route. Oswald était alors en rééducation après des semaines d'alitement complet et d'affaiblissement musculaire ; Cyril se remettait d'une chute grave. Sa lubie de l'époque était le franchissement urbain, et il était tombé en tentant de franchir l'espace entre deux immeubles. Cette bizarrerie, à une époque où, sans qu'il y ait besoin de couvre-feu, les gens se terraient chez eux, lui avait valu de la part de la WA plusieurs séances de soutien psychologique en plus des soins médicaux… Cyril avait cependant été si rebelle à toute thérapie visant à le remettre dans le droit chemin de la prudence que le psychothérapeute avait lâché prise au bout de deux séances. L'estampille « pathologie sociale à surveiller » avait été apposée sur son dossier. Entre le Délicat à deux doigts de mourir de son asthme et la tête brûlée qui n'aimait rien tant que se mettre en danger, une amitié singulière semblait être née presque immédiatement. Alvar tenta de se représenter Marek, le libre-penseur, avec ces deux esprits adolescents qui jouaient avec la mort. Marek avait-il participé avec eux à des activités séditieuses, dangereuses, peut-être terroristes ? Cela ne semblait pas très cohérent avec la mystérieuse dédicace de Terence Oxford sur le livre… Le chef avait bien précisé que l'indice était trop ténu pour « déranger M. Oxford », mais Alvar pourrait peut-être glaner des informations auprès d'Elzé. Quelle sorte de lien un libre-penseur comme Marek pouvait-il entretenir avec un homme politique d'un côté, et un groupuscule d'agitateurs de l'autre ? Pourquoi avait-il coupé les ponts avec tout le monde en même temps ? L'un de ces alliés trahis était-il susceptible d'aller jusqu'à le tuer ?

C'était un drôle de métier, vraiment. Le seul, probablement, où il s'agissait toujours de faire la connaissance intime de quelqu'un alors même qu'il était déjà mort. C'était fou ce qu'on apprenait sur les victimes – et il en allait des victimes comme des témoins, ou comme des collègues de bureau : certains étaient plus sympathiques que d'autres, et vous émouvaient davantage. Les gens étaient persuadés qu'une enquête policière consistait à découvrir le meurtrier… mais les meurtriers étaient une espèce banale, et n'intervenaient qu'à la fin, presque après la fumée des cierges, une fois qu'on avait tout compris. Ce qui faisait le charme de l'enquête, ce qui lui donnait son ton, son atmosphère, le parfum singulier qui vous enveloppait pendant des semaines, ce n'était pas le meurtrier. C'était la victime.

28/09/2071

Chine : les dernières IA d'Apple se vendent comme des petits pains. Nettoyage des nappes phréatiques : l'invention qui va révolutionner nos sous-sols. Évacuation de l'île de Maupiti avant engloutissement.

L'alerte au vent de sable avait été donnée plusieurs heures auparavant : un fort vent de sud, en provenance du Sahara, allait souffler sur l'Europe un air abrasif et asphyxiant. Les rues, les toits et les poumons allaient se recouvrir d'une fine pellicule de cendre. Des Délicats, des enfants, des vieillards allaient en mourir par dizaines, et, au fur et à mesure que les minutes passaient, les rues de la City se faisaient de plus en plus désertes.

C'était la première fois qu'Abel se risquait au-dehors lors d'une telle alerte. Il avait pris l'habitude, depuis l'enfance, de se calfeutrer dans des appartements aveugles ou dans des abris souterrains, et d'attendre la fin de l'alerte. Mais aujourd'hui, l'heure avait sonné de transgresser les règles communes, et il goûtait particulièrement sa marche solitaire. Il n'y avait pas un souffle de vent pour l'instant, et la ville paraissait écrasée sous une chape de silence, un poids invisible qui l'oppressait. Comme avant chaque soubresaut de la Terre, la paix du monde immobile semblait trompeuse, irréelle.

L'adresse indiquée par la mystérieuse Abuela était une sorte de gymnase, ou de foyer de jeunes – il n'y avait pas de scan à l'entrée, seulement quelques jeunes gens qui gardaient la porte. Ils ne lui demandèrent rien mais l'observèrent de manière appuyée. Ils avaient son âge, à peu de chose près, et des tenues disparates. À l'intérieur, Abel reconnut des installations sportives à l'abandon : des agrès connectés dont la partie électronique était éventrée, des tapis de course définitivement arrêtés, des zones d'apesanteur, des installations de e-sport. Il y avait quelques chaises, vides pour la plupart, et les jeunes gens déjà présents étaient plutôt assis par terre ou sur les ruines des agrès. Il n'y avait pas d'estrade, pas de micro, pas de caméras. Cela ne ressemblait pas aux meetings politiques qu'il connaissait – Abel eut une pensée fugitive pour sa sœur Elzé qui devrait, elle, prendre la parole dans des salles de meeting sonorisées et sécurisées, devant des milliers de personnes triées sur le volet, et des dizaines de caméras qui la filmeraient sous toutes les coutures. Ici, l'orateur allait s'adresser à ce drôle de tout-venant désœuvré. Les jeunes gens s'organisaient par grappes – il n'y avait pas de look particulier, mais un mélange de tout ce qui pouvait émaner de près ou de loin de la contre-culture. Abel enregistrait des informations sans y penser – il compta des yeux les trente et une personnes présentes, qui ne comprenaient que trois filles, et photographia mentalement quelques personnages emblématiques. Un jeune homme qui arborait un tee-shirt moulant portant la mention « *I am carnivorous* ». Un autre dont le bras arborait un tatouage « *Rather dead than old* ». Un transgenre en robe du soir. Un Délicat aux vêtements gothiques ultra-sophistiqués, avec les lèvres noires. S'agissait-il du fameux Oswald ? Il y avait toutes les origines ethniques, tous les styles. Abel ne put s'empêcher de comparer cette assemblée à celle des étudiants de la WA Academy, et de constater l'incroyable uniformité de cette dernière. Abel, remarqué pour sa beauté partout où il allait, ne se fondait nulle part mais se trouvait à sa place partout. Il sentait sur lui des regards de curiosité et de désir, auxquels il répondait machinalement par un regard insistant.

Une dizaine d'autres jeunes gens entrèrent encore, avant que la petite foule ne réagisse et ne se reconfigure. Un jeune homme d'assez petite taille, au visage fin, aux yeux vifs, saluait les autres un par un, avec un sourire en coin. Une fille le serra dans ses bras comme si elle le retrouvait après une longue séparation. Il passa devant Abel et lui sourit poliment, mais sans arrêter son regard, puis il saisit une chaise et s'assit au milieu de la salle. Les autres se massèrent autour de lui, avec beaucoup de chahut et de rires. Il ne semblait pas impatient – il semblait content d'être là, et ne pas avoir mieux à faire.

– Ho, Cyril ! Où est-ce que t'as passé les dernières semaines ?

– Ça ne te regarde pas, répondit-il, bon enfant.

– T'as fait exprès, pour le vent de sable ?

– C'est moi qui l'ai fait souffler ! renchérit-il.

Il y eut un échange de propos amicaux, un peu décousus, dont les allusions échappaient à Abel. Ce qu'il comprenait, en revanche, c'était que Cyril Borgheist était aimé de tous, qu'ils étaient heureux de le revoir après une absence un peu longue, et qu'aucun d'entre eux n'avait hésité à sortir pendant l'alerte. Il n'avait rien de particulier dans son allure, et un visage plutôt banal, si l'on exceptait ses yeux d'une remarquable vivacité.

– Je vois que notre groupe est chaque jour plus nombreux, fit-il enfin.

Des acclamations fusèrent, et beaucoup d'yeux se braquèrent sur Abel, mais aussi sur un groupe de trois autres garçons qui semblaient aussi nouveaux que lui.

– Comment vous appelez-vous ? demanda Cyril.

– Abel.

– Kenny.

– Stanley.

– Gregor.

– Abel était le préféré de Dieu, lança Cyril. Est-ce que tu as un frère maudit ?

– C'est moi, le frère maudit, dit Abel.

– On aime mieux ça ! dit un autre en riant.

Cyril cependant n'était pas venu pour plaisanter – et ce n'était pas cela que les autres attendaient de lui. Il était venu pour prêcher, du moins, c'est le mot qui vint à l'esprit d'Abel, même s'il paraissait infiniment éloigné des prédicateurs ordinaires. Sa voix était simple, sans artifice, nue. Elle allait chercher les mots dans des équilibres précis, et leur donnait tout leur poids de sens. Abel maîtrisait la langue de bois et maniait l'ironie, mais il reconnut immédiatement, dès les premières phrases, la supériorité de Cyril Borgheist dans l'exercice vivant, fascinant, de cette pensée à voix haute.

Nous sommes peut-être la dernière génération, celle qui ne peut enfanter que du vide, que de la destruction. On nous l'a assez répété. Après nous le feu, le déluge, l'apocalypse.

Mais il y a une question que personne ne se pose. Qu'est-ce que ça change ? Je veux dire : qu'est-ce que ça change fondamentalement ? L'homme a toujours été mortel, ça ne date pas d'hier. Je me rappelle quand j'ai compris que j'étais mortel, j'avais un peu moins de quatre ans ; j'ai pleuré d'angoisse existentielle pendant toute une soirée. Et puis, le lendemain, mon enfance a repris le dessus. J'ai continué à jouer, à manger, à dormir. Et vous tous, et tous les hommes avant nous ont toujours fait de même. La planète est vieille, son organisme se désagrège. Elle va crever et nous emporter dans sa chute ? Il faut bien mourir de quelque chose. L'humanité n'est pas éternelle non plus. Ça fait deux siècles qu'on le sait. Deux siècles que Dieu est mort et que le soleil va s'éteindre.

Et alors ?

Tout ce que nous avons, c'est cette vie-là, ce destin-là. Cet avant-désastre. Ce sursis.

Dans le silence de la salle – un silence dont Abel apprécia la qualité –, on commençait à entendre le vent qui sifflait au-dehors. Abel imaginait les rafales apportant leur immémoriale poussière qui recouvrirait toutes choses.

Ce temps n'est peut-être pas long à l'échelle de la planète mais, à notre échelle, il est le temps de notre vie. De notre jeunesse. De notre soif de sensations. De notre désir. Si nous sommes la dernière génération, cela signifie-t-il que nous devons nous enterrer vivants ? Renoncer à vivre parce que c'est bientôt fini ? Parce que ce n'est plus la peine ? Parce que le voyage de l'humanité s'achève ?

Mais le voyage s'achève toujours, il s'est toujours achevé, partout, pour tout le monde. L'aspect transitoire de notre vie n'est ni une surprise ni une particularité de notre époque. Le voyage s'achève, et c'est pour cela qu'il est beau. C'est pour cela qu'il faut vivre chaque journée avec intensité. Comme si c'était la dernière, avec la conscience aiguë de la fin prochaine, qui décuple la valeur de l'instant.

Notre voyage a une fin ? La belle affaire. Nous sommes, aujourd'hui, ici, maintenant, toujours à bord et toujours en partance. Comme nous le serons jusqu'à notre dernier souffle.

Cyril Borgheist marqua une pause. Dehors, on entendait comme le crépitement d'une pluie sèche.

Nous avons envie de faire l'amour sur les bords du volcan. Nous avons envie de danser sur les décombres. Et au lieu de cela, au lieu de l'incandescence de notre jeunesse, on nous donne de la sécurité. Des souterrains. Des alertes. Des appartements sans fenêtres. Des rues désertes. Une administration de vieux, gérée par des vieux et pour les vieux. Un centre de soins palliatifs où la douleur est anesthésiée, et où on est déjà mort.

Mais si nous ne voulons pas de leurs anesthésiants ? Si nous voulons regarder notre mort en face et, avec elle, le grandiose naufrage de l'humanité tout entière, si nous voulons mettre tout notre orgueil dans cette lucidité sans concessions ? Est-ce que nous n'aurions pas alors une chance de bonheur – ou seulement de beauté, de fulgurance –, est-ce que nous ne serions pas enfin vivants ?

On raconte que les musiciens du Titanic *ont continué à jouer pendant le naufrage, conscients de leur mort, conscients de l'inutilité de toute chose – il leur restait leur art. Je voudrais que nous les prenions en exemple, à cette heure où nous n'en avons aucun.*

La musique du naufrage.

L'humanité a été belle, mes frères, et le fait de disparaître ne lui retire pas sa beauté. Sa beauté résonne dans l'éternité – même si l'éternité est vide –, dans notre conscience infinie et mortelle, capable de saisir l'infini silence du monde. L'humanité est tout ce que nous avons, tout ce que nous avons jamais eu. C'est en humains que nous devons vivre jusqu'au tout dernier instant – libres et conscients. Traversés de désir, illuminés.

Mais la World Administration ne l'entend pas de cette oreille. Elle entend nous mener à l'abattoir comme des moutons. Il ne faut pas sortir du rang. Il ne faut pas prendre de risques. Il faut arrêter de penser, et être le suivant, pour que tout se passe bien, pour que tout soit prévisible. Ce monde est un asile de vieillards qui nous confisque notre lumière, et notre faim, et notre espace.

Je suis prêt à donner quelques années de ma vie pour pouvoir mourir debout. L'élection qui approche marquera une nouvelle étape dans le renoncement général, dans la privation des libertés, un pas de plus vers le tombeau.

Moi, je vous appelle à la désobéissance civile chaque fois que ce sera nécessaire. Elle fera de vous des condamnés heureux. Je vous appelle à jouer, envers et contre tous les capitaines qui voudraient vous embrigader dans des radeaux de fortune, la musique du naufrage.

La voix retomba dans un silence animé de toutes ces pensées qui convergeaient vers une même contemplation. Abel ne réfléchit pas vraiment avant de lancer :

– « *L'art, et rien que l'art, nous avons l'art pour ne point mourir de la vérité* », disait Nietzsche.

Des regards se tournèrent vers lui – autant d'âmes avides, inquiètes, indociles, qui attendaient de ces paroles répandues l'émergence d'un sens.

– Pas seulement l'art… Mais aussi le désir, la curiosité, la joie des premières fois, dit doucement Cyril.

La jeune personne en robe de soirée laissait ses larmes couler à flots, dans une sorte d'exubérance silencieuse. Abel, vivement intéressé par l'enjeu philosophique de leur échange, essayait de mettre à distance l'aspect émotionnel que prenait cette réunion – car l'émotion était là, visible, audible, elle les traversait de manière collective et l'empêchait de penser avec toute la clarté nécessaire.

– Et s'ils avaient raison ? demanda Abel, avec entêtement.

– Comment ça ? demanda le jeune Délicat gothique.

– S'il y avait vraiment un espoir dans les radeaux de fortune…, reprit Abel.

Une lueur de mépris s'alluma dans l'œil de nombreux participants, mais pas dans celui de Cyril Borgheist.

– S'il y a un espoir, nous l'accueillerons avec joie. Notre devise, c'est de cueillir le destin, quel qu'il soit. Nous ne sommes pas des fanatiques de la destruction. Nous avons juste envie de vivre le mieux possible, tant que c'est encore possible. Parce que c'est notre tour, et qu'on ne vit qu'une fois.

Il parlait maintenant au pluriel, comme si la pensée qu'il exprimait engageait tout le groupe.

– Braver le danger, c'est ça? Respirer dans le vent de sable? Surfer sur la houle des ouragans? continua Abel.

– *Avoir le droit* de faire ça. Ou d'autres choses moins ridicules...

Il y eut quelques rires, et Abel ne répondit rien. Le vent de sable faisait un bruit régulier au-dehors – comme un interminable froissement d'ailes. Il pensait avoir suffisamment participé pour éveiller la curiosité de Cyril Borgheist. S'il avait vraiment été un jeune homme uniquement intéressé par la pensée qui venait de lui être délivrée, il lui eût fallu méditer ce qu'il venait d'entendre et approfondir sa connaissance en participant à d'autres réunions. S'il avait été à la place de Cyril, jeune leader charismatique homosexuel, il se fût senti attiré par un jeune homme insolemment beau, qui avait cité Nietzsche. S'il avait été à la place d'Abuela, il eût demandé: «Quelles sont les revendications politiques de ce groupe? Quelle est sa dangerosité potentielle? Y a-t-il des lieutenants autour de Cyril Borgheist? Par quels moyens d'action comptent-ils s'exprimer?» S'il avait été Alvar, il se fût demandé: «Qu'est-ce que Marek S'Kanza avait à voir avec ces types?» Enfin, s'il avait été à la place des autres participants, il se fût senti à la fois attiré et vaguement menacé par sa personne. Il était un intrus, un intrus qui n'hésitait pas à se faire remarquer et qui pouvait les doubler en un clin d'œil sur l'échelle qui les rapprochait du chef. Car, Abel n'en doutait pas, il y avait un culte – involontaire, naissant, mais bien réel – autour de la personnalité de Cyril Borgheist.

Une discussion animée, mais relativement vide de contenus nouveaux, s'engagea entre Cyril et ses disciples, et de petits groupes se formèrent au hasard des échanges qui naissaient. Abel n'écouta que d'une oreille distraite les propos échangés, concentré sur le langage corporel, les signaux inconscients et les mille autres petits détails qu'il pouvait interpréter.

– J'ai entendu dire que le parti de l'Innovation allait sortir une nouvelle technologie révolutionnaire…

– Comment s'appelle leur candidat?

Le Délicat, que les autres appelaient bien Oswald, paraissait faire partie de la garde rapprochée. Il s'exprimait de façon maniérée, un peu précieuse, et semblait d'une nervosité à fleur de peau.

– Il paraît que Terence Oxford s'est fait débarquer…

– Où ça? Au Développement?

La fille qui avait serré Cyril dans ses bras faisait peut-être partie de sa famille; elle avait l'air un peu plus âgée que les autres et gardait le silence. Elle ne paraissait pas très à l'aise dans les échanges théoriques.

– De toute façon, les trois partis, c'est bonnet blanc et blanc bonnet… Vous êtes dans un simulacre de démocratie où chacun joue son rôle.

– Je n'arrive pas à croire qu'ils aient débarqué le vieil Oxford.

Une autre personnalité forte semblait être le jeune homme tatoué, *Rather dead than old*. Abel n'arrivait pas à comprendre son nom, mais il semblait chargé de l'organisation des réunions et se montrait particulièrement virulent lorsqu'on abordait le sujet de l'élection.

– Un peu de sang neuf, ça ferait du bien.

– Le sang neuf, ce seraient des partis qui ne seraient pas déjà validés par la WA. De vrais contre-pouvoirs.

Cyril se montrait, dans cet échange prosaïque, presque commun – la flamme vive de sa pensée s'était éteinte avec son prêche, et, comme un chanteur qui redevient un homme ordinaire lorsqu'il ne s'agit plus de chanter, il se livrait aux conjectures électorales sur le ton mi-sérieux des conversations d'un café du commerce.

– Le parti des Identités est un vrai danger, non ?

– Mais non, c'est l'épouvantail qu'ils brandissent. Ils ne les laisseront jamais passer.

– Et s'ils sont élus ?

– Ils truqueront les résultats.

Abel avait envie de rester – ces gens l'intéressaient plus qu'il ne l'aurait pensé. Il voulait ardemment recueillir toutes les informations qui lui manquaient, toutefois il y avait aussi au fond de lui un sentiment plus obscur. Le personnage de Cyril Borgheist, agrandi par cette triangulation du désir qu'il connaissait si bien pour en être souvent le centre, lui paraissait *à sa hauteur*. Il souhaitait le connaître, lui parler, lui prouver quelque chose, peut-être. Mais Abel savait cultiver ses désirs, comme des fleurs rares et fragiles. Il ne cueillerait pas celui-ci dès son éclosion.

– J'ai entendu une rumeur selon laquelle ils auraient mis une femme à la place d'Oxford, dit-il en s'adressant au jeune homme tatoué.

Ce dernier leva vers lui un regard intéressé.

– Qui ça ? demanda-t-il.

– Une certaine Costa, répondit Abel.

Les conversations reprirent toutes en chœur le nom de sa sœur.

– Costa ? La vieille qui se trouve toujours au deuxième rang des photos de groupe ?

– Mais non, la jeune cadre dynamique…

– Trop belle pour être honnête.

– Encore une arnaque électorale.

Abel, avec un naturel qui le surprit lui-même, s'entendit demander :

– La prochaine réunion, c'est quand ?

– La première fois, c'est ouvert à tout le monde. Mais la deuxième… Il te faut un laissez-passer du chef. Va voir avec Cyril.

Abel sourit et s'approcha du groupe qui entourait le jeune leader.

– Cyril ! Le beau gosse voudrait revenir, lança le jeune homme tatoué.

Cyril s'excusa, avec beaucoup de modestie, auprès des autres, et prit le bras d'Abel pour l'emmener à quelques pas.

– Comment tu t'appelles ?

– Abel.

– Abel comment ?

Il n'y eut pas de délai, car Abel avait déjà réfléchi à la question.

– Abel Alvaro.

– D'où tu viens ?

– De la City.

– Comment as-tu été informé de cette réunion ?

– Quelqu'un m'a parlé de vous et m'a conseillé de venir.

– Ah oui ? Qui ça ?

– Un type que j'ai rencontré dans le Paraddict, et que j'ai vu *in real life* par la suite. Un Nom', Marek S'Kanza.

Cyril ne réagit pas, et Abel ne put savoir s'il se souvenait de ce nom, de cette personne, ou si cela n'avait au fond pas d'importance pour lui.

– J'aimerais passer un peu de temps avec toi, dit Cyril gravement.

Abel soutint le regard qui le sondait avec une forme de mélancolie. Cette invitation était trouble. C'était celle d'un leader désireux de s'assurer de sa loyauté et de son innocuité. C'était aussi celle d'un homme jeune, qui portait son désir comme un étendard.

– Quand est-ce qu'on peut se voir ? demanda Abel.

– Est-ce que tu es libre ?

– Je ne sais pas si je suis libre – ça, c'est que je cherche à savoir. Mais je suis disponible.

Cyril apprécia la nuance et sourit.

– Je suis encore là jusqu'à la fin de la semaine, alors… disons demain, dix-huit heures, ici.

– J'y serai, fit Abel.

– En attendant, tu devrais y aller. Nous avons des choses importantes à discuter.

Cela avait été dit sans méchanceté mais fermement.

– Le vent de sable n'a pas fini de souffler, protesta Abel, alors que le crépitement au-dehors se faisait plus insistant.

Cyril éclata d'un petit rire ironique.

– Il faut de l'engagement, Abel. La liberté, ça se paye cher.

Abel hocha la tête, les lèvres figées dans un sourire un peu jaune.

– À demain, fit-il en hochant la tête.

– À demain, répondit Cyril, les yeux à nouveau tendres et rêveurs.

Abel adressa un salut à la cantonade et se dirigea vers la sortie. Il savait qu'on allait parler de lui dès qu'il serait parti, et il en était satisfait – mais le fait de sortir dans la rue occupa bientôt totalement son corps et son esprit.

Le vent n'était pas assez fort pour le déstabiliser, mais le sable giflait son visage et s'insinuait dans ses vêtements. Il ne voyait pas à deux mètres, avec l'étrange sensation de se trouver happé dans le tourbillon sans issue d'un univers entièrement minéral. Il releva son col, pour pouvoir filtrer l'air qu'il respirait, et ne garda que les yeux dehors, plus qu'à demi clos, réduits à des fentes. Cette progression sans aucune visibilité lui faisait tourner la tête, et il se demanda, vaguement, s'il parviendrait à rentrer chez lui.

29/09/2071

Un déséquilibré décapite un passant à la hache : folie individuelle ou acte de foi ? Interdiction de la commercialisation de l'IA : les raisons d'un choix sociétal. Troisième Guerre orientale : la carte des conflits.

Le temps changeait si vite et si radicalement que le concept de saison semblait appartenir à une époque révolue, comme le concept de féodalité, ou celui de plèbe. Hier, le vent de sable déposait sur la ville étouffée une pellicule de cendre. Aujourd'hui, le ciel crevé déversait sur elle toute l'eau de la planète et la noyait. Des rivières dévalaient les escaliers de l'interurbain, et les femmes retiraient leurs chaussures à talons pour marcher dans la rue. Il faisait même presque froid – c'était un simulacre des hivers anciens, des hivers imaginaires, qu'Abel avait lus dans les livres. Lorsqu'un soleil pur et froid brillait dans un ciel pâle, et que les enfants emmitouflés ramassaient des châtaignes... À moins que les châtaignes ne fussent des fruits d'automne, il ne s'en souvenait plus très bien. L'hiver était à la fois une saison du passé et une saison de l'enfance – un âge d'or glacé, tout entier évoqué dans quelques images naïves. Les mains de toute une famille se réchauffant au coin de l'âtre. Les bonshommes de neige. Le traîneau du Père Noël. Cela n'avait pas plus de réalité que le jardin d'Éden, où tous les animaux sauvages bêlaient aux pieds d'Adam.

Abel glissa à deux reprises et évita la chute de justesse. Les caniveaux, les bouches d'égout vomissaient un fleuve noir, épaissi de poussière et de déchets. Il avait pris le même chemin hier, mais ne le reconnaissait qu'à peine. Il se trompa de rue, ce qui rallongea son chemin de presque un quart d'heure. Enfin, il se trouva au rendez-vous, trempé. Cyril Borgheist vit arriver de loin ce jeune dieu ruisselant, surgissant des eaux, le visage fermé, les yeux absorbés dans des pensées indéchiffrables. Il lui parut encore plus beau que la veille. Comme un monument que la poussière ternit, et dont les couleurs sont ravivées par la brillance des averses, Abel paraissait régénéré et rafraîchi.

– La pluie te donne un autre visage, lui lança-t-il pour l'accueillir.

– Ah oui ?

– Un visage plus… jupitérien. Je te remercie d'être venu à mon invitation.

– Merci d'être là, répondit courtoisement Abel. Pourrions-nous rentrer au sec ?

– La sécurité, la mise à l'abri semblent être de constantes préoccupations pour toi, dit Cyril, ironique.

– Seulement lorsque je me sens en danger, dit Abel d'un ton tranquillement provocant.

Cyril éclata de rire. Il avait un rire un peu affecté, qui découvrait ses dents. Des dents imparfaites et touchantes, qui ne cadraient pas tout à fait avec le charisme général du personnage. Abel se sentit à nouveau en position de force – il lui avait suffi de voir ces dents légèrement jaunies, imparfaitement plantées, pour sentir à nouveau tout le pouvoir que lui donnaient sa dentition parfaite et son visage régulier. Il se sentait parfois comme un être d'une autre espèce, inaltérable dans un monde en ruine, glorieux et jeune au milieu de la décomposition universelle. Incorruptible et invincible.

Cyril l'entraîna à l'intérieur, non pas dans la grande salle où ils s'étaient regroupés hier, mais dans une salle plus petite, meublée de quelques chaises dépareillées, d'un bureau et d'une lampe.

– C'est plutôt spartiate, observa Abel.

– C'est un no man's land. Aussi vide et impersonnel qu'un terrain vague. Idéal pour les rencontres de ce type.

Abel acquiesça et s'assit, après avoir retiré sa veste dégoulinante.

– Alors, tu as eu le temps de réfléchir à mon discours d'hier? demanda Cyril.

– J'y ai beaucoup pensé, oui.

Abel savait exactement quelles informations il voulait obtenir de Cyril, et avait défini une stratégie pour mener leur entretien. Il ne devait pas poser de questions directes, mais lancer des sujets qui amèneraient son interlocuteur sur les terrains qu'il avait choisis. Cependant, son plan minutieux perdait de sa consistance, de son sens, et s'effilochait devant la pression du réel. Cyril était là, devant lui, il fallait affronter son regard intelligent, se soumettre à l'épreuve de son verbe. Il fallait le rencontrer. Et cela débordait le plan de toutes parts, comme la mer déborde soudain un navire souffrant de multiples voies d'eau.

– Je suis d'accord avec le constat que tu fais de la World Administration et du mode de vie qu'elle impose. Nous passons notre vie entière à nous protéger. Nous protéger est devenu le sens de notre existence.

– Oui, dit Cyril. C'est exactement pour cela que nous nous battons: pour redonner du sens à l'existence.

– Je me demande juste comment secouer tout ça. Comment détruire toute cette machine qui pèse sur nos vies.

Abel se tut. Il avait amené Cyril, en quelques phrases, sur le premier terrain qu'il avait préparé : celui de la violence.

– Détruire la machine… Si tu es venu dans l'idée de t'enrôler comme un soldat, pour te donner le frisson des armes à feu… Tu peux retourner d'où tu viens.

– Ce n'est pas ce que j'ai dit.

– Non, mais je préfère être clair. On n'est pas des lâches, mais on ne croit pas tellement à ce type de terrorisme. La terreur est entrée dans nos mœurs, elle fait partie de notre routine, elle en est même à la base. Augmenter la terreur, ça ne fait qu'augmenter les mesures de sécurité. La violence n'est pas notre moyen d'action privilégié. Nous cherchons plutôt à ébranler cette réponse sécuritaire.

Abel avait envie de demander : « Comment ? » mais il s'était juré de ne pas poser de question directe.

– Je suis individualiste, lâcha Abel, abruptement, sur une soudaine inspiration. Je ne suis pas sûr de pouvoir m'engager dans un combat collectif, quelle que soit sa forme.

Cyril parut surpris. Il se tourna vers la fenêtre pour regarder un moment la pluie tomber, diluvienne.

– Que fais-tu ici, alors ?

– Je ne sais pas. Ton discours, ton personnage me plaisent. J'ai envie de secouer le monde autour de moi. Mais je ne suis pas sûr de pouvoir supporter un militantisme classique. Les tracts, les réunions, le porte-à-porte, comme au siècle dernier…

Cyril hocha la tête.

– Je n'ai pas dit que nous avions opté pour un militantisme classique.

– Non ? J'ai cru que c'est ce que tu voulais me faire comprendre, quand tu m'as dit que la violence n'était pas votre moyen d'action privilégié.

Cyril acquiesça.

– Je comprends le malentendu. Mais il y a d'autres, beaucoup d'autres moyens d'action que ces deux-là. Il y a l'art, évidemment. Et puis, il y a le Paraddict.

Abel fronça les sourcils d'un air soupçonneux. Il s'autorisa une question, qui lui parut naturelle.

– Comment ça, le Paraddict ?

– Se tenir au courant des projets de la WA, saboter le système, répandre des messages viraux, faire réagir les gens dans le seul espace de liberté qui leur reste. Nous sommes quasiment invisibles dans le monde réel, mais dans le Paraddict, nous avons une audience beaucoup plus forte.

Abel, de ses lèvres pleines, se mit à sourire, heureux d'avoir quelque chose de tangible à dire à Abuela. Cyril cependant changea de sujet.

– Que fais-tu pour gagner ta vie ?

– Pour l'instant, je vis chez mon père.

– Tu es encore un enfant ?

– Non, dit Abel, en plantant ses yeux dans les siens.

Cyril avait une nervosité contagieuse, qui affleurait à ses lèvres, à ses paupières, à ses mains. Il buvait Abel des yeux, sans que celui-ci pût dire s'il s'agissait d'une fascination amoureuse ou d'une manière de prendre possession de ses secrets, de son intime vérité. Il plissa un instant les yeux.

– Tu aimes les hommes ?

Abel rougit, ce que Cyril dut trouver charmant, à en juger par son expression.

– Je ne suis pas fixé, répondit évasivement Abel.

Cyril n'insista pas. Abel était content – son rougissement involontaire l'avait remarquablement servi.

– Attends-moi une minute, dit Cyril, et il se leva.

Abel ne savait que faire. Cyril lui passa un doigt sur le visage, descendant l'arête du nez et suivant le tracé des lèvres, comme pour lui enjoindre le silence. Puis il disparut. Quelques instants après, ce fut Oswald qui apparut, et Abel, déçu, lui dit à peine bonjour, guettant derrière lui le retour du leader.

– Ne cherche pas. Cyril ne reviendra pas aujourd'hui, il a beaucoup à faire.

Abel, qui se sentait de plus en plus déstabilisé, se concentra sur son nouvel interlocuteur. Il avait probablement des origines africaines, ce qui rendait la pâleur de sa peau plus étrange. Ses cheveux et ses sourcils blancs, assez fournis, contrastaient avec un maquillage charbonneux qui dégoulinait en larmes noires. Ses lèvres étaient peintes en doré, et il portait un énorme torque d'or qui évoquait vaguement le collier qui entravait le cou des esclaves. Sa tenue se perdait en une profusion de noir et de blanc – jabots et dentelles, velours et soie – où scintillaient parfois un anneau, une chaînette ou une boucle d'or.

– Je suis Oswald, ajouta le Délicat. C'est à moi que tu as affaire, dorénavant.

– Et Cyril ?

– Cyril t'a accordé le temps nécessaire, et, plus important, il t'a accordé sa confiance. Cela ne veut pas dire que tu vas passer la nuit avec lui.

Abel, avec la rapidité qui lui était coutumière, analysait la situation. Cette organisation était une nébuleuse qui tournait autour d'une étoile fixe, Cyril Borgheist. Il avait été admis dans le nuage, et maintenant, il devait trouver son orbite sans déranger les autres.

– J'avoue que je reste un peu sur ma faim, dit Abel. Je n'ai pas l'impression d'avoir abordé le fond des choses...

– Le fond des choses, mon cher, certains mettent toute une vie à l'atteindre...

Oswald était froid, sans doute méfiant, peut-être jaloux. Abel n'essaya pas de l'amadouer, mais seulement de rendre, auprès de lui aussi, son personnage convaincant.

– J'ai l'impression de m'embarquer sans savoir dans quoi je m'embarque, insista-t-il.

– Avant d'avoir mordu à l'avenir, on ne sait pas quel goût il aura.

– Et toi, tu aimes t'exprimer par énigmes.

Oswald se fendit d'un sourire un peu inquiétant.

– Je peux aussi être très clair, Abel Alvaro, ne t'inquiète pas. Cyril m'a dit que tu venais de la part de Marek ?

Abel regrettait déjà ce mensonge. Fort heureusement, le délai de vingt-quatre heures lui avait laissé le temps d'appeler Alvar qui, après lui avoir reproché d'interférer dans son enquête, avait fini par lui donner des détails crédibles.

– Oui. On a discuté dans le Paraddict autour d'une exposition d'abstraction spatiale. On a pas mal parlé et il m'a invité à sortir, un soir.

– Ça m'étonne qu'il t'ait orienté sur nous.

– Pourquoi ?

– Parce qu'il n'était pas d'accord avec nous ; pourquoi t'a-t-il conseillé de venir nous voir ?

– Il m'a dit qu'il me verrait bien avec vous. Que mes idées lui faisaient penser aux vôtres.

– Oui. Ça lui ressemble bien, ça. De faire des donations au parti du Développement d'un côté et de recruter pour Carpe Fatum de l'autre. C'est du Marek tout craché. Il était très agité au début de l'été… Nous n'avons pas parlé depuis longtemps. Comment va-t-il ?

Abel eut une seconde d'hésitation. Jusqu'à présent, il ne savait pas si la mort de Marek s'était ébruitée. Maintenant, il était sûr qu'Oswald n'était pas encore au courant.

– Je l'ai trouvé un peu pâlot…, risqua Abel avec un sourire charmeur.

Oswald le dévisagea, comme pour décider si la plaisanterie le choquait ou le faisait rire.

– Et qu'est-ce que tu viens faire avec nous ?

– J'ai été attiré par le discours de Cyril, je me suis senti transporté, convaincu. Et j'ai eu envie de prolonger ce moment. C'est tout.

Oswald se radoucit un peu.

– C'est déjà pas mal, dit-il avec une mollesse calculée. C'est déjà pas mal. Qu'est-ce que tu sais faire ?

Abel prit le temps de réfléchir quelques secondes.

– J'ai beaucoup de connaissances. J'apprends vite.

Mais encore ?

– J'emballe les filles en un temps record.

– Ça, je n'en doute pas, fit Oswald avec un regard appuyé. Et quoi d'autre ?

– Je n'ai pas froid aux yeux.

– Pas de compétences particulières dans le Paraddict ? Tu sais architecter ?

– Un peu.

– Où est-ce que tu habites ?

– Dans le 25e arrondissement.

– OK. Je vais te faire le topo, et puis tu vas bien réfléchir. Ensuite, tu choisiras ou non de t'engager. Ça te convient ?

Le discours d'Oswald paraissait rodé, et Abel songea qu'il devait être le recruteur officiel – du moins, le recruteur en second, qui opérait une fois que Cyril avait donné son aval.

– Oui.

Oswald soupira, de l'air du guide touristique fatigué de devoir faire une énième fois le commentaire de la visite. Abel l'écouta attentivement – plus qu'attentivement même : avec le souci d'enregistrer son discours avec le plus d'exactitude possible.

– Nous refusons la vie étriquée que nous propose la WA. Nous militons pour une vraie liberté individuelle, comprenant la liberté de prendre des risques, de mourir, de contrevenir aux innombrables mesures de précaution qui ligotent notre quotidien. Nous faisons pression sur les partis, à travers l'opinion publique, pour obtenir des amendements législatifs. Ces pressions constituent des objectifs à court terme.

« Nous refusons la pseudo-démocratie qui est la nôtre. Nous militons pour une vraie pluralité des partis et un vrai contre-pouvoir populaire face aux prises de décisions de plus en plus opaques de la World Administration. Espionner et divulguer les scandales administratifs et politiques, peser sur les élections en dénonçant le tripartisme, créer un parti opérationnel sont des objectifs à moyen et long terme.

« Les moyens d'action pratiqués sont : le renseignement informatique et le hacking, le renseignement humain, le sabotage de lieux physiques et virtuels, la perturbation systématique de la tenue des élections, la diffusion de messages plus ou moins complexes à travers des médias divers, la violence physique de manière exceptionnelle si une situation particulière l'exige. »

Oswald avait terminé son laïus.

– Alors, tu signes ?

– Tu m'as dit que je pouvais réfléchir, d'abord.

– Oui. Je te laisse dix minutes.

Le Délicat s'étira et sortit de la pièce en traînant un peu les pieds. Abel, évidemment, pouvait quitter la pièce, et disparaître sous la pluie. Il n'avait laissé qu'un faux nom, avait glané toutes les informations nécessaires, et serait probablement félicité par Abuela. Son stage à l'Intellagency débutait sous les meilleurs auspices.

30/09/2071

Des essais prometteurs pour soigner le gène Délicat. Guerre orientale : le bilan s'alourdit. Internet a 80 ans : retour sur la révolution numérique.

Dans le sous-sol de la WA, on n'entendait pas la pluie qui s'acharnait pourtant toujours sur les toits des bâtiments. Abuela paraissait porter le même vêtement que la fois dernière – comme si elle eût été un automate rangé dans une armoire pendant tout le temps où Abel ne l'avait pas vue. Ses propos étonnamment mesurés semblaient le fruit d'une recherche permanente de la concision la plus parfaite.

– Abel Costa, dit-elle en guise de salutation.

Abel jugea bon de s'asseoir, sans qu'elle l'y eût invité. Elle le remarqua mais ne dit rien, occupée à ouvrir un fichier derrière son écran d'ordinateur. Abel remarqua un petit drone enregistreur qui vrombissait dans l'air, à hauteur de leurs têtes.

– Nous allons procéder au débriefing de votre stage d'intégration. Une remarque préalable ?

– Non.

– Quelle était votre mission ?

– Collecter des informations sur la cellule Carpe Fatum.

– Cette mission est-elle un succès ?

– Oui.

– Bien. Je ne vais pas vous mentir, savoir comment vous avez procédé ne m'intéresse pas. Vous raconterez ça à vos instructeurs. Je me contente des résultats. Si une réponse n'est pas sûre, veuillez exprimer son degré de probabilité. C'est compris ?

– Tout à fait.

– Commençons par vos résultats dans le chapitre des identités. Quels profils pouvez-vous me donner ?

– Cyril Borgheist, leader charismatique. Un mètre soixante-dix. Cheveux châtains. Dents légèrement jaunies. Pas de signe distinctif. Oswald Seldwick. Un mètre quatre-vingt-cinq environ. Délicat afro-descendant, vêtu de vêtements gothiques blancs et noirs et de bijoux en or. Recruteur, proche du leader. Dans la garde rapprochée, une jeune femme anonyme, peut-être de la famille de Cyril Borgheist, même teinte de cheveux, petite taille, mince. Un jeune homme de taille moyenne portant un tatouage « *Rather dead than old* », chargé de l'organisation des réunions. Une trentaine de personnes d'une vingtaine d'années, majoritairement des hommes, dont plusieurs travestis ou transgenres.

– Bien. Passons au chapitre des revendications.

– Revendication d'une plus grande liberté individuelle, notamment dans la prise en charge de sa propre existence et le refus des mesures collectives de prévention et de précaution mises en place par la WA. Revendications juridiques sous forme d'amendements de lois. Critique du tripartisme dénoncé comme une pseudo-démocratie. Revendication d'une démocratie réelle et directe. Volonté de former un parti.

– Avez-vous pu prendre connaissance de leurs moyens d'action ?

Abel se souvenait des phrases d'Oswald et les récita mot pour mot, avec le même air désabusé :

– Le renseignement informatique et le hacking, le renseignement humain, le sabotage de lieux physiques et virtuels, la perturbation systématique de la tenue de l'élection, la diffusion de messages plus ou moins complexes à travers des médias divers, la violence physique de manière exceptionnelle si une situation particulière l'exige.

Abuela avait arrêté de noter et le regardait, intriguée.

– Évaluation de la dangerosité du groupe ?

– Faible.

– Évaluation de son développement potentiel ?

– Faible.

– Existe-t-il une revendication spécifiquement liée à l'orientation sexuelle de certains membres du groupe ?

– Non, pas à ma connaissance. Il s'agit d'un groupe d'amis.

– Des remarques complémentaires ?

– Ils ont dit que leur sphère d'influence était particulièrement importante dans le Paraddict.

Abuela souffla :

– Tiens donc. Et votre objectif secondaire ?

Abel, qui avait été envoyé sur cette mission à la fois par Abuela et par Alvar, jubilait à l'idée de leur apporter à tous les deux des informations capitales. Alvar avait semblé très intéressé d'apprendre que Marek S'Kanza était un donateur du parti du Développement. Et en échange, il avait généreusement balancé quelques informations sur Alba Mater.

– J'ai peu d'informations, car il n'était pas très naturel d'amener le sujet. Mais je sais qu'il s'agit d'une association militant pour la protection des droits des Délicats, qui fournit une assistance financière et juridique en cas de persécution géniste. Et, si j'ai bien compris, l'association s'occupe aussi de mécénat pour les artistes Délicats. Et de lobbying.

Elle le fixa pendant une seconde, puis se plongea à nouveau dans son ordinateur, et Abel constata que malgré son nom de code, son allure et sa mise sévères, elle ne devait pas être si âgée. Il attendit un moment qui lui parut très long. Elle finit par relever la tête, étonnée de le voir encore là.

– L'entretien est terminé, vous pouvez partir.

Il partit, en effet, en omettant de lui signaler qu'il n'avait pas disparu sous la pluie, lorsque Oswald lui avait laissé dix minutes de réflexion. Il avait attendu, sagement, l'esprit clair, et lorsque le Délicat était revenu, il lui avait dit: «Je signe.»

À l'extérieur du bâtiment, la pluie faiblissait un peu, et les phares des voitures électriques clignotaient dans l'air humide. Il se sentait léger, vibrant et mobile. Avait-il fait une erreur? N'était-il pas dangereux de jouer ce double jeu dès le début de ses études à l'Intellagency? La vérité était qu'il ne l'avait pas fait par calcul, mais mû par une intense, une dévorante curiosité. Cyril Borgheist ne le laissait pas indifférent, Oswald l'intriguait, et il ne pouvait tout simplement pas tirer un trait sur cette possibilité qui lui était offerte de les fréquenter plus avant. Dans sa vie où toute chose était convenue et attendue, où tous les gens occupaient les cases éternelles d'un échiquier étroit, cette mission était apparue comme une brèche. Un passage vers un ailleurs. Et Abel, qui s'était toujours senti supérieur à tout ce qui l'entourait et qui ne s'en était jamais remis à aucune morale établie pour prendre ses décisions, avait décidé qu'il lui fallait explorer cette brèche. Cela n'empiétait pas sur son ambition d'une belle carrière dans l'Intellagency. Il s'agissait de deux parties étanches de sa vie – deux parties dont lui seul, dans le mystère de sa conscience, détenait la secrète unité.

01/10/2071

Paraddict : le pic des 7 milliards d'utilisateurs dépassé. La Route : un espace de non-droit au cœur de la démocratie ? Ruines sous-marines de Venise : le site dorénavant interdit aux plongeurs.

Un vent soutenu balayait la City depuis le début de la semaine, il rendait certes la chaleur plus supportable, mais l'agitation continuelle des objets, le tourbillon des papiers et des feuilles, le claquement des drapeaux et des vêtements, les chutes des chapeaux, les bris de verre, l'emmêlement des cheveux et le bruit constant commençaient à taper sur les nerfs d'Alvar. Il fut presque surpris, en passant sur la Route, de constater que le vent ne connaissait pas de frontière et que les voiles solaires des roulottes claquaient tout autant, sinon plus, que les foulards des Sédentaires. Le vent était un peu plus ample ici, comme si les vagues d'air franchissaient une distance plus grande avant de déferler. Les Nom's, la tête découverte, probablement parce que leurs chapeaux ne tenaient pas en place, s'affairaient comme à l'ordinaire – c'est-à-dire, autant qu'Alvar pouvait juger de leur ordinaire.

Le Patron prenait le frais à l'extérieur de sa tente, comme un général en campagne. Il était en bras de chemise et, à côté de lui, un jeune homme qui semblait réparer un moteur pestait à intervalles réguliers contre le vent qui faisait tomber ses vis et ses boulons.

– Tiens, voilà le messager des dieux, se moqua-t-il en voyant débarquer Alvar.

– À quel genre de message vous attendez-vous? demanda Alvar en guise de salut.

– Le dieu du vent semble nous être favorable... Allons-nous pouvoir lever l'ancre?

– « *Ô Mort, vieux capitaine, il est temps! Levons l'ancre! Ce pays nous ennuie, ô Mort! Appareillons!* »

Le Patron observa finement le jeune homme, comme pour réviser son jugement sur lui.

– Ce pays nous ennuie, en effet, répéta-t-il.

– Je suis désolé, dit Alvar. Je me suis laissé emporter par la poésie. Je n'ai pas de nouvelles à vous transmettre, et surtout pas celle de votre départ. Marek S'Kanza n'a pas fini de parler.

– J'aimerais bien savoir ce qu'un mort peut avoir à dire.

– Vous seriez surpris. L'ADN a parlé, par exemple. Il m'a parlé d'un dénommé Bassel Kasra, qui est répertorié dans votre caravane, et qui a déjà été appréhendé à de nombreuses reprises pour des infractions diverses.

– L'ADN parle bien lentement, je trouve. Moi, Bassel Kasra, ça fait un moment que je lui ai posé mes questions.

– Et où pourrai-je le voir?

– Je vais vous accompagner.

Alvar jeta un coup d'œil au jeune qui faisait semblant de se concentrer sur la mécanique mais qui n'avait probablement rien perdu de leur échange. Le Patron se dirigea sans se presser dans le dédale des véhicules arrêtés – échoués était peut-être un meilleur mot. Il faisait exactement comme si Alvar n'existait pas; non content de ne pas lui adresser la parole, il s'arrêtait pour échanger quelques mots à droite et à gauche, et Alvar dut même l'attendre cinq bonnes minutes lorsqu'il décida de goûter ce qui cuisait dans la marmite qui gargouillait, sous la surveillance oisive d'une matrone, non loin de la roulotte de Marek. Alvar en profita pour la regarder encore – avec ses dessins naïfs et ses couleurs vives, dont la peinture s'écaillait, elle exerçait sur lui une attraction presque magnétique. Enfin, le Patron se remit en marche, paresseusement, et il finit par s'adresser à Alvar lorsqu'il arriva devant une roulotte étroite, grise et rouge.

– C'est là que vous trouverez Bassel, dit-il.

– Merci, fit simplement Alvar.

– Il vaudrait peut-être mieux que j'assiste à l'entretien ? proposa le Patron.

Alvar ne comprit pas d'emblée pourquoi, mais cet homme dégageait une autorité tranquille à laquelle il n'avait pas envie de résister.

– Vous pensez que cela m'aidera ?

Le Patron gloussa sans répondre et pénétra à l'intérieur.

– Ça pue, là-dedans, Bassel ! Respecte-toi un peu !

De fait, il y avait dans cet espace confiné des relents d'alcool, de sueur et même de sang. Le Patron ouvrit les volets brusquement, et la lumière entra à flots, avec le vent, dans ce réduit misérable, où un homme d'une cinquantaine d'années se réveillait difficilement de ce qui ressemblait à un sommeil éthylique.

– Il y a un inspecteur, là, pour toi.

Bassel Kasra grogna et jura dans sa langue.

– Je vous attends dehors, dit Alvar.

– Mais non, pourquoi ? protesta le Patron. Vous êtes debout, et lui, il est couché. C'est ce que vous pouvez espérer de mieux pour un interrogatoire. Pourquoi lui donner le temps de se relever ?

Bassel Kasra avait les yeux bien ouverts maintenant, et Alvar remarqua également qu'un pansement énorme et sanguinolent recouvrait plusieurs doigts de sa main droite. Le Patron s'adressa à lui sans aménité, dans leur langue, et Alvar comprit qu'il pouvait l'interroger.

– Le type avec qui vous avez traité, celui qui vous a payé pour casser la tête de Marek, c'est lui que je veux.

Le Patron semblait très amusé.

– Dites donc, vous faites des efforts pour vous mettre dans le ton...

Bassel répondit quelque chose dans sa langue, que le Patron traduisit.

– Il dit qu'il ne voit pas de quoi vous parlez.

– Vous faites la traduction ou vous écrivez le dialogue ? lui demanda Alvar.

Le Patron paraissait de plus en plus amusé.

– Il se trouve qu'on a trouvé votre ADN sur le cadavre de Marek, reprit Alvar en parlant beaucoup plus vite, ce qui fait de vous mon suspect numéro un. Si vous voulez qu'on parle technique, j'ai dans la poche un mandat tout ce qu'il y a de plus réglementaire, et on peut continuer la conversation en garde à vue.

Le Patron, les yeux pétillants, regarda Alvar de bas en haut avant de demander :

– Vous attendez du renfort ?

– Et vous ? Vous voulez que je vous coffre pour mutilation volontaire sur la main droite de Bassel Kasra ?

Le Patron fit mine de dominer son envie de rire, puis il dit à mi-voix :

– Arrête tes conneries, Bassel, tu peux répondre, il est réglo.

– Qu'est-ce que vous voulez savoir ? demanda Bassel d'une voix sourde, et sans aucun accent.

– Qui t'a contacté, comment, où tu l'as rencontré, à quoi il ressemblait, comment il t'a payé. Tout ce qui te revient.

Bassel Kasra émit un sifflement appréciateur.

– Ça va me donner soif, tout ça.

Devant le silence des deux autres, il continua cependant.

– D'habitude, pour ce genre de contrat, les gens contactent leur type presque par hasard. Il y a des lieux pour ça dans la City, vous devez les connaître. Parfois il y a des intermédiaires, parfois non. On est payé en liquide, on ne taille pas la bavette, on prend une photo, une adresse, souvent même pas de nom. Je ne dis pas que je l'ai fait personnellement, hein, mais je connais des gars qui l'ont fait. Ils m'ont toujours raconté la même chose : le col blanc se pointe, il se rencarde avec un type dans mon genre, il lui donne les détails, on s'arrange sur le montant. Mais pour Marek, ça ne s'est pas passé comme ça.

– Qu'est-ce qui était différent ? demanda Alvar.

– D'abord, on m'attendait au sortir de la caravane. Pas dans l'un de ces lieux réguliers où on sait à quoi s'attendre, dont je vous parlais. Et ça, c'est plutôt rare. À vrai dire même, c'est la première fois que j'entends ça. Ce n'est pas commun.

– Et le montant, il était commun ?

– Non, le montant n'était pas commun non plus.

– Combien ?

– Un gros paquet.

Alvar croisa le regard du Patron, qui semblait dire : « À quoi bon savoir ? », mais il insista.

– J'ai besoin de savoir la somme que ce type a été prêt à mettre.

– Cinquante mille.

– Continuez.

– Un soir que je sortais pour aller dans la City, vers vingt-trois heures…

– Quel soir ?

– Le soir même.

– Le soir de quoi ?

– Le soir de la mort de Marek.

– Vous êtes marrant, dit Alvar. Vous en parlez comme d'un événement naturel. Vous voulez dire : le soir du meurtre.

– Oui, le soir du meurtre, reprit Bassel d'un air un peu contrit. Je suis sorti vers vingt-trois heures.

– Seul ?

– Oui. Je n'aime pas faire mes affaires en bande. Je sortais, donc, et un type était là, dans une voiture électrique dernier cri.

– Vous vous souvenez du modèle ?

– Non. Il faisait noir et les phares m'ont un peu aveuglé quand je me suis approché ; c'est comme ça que j'ai vu que quelqu'un me faisait signe, de l'intérieur. J'ai voulu passer mon chemin, mais le type a insisté. « Vous ne voulez pas gagner de l'argent ? » il a crié. Moi, gagner de l'argent, c'était ce que j'étais parti faire, alors je me suis approché.

– Il y avait quelqu'un d'autre dans la voiture ?

– Non. Juste un type au volant, sapé comme un chauffeur.

– Vous vous souvenez de l'uniforme ? De la casquette ?

– Une espèce de képi avec des lignes blanches.

– Des lignes droites ou des genres de points alignés ?

– Plutôt des points alignés.

Alvar sentit son intérêt monter d'un cran. Il s'agissait du logo de la WA : les minuscules étoiles symbolisaient les cent quatre-vingt-huit États membres de la World Administration. On ne pouvait pas les louper.

– La voiture était où, exactement ?

– Garée sur le boulevard extérieur, en face de la sortie.

– Vous pourriez dire que cette voiture était garée de manière à voir quiconque sortait de la caravane ?

– Oui.

– Est-il possible que vous n'ayez pas été choisi, mais que vous ayez été le premier qui soit sorti au moment où la voiture planquait ?

– Possible. Mais je sais que d'autres Nom's étaient passés juste avant. Shalinka et Alya, à peine quelques minutes avant. Je leur ai parlé quand elles passaient.

Alvar nota ce détail sur son ordinateur.

– Mais le type dans la voiture ne cherchait peut-être pas deux filles, mais un homme seul, susceptible d'accepter un sale boulot.

– Je dirais que si c'est ça, il a eu de la veine.

– Pourquoi ?

– Parce que peu de gens dans la caravane auraient accepté de le faire.

– Donc vous pensez plutôt qu'il savait à qui il s'adressait ?

– Oui.

– Parce que vous aviez déjà fait ce genre de travail et que vous auriez été recommandé par quelqu'un ?

– Je ne sais pas. Je n'avais encore jamais fait ce genre de travail personnellement, mais il est possible qu'on m'ait recommandé pour un sale boulot en général.

– Les gens avec qui vous travaillez savent de quelle caravane vous venez ?

– Non, dit Bassel vivement.

Alvar et le Patron s'entre-regardèrent, puis Alvar hocha la tête.

– Continuez. Le chauffeur vous a fait venir dans sa voiture dernier cri, vous avez jeté un coup d'œil à son képi, et après ?

– Il a répété : « Vous voulez vous faire de l'argent ? J'ai un boulot pour vous à cinquante mille. » J'ai dit : « Faut voir. Quel genre de boulot ? » Il a répondu : « Moi, je n'en sais pas plus. Il faut traiter avec le chef, à l'arrière. » J'ai jeté un autre coup d'œil, mais il n'y avait personne à l'arrière. Juste un ordinateur allumé.

– Il y avait une fenêtre déjà ouverte ?

– Oui. Une session du Paraddict, avec une conversation privée démarrée.

– Une conversation vocale ?

– Non, un chat.

– Vous êtes sûr qu'il s'agissait du Paraddict ? Vous avez reconnu l'interface ?

– Oui, sûr. Le type m'a posé des questions. Du genre : est-ce que j'habitais bien dans la caravane, est-ce que je connaissais un dénommé Marek, est-ce qu'il habitait tout seul, est-ce que je l'aimais bien, est-ce que j'avais besoin d'argent pour ma famille, des conneries comme ça.

– Qu'est-ce que vous avez répondu ?

– Que je le connaissais de vue et que je ne l'aimais pas particulièrement, vu que c'était un Blême qui ne sortait pas beaucoup de sa roulotte.

– Essayez de vous rappeler. Il vous a dit exactement : « Est-ce que vous connaissez un dénommé Marek ? » ou bien il a donné le nom de famille : « Marek S'Kanza » ?

– Il n'a pas donné de nom de famille.

– Et qu'est-ce qu'il a demandé ?

– De le liquider, de récupérer son ordinateur mobile et de faire une inscription géniste bien visible. J'ai dit que je pouvais juste voler l'ordinateur pour la moitié de l'argent, mais il voulait vraiment le tuer.

– Et vous avez accepté.

À ces mots, Bassel regarda le Patron, et il y eut un moment un peu suspendu où il fut comme cloué par ce regard de feu.

– J'aurais dû te couper la main entière, maugréa le Patron d'un air sombre.

– Bassel… Ce qui est important à partir de maintenant, ce sont les détails dont vous pourrez vous souvenir. La marque de l'ordinateur, un signe distinctif sur le chauffeur… À quoi ressemblait-il ?

– Je ne l'ai pas trop vu. Il était dans l'ombre et se tenait la tête baissée sous sa visière. C'était un homme entre deux âges, avec la voix assez grave.

Alvar soupira, consterné par l'absence désespérante de

détails marquants. Le regard du Patron continuait à vriller Bassel Kasra, comme s'il avait pu le faire rentrer sous terre par la force de sa volonté. L'assassin fouillait dans sa mémoire, à la recherche d'un peu de rédemption.

– L'ordinateur, c'était une marque coréenne. La marque avec un logo en forme de Y.

Il s'agissait de la marque Yoon, qui équipait tout le secteur Europe de la WA.

– En quelle langue parlait le chauffeur ?

– En anglais. À un moment donné, il a reçu un appel. Il a répondu en saluant quelqu'un qui avait un nom chinois.

– Vous avez compris la teneur de la conversation ?

– Ça avait l'air d'être une nouvelle importante, parce qu'il a poussé quelques exclamations de surprise.

– Une nouvelle comme quoi ?

– Je ne sais pas, il disait des choses comme « C'est pas vrai ! Tu plaisantes ? Mais comment est-ce possible ? Ça va faire des remous ». La conversation n'a pas duré longtemps. Il a remercié le Chinois et il est revenu vers moi.

– Il semblait affecté par ce coup de téléphone ?

– Un peu excité, peut-être. Pas plus que ça.

– Le chauffeur vous a donné l'argent à l'avance ?

– Non. Le type dans le Paraddict m'a dit que si je pouvais faire ça dans l'heure, le chauffeur m'attendrait ici. Je devais échanger l'argent contre l'ordinateur.

– Il n'a pas demandé de preuve du meurtre ?

– Non.

– C'est ce que vous avez fait ?

Alvar espérait depuis tout à l'heure que la restitution de l'ordinateur et le paiement constitueraient une nouvelle piste.

– Je lui ai dit qu'il faudrait que j'attende les petites heures de la nuit. Il a demandé si je ne pouvais pas le faire tout de suite. Je lui ai expliqué que c'était trop dangereux. Alors il m'a dit de lui laisser mon numéro de téléphone et que le chauffeur passerait prendre l'ordinateur à cinq heures, cette même nuit, sauf contre-ordre de sa part.

– Au même endroit ?

– Oui.

– Et que s'est-il passé ensuite ?

– Il m'a demandé de prendre un ordinateur dans la portière arrière, et de le substituer à l'ordinateur de Marek pour qu'on ne croie pas à un vol. Je suis sorti de la voiture. Le chauffeur a démarré presque tout de suite – ça ne faisait pas beaucoup de bruit, mais on sentait quand même la puissance du moteur. Ce n'était pas une petite citadine, mais une voiture capable de manger des kilomètres.

– Par où est-il parti ?

– Par le boulevard, en direction du centre.

– Et vous ?

– Moi, j'ai attendu dans ma roulotte, dans le noir, jusqu'à deux heures et demie. Puis je me suis faufilé jusque chez Marek. Je vous jure qu'il n'a pas souffert.

Alvar ressentit une bouffée de colère, mais il se contint. Cette partie-là était fausse, sans le moindre doute, mais il devait accepter de laisser filer pour pouvoir attraper le commanditaire.

– Enlevez-moi ce bandage, s'il vous plaît, dit-il très calmement.

– C'est pas beau à voir, prévint Bassel.

– Justement, dit Alvar.

Avec une grimace de douleur et des précautions dont Alvar ne l'aurait pas cru capable, Bassel Kasra retira son pansement, découvrant les moignons gonflés et rouges de son pouce et de son index, probablement sectionnés avec un sécateur. Alvar n'était pas capable d'endiguer son empathie – même pour l'assassin de Marek. La vue de cette main mutilée provoquait chez lui une sensation qui n'était pas vraiment de la douleur mais qui y ressemblait. Et cette compassion toute physique suffit à calmer sa colère et lui permit de continuer l'interrogatoire avec suffisamment de sang-froid. C'était ce qu'il avait cherché.

– J'ai eu ce que je méritais, dit Bassel. Le Patron s'est même montré clément.

– Ça va, siffla ce dernier. On n'a pas besoin que tu fasses ton mea-culpa. Je sais ce que tu vaux, maintenant, et je t'ai à l'œil.

– Pour votre peine, enchaîna Alvar, vous allez faire encore un effort, et nous dire s'il y a un détail, pendant le meurtre ou après, qui vous a marqué.

Bassel Kasra émit une sorte de grognement.

– Un détail qui m'a marqué ? Vous vous foutez de moi ? Toute la scène m'a marqué.

– Racontez-la-moi.

– Je préfère pas.

– On ne te demande pas ton avis, dit le Patron.

– La porte de la roulotte grinçait et Marek a tout de suite vu que quelqu'un entrait. Il était assis sur son lit, en face de la porte, avec son ordinateur sur les genoux, et il a essayé d'allumer la lumière mais je l'ai pris de court. L'écran de l'ordinateur éclairait son visage blanc. Quand il a vu venir le coup, il s'est recroquevillé du côté du mur. J'ai eu l'impression de taper dans un truc fragile, j'ai eu peur de le démembrer. J'ai pris l'ordinateur, je l'ai remplacé par l'autre, j'ai tracé l'inscription sur le mur, là où j'ai pu, j'ai attendu quelques minutes en écoutant au-dehors, et je suis parti.

– Pourquoi y a-t-il votre ADN sur le corps ?

– J'ai vérifié qu'il était mort.

– Comme ça, sans gants ? Vous ne saviez pas qu'une seule goutte de sueur pouvait nous faire remonter jusqu'à vous ?

Bassel soupira.

– Je vous l'ai dit, je ne suis pas un professionnel. Je n'ai pas réfléchi.

– Qu'est-ce qu'il y avait sur l'ordinateur de Marek ?

– Un genre de paysage du Paraddict.

– Le paysage, il ressemblait à quoi ?

– C'était bizarre, comme un paysage qui défilait à toute vitesse et qui changeait tout le temps.

Alvar nota encore quelques mots.

– Quand vous avez récupéré l'ordinateur, vous l'avez regardé ?

– Je l'ai surtout fermé pour qu'il ne fasse plus de lumière.

– Vous ne vous souvenez pas de quelque chose d'écrit ?

– Non. Est-ce qu'on a fini ? demanda Bassel, qui paraissait épuisé.

– Pas encore. Vous avez revu votre homme comme convenu à cinq heures du matin ?

– Oui. J'ai dormi deux heures dans ma roulotte, mais j'ai mis mon réveil.

– Le sommeil du juste, ironisa le Patron.

– Et, à cinq heures, vous avez remarqué quelque chose ?

– La voiture est arrivée avec un peu de retard, et le chauffeur m'a paru légèrement ivre. Tout était moins net dans son visage. Je pense qu'il avait passé la nuit à faire la fête.

– L'argent était rangé dans quoi ?

– Dans un sac de sport.

– Vous l'avez encore ?

– Non. Il m'a demandé de le lui rendre.

– Où avez-vous mis les billets ?

– Dans un ballot que j'avais apporté.

– Je peux les voir ?

Bassel hésita un moment, puis, sur un regard du Patron, lui apporta une liasse de billets. Des billets propres, neufs, qui n'avaient jamais été pliés. Cela faisait au moins deux ans qu'Alvar n'en avait pas manipulé.

– Vous utilisez encore beaucoup de billets, sur la Route ?

– Oui, dit le Patron. On aime bien le côté monnaie sonnante et trébuchante.

– Et puis le papier, ça ne laisse pas de traces…

Alvar prit les billets en photo, en espérant que leurs numéros d'identification lui permettraient de remonter jusqu'au retrait – mais il savait déjà qu'il n'en serait rien. L'argent proviendrait de l'étranger, probablement d'Iran. C'était la filière la plus rapide pour les transactions de ce genre.

– Et le chauffeur n'a rien dit, au moment de partir ?

– Il a vérifié l'ordinateur, il a eu l'air satisfait, et il a démarré en trombe. Il écoutait, très fort, un morceau de Silk Skin. J'ai trouvé ça ironique.

Alvar laissa Bassel Kasra à contrecœur, et s'éloigna avec le Patron. L'atmosphère confinée de la roulotte, avec son odeur de sang, lui mettait le cœur au bord des lèvres.

– Alors, vous allez le boucler ? demanda le Patron.

– Il est sûr qu'en toute logique, je le devrais. Mais soyons clairs : si je le coffre maintenant, je peux dire adieu à mon enquête sur le commanditaire.

– Pourquoi ?

– Parce que le commanditaire, quel qu'il soit, et surtout s'il est haut placé, doit surveiller cette enquête, et il apprendra que l'exécuteur a été retrouvé. Il redoublera de prudence, détruira peut-être des preuves, et je ne mettrai pas la main sur lui.

– Sur quoi donc est-ce que vous vous fondez ?

– Sur l'expérience, Patron. On laisse toujours filer les petits poissons pour qu'ils nous mènent aux plus gros.

– Si je comprends bien, vous le laissez tranquille jusqu'à ce que vous trouviez le commanditaire, et ensuite vous bouclerez tout le monde en même temps ?

– C'est l'idée.

Le Patron avait hoché la tête, et Alvar se demanda en partant ce que ce hochement de tête voulait dire. Peut-être un acquiescement, peut-être pas. Rien n'empêchait le Patron d'aider Bassel Kasra à s'enfuir – c'était un risque à prendre.

Dans l'interurbain, Alvar récapitula les nouveaux éléments. Un chauffeur qui écoutait Silk Skin, des billets qui n'avaient jamais circulé, un commanditaire virtuel usager du Paraddict, un ordinateur, une voiture et un chauffeur qui paraissaient tout droits sortis de la WA. C'était maigre, mais cela l'aidait malgré tout. Les méthodes ressemblaient presque à des méthodes de l'Intellagency ; le chauffeur avait probablement été ramassé au hasard. On avait dû le payer grassement pour enfiler cette casquette et réciter son rôle, qui ne représentait que quelques lignes. Alvar se demandait si cela valait vraiment la peine de le chercher, parce qu'il était prêt à parier qu'il ne savait rien. Il était tout à fait possible que la casquette de la WA fût un simple déguisement, mais l'ordinateur et la voiture pointaient dans la même direction, celle d'un col blanc assez haut placé, disposant d'un véhicule de fonction haut de gamme, aussi bien renseigné sur les pratiques de l'Agence que sur celles des Nom's. Un col blanc qui connaissait Marek. Dans sa galerie de portraits mentale, Alvar s'arrêta sur celui de Terence Oxford – car il était le seul point de convergence entre les indices trouvés sur la scène de crime et ceux que venait de lui donner Bassel.

Pendant toute la fin de la journée, l'image des doigts sectionnés du Nom' vint et revint à sa conscience, comme une énigme à déchiffrer. Le pouce et l'index de la main droite, était-ce un prix juste à payer pour ce qu'il avait fait ? Le Patron estimait que le bras armé n'était pas responsable, mais il l'avait tout de même amputé. Quel prix payerait le commanditaire, si on le retrouvait ? Quel châtiment méritait celui qui, sans se salir les mains, décidait sur un coup de tête de la disparition d'un autre être humain ? Bassel Kasra, au moins, se souviendrait toujours de son acte. Chaque fois que les doigts fantômes le démangeraient, chaque fois qu'ils lui feraient défaut. Bassel Kasra avait trempé ses mains dans le sang et en avait gardé l'empreinte brûlante. Mais ce mécène capricieux, penserait-il à ce meurtre dont il n'avait pas le souvenir ni le traumatisme, à ce meurtre qui avait consisté à proposer un marché à un Nom' à travers l'écran d'un ordinateur ? Non. Il devait dormir paisiblement, au son d'un air d'opéra, ou peut-être était-il préoccupé par autre chose, par une réunion qui s'était mal passée, ou par un subordonné indocile.

Lorsqu'il fut rentré chez lui, le soir, avant de se connecter au Paraddict, Alvar ouvrit un fichier vierge, qu'il ne sut comment nommer, et écrivit au milieu de la page :

Dans l'ombre errante des caravanes
L'éclat frémissant d'une piste.

04/10/2071

Une canicule identique à celle de 2062. Attentat à Bucarest : revendication par les théocrates. Une nouvelle trouvaille sous le permafrost : l'ADN retrouvé des smilodons.

Dans les premiers jours d'octobre, les records de chaleur furent battus dans la capitale. Francis Costa, comme toutes les personnes ayant dépassé soixante-dix ans, recevait deux mails par jour, auxquels il devait impérativement répondre, sous peine de recevoir la visite des services sanitaires – c'était déjà arrivé une fois, et Francis n'avait pas la moindre intention de réitérer l'expérience. Des jeunes gens en blouse blanche, presque sans prononcer une parole, avaient débarqué dans son appartement, l'avaient examiné, ausculté, lui avaient administré trois injections de solution hydratante et étaient repartis d'où ils étaient venus avec une simple constatation : « Il n'est pas mort. » Francis avait souffert de la fesse droite, où ils l'avaient piqué, pendant plus de dix jours.

Alvar, arrivé plus tôt, avait enfin consenti à jeter un coup d'œil aux moisissures, qui proliféraient d'autant plus que la chaleur augmentait. Francis n'en était pas étonné : Alvar faisait toujours sa mauvaise tête, puis finissait par faire ce qu'on lui avait demandé. Ce n'était pas un mauvais bougre, au fond, mais Francis aurait juré qu'il faisait exprès de ne jamais le satisfaire du premier coup. En ce moment, il était dans la cuisine, en train de se battre contre la substance verdâtre et spongieuse qui pouvait gangrener la moitié d'un mur en une nuit si l'on n'y prenait garde. Il travaillait en grognant, et Francis n'entendait que des bribes de ses récriminations: «depuis combien de temps tu n'as pas...», «vivre dans une telle crasse», «pas étonnant avec toute cette...» Mais ce crépitement verbal était un bruit familier que le cerveau de Francis n'analysait même plus – il y avait longtemps, au reste, que Francis ne s'intéressait plus au contenu des paroles de son fils aîné.

La sonnette retentit et la porte s'ouvrit sur Elzé: la moisissure et Alvar sortirent totalement de l'esprit de Francis, qui se consacra entièrement à sa fille, si belle dans son tailleur de soie, qui lui apportait un panier d'oranges.

– Tiens, c'est pour l'hydratation, lui dit-elle. Tu as pensé à répondre à tes mails?

– Oui, oui, ne t'inquiète pas. J'ai répondu ce matin, et le deuxième mail n'est pas encore arrivé.

La voix d'Alvar leur parvint assez distinctement de la cuisine.

– Où est le flacon de probiotiques?

Mais ni Elzé ni Francis ne jugèrent utile de répondre.

– Si tu savais, Papa, ma semaine a été incroyable.

– Il faut que tu me racontes ça! Est-ce que tu as revu Terence Oxford?

– Mais oui, Papa, je le vois presque tous les jours, et j'ai dîné avec lui trois fois cette semaine.

– Dîné avec lui? Mais c'est formidable, ça... Il n'est pas obligé, tu sais, il...

– Je crois que je lui plais, Papa.

Francis arrêta un instant sa logorrhée.

– Es-tu en train de me dire que… ?

Dans la cuisine, Alvar s'égosillait maintenant.

– Je cherche ce p… de flacon de probiotiques ! Est-ce que quelqu'un sait où il se trouve ?

– Non, dit Elzé en baissant la voix. Il n'y a rien entre nous, mais… Je te dis simplement qu'il ne perd pas une occasion de m'inviter.

– Vous devez avoir beaucoup de choses à vous dire.

Elzé marqua un temps de réflexion.

– Nous avons beaucoup de choses à nous dire, mais nous ne nous les disons pas…

Francis fronça les sourcils, pas certain de bien comprendre. Il était en train de réfléchir à sa réponse lorsque Alvar, en sueur, se présenta pour embrasser sa sœur – elle embrassa l'air à quelques millimètres de sa joue, avec un petit rire pour s'excuser de ne pas vouloir se salir.

– Bonjour, Elzé, je suis content de te voir. Finalement, tu as pu te libérer ?

– Oui, oui, j'ai deux heures. Après, je dois rentrer. J'ai un meeting à préparer demain.

– Un meeting ? répéta Francis. C'est bien, ça.

– Oui, coupa Alvar. C'est très bien. Et ce qui serait bien aussi, c'est que tu me dises s'il te reste de la solution bactérienne fongivore, parce que là…

– Oh, Alvar, tu me fatigues avec tes bactéries, ta sœur vient d'arriver !

Alvar fit une moue qui était si familière à Elzé qu'elle leva les yeux au ciel. La moue qui voulait dire : « Puisque ce que je fais n'intéresse personne, je vais plutôt me taire. »

– Ne te vexe pas, Alvar, plaida-t-elle d'un ton mutin.

– Moi ? Pourquoi me vexerais-je ? Je sue sang et eau depuis un quart d'heure pour nettoyer une moisissure qui n'est même pas chez moi, dans une cuisine répugnante, et quand je demande quelque chose, on me renvoie comme un domestique… Tu penses que je devrais me vexer ?

– Ne monte pas sur tes grands chevaux, dit son père. C'est dans le placard du haut, au-dessus de l'évier.

Alvar était piqué.

– Peu importe, maintenant. J'ai fini.

Francis parut surpris.

– Il n'y a plus de moisissure ?

– Ah si, il y en a encore plein, mais moi, j'ai fait ce que j'ai pu. Je vais plutôt boire un apéritif avec ma sœur.

Francis se sentait en faute et ne rétorqua rien. Alvar et Elzé s'installèrent dans le canapé et Francis leur servit à boire – mais la conversation était poussive.

– Elzé, pourrais-tu me rendre un service ?

– Eh bien, ça dépend. Lequel ?

– Je voudrais poser deux ou trois questions à Terence Oxford, de manière informelle, pour l'une de mes enquêtes. Tu pourrais lui donner mon numéro et lui demander de m'appeler ?

– Qu'est-ce que tu comptes lui demander ?

– Rien d'embarrassant, ne t'inquiète pas.

– Je vais voir ce que je peux faire.

Le frère et la sœur n'avaient jamais rien eu à se dire, en dehors des préoccupations familiales, des dates, des cadeaux, et de tous les échanges convenus par les normes sociales : « Comment ça va au travail ? » « Je m'inquiète pour Papa », « Qu'est-ce qu'on offre à Abel pour son anniversaire ? » Alvar savait, parce que tout le monde le répétait, qu'Elzé était une femme intelligente, et il n'en doutait pas. Simplement, cette intelligence avait une forme si différente de la sienne qu'ils ne parvenaient à communiquer qu'au prix de grandes difficultés, un peu comme si deux extraterrestres de natures fondamentalement étrangères essayaient chacun de plier sa sensibilité propre au cadre grossier et rigide d'une langue commune. Le langage se réduisait le plus souvent entre eux à sa fonction phatique, parfois informative, mais jamais expressive. Lorsque Abel arriva, le soulagement fut perceptible de part et d'autre – Elzé s'échappa pour retrouver son père, et Abel s'installa auprès de son frère. Ils entendaient des bouts de conversation de loin en loin, auxquels ils ne prêtaient pas attention.

– Tu vas m'aider, Alvar, dit Abel sans préambule, à sa manière directe. Il faut que tu m'apprennes à architecter.

– Rien que ça ?

– Quoi, le sujet ne te plaît pas ? Tu préfères bavarder avec Elzé, peut-être ?

Alvar ne put s'empêcher de sourire.

– Comment fais-tu pour tout deviner, tout le temps ?

– C'est mon métier, dit Abel doctement.

– Depuis une semaine, oui.

– Mais c'est un métier qui me plaît. Mieux que ça. J'ai l'impression d'avoir débloqué un niveau supérieur dans le jeu et j'ignorais même qu'un tel niveau pouvait exister.

Alvar, sensible à sa comparaison de gamer, hocha la tête, vaincu.

– Architecter ? Oui, si tu veux, on peut essayer de trouver un jour où j'ai un moment…

Abel était sur le point de répondre lorsqu'une sirène stridente se mit à envahir l'espace et le temps.

«*Attention, attention. Les habitants de la rue de la Maladrerie, de la rue de la Nouvelle-France et de la rue Gabriel-Rabot sont priés de se rendre immédiatement dans l'abri souterrain de leur immeuble. Je répète : Attention. Les habitants…*»

– Qu'est-ce que c'est ? cria Francis, une lueur de panique dans ses yeux fatigués.

– Il faut aller dans l'abri souterrain, dit Elzé.

– C'est quoi, cette alerte ? fit Abel.

– Taisez-vous ! ordonna Francis.

« Attention, attention. Une attaque terroriste est en cours dans la rue de la Nouvelle-France. Nous vous demandons de garder votre calme et de vous diriger sans tarder dans l'abri le plus proche. »

– Mais je vais bientôt recevoir mon mail ! protesta Francis. Et le repas est presque prêt !

– Papa, il faut aller tout de suite à l'abri, c'est peut-être dangereux.

– Oh, moi je n'y vais pas, fit Abel, excédé. C'est insupportable, ces alertes. Ça ne sert à rien.

– Comment, ça ne sert à rien ? demanda Elzé, agacée. L'administration t'informe et te protège, et tu dis que ça ne sert à rien ?

– On n'est pas au boulot, Elzé, laisse tomber la langue de bois, répliqua Abel en se resservant à boire.

Elzé rougit et pressa son père de partir.

– Vous n'allez pas rester là, quand même ! s'écria-t-elle. Allez, prenez vos verres si vous voulez et même la bouteille, et allons-y.

– Vas-y, toi, dit Alvar. Accompagne Papa si tu veux. Moi, je suis comme Abel. J'en ai marre de passer mes dimanches après-midi dans les abris.

« Un attentat terroriste est en cours dans la rue de la Nouvelle-France. Tous les habitants des rues de la Nouvelle-France, de la Maladrerie et Gabriel-Rabot… »

– Elzé attrapa une bouteille d'eau et prit son père, légèrement hagard, par la main. Même Alvar ressentit un pincement au cœur en voyant son père désorienté, qui suivait docilement Elzé.

– À quoi ça sert, à son âge, d'aller se planquer comme un rat ? demanda Abel quand ils furent partis.

Alvar ne répondit pas. Il s'était approché de la fenêtre, par le côté, et risquait un œil à l'extérieur.

– Viens voir, on est aux premières loges.

Deux hommes et une femme, en tenue d'assaut, avaient garé une voiture électrique en travers de la rue. Ils tiraient des coups de feu sporadiques – il y avait une ou deux personnes à terre à l'entrée d'un immeuble. Abel n'arrivait pas à voir les traits de leur visage, ni aucun signe particulier qui les distinguât – il supposait qu'il ne s'agissait pas des théocrates, car il y avait une femme en tenue de combat parmi eux. Peut-être des antispécistes, ou des libertariens. Les uns voulaient tuer les athées ; les autres s'attaquaient à n'importe quelle victime pourvu qu'elle fût humaine, et cherchaient à faire du nombre ; les derniers s'en prenaient plus volontiers aux représentants de la WA. Mais il y avait aussi les suprémacistes, qui tabassaient les Nom's qui s'aventuraient trop loin de leur caravane, et les génistes, qui s'attaquaient aux Délicats. Toutes ces factions ennemies se combattaient parfois entre elles, ou bien abattaient des gens selon des logiques obscures qui n'avaient rien à envier au hasard. Ces faucheurs récoltaient leur moisson de morts, pour des raisons toutes différentes, et pourtant, vus de cette fenêtre, ils paraissaient interchangeables, identiques. Ils étaient le fer de lance d'une culture de la destruction, d'une pulsion de mort qui triomphait enfin d'une civilisation moribonde.

– Tu as vu leurs badges ? demanda Alvar.

Les terroristes, qui étaient restés les bras ballants pendant une minute, se mirent à canarder les fenêtres des immeubles d'en face. Alvar et Abel se plaquèrent contre le mur, chacun d'un côté de la fenêtre, l'esprit envahi par les coups de feu.

– Ils sont cons, souffla Abel. La plupart des fenêtres sont à l'épreuve des balles…

Un bris de verre vint lui prouver le contraire.

– Depuis le temps que je dis à Papa de déménager dans un appartement sans fenêtres…, grommela Alvar.

Les coups de feu furent couverts par le bruit d'un hélicoptère de la section antiterroriste qui s'immobilisa en vol stationnaire au-dessus de la rue. Il y eut des tirs de mitrailleuse, puis on n'entendit plus que les pales, et une cavalcade.

Alvar et Abel risquèrent un regard dehors, juste à temps pour voir les cinq cadavres – les trois terroristes et les deux victimes – se faire hélitreuiller. En un instant, la rue fut nette, et l'attentat paraissait n'avoir été qu'un songe sanglant.

« *Les terroristes de la rue de la Nouvelle-France ont été abattus. Les habitants du quartier peuvent maintenant quitter leur confinement et regagner leur domicile. L'alerte à la canicule est toujours en vigueur et nous vous demandons de ne sortir qu'en cas de nécessité.* »

Abel et Alvar se regardèrent. Ils étaient tous les deux dégoulinants de sueur, mais excités par l'adrénaline. Quelque chose avait troublé l'ennui immémorial du repas dominical, et ils en éprouvaient une joie enfantine. Une notification sonore fut soudain émise par l'ordinateur et le message fut bientôt lu par le synthétiseur vocal. « *Monsieur Francis Costa, pouvez-vous confirmer votre taux d'hydratation et de glycémie ? Nous vous rappelons qu'en période de canicule, vous devez boire au minimum deux litres d'eau par jour.* »

Les deux frères, dont le crâne résonnait encore des coups de feu entendus et de la mort entrevue, éclatèrent de rire.

« *Si vous en avez la possibilité, restez au moins deux heures par jour dans une pièce climatisée, et ne sortez de chez vous qu'en cas d'absolue nécessité. La prévention, c'est la solution.* »

05/10/2071

Rue de la Nouvelle-France : qui sont vraiment les anti-spécistes ? Sixième extinction : disparition officielle des gibbons. Torrent de boue à Vancouver : 2 500 habitations évacuées.

Le pseudonyme donné par Béatrice s'était révélé d'une merveilleuse fécondité. Marek Kanzas avait de multiples comptes personnels et professionnels et, devant le filon déniché par le moteur de recherche, Alvar et Samir avaient partagé un frisson d'excitation. Ils découvrirent, sur un profil d'utilisateur, une photo : même s'il n'avait rencontré que son cadavre, Alvar avait une idée suffisante du physique de Marek pour le reconnaître dans ce Délicat poseur, aux airs un peu mystérieux. À partir de là, des grands pans de la vie de Marek se déplièrent devant leurs yeux, sur leur écran. Alvar ne put s'empêcher de penser à l'épisode de la madeleine de Proust, où le narrateur voit toute son enfance se reconstituer dans sa mémoire… Il chercha la formule exacte : « *Tout cela qui prend forme et solidité est sorti, ville et jardins, de ma tasse de thé.* » La même profusion magique s'était déclenchée sur l'écran. Il pensa aussi à la liseuse de signes… Ne venaient-ils pas, grâce à la magie d'un nom, de déplier la réalité ? L'existence entière de la victime, qui demeurait jusqu'à présent invisible et opaque, dérobée derrière le silence obstiné du cadavre et de la scène de crime, jaillissait à présent du moteur de recherche. Ils en avaient plus qu'ils n'en avaient espéré – non pas une piste, mais cent. Alvar sut à partir de cet instant qu'ils finiraient par résoudre cette enquête – il leur faudrait peut-être longtemps, mais ils avaient là tout le matériau nécessaire. Au seuil de cette exploration étrange de la vie d'un mort, il s'interrompit un instant.

Qui d'autre que lui se pencherait maintenant sur tous les petits détails de la vie de cet homme ? Qui d'autre que lui convoquerait son fantôme, afin d'essayer de comprendre la raison pour laquelle il avait été abattu froidement, dans sa roulotte ? Il lui semblait qu'un fil ténu le reliait à ce mort – le fil d'une recherche du sens. Il le suivrait passionnément dans tous ses méandres, comme le biographe suit le grand homme, afin d'appréhender la cohérence invisible qui se dérobe sans cesse… Pas le sens de sa vie, non. Mais le sens de sa mort, ce qui revenait parfois au même.

– Je crois qu'on le tient, murmura Alvar.

– Et comment ! répondit Samir avec excitation.

– Regarde !

Ils admirèrent l'étonnante quantité d'informations qui s'étaient mises à éclore, toutes ensemble, comme les récompenses colorées d'un jeu vidéo.

Marek Kanzas avait une multitude d'amis Sédentaires sur les réseaux sociaux, à qui il faisait partager des photographies de la Route, qu'il commentait parfois d'une plume pleine d'ironie. Alvar en enregistra quelques-unes – notamment trois visages d'enfants, en noir et blanc, avec des fils barbelés et une éolienne en arrière-plan. Le paysage était désolé, et les enfants plutôt négligés, mais quelque chose pétillait en eux, et le vent qui balayait leurs cheveux sales semblait frais.

Marek avait laissé comme commentaire : « Les trois plus intelligents de la caravane. » D'autres photos étaient plus sombres, comme cette jeune femme fripée, peut-être battue, qui fumait une cigarette, adossée à sa roulotte. Les volutes de fumée rendaient floues les peintures bariolées sur le bois, et les larmes avaient semblablement fait couler le noir de ses yeux et le rouge de ses lèvres. Marek avait écrit : « Bienvenue au XXIe siècle. » Une troisième représentait un vieux chien, au poil blanchi, le regard humide, la langue pendante, sur fond de vaisselle sale entassée sur une nappe. La légende disait : « Compagnon d'infortune dans cette vie de chien – obligé de manger du riz. » Alvar commençait à bien aimer ce type, et lorsqu'il repensait à la scène de crime, c'était d'une manière nouvelle. Ce n'était plus seulement un être humain qui s'était fait descendre de sang-froid. C'était une intelligence, une sensibilité, un regard qui s'étaient éteints, par la force d'une main brutale. Alvar regrettait qu'il n'y ait pas eu quelqu'un, n'importe qui, pour s'interposer. Marek avait aussi des comptes en banque – dont un en bitcoins – et des abonnements variés à des journaux, des sites culturels, des magazines aux quatre coins du monde. Alvar n'avait pas encore accès aux informations confidentielles, mais il surfait déjà sur la vague numérique puissante d'un internaute cultivé, engagé dans de multiples directions. Et puis il y avait aussi sa page professionnelle, qui surprit Alvar par la beauté vraiment exceptionnelle de son graphisme. *Marek Kanzas – Architecte*. Les photos représentaient des lieux idylliques, empreints pour la plupart d'une poésie un peu mélancolique. Des bassins circulaires reflétant, par un puits de lumière, des branches blanchies par le givre ou de pâles lunes voilées. Des temples gigantesques dont la voûte était soutenue par des arbres noueux. Des jardins luxuriants où les fleurs tropicales laissaient entrevoir des sculptures épurées. Des escaliers monumentaux ne menant qu'à une plate-forme isolée, surplombant un paysage désert.

– Notre Délicat est Architecte pour le Paraddict. Et visiblement, il gagne très bien sa vie.

– Il *gagnait* très bien sa vie.

– Oui, tu as raison. Mais comme je viens de le rencontrer, j'ai toujours l'impression qu'il n'est pas encore mort.

Samir avait pris les commandes et lançait une nouvelle recherche : « mort#mausolée#hommage#cérémonie#Marek Kanzas ». Les monuments virtuels aux défunts étaient courants dans le Paraddict. On créait un lieu de mémoire, à l'image de la personne disparue et de ses goûts, afin de pouvoir s'y promener et s'y recueillir. Certains de ces mausolées étaient privés, d'autres publics.

La recherche de Samir donna de nombreuses adresses : des mausolées que Marek avait architectés pour des clients en deuil, et qui témoignaient de l'aboutissement de son art. De styles différents, les mausolées qu'il avait conçus avaient tous une solennité, une grandeur désolée, qui les reliait entre eux. C'étaient des mausolées de particuliers, aux noms inconnus.

– Aucun mausolée public à sa mémoire, c'est bizarre pour une personnalité du monde de l'art, dit Alvar.

Sami acquiesça et lança une nouvelle recherche : « événement#Marek Kanzas ». La première réponse trouvée par le moteur de recherche était une invitation à une soirée carnavalesque, prévue pour le 15 octobre. Cette soirée était « organisée par Marek Kanzas à l'occasion de la sortie de son dernier-né : une roulotte permettant de parcourir aléatoirement les vastes espaces du Paraddict ». Les premières critiques étaient louangeuses : « Un moyen inédit de découvrir les espaces virtuels », « Prendre la Route numérique : un défi technique incroyablement réussi », « Marek Kanzas : le magicien nomade ».

– Quand cette invitation a-t-elle été postée ? demanda Alvar.

– Il y a deux jours...

Alvar resta muet un instant.

– Comment est-il possible que rien, dans le Paraddict, ne mentionne sa mort ? marmonna Samir.

Alvar était en train de se poser la même question. Et il se souvint du principe du rasoir d'Ockham : les hypothèses les plus simples sont les plus vraisemblables.

– La marionnette a peut-être été reprise par un autre marionnettiste…

– Nous avons dix jours pour réfléchir à ce que nous pouvons faire de cette information, dit calmement Samir.

Alvar admira son coéquipier, qui avait une capacité proprement surhumaine à laisser les dossiers et les informations en suspens. Cette découverte, qui mettait Alvar au comble de l'excitation, était lentement digérée par Samir, et celui-ci n'en reparlerait, il le savait, qu'au terme de sa digestion. Il était inutile entre-temps d'essayer de commenter l'événement – Samir était de toute façon déjà passé à autre chose –, et Alvar ravala sa curiosité pour la remettre au lendemain. Samir était retourné sur le site de Marek, où l'on voyait que ce dernier créait le design de lieux, mais aussi d'objets, d'anges, de créatures.

– Qui peut vouloir tuer un Architecte du Paraddict ? demanda Samir. Ces mecs sont des génies !

– Je ne sais pas, répondit Alvar rêveusement. Son style est vraiment personnel…

Ils apprécièrent, en connaisseurs, les silhouettes numériques un peu dégingandées, graciles et pourtant élégantes, qu'il avait faites sur mesure pour des utilisateurs fortunés, ainsi que les multiples objets d'art, et notamment les meubles, qu'il avait créés pour le Paraddict.

Samir, éberlué, répétait :

– Qui peut bien vouloir tuer un gars pareil ?

– Qui peut vouloir tuer un Architecte ? Un client dont la maison a pris l'eau, peut-être ?

Ils rirent tous les deux, sans beaucoup de conviction, avant de se replonger dans leurs recherches parallèles. Ils avaient conscience que faire le tri allait demander beaucoup de temps, même à un spécialiste de l'analyse comme Samir.

Dans le demi-jour accablant des locaux de la police globale, le visage blême d'Alvar reflétait des taches de couleurs changeantes tandis que ses yeux fatigués se chargeaient des rêves d'un mort. Lorsque son téléphone sonna, affichant un numéro inconnu, Alvar hésita à répondre. Puis ses réflexes professionnels prirent le dessus.

– Inspecteur Alvar Costa.

– Bonjour, Alvar. Elzé m'a demandé de vous appeler pour une enquête, il me semble… Je suis Terence Oxford.

Alvar demeura muet pendant quelques secondes.

– Je vous remercie de votre appel, monsieur Oxford. C'est aimable à vous de me rappeler.

– Il n'y a rien que je ne ferais pour faire plaisir à votre sœur…

– Hélas, mon enquête n'est pas une affaire de galanterie. C'est une enquête sur un meurtre, et je voulais connaître vos liens avec la victime.

– De qui s'agit-il ?

Il avait répondu en homme qui connaissait des centaines de personnes, et pour lequel une mort n'était qu'un événement social quelconque, parfaitement balisé. Terence Oxford avait dû assister dans sa vie à des dizaines d'enterrements et était certainement rompu à l'exercice des condoléances. Il ne paraissait aucunement déstabilisé par l'effet d'attente qu'Alvar avait ménagé.

– Il s'agit d'un Nom', dont le corps a été trouvé dans sa roulotte, ce 13 septembre.

– Mon Dieu, s'agirait-il de Marek ?

– En effet. Comment le savez-vous ?

– Je connais fort peu de Nom's, en vérité. Celui-ci était un militant de la première heure, un véritable soutien du parti du Développement. Je l'ai rencontré à plusieurs occasions.

– Vous vous souvenez de lui avoir dédicacé un livre ?

– Oui, tout à fait. C'était un très petit geste pour le remercier d'une donation particulièrement généreuse.

– Il faisait souvent des donations à votre parti ?

– Oui, régulièrement. En tant que militant.

– À quand remonte la dernière donation ?

Terence hésita un instant – ce n'était presque rien, un tout petit laps de temps, mais Alvar se convainquit à cet instant qu'il lui cachait quelque chose.

– Je ne sais pas, dit-il avec un sourire dans la voix. Je n'ai pas la comptabilité du parti en tête, vous savez !

– Mais suffisamment pour remercier personnellement certains donateurs.

– Oui. Cela fait partie de mon rôle, vous savez, de fidéliser les militants.

– Bien sûr, monsieur Oxford… Vous n'aviez donc pas de relations personnelles avec lui ?

– Non, pas vraiment.

– Vous avez peut-être une secrétaire à qui vous pourriez demander à quand remonte la dernière donation ?

Terence parut réfléchir.

– Attendez, que je me souvienne… Oui, ce devait être au printemps.

– J'imagine qu'un militant aussi fervent doit être très impliqué dans la campagne électorale. Quand l'avez-vous vu pour la dernière fois ?

– En fait, Marek *a été* un militant fervent. Mais, ne me demandez pas pourquoi, il s'est fait très discret ces derniers temps.

– Vous voulez dire qu'il ne vous soutient plus ?

– Cela n'a pas été dit clairement, mais c'est ce que j'ai cru comprendre.

– Et cette… défection a eu lieu au printemps ?

– Oui, à peu près.

– Vous êtes déjà allé le visiter dans sa roulotte ?

Encore cette légère, cette infime hésitation.

– Non, pas que je me souvienne.

Cette réponse nonchalante ne satisfit pas Alvar. Pour un Sédentaire, aller sur la Route n'était pas une expérience facile à oublier.

Au Blue Note, ce soir-là, Sonia arriva plus tôt que d'habitude, et elle entra en salle avant de monter sur scène. Un pianiste jouait des mélodies de jazz en mode mineur. Les accords s'égrenaient, comme si la mélodie était un chemin de douleur, avec lenteur, avec une pesanteur qu'Alvar n'arrivait pas à définir.

– J'aime bien son toucher, dit Sonia en s'asseyant en face de lui. Il est plein de gravité.

Alvar, qui avait bu déjà la moitié de son verre d'alcool, flottait entre deux états et la contempla un moment avant de répondre. Elle avait une robe noire qui contrastait avec la blancheur piquetée de sa peau.

– La gravité – c'est le mot que je cherchais. Un mot pour dire à la fois la tristesse et la pesanteur.

– Ça nous va bien, non ? lança Sonia.

Alvar la regarda. Il n'était pas rare qu'elle vienne échanger quelques mots avec lui, mais ce soir, il lui semblait que quelque chose était différent dans son attitude.

– Ça va, toi ? demanda-t-elle.

– Non. Ce boulot me vide.

– Tu as envie d'en parler ?

– Je n'arrive plus à voir autre chose que ce que les gens cachent – comme si toutes les façades sociales étaient devenues invisibles. Je vois les fêlures, les échecs, les violences, les solitudes. Les gens sont malheureux, ils n'arrivent pas à vivre. Ils font tous semblant.

Sonia ne fut pas surprise ou choquée par sa réponse. Elle ne chercha pas à lui dire qu'il était pessimiste. Elle hocha simplement la tête, compréhensive.

– Moi, je vois des morts violentes, dit-elle à mi-voix.

Ils restèrent un moment silencieux à écouter le pianiste. Le trouble que ressentait Alvar en sa présence était d'une nature particulière – très atténué par rapport à ce qu'il avait ressenti au début. Sonia l'émouvait, mais il s'était habitué à sa présence intouchable, comme si elle était la femme de son meilleur ami, interdite par des lois informulées. Elle s'approcha de lui, suffisamment pour qu'il sente son parfum, et il ne put s'empêcher de fermer les yeux un instant pour se laisser porter par l'effluve. Lorsqu'il les rouvrit, Sonia avait la tête renversée en arrière sur le dossier, dans une sorte d'abandon qui ne lui était pas coutumier. Elle tourna la tête pour le regarder.

– Qu'y a-t-il, Sonia ?

Elle sourit, comme pour elle-même.

– Tu ne ressembles pas à ton frère, dit-elle.

Alvar, qui ne s'attendait pas à l'évocation d'Abel, se raidit un peu.

– Tu l'as vu récemment ?

– J'ai couché avec lui, l'autre soir, à l'Exhibit.

Elle avait parlé avec une voix lente, grave, sans provocation. Mais cela brisa instantanément l'atmosphère ouatée qui commençait à les envelopper tous les deux.

– Je ne vois pas en quoi ça me regarde, dit-il d'un ton sec.

Sonia allait répliquer lorsque la musique du piano s'arrêta ; c'était à elle. Elle lança un regard embarrassé à Alvar, puis grimpa sur la scène et saisit sa guitare. Il resta pendant quelques minutes, mais se promit de quitter le bar avant la fin de la chanson. Il était hors de question qu'elle lui fasse des confidences sur sa folle nuit avec Abel, hors de question qu'il entende un mot de plus à ce sujet.

Elle plaqua une suite d'accords un peu tristes et se mit à chanter de sa voix éraillée. Alvar faillit se laisser prendre à ce chant – elle paraissait à nouveau si fragile, sa peau blanche semblant lutter contre l'obscurité qui la menaçait, sa voix cassée contre le silence qui l'environnait, et toute sa beauté mélancolique contre la laideur du monde. Elle était une braise en train de s'éteindre, qui rougeoyait avec intensité.

Il termina son verre cul sec, au milieu de la chanson, et sortit. L'alcool le faisait passer du coq à l'âne, et libérait en lui des associations illogiques. Il voyait Sonia, dans les lueurs des flammes, jouer de sa guitare au milieu des Nom's. Il se voyait lui-même, derrière un drap qui claquait au vent, lui faire l'amour contre une roulotte. Il voyait Sonia, avec sa robe noire troussée, empoignée par son frère. Il revivait la scène du dernier dimanche, lorsque lui et Abel s'étaient sentis si proches après la fusillade. Et il se voyait décochant un coup de poing à Abel, qui tordait définitivement son joli nez aquilin. Ce n'était pas à elle qu'il en voulait – elle se contentait d'être ce qu'elle avait toujours été, un rêve à peine palpable, un fantasme qui répandait le sillage d'un parfum, une idée d'étreinte à jamais reportée. Mais lui… avec toutes les filles qui lui tournaient constamment autour, comment avait-il pu lui faire ça, au nom d'un simple caprice ?

Il traversa les deux rues qui le séparaient de chez lui et, une fois rentré, se précipita sur son ordinateur mobile. La musique du Paraddict lui fit l'effet d'un bain de jouvence, d'un remède miracle qui le délivrait d'un coup de sa vie migraineuse et chaotique. Il fit le tour de la maison pour voir si Elyna se trouvait là, mais son ange était en train de dormir. Il la caressa longuement, heureux de sentir sous ses doigts, à travers les gants d'immersion virtuelle, la texture veloutée de sa peau tiède. Il ressentit une pointe de désir, mais la réprima, et décida de sortir.

Le Paraddict n'offrait pas seulement l'équivalent technologique des villas romaines, pour se consacrer à l'*otium* d'une vie d'esthète ou d'hédoniste. Il était aussi un vaste espace de socialisation – d'une autre socialisation, qui s'opérait selon des lois radicalement différentes de celles du monde. Tout d'abord, parce qu'il n'y avait pas d'argent, dans le Paraddict – pas de puissants, pas de pauvres, pas de classes sociales. Tous les anges se déplaçaient, parlaient et créaient en toute liberté. L'imagination et la capacité de programmer étaient les seules limites, mais il n'y avait pas de propriété intellectuelle, et tous les objets étaient en open source. On pouvait trouver par hasard un objet quelconque – un vêtement pour son ange, une créature, une fleur, un lieu – et le dupliquer sans effort. On pouvait même le modifier légèrement, y apporter son coup de griffe, y graver son prénom comme sur les arbres de jadis. Ce qui avait de la valeur, dans le Paraddict, c'étaient les idées, l'inventivité, l'élégance, la beauté, la capacité à créer la surprise et l'émerveillement. Tous les lieux, tous les objets s'échangeaient aussi librement dans cet espace illimité que les paroles dans le monde réel – les paroles sans cesse recréées, renouvelées, échangées avaient toujours échappé au secteur commercial, et étaient devenues le modèle alternatif de l'échange. Comme dans un vaste forum où la parole des grands orateurs côtoie, nourrit, et domine celle des modestes bavards, la contribution aux beautés du Paraddict était inégalement répartie – certains anges ne faisaient que la consommer et l'admirer, d'autres la produisaient occasionnellement, les Architectes en faisaient leur préoccupation quotidienne.

Marek S'Kanza avait été l'un de ces contributeurs éclairés, et ce qu'il faisait payer à des utilisateurs fortunés – en dehors du Paraddict où ne circulait aucune monnaie –, c'était son savoir-faire technique, son originalité. L'utilisateur lui payait une grosse somme dans le monde réel, et Marek lui fournissait un ange sur mesure, qu'il n'aurait pas su faire lui-même. Les anges étaient les seuls programmes dont les sources n'étaient pas totalement libres – était-ce un verrou inconscient ? Une censure qui pesait sur l'identité, pour la protéger ? On ne pouvait rencontrer un ange et copier son apparence – et Alvar s'était toujours demandé si cette restriction n'avait pas été une erreur. On avait bien vu les dérives que cette fermeture partielle du code avait engendrées : les anges, par leurs différents degrés de perfection et de complexité, finissaient par représenter des castes, et la hiérarchie sociale si soigneusement évitée avait trouvé là une brèche où s'engouffrer.

Il existait une infinité de spots sociaux, où l'on se retrouvait en fonction de ses centres d'intérêt ou simplement de ses envies du moment. Ils étaient souvent dessinés comme des parcs, des foires ou des places de village, parfois comme des villes. Alvar se rendit à l'un de ses spots préférés – on y trouvait, côte à côte, des lieux où les musiciens pouvaient taper le bœuf, des expositions de street art et des cinémas diffusant des vieux films. Alvar se balada pendant près d'une heure sur un parcours urbain en trois dimensions, où les œuvres prenaient pour supports les objets les plus improbables. Il y avait aussi des photographies du monde réel. Un ange à l'allure élancée et très stylisée retint son attention, et Alvar lui adressa la parole, avec la facilité sans gêne qui n'existait que dans le Paraddict.

– Excusez-moi, j'aime beaucoup le style de votre ange. Je me demandais si vous connaissiez l'œuvre de l'Architecte Marek Kanzas.

Il s'agissait d'une jeune femme rousse, aux yeux mi-clos et aux lèvres noires.

– Certainement, dit-elle. Il est très à la mode en ce moment.

Mais je n'ai malheureusement pas les moyens de m'offrir ses services dans la vie réelle... Attendez, je dois avoir quelque chose de lui, tout de même... Tenez, ceci. Elle tapa dans ses mains et des informations s'affichèrent instantanément, dans une calligraphie ancienne, à hauteur de son visage.

Marek Kanzas – Vues de la Route –
Exposition définitive aux Saintes-Maries du Paraddict

À côté de l'inscription s'affichait aussi une photographie qu'Alvar avait déjà vue, représentant trois éoliennes blanches gigantesques, au pied desquelles passait une minuscule caravane noire.

– Merci.

– Merci à vous d'avoir comparé mon ange à une création de Marek Kanzas !

La jeune femme rousse cligna des yeux en guise de salut, et Alvar saisit l'adresse sur son clavier – la téléportation fut immédiate, et l'immersion dans ce spot inconnu, assez brutale.

Alvar, comme il l'avait dit au Patron, n'avait jamais mis les pieds aux Saintes-Maries-de-la-Mer, et ne savait même pas à quoi cela pouvait ou avait pu ressembler. Mais il sentait que cette zone du Paraddict était comme le fantôme d'un lieu réel, peut-être disparu, ou défiguré. Il y avait des ruelles blanches, entrelacées comme un dédale, qui débouchaient parfois de manière imprévisible sur la mer. Et puis il y avait des églises, et des mosquées, aussi – les clochers et les minarets s'élevaient au-dessus des toits de tuile, et, lorsqu'on prenait de la hauteur, on les voyait se dessiner nettement sur fond d'azur. Des mélodies de guitare gitane flottaient dans l'air, s'amplifiant lorsqu'on se rapprochait de leur source, ou s'évanouissant pour laisser place au ressac apaisant de la mer. On percevait aussi, dans un mélange vibrant, un claquement sonore, qu'Alvar identifia rapidement comme un bruit de sabots sur les pavés, un chant polyphonique aux accents méditerranéens, des mains nombreuses qui frappaient une cadence. Ce spot n'était guère fréquenté, comparé à d'autres, mais il dégageait une puissante impression de réalité, comme s'il était *habité*. Et, de fait, Alvar se rendit compte que des anges *vivaient* là ; tout comme il vivait avec Elyna dans son cottage retiré, auquel nul ne pouvait accéder à moins d'en avoir l'adresse, des centaines d'anges avaient construit leurs maisons pêle-mêle, fabriquant un village virtuel dont il ne connaissait aucun équivalent dans le Paraddict. L'individualisme profond des Sédentaires les poussait tous dans la même direction : vers la périphérie, vers les espaces vides. Mais les Nom's – car il ne doutait pas que ce fussent eux – investissaient les espaces publics du Paraddict, ceux que tout le monde pouvait visiter, les lieux de passage. Les Routes.

Avec un soupir content, Alvar déambula, observant les anges en conversation autour de lui, les groupes de musiciens qui se formaient et se défaisaient, les danseuses aux jupes virevoltantes, les nombreuses effigies de taureaux qui, depuis les bas-reliefs jusqu'aux motifs rupestres, décoraient les façades. Des objets qu'il n'avait jamais vus ailleurs étaient alignés sur les murets ou les margelles des puits… Il dupliqua une conque rose qui, lorsqu'on la mettait sur l'oreille, chantait une berceuse tzigane d'une grande beauté, ainsi qu'une statuette de taureau qui s'envolait lorsqu'on la lâchait en l'air, et qui revenait docilement dans votre main. Il était difficile de dire qui étaient les anges qui fréquentaient ce lieu, Alvar continuait à penser qu'il s'agissait pour la plupart de Nom's qui se connaissaient plus ou moins dans la vie, mais il y avait aussi nombre de badauds qui, comme lui, inspectaient chaque détail du paysage. Rien ne distinguait les uns des autres – les anges étaient tous différents par la morphologie et la pigmentation, mais la plupart étaient pré-architectés sur la même matrice, ils étaient d'apparence jeune et belle, et arboraient un air de famille universel. Seuls quelques rares personnages d'une qualité supérieure se démarquaient, soit par leur taille plus haute, soit par la texture plus fine de leurs vêtements drapés, soit par le style artistique de leur visage. Il n'y en avait pas beaucoup, ici.

Alvar s'enquit de l'exposition de Marek Kanzas auprès d'un ange à la forte carrure, qui lui indiqua l'entrée d'une petite église. Comme souvent dans le Paraddict, l'intérieur du bâtiment n'avait pas grand-chose à voir avec son extérieur – et Alvar fut surpris de se retrouver dans une vaste nef aux vitraux blancs savamment disposés. Chaque photographie de Marek était éclairée par un vitrail, cependant, alors que dans une église réelle la lumière ne pouvait pleuvoir qu'en bandes parallèles, les rayons ici se croisaient et se coupaient comme dans une figure géométrique compliquée. Alvar admira cet effet de lumière, et reporta son attention sur les photographies exposées, dont il reconnut certaines. Celle des trois éoliennes, celle de la fille en larmes qui fumait une cigarette, celle du chien. Mais il y en avait beaucoup d'autres. Un mur entier portait une série de plusieurs centaines de portraits, en noir et blanc et en gros plan. En les balayant du regard, Alvar reconnut le Patron, ainsi que la mère de Marek et la liseuse de signes. Il supposait que ce mur représentait la caravane, et, en cherchant bien, il découvrit le portrait de Bassel Kasra. Pris de trois quarts, il regardait au loin, le front soucieux. Alvar songea que la présence de l'assassin dans la galerie de portraits avait quelque chose d'ironique, qui n'aurait pas déplu à Marek. Il y avait aussi des paysages, toujours un peu dévastés. Quelques herbes poussant difficilement dans un terrain vague minéral. Plusieurs ruines agricoles. Une série de photographies très graphiques de la Route, ce ruban parfois à peine visible se déroulant dans les plis et les dénivelés d'une terre stérile, écrasée de chaleur, aux arbres penchés ou arrachés. Des scènes de la vie quotidienne, aussi, qu'Alvar observa plus attentivement. Il reconnut le portrait des trois enfants, mais beaucoup d'autres aussi. Des photos d'une femme malade, recroquevillée autour d'un chat. De jeunes garçons buvant du vin dans les restes d'une fête. Un Délicat, l'air hagard, ouvrant le volet de sa roulotte. Et un autoportrait troublant, intitulé *Autoportrait en majesté*, où Marek apparaissait de dos, vêtu d'un costume d'apparat, sur un fond de planches cassées et de roues tordues.

Savait-on, dans le Paraddict, qu'il était un Délicat ? Rien ne le certifiait – Marek Kanzas et Marek S'Kanza vivaient peut-être des vies totalement séparées. Les Nom's de sa caravane ne fréquentaient peut-être pas les Saintes-Maries du Paraddict ; ou bien les rares qui connaissaient son secret le gardaient peut-être jalousement. Alvar repensa à la roulotte minuscule, envahie de mouches, où Marek S'Kanza avait enfoui le mystère de sa vie et de sa mort. Cet être fragile et transparent, dont la peau portait la marque d'innombrables hématomes, et dont les cheveux rares cachaient à peine le crâne, s'était hissé à la force de son imagination jusqu'à ceci. Cette nef où la lumière tombait à grands rayons perpendiculaires, cette œuvre qui vous poursuivait de sa sombre beauté, cette renommée. Et quelqu'un était arrivé, dans le secret misérable de son existence de nomade, dans sa roulotte un peu branlante où la peinture s'écaillait. Quelqu'un était arrivé et avait décidé de le tuer. Il était mort avant sa mère, la laissant seule avec son cancer.

Et, soudain, une question surgit dans la tête d'Alvar, une question qui avait la force et la simplicité d'une évidence. Qui avait-on voulu assassiner ? Marek S'Kanza, ou Marek Kanzas ?

13/10/2071

Les enjeux du gouvernement : lancement officiel de la campagne dans quelques jours. Carte du réchauffement : les zones les plus touchées dans les dix prochaines années.

Elzé n'avait pas un instant de repos, dans l'état d'excitation permanente où elle se trouvait. Les dossiers qu'elle découvrait la passionnaient, et sa soif d'apprendre, de connaître l'historique de chacun d'entre eux, d'acquérir une légitimité pour les traiter, semblait ne jamais pouvoir s'étancher. Il s'agissait de la gestion des affaires terroristes, du déroulement de la campagne, du fonctionnement des institutions de la WA – c'est-à-dire de tous les dossiers globaux, qui ne relevaient pas spécifiquement du parti du Développement, mais d'un candidat à la magistrature suprême. Elle lisait sur son écran d'ordinateur, jusqu'à voir des taches rouges danser devant ses yeux. Des rapports administratifs, des comptes rendus de réunions, des projets, des avant-projets, des avenants aux projets, des listes d'objectifs, des organigrammes, des synthèses, mais aussi des essais, des discours. Elle visionnait des interviews. Elle apprenait le nom et le visage de tous ses collaborateurs potentiels. Elle abattait, avec une ardeur infatigable, le travail de toute une équipe.

Lorsque sa concentration intellectuelle venait à défaillir, ce qui n'arrivait en général qu'au bout de longues heures, elle acceptait souvent l'invitation de Terence, qui semblait attendre ce moment avec une patience égale, et qui se montrait toujours disponible et désireux de lui changer les idées. Il n'était jamais loin d'elle, dans sa fièvre de travail – dans le couloir, il la regardait de manière appuyée en passant devant sa porte ; dans son bureau, lorsqu'elle avait une question à lui poser, il la comprenait toujours à demi-mot et lui fournissait une aide précieuse ; dans sa boîte mail, ses messages survenaient à intervalles réguliers. Sa prose élégante et ironique tranchait toujours avec la langue de bois des autres messages, et elle restait rêveuse, un moment, à savourer la tournure de son esprit supérieur. Terence l'enveloppait de sa présence, de ses mots, de ses conseils discrets, toujours pertinents et jamais condescendants. Son intelligence la séduisait infiniment, et elle aimait se sentir hissée à la hauteur d'un pareil interlocuteur. Elle avait fait à son sujet plusieurs rêves érotiques et se laissait porter par cette vague lente et puissante. Leur rapprochement paraissait inéluctable – c'était un rivage sur lequel ils finiraient par accoster, mais elle n'avait ni le temps ni l'envie de précipiter ce voyage. Cette approche amoureuse, mêlée à son activité intellectuelle intense, l'emplissait comme une drogue et lui donnait la sensation d'un merveilleux mouvement ascendant.

Elle relisait pour la troisième fois le petit message que Terence lui avait envoyé dans l'après-midi :

« Chère Elzé, la compagnie prolongée de la directrice de la communication et l'animation laborieuse d'une réunion planifiée sans réel objet me font désirer plus que tout un dîner en tête à tête, et la perspective d'une conversation pétillante. Puis-je vous espérer ce soir ? »

Elle apprécia, à cette troisième relecture, l'emploi du mot « espérer », qui lui sembla à la fois délicieusement désuet et plein d'un double-fond de fantasmes inavouables. Avec un sourire inconscient, que personne ne pouvait voir dans la solitude de son bureau, elle envoya sa réponse :

« Vous pouvez m'espérer, si vous êtes capable de m'attendre... Je dois achever la passionnante lecture du rapport de la Cour globale des comptes sur l'Intellagency, et n'en suis qu'à la page 169. »

Terence lui répondit presque immédiatement :

« Je viendrai vous sauver de cette entreprise suicidaire vers 20 heures. »

Le sourire sur les lèvres d'Elzé s'étira et elle eut un peu de mal à se remettre au travail. À vingt heures, ponctuel comme le destin, Terence se présenta à la porte du bureau obscurci. Il n'y avait plus grand monde dans les locaux de la WA, et les couloirs silencieux ne bénéficiaient plus que de l'éclairage avare du mode nuit.

– À quelle page êtes-vous arrivée ?

– 387 sur 510. Je n'arrive plus à suivre les lignes...

– Vous avez eu les yeux plus grands que le cerveau. Personne ne peut lire *in extenso* un rapport aussi indigeste en une seule fois.

– Indigeste, certes... Mais édifiant.

Terence eut un petit rire qui montrait qu'il n'avait pas envie de parler sérieusement.

– Vous m'édifierez devant un bon repas, cela vous convient ?

Elle prit ses affaires, et se laissa guider jusqu'à la rue. La présence de cet homme à son côté – sa haute taille, son pas tranquille, sa connaissance intime du quartier – commençait à lui être familière, mais elle en appréciait encore la nouveauté. Il était agréable d'imaginer le tableau qu'ils offraient tous les deux, et elle avait du mal à penser à autre chose tandis qu'elle allongeait le pas pour éviter de trottiner à sa hauteur.

– Nous pourrions nous tutoyer, proposa-t-il soudain, en tournant la tête vers elle.

Elle se sentit rougir dans l'ombre et fut heureuse que cela passât inaperçu.

– Je vais avoir beaucoup de mal à y parvenir, dit-elle.

Il s'arrêta, et elle l'imita. Ils n'étaient pas devant le restaurant, et leur arrêt en pleine rue ne pouvait signifier qu'une chose.

– Il n'est pas courant de s'arrêter en pleine rue, remarqua-t-elle ingénument.

– Avec les risques d'attentat et la nocivité de l'air ? enchaîna-t-il. Est-ce vraiment à cela que tu penses, à l'instant présent ?

Le tutoiement l'avait caressée, et elle se sentait fondre sous cette intimité qu'elle désirait autant que lui.

– Non. Je pense à la façon dont tu vas m'embrasser, avoua-t-elle en plantant son regard dans les yeux gris, impénétrables, de Terence.

Il commença par caresser son visage de sa main fine d'intellectuel, et il l'embrassa lentement. Dans la nuit tombée, des passants portant des masques filtrants et des voitures électriques répandant un clignotement de lumière bleue circulaient silencieusement autour de leur baiser.

Ils eurent l'impression de tomber, lorsque leurs bouches se séparèrent, et leurs mains se rejoignirent sans qu'ils eussent besoin de parler. Ils passèrent devant un hôtel-restaurant où quelques personnes faisaient la queue pour le scan.

Elzé lança un regard d'invitation à Terence – car son désir en était à ce point où les autres considérations lui paraissaient de peu d'importance. Mais il lâcha sa main, doucement, et hocha la tête. Il attendit d'avoir dépassé la queue pour lui dire :

– Il y a trop de collègues de la WA, dans cet hôtel.

– Est-ce à cela que tu penses, à l'instant présent ? demanda-t-elle avec une pointe de provocation.

Il reprit sa main, comme pour la rassurer sur son ardeur.

– Viens chez moi, dit-il. Nous dînerons plus tard…

Elle ne souffla mot et le suivit – elle ne devait guère se souvenir, plus tard, des détails du trajet. Ils prirent l'interurbain, où ils restèrent debout, sans parler, l'un contre l'autre. Elzé n'avait jamais ressenti autant de désir pour un homme – le contact de sa cuisse, de sa poitrine, l'effleurement de ses mains lui donnaient presque la chair de poule. Lorsqu'ils arrivèrent chez lui, la longue exaspération de ce désir contraint se dénoua – elle ne pensa plus qu'à l'attirer contre elle, en elle, et ils firent l'amour, sans se déshabiller entièrement, sur un divan du vestibule. L'orgasme fut violent, intense, et lui arracha un cri.

Haletante, elle émergea de ce rêve éveillé, consciente tout à coup du désordre de sa coiffure et de ses vêtements. Terence avait légèrement rougi avec l'effort, et elle évita son regard, le temps de se rendre à la salle de bains. Quand elle revint, il avait retrouvé toute sa contenance, avec un regard encore plus caressant, encore plus insistant qu'à l'ordinaire. Comme s'il la voyait encore nue à travers ses vêtements rajustés à la hâte.

– Est-ce que tu arriveras à me tutoyer, maintenant ? demanda-t-il en souriant.

– Je ne sais pas. Nous allons le savoir bientôt…

Il l'embrassa à nouveau, tendrement, et passa la main sous son corsage furtivement, comme pour s'en assurer la propriété. Puis il la pria d'attendre quelques minutes dans le salon, où il allait lui apporter de quoi manger et boire. Elle se coula dans le canapé, voluptueuse, et laissa ses chaussures à terre. Le salon était aveugle – comme dans toutes les résidences des personnalités politiques. Des fenêtres holographiques s'ouvraient sur des paysages artificiels, mais le charme de la pièce se trouvait ailleurs, dans la bibliothèque immense où des couvertures de cuir aux écritures dorées rappelaient des jours anciens. Un bonsaï probablement séculaire occupait l'espace central, et Elzé contempla longuement sa forme trapue et puissante, ses branches au feuillage touffu, imaginant des personnages miniatures s'installant sous son ombrage ou grimpant à son tronc noueux.

– Tu admires mon bonsaï ? demanda Terence en revenant avec un plateau chargé d'amuse-bouches et de fruits découpés en morceaux.

– Oui. Il est magnifique.

– C'est un pin blanc du Japon. On m'a assuré qu'il avait résisté à la bombe atomique sur Hiroshima.

Elzé le regarda à nouveau, troublée.

– C'est un organisme qui a été soumis à toutes sortes de contraintes, continua-t-il. On a étouffé sa croissance, on l'a exposé à des radiations. Et pourtant, il a gardé sa forme et il est toujours debout. C'est un modèle de résilience à la fois individuel et collectif. Je m'en inspire à titre personnel, mais il me semble aussi représenter quelque chose de notre civilisation.

« Cela plairait à Abel », songea Elzé.

– Je ne vous savais pas si philosophe…, dit-elle à voix haute.

– Ça y est, nous en avons la confirmation…

Elzé fronça les sourcils.

– Tu n'arrives pas à me tutoyer, précisa Terence.

– Avec un verre de vin, peut-être ?

Terence la servit.

– Je te remercie, articula-t-elle.

– Voilà un tutoiement avec préméditation…

Elle comprit, au regard qu'il lui lança, qu'il interprétait cette difficulté à le tutoyer comme une conséquence de leur différence d'âge, et se promit de ne plus rien en montrer. Elle se sentait complètement sous le charme de cet homme qui venait de lui donner beaucoup de plaisir, et qui était capable, l'instant d'après, de la faire réfléchir sur la condition humaine à l'aide d'un bonsaï. À tel point qu'elle avait relégué dans un coin obscur de son esprit toutes les questions, toutes les réserves qu'elle s'était formulées à son égard.

Ils mangèrent de bon appétit, et firent l'amour une deuxième fois, plus posément et plus lentement que la première, en prenant le temps de se regarder, de se sourire. C'était un homme plein de tact, qui considérait le plaisir qu'il donnait au moins autant que celui qu'il prenait. L'idée effleura Elzé qu'il ne s'y serait pas pris autrement pour gagner un total ascendant sur elle. Cette soirée trop parfaite avait quelque chose de savant, quelque chose d'efficace, qui ne cadrait pas tout à fait avec ce qu'elle connaissait de l'amour. Mais qu'en connaissait-elle, après tout ?

Elle était nue, dans le lit, son verre de vin sur la table de chevet, et Terence regardait son corps, ses courbes et ses lignes, comme pour en enregistrer le moindre détail.

– Tu n'as pas de questions à me poser ? demanda-t-il.

– J'en ai une bonne centaine, répondit Elzé en souriant. À commencer par celle-ci : comment est-il possible qu'il n'y ait pas de femme dans ta vie ?

– Comment est-il possible… et cela est beaucoup plus étonnant… qu'il n'y ait pas d'homme dans la tienne ?

Elle remarqua qu'il répondait à sa question par une question symétrique, doublée d'une flatterie. Cela était sans doute ancré profondément dans ses habitudes. Elle ne pensait pas qu'il le fît exprès.

– Pourquoi m'as-tu laissée me débrouiller avec le projet Léviathan ? Quel est ton contentieux avec ces chercheurs ?

Terence soupira.

– Voilà une question bien peu romantique, reprocha-t-il.

– Et voilà une réponse bien évasive... J'ai bien failli te détester, après la première réunion.

Terence comprit qu'il était au pied du mur et son regard se fit plus direct, plus franc.

– J'ai toujours émis beaucoup de réserves sur le projet Léviathan. Notre différend ne date pas d'hier.

– Quel genre de réserves ?

– Je ne souhaite pas t'influencer. Du moins... je voudrais te mettre en garde, tout en te laissant une entière liberté de jugement.

– Me mettre en garde contre quoi ?

– Lorsque tu rencontreras Léviathan, pose-lui des questions.

– Quel genre de questions ?

– Demande-lui des préconisations pratiques, pour régler tel ou tel problème. Par exemple, le problème de la surpopulation mondiale.

– Que va-t-il me répondre ?

– Je ne sais pas exactement, mais j'ai des craintes.

– Il ne s'agit pas d'un programme conçu pour prendre des décisions, de quoi as-tu peur ?

Terence ne voulait pas se montrer offensant, mais l'enjeu de la discussion dépassait le cadre strictement sentimental.

– Il prend, de fait, des décisions. C'est lui qui a décidé de ta nomination, Elzé.

– Sur des critères objectifs, et non idéologiques.

– Peut-être. Mais le choix d'un candidat n'est-il, ne devrait-il pas être justement idéologique ?

Elzé secoua la tête, un peu refroidie.

– Tu penses que ma nomination est une erreur ?

Terence eut l'air sincèrement surpris et blessé.

– Ai-je jamais rien fait qui puisse te laisser penser une chose pareille ?

« Une question pour une question, releva-t-elle. Il pense que ma nomination est une erreur. »

– Non, excuse-moi. Je me demande simplement si ce n'en est pas une.

– Si tu veux savoir le fond de ma pensée, tu es une chance inouïe pour le parti. Tu es brillante, tu abats un travail phénoménal, tu apprends vite…

Ces compliments excessifs la mettaient mal à l'aise ; elle ne voulait surtout pas les prendre pour argent comptant. Il était plus prudent de continuer sur un autre sujet.

– Au fait, tu as appelé mon frère ?

– Oui, madame.

Elle rit.

– Qu'est-ce qu'il te voulait ?

– Il enquête sur la mort d'un ancien donateur du parti.

– Tu as pu lui donner les informations qu'il cherchait ?

– Plus ou moins. C'est un type qui a tourné sa veste, de toute façon. Il nous a plantés en pleine campagne pour l'investiture pour se mettre du côté de Shalayan. Je n'avais pas grand-chose à lui dire.

Elzé n'écoutait pas vraiment – elle trouvait toujours les affaires d'Alvar prodigieusement ennuyeuses.

– Et que penses-tu de la gestion des affaires terroristes par l'Intellagency ?

– Je pense que tout cela est très opaque, et que les cadres de l'Agence servent des desseins très complexes.

– Qui échappent aux politiques ?

– Oui, dans de trop grandes proportions. Dans certaines affaires, le renseignement prend le pas sur la sécurité. Et on ne sait plus tellement quel est le but de l'Agence.

– Que penses-tu vraiment de Safir ?

Terence fronça les sourcils d'un air coupable.

– Il est d'une bêtise admirable…

Ils rirent, et passèrent le reste de la soirée à échanger des points de vue, des jugements sur des situations qu'ils avaient vécues, des personnes qu'ils avaient fréquentées à la WA. Il semblait à Elzé que la conversation avec Terence devenait un peu plus libre, et que le quant-à-soi qu'il gardait toujours perdait du terrain. Elle rentra chez elle amoureuse, la chair heureuse, et l'esprit légèrement étourdi. Devenir la maîtresse de Terence Oxford avait certainement encore plus de saveur que d'être désignée comme candidate à l'élection. Et, dans sa chance inouïe, elle avait obtenu les deux.

15/10/2071

Le parti des Identités en perte de vitesse. Les nouveaux spots à la mode dans le Paraddict. Enquête sur la Route : un recensement difficile.

Les anges d'Alvar et d'Elyna se rendirent à la fête de Marek Kanzas, affublés de la manière la plus extravagante. Le Paraddict était un royaume de fantaisie, où le déguisement était la norme et la nudité impossible. Il en résultait un carnaval permanent, qui touchait non seulement aux anges, mais également aux lieux et aux objets : aucune chose n'était, ou peu s'en fallait, ce qu'elle semblait être, et la magie du trompe-l'œil, de l'illusion d'optique et de la métamorphose opérait sans cesse. Une soirée carnavalesque, dans ces circonstances, était une invitation à pousser à l'extrême ce qui existait déjà, à forcer le trait en quelque sorte de cette esthétique baroque présidant à toute chose. Alvar et Elyna ne furent donc pas étonnés de la débauche de formes, de couleurs, de styles. Les anges les plus divers échangeaient des propos privés ou publics, arborant comme des trophées leurs parures singulières. Alvar remarqua un ange dont la chevelure était constituée de serpents, qui sortaient de loin en loin leur étrange langue bifide, et un autre dont le manteau paraissait un morceau arraché à la nuit étoilée. Les robes couleur de temps, les peaux huilées ou écailleuses, les plumes et les diamants scintillaient, chacun d'un éclat unique. La plupart des convives ne faisaient d'ailleurs que contempler ce rassemblement fastueux, dont les reflets tournoyants donnaient le vertige. Des vêtements animés jouaient des extraits de films sur les surfaces plissées des tissus, et il y avait tant à observer, tant d'impressions à recevoir, qu'on en demeurait interdit.

La salle de bal, bien sûr, était à la hauteur de ses occupants, architectée avec l'art d'un maître : il s'agissait d'un jardin nocturne, étagé en terrasses, illuminé de flambeaux et de vasques où vacillaient des flammes versicolores. Les fleurs inconnues, les bassins où les plans d'eau n'étaient pas toujours horizontaux, les statues parfois moins immobiles que les anges alentour convergeaient vers une sorte de vaste clairière. Là, on pouvait danser sur le tapis moelleux d'une herbe douce, et sous le branchage gigantesque d'un arbre d'où pendaient des milliers d'orchidées roses.

– C'est incroyable, murmura Elyna. Tu attends d'autres personnes ?

– Samir viendra peut-être.

– Et ton frère Abel ? Tu lui as fait son ange ? Il aurait pu venir l'étrenner ici…

Le nom d'Abel lui fut désagréable dans la bouche d'Elyna. Il en avait souvent parlé, avec elle, ainsi que de toute sa famille et de toute sa vie en général – mais en ce moment, Abel était associé dans son esprit à l'image de Sonia, vautrée avec lui à l'Exhibit.

– Non, je ne lui ai pas proposé. Je n'ai pas envie de le voir.

– Il s'est passé quelque chose ?

Elyna le connaissait bien, et Alvar se sentit déstabilisé par cette idée. Il se demandait toujours à quoi elle ressemblait, et pourtant, elle était capable de deviner en lui des changements subtils dans son humeur, avec une finesse que ne donne qu'une profonde compréhension de l'autre.

Alvar hésita. Il n'avait jamais parlé de Sonia avec Elyna, et ne savait pas comment elle le prendrait.

– Rien de grave, mais il m'a énervé la dernière fois.

– La dernière fois ? Je croyais que tu t'étais senti très proche de lui, après cette fusillade…

– Il a couché avec une fille qui me plaît.

Elyna parut surprise.

– Ah. Je vois.

Elle marqua un silence, puis reprit :

– Tu ne m'as jamais parlé d'elle. Pourquoi ?

– Je ne sais pas.

– Je n'ai pas le droit de t'en vouloir, je vis avec mon mari…

– Tu as le droit de m'en vouloir, lui dit-il doucement.

Un peu mal à l'aise, dans cet espace irréel où de vrais sentiments se mêlaient aux fausses sensations, Alvar laissa Elyna à sa découverte émerveillée des lieux, et se mit à guetter l'arrivée de Marek Kanzas. Il avait décidé de lui parler, coûte que coûte, et son regard balayait les alentours de manière systématique et circulaire. Le Paraddict lui demandait depuis peu un léger *effort* pour capter toute sa concentration ; il oubliait de plus en plus souvent d'admirer cet environnement somptueux, comme on oublie de regarder un tableau trop familier. Le Paraddict ne pouvait accrocher par une présence enveloppante ; cet univers sans parfum, sans goût, sans douleur, et dont le toucher faisait sans cesse sentir son artifice, n'arrivait plus totalement à le happer. Il lui arrivait de plus en plus souvent, pendant ses connexions, d'avoir des flashs de la réalité, qui lui paraissaient étrangement denses et consistants. La chevelure de Sonia. L'odeur du bitume après l'orage. Des étoffes rouges claquant comme des voiles au vent de la Route. Les coups de feu.

– Avez-vous déjà essayé la roulotte ? Il paraît que c'est une innovation majeure !

– J'ai envie de dire : majeure, et presque magique.

Deux anges, faits d'images de synthèse ultra-réalistes, et extraordinairement bien animés, échangeaient à côté d'eux des propos publics sur l'Architecture.

– Il paraît que Marek Kanzas fait partie d'un mouvement intimiste, visant à redonner au Paraddict une dimension humaine. Vous savez, c'était la grande mode, jusqu'à il y a peu de temps, des édifices monumentaux, architectés pour des géants, et dans lesquels on se sentait tout petit.

– Oui, comme le temple de Pencil, ou les chutes de FakeWaters…

– Il semble que l'avant-garde considère que cette esthétique est totalement dépassée. On n'architecte plus des colonnes de cent mètres de haut, on en est revenu. Maintenant, on cherche l'harmonie des proportions.

– On est passé en somme du goût égyptien au goût romain.

– Quel rapport avec la roulotte ? demanda Elyna, se glissant dans la conversation avec le naturel que l'on ne pouvait mettre que dans le Paraddict.

– Eh bien, c'est toujours la même chose. On est revenu aussi des déplacements instantanés, des maisons multi-atmosphères, des passages abrupts de la banquise à l'équateur…

Alvar et Elyna se regardèrent, piqués. Leur maison correspondait tout à fait à cette description méprisante.

– Kanzas, avec sa roulotte, tente de réinjecter les dimensions de l'espace qui manquent au Paraddict : la lenteur, le caractère aléatoire, la possibilité d'errer.

– J'ai beaucoup erré dans le Paraddict ! protesta Alvar.

– Certes, mais dans un espace fait pour ça… On n'erre pas entre les espaces, dans le Paraddict. On ne traverse pas les frontières par hasard.

– On peut entrer des coordonnées au hasard…

– Oui, mais cela est-il aussi merveilleux que de se déplacer, tout simplement ? De regarder par une fenêtre, et de s'arrêter quand bon nous semble ?

Alvar lâcha un moment le fil de la conversation. Un ange qui dominait les autres d'une demi-tête, et dans lequel il reconnut immédiatement l'avatar dégingandé et racé de Marek, était apparu au loin.

– Est-ce qu'il propose une démonstration gratuite ?

– Oui, mais la foule se presse, je vous conseille d'attendre quelques jours.

Marek était en train d'échanger des mondanités avec de nombreux anges venus le saluer, il allait être difficile de l'approcher. Alvar se dirigea cependant vers lui et décida d'agir comme s'il le connaissait de longue date.

– Marek !

On ne l'entendit pas tout d'abord, mais il répéta son salut, et au bout de trois reprises, le grand ange maigre lui accorda un regard.

– Ah, ce n'est pas trop tôt ! Je t'attendais pour te parler de notre affaire !

Marek marqua un temps de pause, presque imperceptible, et Alvar regretta de ne pas avoir accès à l'expression réelle du marionnettiste – il lui fallait se contenter du masque imperturbable de la marionnette, que ne trahissait jamais aucun mouvement involontaire.

– Oui, bien sûr, répondit l'autre cordialement.

Sa courtoisie contrastait brutalement avec ce que révélait cette phrase d'apparence anodine : Alvar était probablement en présence de l'assassin. « En présence » était un mot peut-être galvaudé, car il n'avait devant lui aucun corps, aucun visage, aucune marque identitaire. Mais il était en conversation avec lui, à son insu, et cela faisait battre le cœur de l'inspecteur à coups redoublés. Il avait envie de lui dire : « Je t'ai eu », mais il savait qu'il ne tenait rien, que ses menottes étaient emplies de fumée, et que sa victoire était tout illusoire.

– Excuse-moi, dit Marek, j'ai été particulièrement occupé ces temps derniers, j'ai eu énormément de sollicitations, et je t'avoue que j'ai besoin que tu me rafraîchisses un peu la mémoire…

L'excuse paraissait grosse, mais pourquoi ne serait-elle pas passée auprès des gens qui ne *savaient* pas ? Marek était un homme d'affaires, une star, la plupart des gens qui le sollicitaient ne devaient pas le connaître si bien que ça. Alvar se demanda comment il avait fait avec les autres, les plus proches, ceux qui auraient pu se rendre compte de la supercherie. Il faudrait sans doute fouiller de ce côté.

– Tu devais m'architecter un nouvel ange, et je devais te faire un premier versement.

– Ah, oui… Je suis désolé, je ne vais pas pouvoir honorer ta commande.

Alvar n'eut pas de mal à exprimer une déception qu'il ressentait réellement, pour d'autres raisons : il avait compté sur ce fameux versement pour tracer un compte bancaire et une adresse dans la réalité.

– Sérieusement ? Je comptais vraiment dessus…

– Désolé, j'ai décidé d'arrêter l'Architecture commerciale. Je veux me consacrer à mon art. Tu veux essayer la roulotte, comme compensation ?

Alvar chercha Elyna des yeux, mais elle était trop loin, absorbée dans une nouvelle conversation à plusieurs pas de là. Il lui fallait se décider au plus vite.

– D'accord, dit-il.

Marek, aimablement, le fit passer avant la foule lorsque les passagers précédents sortirent de la roulotte, la mine réjouie et le verbe haut. Il n'y eut pas de protestations, car Marek Kanzas était révéré ici, non seulement comme un hôte, mais presque comme un dieu.

Alvar pénétra donc dans cette roulotte virtuelle, qui lui rappela désagréablement la roulotte réelle dans laquelle il avait découvert le cadavre de S'Kanza. Le vernis et la peinture écaillés sur le bois érodé, les images naïves de Jean de la Lune, la guirlande d'ampoules clignotantes étaient là, comme si la roulotte représentait un pont, une passerelle entre les mondes. L'intérieur était beaucoup plus petit et plus neutre, et ressemblait à celui de n'importe quel véhicule ; des rideaux rouges plissés s'ouvraient simplement sur deux portières latérales. Au-dessus de la première, il y avait juste un panneau indiquant « Retour ». Au-dessus de la seconde, il y avait indiqué « *Anywhere out of the world* ». Alvar reconnut l'allusion à Baudelaire, qui lui rendit Marek S'Kanza encore plus sympathique, et se remémora la première phrase du poème en prose dont elle était issue. « *Cette vie est un hôpital où chaque malade est possédé du désir de changer de lit.* » C'était une belle phrase, pour un Délicat, pour un Nom' qui architectait des roulottes pour le Paraddict. Et l'assassin de ce brillant esprit se tenait là, juste en face de lui, évident et invisible à la fois.

– Il y a encore de la place, fit remarquer Alvar, espérant qu'Elyna se serait rapprochée.

Mais Marek désigna une autre personne, qui monta avec Alvar. Il s'agissait d'un ange féminin, aux longs cils soyeux et aux yeux fauves. Alvar eut l'impression de l'avoir déjà rencontrée quelque part.

La portière se referma, et rien ne se passa.

– Je pense que vous devez fermer les rideaux de votre côté, dit l'inconnue, dont l'avatar lui paraissait de plus en plus familier.

Alvar tira le rideau rouge sous le panneau indiquant « Retour », et la fête carnavalesque, le jardin nocturne et les orchidées qui se balançaient mollement disparurent tout à coup. La fenêtre de l'autre côté s'anima lentement. Il ne s'agissait pas à proprement parler d'un déplacement, qui aurait suivi une trajectoire plus ou moins rectiligne, mais plutôt d'un *morphing* qui transformait subtilement le paysage en un autre, de manière continue. Alvar et sa compagne restèrent un instant muets, contemplant ce kaléidoscope qui laissait apparaître, dans un tourbillon de couleurs hypnotique, des montagnes, des bords de mer, des routes forestières, des temples, des mégapoles urbaines, de grands espaces vierges, ou des maisons individuelles.

– Regardez, vous avez un levier, ici.

– Et vous, un gouvernail.

Alvar actionna le levier et le kaléidoscope changea de vitesse, multipliant les vues de manière vertigineuse. Il le fit redescendre à l'allure minimum, au pas de promenade, qui permettait d'apprécier chaque « tableau » pendant au moins une minute avant de passer au suivant. L'ange, en face de lui, tourna le gouvernail, et le kaléidoscope changea de direction. Alors qu'un palais monumental était en train de se transformer en une colline couverte d'animaux fantastiques, elle s'amusa à revenir en arrière. Lorsqu'elle revint sur le palais, elle changea de direction, et celui-ci, au lieu de se transformer en colline, devint un immense building futuriste. Alvar ne put s'empêcher de sourire et de pousser un soupir de surprise : la plupart des lieux étaient connectés à plusieurs autres, et les possibilités de voyage s'en trouvaient donc démultipliées.

– Marek est un génie, murmura l'ange aux yeux fauves, avec admiration.

– J'y suis, s'exclama Alvar. Vous êtes la fille sur la photo.

– Je vous demande pardon ?

Alvar s'était rendu compte que son exultation avait quelque chose de grossier, et il s'excusa vivement.

– Vous êtes Mantra, l'avatar d'une fille que Marek a photographiée dans un vêtement d'homme. Vous êtes rousse, et vous architectez.

Elle resta un instant immobile, avec cette fixité de traits qui rendait toute interprétation impossible dans le Paraddict.

– En effet, finit-elle par répondre. À qui ai-je l'honneur ?

Alvar toussota. Si elle ignorait que Marek était mort, cela lui causerait probablement un choc.

– Je ne sais pas comment vous l'annoncer, dit-il.

– Que signifient tous ces mystères ?

– Marek est mort. L'ange auquel nous avons parlé tout à l'heure, ce n'est pas lui qui le pilote.

Mantra secoua la tête, incrédule.

– Comment le sauriez-vous ?

– Je suis chargé de l'enquête sur ce meurtre.

– Vous êtes flic ?

– Personne n'est parfait.

Quelques paysages invraisemblables défilèrent par les fenêtres, dans un silence gêné, avant que Mantra prît la parole.

– Je vous crois. L'ange de Marek ne reconnaît personne et agit curieusement. Et Marek naviguait en eaux troubles ces derniers mois.

– Vous pouvez m'en dire plus ?

– Certainement. Je suis triste d'apprendre sa mort. Et j'ai ma petite idée sur les gens qui en sont responsables. Ça fait plusieurs mois que je lui conseille de se sortir de toutes ces histoires de politique.

– Il était en lien avec des hommes politiques ?

– Oui. Il a d'abord été lié au parti du Développement, il connaissait même personnellement Oxford. Mais il y a eu un différend et, à partir de juin, juillet, Marek se méfiait franchement de tout ce qui venait de la WA en général, et de Terence

Oxford en particulier. Il était même devenu un peu parano, si vous voulez mon avis.

– Une idée de la nature de ce différend ?

– Oui. C'est la même raison qui l'a éloigné de moi. Cette raison est blonde aux yeux bleus, et s'appelle Sylvanisia Henko.

Alvar n'avait jamais entendu ce nom. Il se pouvait cependant que ce fût la blonde angélique sur la dernière photo.

– Je peux comprendre pourquoi une blonde vous a éloignée de lui, mais quel rapport avec Oxford ? Marek et lui étaient amants ?

Mantra éclata de rire.

– Non ! Mais cette sylphide est au parti de l'Innovation. Et je pense que les gros chèques de Marek ont changé de destinataire.

– Qu'est-ce que vous savez d'autre sur elle ?

– Pas grand-chose. Je me suis disputée avec Marek en mars, quand il s'est mis avec elle. Il me rebattait les oreilles d'un projet sur lequel ils travaillaient ensemble.

– Quel projet ?

– Il a toujours refusé de m'en parler. Il paraît qu'il n'en avait pas le droit, par contrat.

Alvar réfléchit un instant aux questions les plus urgentes. Il sentait que la promenade dans cette roulotte virtuelle touchait à sa fin.

– Vous accepteriez de témoigner *in real life* ?

– A priori non. Mais vous pouvez me contacter dans le Paraddict. Je peux changer d'avis si vous avez besoin de moi pour mettre la main sur elle.

Un petit parchemin roulé, dont Alvar savait qu'il contenait les coordonnées virtuelles de son interlocutrice, apparut, flottant dans l'espace qui les séparait. Alvar s'en saisit et la remercia.

Abruptement, elle ouvrit les rideaux du « Retour ». Il n'eut pas le temps de poser une autre question qu'elle avait déjà ouvert la portière qui donnait sur la fête, devant la file de gens surexcités qui attendaient de pouvoir à leur tour se promener dans les espaces aléatoires du Paraddict.

– Alors ? Vous n'êtes pas déçus ?

– J'ai trouvé ce que je cherchais, dit Alvar en regardant la compagne de son voyage immobile.

– Et vous ? demanda un autre.

– J'ai trouvé ce que je ne cherchais pas, répondit-elle en lançant un regard oblique à Alvar.

Les convives restèrent un moment muets devant ces réponses sibyllines, puis les commentaires reprirent bon train.

Marek avait disparu, et lorsque Alvar se retourna, l'ange aux yeux dorés avait disparu, elle aussi. Dans la foule bigarrée, parmi les perruques de plumes et les bijoux insolites, il ne put trouver la forme familière d'Elyna. Alors, sans crier gare, il quitta ce lieu – et les autres purent simplement voir son ange se pixelliser et s'évanouir. Dans le Paraddict, on ne laissait ni empreintes, ni parfum, ni ombre, ni sillage, ni trace d'aucune sorte. Tout comme lui qui venait de disparaître, les témoins et les assassins ne laissaient derrière eux qu'un souvenir volatile.

Alvar contacta Samir par message pour lui transmettre le nom qu'il venait de glaner. Les noms, dans les enquêtes, étaient les éléments les plus précieux. Tel le magicien Prospero, qui asseyait son empire sur les esprits en les appelant par leur nom, Alvar venait de convoquer, en prononçant le nom de Sylvanisia Henko, une nouvelle figure sur le théâtre de son enquête.

La réponse de Samir ne fut pas longue : Sylvanisia Henko avait fait des études de robotique à l'Academy, et était titulaire d'un doctorat en communication anthropo-mécanique, ce qui concordait parfaitement avec les photos. Elle était inscrite au parti de l'Innovation et travaillait actuellement pour la Direction centrale de la WA, en tant que « chargée de mission scientifique ».

31/10/2071

Montée des eaux : 11 millions de personnes menacées au Bangladesh. Prix Nobel de l'environnement attribué après de vives polémiques à Stanlee Kovak, inventeur de la bombe froide. Bataille rangée entre deux caravanes en plein centre-ville de Minsk.

Francis Costa trouvait le poids de l'existence de plus en plus lourd. Cela commençait par son corps, qui devenait à chaque instant plus présent, plus insistant, comme un compagnon de voyage grossier qui se rappelait sans cesse à lui et le dérangeait constamment par ses bruits, ses odeurs, ses besoins irrépressibles. Le silence des organes qui avait accompagné sa jeunesse – ce silence béni, cette paix dont on ne peut jamais mesurer le prix – avait volé en éclats quelques années auparavant. D'abord avec sa femme, qui avait développé les symptômes classiques d'un cancer du côlon, première cause de mortalité dans la City. Les nourritures radioactives, les nitrites et autres agents chimiques prétendument interdits, les céréales infectées et génétiquement modifiées, les aliments de synthèse répandaient leur poison à bas bruit dans les tubes digestifs. Lui, il souffrait de la peau. Des plaies spontanées apparaissaient sur les chairs violacées de ses jambes, au niveau de l'aine, aux aisselles. Elles ne guérissaient pas facilement et lui faisaient un mal de chien ; lorsqu'elles cicatrisaient enfin, c'étaient des démangeaisons insupportables. Les médecins, chez lesquels il passait, depuis qu'il était à la retraite, presque autant de temps qu'il en passait auparavant au travail, lui disaient que c'était un mal fréquent et bénin. Qu'une personne sur cinq en était atteinte après soixante ans. Et puis, comme si cela ne suffisait pas, il avait aussi un asthme chronique, qui devenait aigu au moindre pic de pollution, à la moindre tempête de sable. Son corps, décidément, lui en faisait baver, et il se laissait aller parfois à un sombre découragement.

Et puis il y avait cette autre chose, moins facile à cerner que le corps, mais presque aussi douloureuse. Ce lien entre lui et le monde qui se détendait, irrémédiablement, ce ressort qui ne fonctionnait plus, cet élastique trop étiré qui ne retenait plus rien. Ses fils ne venaient le voir que par habitude – Alvar toujours en ronchonnant, et Abel en se moquant de lui. Ils ne lui parlaient pas, ou si peu, et se contentaient de ressasser de vieilles querelles familiales. Il aurait aimé leur dire qu'il ne s'intéressait plus aux questions qui les agitaient encore. Qui il avait préféré en tant que père, qui il avait valorisé, avec qui il avait été injuste. Il s'en moquait. Son passé même lui paraissait parfois étranger – il en connaissait l'histoire, la chronologie, il était capable d'en faire le récit, mais ce n'était pas lui. Il accordait un peu plus d'intérêt à ce qui touchait la WA, qui avait été toute sa vie. Mais sa retraite l'avait mis à l'écart, définitivement. Il reportait toute sa passion du travail sur Elzé, et dévorait avec avidité les bribes qu'elle lui lâchait comme on lâche des os à un chien affamé. Il sentait bien qu'il la fatiguait quelquefois avec ses questions, et surtout, qu'elle avait de moins en moins de temps à lui consacrer.

Francis ruminait souvent des pensées inutiles sur la vieillesse. On peut être malade lorsqu'on est jeune, on peut perdre un amour, on peut se sentir inutile. Mais ce ne sont que des accidents dans une tendance contraire. La chair, dans la jeunesse, prend le relais de l'esprit : grandir, désirer, aimer, enfanter sont des œuvres. Mais vieillir est une destruction. Aujourd'hui, il traversait un royaume de plus en plus désolé, vers la solitude, la douleur et la mort. C'étaient les dimanches en famille, les joies éphémères, les périodes de rémission, qui étaient des accidents. La direction générale, elle, était stable. Il n'y avait pas de retour en arrière. Il fallait marcher, toujours plus avant, et consommer la malédiction. À titre individuel, et à titre collectif aussi.

Machinalement, il prit son téléphone pour appeler sa fille. Le téléphone d'Elzé sonna, à plusieurs reprises, puis l'appel fut refusé. Bien sûr, il était dix heures du matin, elle devait être en réunion... Elle le lui avait dit, en plus, et c'était au moins la troisième fois cette semaine qu'il oubliait quelque chose. Lorsqu'on était vieux, c'était l'esprit qui devait prendre le relais de la chair, et voilà que l'esprit à son tour vacillait sur ses bases. Francis Costa, sans vraiment réfléchir, se leva, ce qui lui arracha un petit cri de douleur, car ce mouvement avait fait frotter son pantalon contre la plaie de son aine. Et il se servit, dans la cuisine, un grand verre de whisky.

Elzé était perturbée par l'appel de son père, et ne parvenait pas à se concentrer pleinement. C'était la troisième fois qu'il l'appelait à des heures inopportunes, et elle sentait son désœuvrement, son angoisse, sa peur de l'abandon, comme s'il était à côté d'elle. Elle fit un effort sur elle-même pour chasser l'image de l'appartement désert. Ce n'était pas le moment.

John Higgins, le chef du projet, qui avait été responsable de la modélisation du monde réel, venait de laisser la parole à la jeune Sylvanisia Henko, qui s'était occupée de l'interface entre l'homme et la machine.

– Il existe deux interfaces, une vocale et une textuelle. Léviathan répond aussi bien aux deux formes de langage. Dans les deux cas, il aura tendance à afficher un certain nombre de données complètes, dans des fenêtres séparées, au fur et à mesure de la conversation.

– Comprend-il tout ce qu'on lui dit ?

– Du moment que vous restez rationnelle, oui.

– Il comprend parfois les implications de ce que vous dites mieux que vous-même, fit remarquer Martha Blanköva.

– Existe-t-il un fichier contenant toutes les réponses qu'il a déjà fournies aux questions que vous lui avez posées ?

– Oui, dit John Higgins. Cependant, je vous engage vraiment à poser vos propres questions.

– L'un n'empêche pas l'autre, répondit calmement Elzé. Je vous serais reconnaissante de bien vouloir m'envoyer ce fichier, mais je vous promets que cela ne m'empêchera pas de poser mes propres questions. Y a-t-il des bugs, des pannes à redouter ?

– Le programme d'automaintenance est extrêmement efficace, dit Pat Navona.

– Il n'y a eu aucune interruption de Léviathan depuis sa mise en service.

– Que fait-il lorsqu'on ne communique pas avec lui ?

– Il traite de l'information.

– L'avez-vous déjà pris en défaut ?

– En défaut de quoi ?

– Vous avez programmé cet outil pour constituer une aide au gouvernement, n'est-ce pas ?

– Oui, affirma Higgins.

– Avez-vous déjà eu l'impression que vous aviez commis une erreur ?

– C'est une question très subjective, dit Martha Blanköva. Une question que Léviathan vous ferait reformuler.

– Mais ce n'est pas à lui que je la pose. C'est à vous.

Higgins et Blanköva se regardèrent.

– Nous n'avons jamais eu l'impression de commettre une erreur, mais nous avons été parfois surpris par ses préconisations.

– Est-ce que vous lui confieriez les décisions importantes de votre vie personnelle ?

Martha Blanköva éclata de rire.

– Madame Costa, si vous pensez qu'il nous reste la moindre vie personnelle...

– Vous ne répondez pas à ma question.

– Moi, oui, dit résolument John Higgins.

Il était sincère, cela se voyait. Elzé avait fait le tour des questions préliminaires et brûlait maintenant d'être mise en contact avec l'intelligence artificielle.

– Je pense que je suis prête, dit-elle.

– Très bien.

Sylvanisia Henko se tourna vers Léviathan.

– Léviathan, approche-toi d'Elzé Costa.

Il s'agissait, à première vue, d'un ordinateur plus que d'un robot. On ne lui avait donné aucune forme humaine ; simplement, c'était un ordinateur posé sur une sorte d'étagère autopropulsée. Léviathan avait un écran principal et une multitude d'écrans connexes – certains affichaient les données de son propre système, d'autres des informations diverses, qui défilaient dans un ordre apparemment aléatoire. Il disposait d'une caméra, d'un micro, d'un clavier qui permettait une interface textuelle, d'imprimantes en deux ou trois dimensions, ainsi que d'autres périphériques qu'Elzé ne connaissait pas. Elle se sentit un peu déçue. Elle avait rêvé aux androïdes à la recherche d'une âme, aux cyborgs sensibles et désenchantés de la fin du XXe siècle. Cette machine prosaïque, ce calculateur brutal, lui fit une première impression désagréable.

– Bonjour, dit-elle, en se sentant vaguement ridicule.

L'ordinateur ne répondit pas.

Sylvanisia Henko risqua timidement une remarque.

– Il ne s'agit pas d'un prototype commercial, il n'a pas été créé pour imiter la conversation humaine.

– Quels sont les domaines d'action prioritaires pour le prochain responsable politique ? enchaîna Elzé.

– À combien de priorités souhaitez-vous limiter ma réponse ? demanda Léviathan d'une voix masculine qui lui rappela celle de John Higgins.

Elzé fut prise au dépourvu.

– Trois, pour commencer.

– L'inversion de la courbe démographique de l'humanité. La réduction de l'effet de serre par l'absorption massive de CO_2. Le démantèlement et la destruction physique et intellectuelle de toute la technologie nucléaire.

Elzé pensa à Terence qui lui avait conseillé de questionner Léviathan sur le premier sujet.

– Quelles préconisations pour l'inversion de la courbe démographique de l'humanité ?

– Comment voulez-vous que je classe les préconisations ?

– Quels critères de classement me proposez-vous ?

– L'efficacité à court, moyen ou long terme. Le degré d'acceptabilité par les populations humaines.

– Disons… l'efficacité à moyen terme.

Léviathan répondit instantanément ; il n'hésita pas un instant. Sa voix monocorde déroulait une information limpide et précise, de son gosier de métal.

– Stérilisation partielle de la population. L'écran auxiliaire A vous donne les divers scénarios sur la sélection des individus à stériliser. Adoption d'un âge maximum d'existence. Les différents schémas sur l'écran B vous montrent l'efficacité avec un âge limite de 90, 85, 80 et jusqu'à 60 ans. Arrêt complet de la recherche médicale et des soins médicaux et chirurgicaux (projections sur l'écran C) ou adoption d'un âge limite pour les soins médicaux. Les différents schémas sur l'écran D vous montrent l'efficacité à moyen terme avec un âge limite d'accès aux soins de 90, 85, 80 et jusqu'à 60 ans. Génocide militaire (écran E), biologique (écran F)...

– Stop, ordonna Elzé d'une voix blanche.

Léviathan s'arrêta net et l'instant se suspendit. Il y avait un grand silence dans la salle ; John Higgins, Martha Blanköva, Sylvanisia Henko et Pat Navona regardaient anxieusement le visage d'Elzé. Elle ne pouvait s'arrêter de contempler les écrans, de lire les informations, les schémas, les courbes, les diagrammes qui défilaient sur les six écrans auxiliaires. L'écran A faisait apparaître d'infinies variables dans la politique de stérilisation : femmes ou hommes, tranche d'âge, catégorie géographique, catégorie ethnique... L'objectif à moyen terme (cent ans) étant de revenir à trois milliards d'êtres humains, les chiffres s'alignaient, terriblement mathématiques. Cinquante pour cent des femmes en âge de procréer. Toutes les femmes entre quinze et trente ans. Toutes les femmes d'Europe. Sur les écrans B, C et D, les prospectives sur l'arrêt de la médecine. L'espérance de vie tombant à cinquante-cinq ans en moins de vingt ans. La mortalité infantile retrouvant les taux d'avant la vaccination. Sur l'écran E, des populations supprimées par centaines de millions. Des peuples rayés de la carte. Des continents désertifiés. Sur l'écran F, des groupes sanguins, des familles génétiques ciblés par des pandémies mondiales. Des milliards de morts, en quelques dizaines d'années.

Elzé aspira avec difficulté plusieurs bouffées d'air, et sentit l'approche familière d'une crise d'asthme. Ses bronches commençaient à se contracter, sa respiration se faisait sifflante. Elle saisit l'inhalateur de ventoline qui ne la quittait jamais, et aspira deux bouffées en bloquant l'air dans ses poumons, sous le regard pétrifié des autres.

– Je vous en prie, gardez la tête froide. Ne formez pas de jugement définitif, supplia John Higgins.

– Ma tête est froide, répondit Elzé d'une voix un peu haletante. Les têtes sont toujours froides. Ce sont les cœurs qui s'emballent, et les estomacs qui vomissent.

Il y eut un silence embarrassé.

– La vraie sagesse ne consiste-t-elle pas à écouter son corps plutôt que sa tête ? continua-t-elle.

John Higgins, dans un mouvement de désespoir, cria :

– Léviathan, affiche les conséquences à moyen terme de notre situation si elle perdure sans changement politique !

Muet, Léviathan afficha sur tous ses écrans des données innombrables, si rapides qu'elles en donnaient le tournis. Les zones de sécheresse. La puissance dévastatrice des ouragans. La multiplication des guerres. La probabilité de l'utilisation massive de l'arsenal nucléaire. La raréfaction de l'eau. Elzé sentait douloureusement sa propre infériorité face à la machine – son incapacité à traiter l'information de manière aussi rapide, aussi complexe, sa lenteur à faire les synthèses. C'était comme si son cerveau tournait au ralenti. Alors ses yeux se raccrochèrent à l'écran principal, qui affichait :

Probabilité de survie de l'espèce humaine à 50 ans : 37 %.
Survie à 100 ans : 22 %. Survie à 500 ans : 0,4747474747 %.

John Higgins, d'une voix suraiguë, demanda encore :

– Détaille les causes d'extinction humaine par ordre de probabilité.

L'écran principal, docile, afficha :

Empoisonnement de la biosphère par : radiations nucléaires, saturation des sols, contamination des océans et des nappes phréatiques, entraînant : mort par choc toxique, stérilité, famine. Catastrophe nucléaire élargie par : guerre mondiale, accidents en chaîne. Étouffement des mammifères par excès de CO_2 dans l'atmosphère.

– L'eau, l'air, le feu, la terre, murmura Elzé.

Les données défilaient toujours, écrasantes, implacables. Elzé secoua la tête et s'adressa aux scientifiques d'un ton ferme.

– J'en ai assez vu et entendu pour aujourd'hui. Mesdames, messieurs, je vous remercie.

Elle fit un signe de tête assez sec et sortit précipitamment de la salle, son inhalateur toujours à la main. Elle ressentait les prémices bien connues de la migraine – la douleur au fond des yeux, qui lui semblaient s'être enfoncés dans leurs orbites, et la nausée légère. Bientôt le marteau de foudre allait cogner sur son crâne.

Elle ne se rappela pas par la suite comment elle s'était retrouvée chez elle ; ce fut l'un de ces retours à la maison qui constituent les exploits secrets des existences ordinaires. Une fois enfermée dans la pénombre de son appartement, elle se plongea dans la solitude et le silence avec un indicible soulagement. D'une main tremblante, elle attrapa la boîte de médicaments, la fit tomber, avant de parvenir à avaler, avec un grand verre d'eau fraîche, le comprimé qui allait la délivrer. Elle défit ses chaussures, desserra l'élastique de ses cheveux, éteignit son ordinateur mobile et trouva presque à tâtons le chemin du canapé. Là, étendue, parfaitement immobile parmi les objets éteints, elle s'aperçut qu'en plus de la migraine, la crise d'asthme de tout à l'heure n'était pas totalement passée – elle respirait difficilement, la poitrine écrasée, les poumons impossibles à dilater –, comme si l'air qui parvenait par ses bronches bouchées ne pouvait au mieux qu'éviter l'asphyxie.

Elle savait exactement quelle scène lui jouait son corps – elle la connaissait par cœur.

La douleur s'abattit presque d'un coup. Bien qu'elle s'y attendît, elle en fut sonnée et poussa un gémissement. Le sang battait si fort à ses tempes qu'elle sentait ses pulsations, et la migraine, royale et barbare, impérieuse, se mit à marteler sa tête. Elle se rendit sans résister – il n'y avait plus qu'à se couler dans un temps animal, où la conscience perdait ce qu'elle avait d'humain. Il n'y avait plus qu'à se terrer dans le noir et à attendre. Comme une idée fixe, elle songeait au médicament qu'elle venait de prendre, et qui mettrait dix à vingt minutes à agir. Il n'y avait plus rien d'autre dans son esprit – plus rien d'autre que son propre corps martyrisé qui envahissait tout l'horizon de sa conscience. La difficulté à respirer, la nausée de plus en plus prononcée, la douleur à la tête lancinante et féroce. Et, lorsqu'elle se concentrait assez, les zones où elle n'avait pas mal : la détente de son dos sur le canapé moelleux, l'effusion de ses pieds nus. Si elle se laissait aller encore plus profondément, la douleur parvenait à la mettre dans un état presque second ; des idées lui arrivaient alors sous forme de visions, comme dans un rêve. Son père, Terence, Léviathan la traversaient, comme des fantômes jaloux prenant possession d'un territoire, et s'évanouissaient soudain, à chaque coup de butoir de la migraine. Puis, insensiblement, la douleur s'atténua, et son corps tendu comme un arc se débanda, la laissant essoufflée, épuisée, et remarquablement lucide.

Elle resta un long moment dans le noir, sans bouger, savourant son propre soulagement physique. La fatigue l'enveloppait d'une manière presque agréable. Mais elle ne s'octroya qu'un bref moment d'oubli, avant de se lever pour attraper son ordinateur mobile, qu'elle ralluma. Elle avait une vingtaine de messages, dont trois de John Higgins, deux de son père, et un de Terence. Elle les parcourut des yeux pour vérifier qu'il n'y avait pas d'urgence, puis, avec la technique qu'on lui avait enseignée à la WA Academy, elle relégua les informations non prioritaires dans une zone tampon de sa mémoire. C'était à Terence qu'elle devait parler, et elle l'appela sans tarder.

– C'est moi, fit-elle d'une voix rauque. J'ai rencontré Léviathan, j'ai une migraine carabinée et j'ai besoin de te voir.

Il ne se fit pas prier et lui promit de partir à l'instant. Elle raccrocha et s'efforça d'adopter une respiration régulière et profonde. Peut-être aurait-elle dû rappeler son père, mais le courage lui manquait. L'évocation de cet être qui lui était entièrement dévoué, et qui ne pouvait se passer d'elle, la tirait vers le bas. Il avait peut-être un coup de blues, ou un problème quelconque, mais l'idée même de lui parler la vidait de ses forces. Elle attendait l'arrivée de Terence avec impatience et se demandait par quoi elle allait commencer.

Ce n'est que lorsqu'il arriva, et qu'elle se leva pour lui ouvrir, qu'elle le sut : elle commença par se jeter dans ses bras et fondre en larmes. Terence, encombré de sa veste et de sa sacoche, eut du mal à refermer la porte derrière eux et s'étonna de trouver l'appartement entièrement silencieux et obscur.

– Qu'est-ce qui t'arrive, Elzé ? demanda-t-il d'un ton grave.

Elle se reprit et s'écarta de lui doucement. Ses yeux étaient gonflés, mais sa voix restait pure, sans l'accent d'un sanglot.

– Tu le savais, n'est-ce pas ?

– Qu'est-ce que je savais ?

Terence ôta sa veste, posa sa sacoche.

– D'abord, pourquoi es-tu dans le noir ? demanda-t-il.

– Je te l'ai dit, j'ai la migraine. Mais tu peux allumer la petite lampe, là.

Terence s'exécuta, et la lueur de la lampe éclaira son visage fermé, tendu, qui paraissait anxieux.

– Tu savais que c'était pour ça que j'avais été choisie, dit Elzé. Je n'ai pas seulement été choisie par Léviathan, j'ai été choisie pour lui. Pour collaborer avec lui. Pour lui donner barre sur le monde.

Terence soupira profondément.

– Cette machine me terrifie et me dégoûte, et j'ai clamé haut et fort que je ne l'utiliserais pas lorsque je serais élu. Alors ils ont tout fait pour m'écarter. J'ai compris que j'étais en train de perdre définitivement la partie aux alentours du mois d'août, quand tous les soutiens sur lesquels je comptais au sein du parti se sont mis à me tourner le dos. Et je me suis débattu, pour essayer de trouver de l'argent et des informations.

– Qu'est-ce que tu as fait ?

– Des bêtises. Des choses dont je ne suis pas fier, et qui pourraient me coûter ma réputation.

Elzé le regarda longtemps, puis haussa les épaules.

– Ils t'ont écarté, et ils ont choisi quelqu'un de docile. Je suis une femme de paille, énonça Elzé d'une voix très calme.

– Ne dis pas ça, souffla Terence.

– S'il te plaît, le coupa-t-elle. Je ne suis pas une petite fille qui a besoin d'être félicitée. Je sais très bien ce que je suis et ce que je ne suis pas. Je sais très bien que ma nomination à ton poste n'est pas due à mes qualités mais à des circonstances. Et je commence à y voir plus clair. Tu dois tout me dire, Terence. Et ne rien m'épargner, même si tu as l'impression de blesser mon ego.

Terence la considéra avec respect, puis il lui raconta ce qu'il ne lui avait jamais dit. Les discussions enflammées entre les instances dirigeantes de la WA et du parti du Développement pour désigner un successeur qui ne partageât pas la répugnance de Terence pour l'intelligence artificielle. La quasi-nomination d'un personnage inconnu du grand public, un certain Gram Shalayan, transfuge du parti de l'Innovation. Sa mise à l'écart soudaine après l'intervention de Léviathan et l'apparition du nom d'Elzé dans les candidats les plus favorisés par les probabilités. Les négociations qui s'étaient ensuivies. Les oppositions à ce choix.

– Faisais-tu partie des gens qui se sont opposés à ma nomination ?

– Non, Elzé. J'étais opposé à la nomination de Shalayan, connu pour sa technophilie. Je me suis battu pour que ton nom ne soit pas écarté, parce que tu représentais un consensus.

– Qui s'est opposé à ma nomination ?

Les noms tombèrent, creux et vides, de la bouche de Terence. Elzé songea à son père qui avait été si fier d'elle – alors que la seule raison de son succès était cette cuisine de parti, parce qu'il fallait trouver au pied levé quelqu'un de neutre. Qu'elle n'ait aucun partisan ne gênait personne – on lui en fabriquerait. Mais elle n'avait aucun ennemi, et cela, c'était irremplaçable. C'était donc une qualité par défaut qui lui avait valu le poste. Qui lui vaudrait peut-être le poste suprême.

Lorsqu'il eut fini de parler, elle se sentait vide et transparente, comme un vase sans contenu, une matrice dans laquelle chacun souhaitait verser une chose différente. Et il lui apparut soudain qu'au fond même de cette vacuité, il y avait en elle une sorte de liberté infinie. Si elle parvenait à franchir tous les obstacles jusqu'au bout de l'ascension, elle serait seule, en définitive, au pouvoir. Et il lui faudrait décider seule du contenu de sa politique.

– Laissons ces questions politiciennes, dit-elle au bout d'un moment. Et parlons de politique.

Terence tressaillit en entendant ces mots.

– J'en ai assez de voir cette élection par le petit bout de la lorgnette, continua-t-elle sans se rendre compte qu'elle empruntait la voix de son frère Abel. Ce qui compte, ce n'est pas qui va être élu, et encore moins pour quelles raisons. C'est ce que le futur dirigeant va faire.

Terence commençait à s'accoutumer à la faible luminosité, et il arrivait maintenant à distinguer les traits d'Elzé. La moitié de son visage était dans le cercle de lumière de la lampe, et l'autre se noyait dans l'ombre. Les traits en étaient tirés, crispés, laissant apparaître des rides au-dessus des yeux et autour de la bouche. Terence eut l'impression de découvrir ce qui se cachait habituellement sous un masque, et ce qu'il vit le mettait mal à l'aise. Elzé n'était pas cette jeune femme sans histoires, dont l'intelligence se limitait à la parfaite capacité d'imitation et d'adaptation que tout le monde lui prêtait. Ces traits tirés, cette lucidité, ce langage autoritaire appartenaient à un chef.

– Tu ne m'as pas dit ce que tu avais pensé de Léviathan, indiqua-t-il.

– Léviathan m'a donné une crise d'asthme et une migraine. Pour l'instant, c'est tout ce que je pense de lui.

– Quelles questions lui as-tu posées ?

– Seulement deux. Quelles devaient être les priorités du futur dirigeant. Et comment obtenir une réduction à moyen terme de la population mondiale.

– Qu'a-t-il dit ?

– Léviathan ne dit rien, répondit Elzé après un silence. Il ne fait qu'afficher des options. Toutes les options. Même celles auxquelles nous nous interdisons de penser. Il ne propose pas de solution toute faite ; il ne cherche pas à persuader ; il ne prend pas parti. Il est tout le contraire d'un politique.

– Pourquoi ce malaise, alors ?

– Il nous ouvre le cerveau au forceps. Il nous force à

considérer ce que nos barrières mentales nous cachent. Il viole notre fonctionnement mental.

– Mais ?

– Il n'y a pas de mais.

– Tu ne l'utiliseras pas ? demanda Terence, la voix un peu tremblante.

– Je ne sais pas, Terence. Je suis sous le choc, je ne peux pas me prononcer. La probabilité de survie de l'espèce à cinq cents ans est de 0,47 %. Cela mérite au moins réflexion.

– Te rends-tu compte de ce que cette machine va induire, dans notre rapport au monde ? Les historiens s'accordent pour dire que la particularité du nazisme, en regard de toutes les autres atrocités, de tous les autres génocides, c'était son aspect technique, rationalisé et bureaucratique. Léviathan donnera à tous les plus bas instincts humains une rationalité, une légitimité, et un champ d'action illimité. Toutes les données personnelles de l'humanité seront utilisées à des fins destructrices. Nous allons fabriquer une civilisation de la mort, fondée sur une logique mathématico-déductive qui ne nous a jamais sauvés de rien. À quoi servent les mathématiques, Elzé ? À augmenter la productivité, à faire fructifier un capital, à faire de l'optimisation fiscale. Pas à rendre l'humanité plus heureuse. Cela, c'est l'affaire du cœur. Et cette machine en est dépourvue.

Elzé l'écoutait attentivement, et ne répliquait pas. Au fond d'elle, elle voyait Terence en train de verser son contenu dans le vase vide, et elle s'appliquait à en absorber toute la substance.

– L'humanité s'est toujours adaptée à tout, avec son génie propre. Elle a surmonté les périodes de famine, les changements climatiques, les guerres. Le niveau général d'éducation et de santé de la planète augmente, malgré tout, et les violences baissent. Les générations de demain imagineront peut-être un monde meilleur, que nos cerveaux du XXIe siècle n'arrivent pas à concevoir. Ils créeront peut-être les conditions de la survie de l'espèce, sans que celles-ci se résument à une pâle déduction de ce qui existe déjà. La créativité de l'être humain, sa ductilité, son intelligence, sa capacité à changer de cap sont des choses que l'on ne peut pas modéliser. L'amour, le sacrifice, l'honneur, l'art, l'espoir, ne se modélisent pas.

– 0,47 %, Terence.

Elzé mesurait tout ce qui séparait la logique de Terence, si littéraire, si sensible, et celle de Léviathan. Un seul petit chiffre était de taille à lutter contre toute une argumentation.

– Un chiffre ne veut rien dire, fût-il sorti de l'intelligence artificielle la plus développée qui soit. Va-t-on perdre notre sens moral, nos valeurs humanistes, notre identité humaine sur la foi d'une machine ? Sur la base d'un calcul ?

Elzé sourit.

– Tu es si humaniste, Terence. Tu aurais fait un Secrétaire général hors pair.

– Ne partages-tu pas mes convictions ?

– Si, bien sûr. Je veux les partager, elles me séduisent tant…

Elle venait de remettre le masque, songea-t-il. Les rides avaient disparu de la surface de son visage, dont les profondeurs tourmentées étaient à nouveau invisibles. La peau avait retrouvé sa jeunesse lisse, mobile. Elzé était redevenue la charmante jeune femme fine et pertinente que tout le monde voulait qu'elle soit.

Il comprit qu'elle avait écouté son argumentation et qu'elle souhaitait passer à autre chose, et il l'accepta. Il accepta aussi que ce fût elle, désormais, qui fixât les règles tacites de leur relation. Elle se leva et vint se lover dans ses bras, qu'il ouvrit sans réfléchir. La femme câline qui lui demandait maintenant sa part de plaisir, après les épreuves de la journée, était aussi peut-être le dernier rempart des hommes face à leur monstrueuse progéniture.

En essayant de ne plus penser à Léviathan, il entreprit de déshabiller sa jeune maîtresse, qui se donnait à lui dans la pénombre sans fausse pudeur. Mais l'excitation sexuelle mit du temps à venir, et il se sentit vieux et dépassé. Elzé se montra patiente, et elle finit par avoir raison de l'angoisse sourde qui le paralysait. Il lui fit l'amour avec une sorte de désespoir, et, au moment de la jouissance, il eut l'impression de mourir.

Francis Costa choisit ce moment pour téléphoner à sa fille, mais son appel triste résonna en vain entre les murmures essoufflés des amants.

10/11/2071

Premier grand meeting d'Elzé Costa : chronique d'un triomphe annoncé. Troisième Guerre orientale : en finira-t-on un jour avec le pétrole ? Une vaste campagne de recensement des Nom's démarre lundi prochain.

Elzé Costa était à peine visible, derrière la porte de sa loge. Et la journaliste Kim Cooligan ne parvenait pas à s'en approcher davantage – elle avait aperçu Terence Oxford, mais rien de plus : une horde de conseillers en communication du parti du Développement faisaient écran, avec une efficacité redoutable. Elle devrait définitivement attendre la fin du meeting pour avoir une chance d'arracher au vol quelques mots sortant de sa bouche de poupée.

Ce que cette journaliste en mal de promotion ne voyait pas l'aurait probablement étonnée. Elzé, qu'elle imaginait fébrile, était remarquablement calme, et ne révisait même pas son discours. Son conseiller en communication le plus proche, Karl Courseules, lui demandait pour la millième fois si elle acceptait un prompteur, et Elzé, avec patience et détermination, refusait pour la millième fois.

– Merci, Karl, ça ira, je vous assure. Laissez-nous seuls un instant.

Ces mots, qu'Elzé avait pris l'habitude de prononcer depuis quelques semaines, avaient une efficacité immédiate et magique : ils dissolvaient la horde et faisaient disparaître les conseillers et autres directeurs de cabinet, avec le même effet qu'une bombe d'insecticide sur un nuage de fourmis volantes. Évidemment, le répit ne pouvait être que de courte durée, mais avec un peu de finesse, il était possible de glaner çà et là quelques moments d'intimité.

– Tu sembles plus anxieux que moi, dit Elzé en souriant.

Terence, très élégant dans son costume, ses cheveux poivre et sel coiffés avec soin, la peau du visage rasée et parfumée, regardait dans le lointain.

– C'est un moment crucial dans une campagne, répondit-il. J'admire ton calme olympien.

– À quoi cela me servirait-il d'être nerveuse ?

– À paraître humaine, dit-il en riant.

Elzé fronça les yeux, comme pour le percer à jour. Elle notait, avec une curiosité grandissante, les changements qui s'opéraient à vue dans son entourage depuis un mois. Les gens étaient plus déférents, moins naturels, un peu inquiets. Elle assistait comme dédoublée à la naissance de son personnage public – et le guet de la journaliste qu'elle avait aperçue à travers la porte de sa loge, tout à l'heure, ne lui avait pas échappé.

– Tu as l'air si à l'aise dans tout ça…, reprit Terence. Moi, je ne l'ai jamais été.

Elzé caressa, de la paume de sa main, le visage de son amant. Quelque chose avait changé, entre eux – elle avait presque la nostalgie des moments passés dans la solitude des bureaux de la WA, avec leurs ventilateurs défectueux pour seule compagnie. Il lui avait paru si brillant, alors, si désirable –, et voilà qu'il retombait, avec l'élégance d'une feuille morte, dans le grand tas des êtres imparfaits. Elle le regarda avec tendresse, mais l'admiration s'était enfuie de ses yeux, et elle savait que Terence en concevait une inavouable souffrance.

– Je vais aller parler à cette journaliste, dit-il soudain. Il faut montrer un front uni et éviter les commérages.

Elzé l'embrassa langoureusement, puis elle se tourna vers le miroir pour rajuster sa coiffure et son maquillage, et Terence en profita pour sortir de la loge. Il ne s'était certainement pas attendu à cela, quand Léviathan avait sorti le nom d'Elzé Costa. Il avait d'abord crié à l'imposture, avant de considérer que cette candidature naïve pourrait lui donner l'occasion d'exercer encore une influence discrète. Il l'avait séduite sans vraiment y penser – d'abord parce qu'il était un homme à femmes, et parce qu'il ne pouvait s'empêcher, dans l'intimité de leurs relations professionnelles, de la désirer. Ensuite parce qu'il espérait pouvoir l'infléchir et continuer le combat après avoir été évincé. Et puis rien n'avait marché comme il l'avait prévu : il était tombé beaucoup plus amoureux qu'il ne l'aurait cru, d'une part. Et la docile jeune personne qu'il avait en face de lui commençait à révéler une stature hors du commun, d'autre part.

– Monsieur Oxford ?

La journaliste tendait vers lui son visage nerveux. Terence lança un œil approbateur au service d'ordre et aux conseillers en communication qui patientaient sagement à la porte des coulisses. Il se fraya un chemin jusqu'à la journaliste et lui fit son plus beau sourire.

– Je n'ai que quelques minutes à vous consacrer, soyez brève, dit-il.

Elle actionna la caméra qu'elle portait, comme une broche, accrochée à son chapeau. À partir de cet instant, ils parlèrent en anglais, comme il était de mise pour toutes les communications concernant la WA.

– Kim Cooligan, WA News. Terence Oxford, que

pouvez-vous nous dire de l'atmosphère qui règne derrière ces coulisses ?

– Je peux vous dire qu'Elzé Costa est très calme – à vrai dire, c'est peut-être la personnalité politique la plus calme que j'aie connue dans ma carrière.

– Regrettez-vous de ne pas être à sa place ? Nombre de citoyens vous imaginaient comme tête de liste pour le parti du Développement.

– Il faut savoir passer le relais à la génération qui suit, et je soutiens totalement Elzé dans sa course au pouvoir suprême. J'ai une absolue confiance en elle.

– On a parlé d'un rapprochement entre le parti du Développement et le parti de l'Innovation, pouvez-vous m'en dire plus à ce sujet ?

– Le moment de l'élection globale est un moment de rassemblement et nous invitons toutes les énergies positives à converger dans notre direction. Et maintenant, si vous le permettez...

Kim Cooligan n'insista pas, et lui adressa un sourire reconnaissant avant de vérifier que les images et le son étaient bien dans la boîte. Terence s'excusa en la bousculant un peu pour accéder à la salle principale où les participants au meeting étaient en train de s'installer. Le brouhaha ambiant était à son comble et il régnait une grande confusion. Terence, comme souvent, eut une pointe d'angoisse à l'idée de tous les attentats qui s'étaient produits par le passé dans des rassemblements comme celui-ci. Il ne put s'empêcher de revoir mentalement les images de la conférence de Berlin, du sommet de Boston, des Jeux de Kyoto. Tout commençait toujours par ce brouhaha paisible – et puis la Mort entrait avec sa faux. Les détonations, les hurlements, l'odeur du sang et de la terreur, les cadavres.

Il repéra au troisième rang un groupe de ténors du parti, qui lui auraient probablement réservé une place. Charles Safir, Curtis Anglione, Frederic Johnson, Lee An Hung. Il allongea le pas pour les rejoindre et passa sans le savoir à quelques mètres de la famille Costa, installée au deuxième rang. Francis, Abel, Alvar et son collègue Samir étaient assis côte à côte.

Francis Costa, lorsqu'il vit passer Terence, enfonça profondément son coude dans les côtes de son fils Abel, qui poussa un gémissement de douleur.

– Regarde, regarde, c'est Terence Oxford !

Abel, avec une grimace de douleur, répondit :

– Merci, Papa !

– Il est grand, hein ? Il fait plus grand qu'à la télé, continua Francis. Dire que ta sœur le tutoie, c'est quand même fou, non ?

– Elle ne fait pas que le tutoyer, Papa, ricana Abel.

Mais Francis Costa l'ignora superbement, scrutant l'assemblée avec une concentration passionnée.

– Regarde, à côté de lui, c'est Anglione !

– Papa a mis en marche son logiciel de reconnaissance faciale, souffla Abel à Alvar, sur sa gauche.

Alvar lui en voulait toujours avant de le voir, mais, comme cela se produisait immanquablement depuis leur enfance, sa rancune s'envola dès qu'Abel lui sourit. Il lui retourna même son sourire avec complaisance.

– Il n'est pas un peu vieux pour Elzé, cet Oxford ? demanda-t-il.

Abel se retourna pour mieux observer Terence.

– Il n'est pas mal conservé, avoue-le.

– Je n'aime pas être placé au deuxième rang. J'ai l'impression que tout le monde nous regarde.

– On a déjà de la chance que WA News ne nous ait pas encore repérés, dit Abel négligemment. La petite Kim Cooligan a l'air à l'affût, mais je crois sincèrement qu'elle n'a aucune idée de la tête qu'on a.

Alvar eut un choc.

– Tu crois que les journalistes vont finir par connaître nos visages ?

Abel avait cet air blasé qui agaçait son frère.

– Évidemment, qu'est-ce que tu crois ? Elzé va probablement gagner l'élection globale, on va peut-être même avoir une protection policière.

– Quoi ?

Abel haussa les épaules.

– Tu n'y avais pas pensé ?

Alvar, consterné, fit « non » de la tête. Abel était surpris de ce manque d'anticipation – cela faisait longtemps que, pour sa part, il avait évalué les conséquences à court, moyen et long terme de la carrière d'Elzé sur sa vie personnelle. Mais Alvar ne calculait pas ce genre de choses – il avait toujours eu cette capacité à vivre l'instant avec intensité, pour le meilleur et pour le pire. Il était comme happé par le présent – c'était sans doute pour cela qu'il se laissait envoûter ainsi par le Paraddict. Abel avait toujours considéré cette caractéristique, qui lui était profondément étrangère, avec étonnement.

– Tu sais qu'elle a vraiment toutes les chances de l'emporter ? Je considère sa victoire comme probable, insista-t-il.

Alvar s'était arrêté, pour sa sœur, au succès inespéré représenté par cette nomination. Il ne pensait pas vraiment qu'Elzé avait l'étoffe d'une grande dirigeante, et n'arrivait pas à faire coïncider son image de grande sœur modèle avec celle d'un chef d'État.

– Tu crois qu'elle en est capable ?

Abel hocha la tête.

– Très capable, dit-il d'un ton sentencieux.

Francis avait écouté la dernière partie de leur conversation et intervint à son tour.

– Mais bien sûr, Alvar, qu'elle en est capable. Elzé est une femme supérieure, je suis étonné que ça te surprenne.

Alvar leva les yeux au ciel.

– Je sais bien qu'elle est une femme supérieure, Papa. Je

serais vraiment un idiot de ne pas l'avoir compris au bout de trente ans.

Abel, que les tensions familiales agaçaient toujours, se leva.

– Je profite de notre anonymat relatif pour faire un petit tour des gens que je connais. J'ai repéré mes professeurs, là-bas, je vais aller leur dire bonjour.

– Très bonne idée, Abel, dit Francis. Et toi, Alvar, tu n'as pas des supérieurs à aller saluer ?

– Pourquoi irais-je saluer mes supérieurs ? Je ne suis pas en service.

– C'est ça qui te plombe, Alvar. Tu n'as jamais su mettre les formes et t'investir au-delà du strict minimum.

Alvar était sur le point de répliquer lorsqu'il se passa quelque chose sur le visage de Francis – un décrochement brusque du regard, une modification générale de l'expression. Il tourna la tête dans tous les sens avant de revenir sur le visage d'Alvar, et lui adressa un sourire chaleureux, comme s'il ne se rappelait pas qu'il venait de lui faire une remarque désagréable. Puis il observa les gens autour de lui, sans ajouter un mot.

Alvar l'observait du coin de l'œil, inquiet.

– Là-bas, Alvar, dis-moi… Ce ne serait pas Terence Oxford ?

Alvar regarda dans la direction de Terence et le vit toujours à la même place que cinq minutes auparavant, entouré des mêmes ténors du parti.

– Et là, ce ne serait pas Curtis Anglione ?

Alvar eut une sensation intime d'effondrement et une accélération cardiaque. Mais Francis paraissait très calme et presque plus aimable que tout à l'heure.

– Où sont ton frère et ta sœur ?

Alvar, interdit, balbutia :

– Elzé doit bientôt prendre la parole. Abel est parti faire un tour.

– Ah oui.

Francis avait un sourire un peu benêt, qui glaça le cœur d'Alvar. Celui-ci se tourna vers son collègue Samir, qui était juste à côté de lui.

– Samir, tu veux bien surveiller mon père ? Je crois qu'il est un peu confus, j'ai besoin d'Abel.

Samir acquiesça, et Alvar se leva. Il n'était pas tout à fait vrai qu'il eût besoin d'Abel, il avait surtout besoin de s'éloigner quelques instants, de prendre l'air. Mais la salle du meeting était souterraine et bondée – l'afflux de gens commençait d'ailleurs à l'oppresser. Dans la cohue, il ne distingua pas son frère.

Ce dernier s'était éloigné prestement, et avait pris de la hauteur, dans une travée latérale, pour pouvoir faire ses observations plus aisément. Il fut parmi les premiers à remarquer l'agitation au niveau des coulisses et de la scène, les techniciens qui réglaient le micro et les essais de lumière. Il alla saluer Abuela, qu'il reconnut parmi un groupe d'instructeurs de l'Intellagency, debout à l'extrémité d'une rangée. Sortie de la solitude de sa salle de debriefing, la vieille femme paraissait plus féminine et peut-être plus souriante. Elle échangeait des propos badins avec un collègue dont Abel ignorait le nom. Elle leva les yeux sur Abel, qui s'attendait au mieux à une poignée de mains rapide, et le surprit en se souvenant de son nom.

– Abel Costa, dit-elle à haute voix. Je pensais bien vous trouver ici.

Les trois collègues avec qui elle parlait le dévisagèrent instantanément.

– Voici certainement le plus beau de nos jeunes aspirants, continua-t-elle, et la liste de ses qualités ne s'arrête pas là.

– Costa, comme Elzé Costa ? demanda poliment le premier interlocuteur.

– C'est ma sœur aînée, dit Abel modestement.

Les yeux des instructeurs s'arrondirent, ce qui fit sourire

Abuela. Ils avaient écouté son petit boniment avec politesse, mais à présent, ils étaient tout ouïe.

– Un jeune homme d'avenir, conclut Abuela.

Abel lui adressa un sourire plein de charme et s'esquiva. Il venait de remarquer, dans le fond, une lueur d'or parmi des vêtements en dentelle blanche, et entreprit de se diriger à contre-courant vers le fond de la salle. Tout le monde descendait, à cette heure, car il devenait évident qu'Elzé allait bientôt entrer en scène. Lorsqu'il finit par arriver au fond de la salle, il vit simultanément Sonia, qui descendait les escaliers d'un air indécis car elle n'avait trouvé aucune place assise, et Oswald, qui posait avec beaucoup d'affectation sur le strapontin du bout de la dernière rangée.

Abel se dirigea d'abord vers Sonia, dont il lui fallait impérativement se débarrasser pour pouvoir aller parler à Oswald.

– Sonia, tu n'as pas de place ? demanda-t-il.

– Non, je viens d'arriver.

Il lui indiqua sa propre place, en bas.

– Au deuxième rang, en bas, tu trouveras Alvar, et il y a une place libre à côté de lui. Tu pourras lui dire que je dois m'absenter ? Je l'appellerai après.

Sonia le remercia et se dépêcha de descendre, car Elzé venait d'entrer en scène et la salle se mit à crépiter d'un tonnerre d'applaudissements. Abel profita de cette distraction générale pour s'asseoir par terre à côté du strapontin d'Oswald, qui faisait semblant d'applaudir, avec un manque de conviction évident.

– Tu n'acclames pas Elzé Costa très chaleureusement, fit observer Abel en se penchant vers lui.

Oswald eut une réaction de rejet épidermique devant cet individu qui pénétrait dans son espace personnel, puis il reconnut Abel et se détendit.

– Tiens tiens, Alvaro… Tu es venu écouter le chant des sirènes ?

Abel sourit mais fut dispensé de répondre, car Elzé venait d'allumer le micro et de prendre la parole.

Chers amis, je vous remercie d'abord d'être venus si nombreux, d'être venus d'horizons si différents, pour écouter quelqu'un dont vous n'aviez jamais entendu parler il y a quelques semaines. Quelque chose se joue dans cette élection globale, quelque chose qui nous dépasse. Nous partageons tous la même impression : celle que, cette fois, il ne faut pas se tromper. Que nous n'aurons pas d'autre chance. Et croyez-moi, c'est bien le même sentiment qui m'anime, à cette tribune. Le même que celui que vous ressentez dans vos fauteuils : le sentiment de l'urgence.

Sonia essayait de ne déranger personne en descendant. Malgré le silence relatif qui s'était fait, il y avait encore des mouvements dans la salle. Le malaise qu'elle avait éprouvé en entrant était de plus en plus fort, et commençait à l'oppresser. Les silhouettes qui continuaient à déambuler parmi les rangées lui paraissaient soudain menaçantes – les éclats métalliques des bijoux, des sacs à main lui semblaient provenir d'armes automatiques ou de lames. Elle avait ces flashs de morts violentes qui lui arrivaient dans la tête : elle voyait les gens alignés dans les fauteuils comme autant de cadavres rangés. Les visages qu'elle croisait lui apparaissaient, de manière fulgurante, avec des mâchoires emportées, des fronts explosés, des yeux vitreux. Elle fit un effort pour respirer plus profondément et se répéta qu'il n'y avait pas de danger. Qu'elle était là pour écouter Elzé. Elle était parvenue à proximité du deuxième rang, lorsqu'elle se trouva nez à nez avec Alvar, qui remontait les marches tandis qu'elle les descendait. Leurs regards se croisèrent dans la pénombre – et, juste avant qu'il la reconnût, elle surprit son expression grave et presque désespérée.

– Alvar, souffla-t-elle, je ne me sens pas bien.

Il la considéra un instant, et une forme de tendresse vint adoucir son visage. Alvar connaissait bien les crises de panique de Sonia ; il l'avait aidée à en maîtriser plus d'une, lorsqu'elle était à l'hôpital et qu'il venait la visiter. Il se retourna vers Samir, qui lui faisait un signe d'approbation de la tête, et vers son père, qui semblait absorbé dans la contemplation de sa fille. Il prit le bras de Sonia et l'emmena, par une travée latérale, vers la galerie du bas. L'espace était plus éclairé, moins peuplé, et la voix d'Elzé leur parvenait assourdie.

… devant tant d'enjeux cruciaux, devant des déséquilibres climatiques et sociaux d'une telle envergure…

Sonia sentait la vague de panique monter dans sa poitrine ; Alvar la guida pour la faire asseoir sur un banc.

– Regarde-moi, Sonia. C'est une crise de panique, rien de plus. Il n'y a pas de menace extérieure.

Dans l'affolement de sa respiration, elle se raccrocha au visage d'Alvar, et se rendit compte qu'elle n'avait jamais eu aucun flash de ce visage mort. C'était un visage rassurant, vivant, aimant. Des yeux profonds et doux, à l'expression toujours retenue. Un visage émouvant. Elle le fixait avec intensité, et sa poitrine s'élargissait à nouveau. Ses suffocations cessaient peu à peu.

Alvar eut un geste d'hésitation, puis il passa la main pour dégager les cheveux roux du visage de Sonia. À son contact, elle ferma les yeux, et il répéta son geste plusieurs fois. C'était un instant suspendu que Sonia aurait voulu prolonger, mais Alvar retira sa main, brutalement, comme s'il revenait à la réalité.

Elle avait couché avec Abel.

Cela ne fut pas dit, mais une ombre froide passa entre eux.

– Excuse-moi, Sonia, je dois aller m'occuper de mon père. Il ne se sentait pas bien, lui non plus… et je ne sais pas où est Abel.

– Il m'a dit de te dire qu'il t'appellerait après le meeting, et qu'il devait partir.

Alvar parut désagréablement surpris par le fait qu'elle ait vu son frère à l'instant – ou par le fait que son frère l'ait lâché.

– Je vois, fit-il un peu sèchement.

Sonia était si fatiguée, et ses nerfs si tendus – le changement d'expression d'Alvar lui était si pénible – qu'elle se mit à pleurer, silencieusement.

– Je viens de le croiser par hasard, se justifia-t-elle.

Alvar faillit lui rétorquer : « Et tu as couché avec lui ? » mais il eut pitié d'elle et garda le silence.

– Le soir de l'Exhibit… Il m'a dit que tu étais amoureux de moi.

Ce que je voudrais vous appeler à faire, collectivement, dans les semaines qui viennent, c'est à user de votre raison. Trop de violences, d'aberrations, d'excès sont issus de notre aveuglement et de notre impatience.

– Et tu avais vraiment besoin qu'il te le dise, Sonia ? Tu ne t'es jamais demandé pourquoi j'étais venu te voir si souvent à l'hôpital, et pourquoi je passais mes soirées dans ce club de vieux ? J'étais déjà amoureux de toi avant la mort de Steve ! Et au bout de toutes ces années, tu couches avec mon frère ?

Alvar avait élevé la voix mais, malgré sa colère, il n'était pas menaçant. Sonia pleurait toujours et ne chercha pas à répondre. Elle le savait, au fond, elle l'avait toujours su. Cet amour muet lui avait servi de béquille, ce regard infiniment respectueux porté sur elle l'avait aidée à se reconstruire.

– Je suis désolée, Alvar, bégaya-t-elle.

La colère retomba d'un coup de la voix du jeune homme.

– Non, toi, excuse-moi, dit-il. Je n'ai aucun droit sur toi, et aucun droit de m'emporter. Je suis fatigué. Ma sœur est en train de gagner l'élection globale, mon père a probablement la maladie d'Alzheimer, et mon enquête n'avance pas.

Sonia se sentait submergée. Il lui était impossible de retourner dans la salle bondée. Dans la confusion de ses sentiments, la seule chose claire était qu'elle n'avait pas envie qu'il parte.

… et la question qui se pose à nous, la question simple et fondamentale, est la suivante : allons-nous continuer dans le même sens, ou changer de direction ?

– Tu viendras me voir au Blue Note ? supplia-t-elle quand Alvar commença à s'éloigner.

Alvar s'immobilisa, puis fit « oui » de la tête, avant de s'éloigner. Au moins, elle n'avait pas l'impression de l'avoir perdu pour toujours.

Il me semble, et c'est là la ligne de ce grand parti que j'ai l'honneur de servir, le parti du Développement, que nous devons aujourd'hui, précisément devant l'urgence, nous rassembler de manière plus large. Les divergences entre le parti du Développement et le parti de l'Innovation ne semblent pas irréductibles – du moins, elles se sont réduites ces dernières années à ce qu'on pourrait appeler une querelle de chapelle, qui n'intéresse plus le grand public.

Terence connaissait le discours par cœur – il s'enorgueillissait d'y avoir apposé sa griffe, çà et là. Mais il était fasciné par la fluidité et le naturel avec lesquels Elzé le déroulait. Elle paraissait produire une parole vivante, une véritable pensée, plutôt que de réciter quelque chose. Il ne pensait pas avoir jamais réussi à donner une telle illusion lui-même. Ses deux voisins, Curtis Anglione et Frederic Johnson, ne cessaient de lui glisser des petits commentaires. « Tu as vu, pas une hésitation… La fusion avec le parti de l'Innovation passe comme une lettre à la poste ! » « Tu as remarqué la qualité de l'écoute ? Le silence qu'il y a dans la salle ? » « Cette petite est une grande. » Terence, bien sûr, ne pouvait que partager leur enthousiasme, et ils l'accablaient d'autant plus de ces éloges à double tranchant. On complimentait sa maîtresse – bien sûr, leur liaison était un secret de polichinelle –, mais on s'extasiait aussi sur sa rivale, celle qui lui avait pris sa place, là, à cette tribune où l'on pouvait s'adresser directement à la foule. Chaque éloge était une pique à laquelle il ne pouvait pas répondre – Terence Oxford, qui avait dominé le parti pendant des années, était aujourd'hui rentré dans le rang et supportait, malgré qu'il en ait, l'espèce de bizutage qui accompagnait sa dégringolade.

... une politique fondée sur un mot qui a disparu de notre vocabulaire depuis presque un siècle : l'espoir. L'espoir en un avenir qui ne soit pas le lieu de la catastrophe, mais le lieu d'une nécessaire métamorphose. L'espoir en notre humanité, qui s'est toujours relevée depuis deux cent mille ans, et qui a su conquérir le ciel et l'espace. Il nous reste un sommet à conquérir, et pas des moindres : il nous reste à obtenir la victoire sur nous-mêmes. Le maître et possesseur de la Nature doit aujourd'hui, pour la première fois de son histoire, devenir maître de lui-même.

« Très profond, très philosophique », murmura Frederic Johnson – et Terence se demanda s'il n'était pas légèrement ironique. Lui-même nourrissait quelques appréhensions sur les changements promis par Elzé – sa réponse évasive au sujet de Léviathan restait suspendue, comme une menace, non seulement dans leur relation, mais aussi dans son projet politique. Les mots vagues qu'elle employait étaient tout aussi évasifs, aujourd'hui : il lui semblait de plus en plus envisageable qu'Elzé ne partageât pas totalement son horreur à l'égard de l'intelligence artificielle. Ne fallait-il pas cependant que les gens sachent exactement pour quoi ils allaient voter ? Mû par une intuition subite, et sans penser aux conséquences, il attira l'attention de Kim Cooligan, qui rôdait toujours dans les parages. Elle s'approcha des ténors du parti, qui s'apprêtaient à la repousser, lorsque Terence dérangea trois personnes pour aller lui parler.

– Vous devriez aller interviewer ces deux-là, fit-il en désignant, à quelque distance, John Higgins et Martha Blanköva. Ils travaillent avec Elzé Costa sur un projet de grande envergure.

Kim Cooligan, qui n'avait pas la moindre idée de l'importance de cette fuite, repéra ses nouvelles victimes, et adressa à Terence un grand sourire de remerciement.

Les prochaines semaines m'apparaissent comme les étapes d'un chemin. Je ne méconnais pas les difficultés qui se poseront à moi, aussi bien en tant que candidate qu'en tant que future responsable. Mais je sais que je peux compter sur toutes les ressources de cette noble institution que mon père, ma mère, mes frères ont servie ou servent encore. La World Administration a été notre rempart contre le chaos, contre les déchirements, contre le gaspillage. Elle a permis la mutualisation des intelligences et le métissage des cultures ; elle a œuvré à la construction d'une conscience mondiale qui, aujourd'hui, nous imprègne et nous guide.

Kim Cooligan n'avait jamais vu le visage de John Higgins et semblait ne pas le trouver particulièrement photogénique.

– John Higgins, pouvez-vous nous dire un mot du projet d'envergure sur lequel vous travaillez avec Elzé Costa ?

Higgins, manifestement peu habitué aux questions des journalistes, chercha nerveusement l'appui de sa collègue, qui s'était éloignée de quelques pas.

– C'est un projet ambitieux et une grande victoire technologique. Un outil précieux pour rationaliser la prise de décision politique, dit-il prudemment.

– De quoi s'agit-il exactement ? Pouvez-vous être plus précis ?

– Je crains qu'il ne vous faille attendre la conférence de presse de Mme Costa, coupa sèchement Martha Blanköva, qui, comme avertie par un sixième sens, venait de voler au secours de Higgins.

Kim Cooligan frétillait de plaisir. Elle venait de mettre le doigt sur quelque chose de mystérieux, d'important, de secret. Ces images, correctement relevées par un commentaire alléchant et deux ou trois rumeurs, allaient faire le tour du Net.

Les salves d'applaudissements la tirèrent cependant de sa rêverie et elle se dépêcha de filmer, d'où elle se trouvait, des images d'Elzé Costa, souriante, légère, et comme transportée par les acclamations. En voilà une qui était photogénique, pensa-t-elle. Tandis que plusieurs personnes de son staff se pressaient autour d'elle, avec un bouquet de fleurs, elle adressa quelques mots à d'autres journalistes, et posa pour quelques photos, avec son énorme bouquet qui la faisait ressembler à une divinité de la nature, intemporelle et bienveillante. Puis elle disparut dans les coulisses, laissant la scène vide de sa présence toute de charme et d'élégance.

Francis Costa, qui venait d'applaudir à tout rompre, se tourna vers son fils, qui s'était assis juste à côté de lui.

– Elle est incroyable, n'est-ce pas ?

– Oui, Papa. Tu te sens bien ? Ça va ?

– Mais qu'est-ce qui te prend, Alvar ? Bien sûr que ça va, je serais vraiment gâteux si je n'allais pas bien lorsque j'assiste au triomphe de ta sœur ! Où est passé Abel ?

– Il a dit qu'il s'en allait, je ne sais pas où il a filé.

– Ah… Un peu jaloux, sans doute…

Alvar se tourna vers Samir, qui partagea son désarroi.

– Tu veux que je te raccompagne ? demanda Alvar à son père.

– Non, c'est gentil. Elzé m'a dit qu'elle avait commandé une voiture pour moi. Je vais l'attendre.

– Tu es sûr ?

– Mais oui, enfin, je n'ai pas besoin de toi !

Alvar échangea un coup d'œil mi-amusé, mi-agacé avec Samir, et embrassa rapidement son père.

– Ça te ferait mal de dire quelques mots sur sa prestation magnifique ? le gronda son père.

– Excuse-moi, Papa, j'avais d'autres soucis. Je ne l'ai quasiment pas écoutée.

– D'autres soucis ! s'écria Francis. Tu étais encore dans la lune, Alvar… Tu finiras par y faire ton lit.

Alvar ne prolongea pas ce chaleureux entretien, et lui et Samir se joignirent à la foule qui remontait lentement les marches de la salle en direction de la sortie.

– Il est toujours comme ça, ton père ? demanda Samir.

– Tu veux dire, désagréable ?

– Oui.

– Oui, sauf tout à l'heure, quand il était confus. Il avait l'air plutôt gentil, à ce moment-là. Je pense que c'est ce qui m'a donné une crise d'angoisse.

– En tout cas, ta sœur était du tonnerre.

– Ah oui ? dit Alvar en souriant. Ça ne m'étonne pas d'elle. Elle transforme en or tout ce qu'elle touche.

– Tu as vu, ce bouquet de fleurs, et ces photographes ? Elle va devenir une vraie star, maintenant, sa vie va complètement changer.

– Oui, c'est ce que me dit Abel. J'essaie de ne pas y penser.

Ils avançaient très lentement dans la cohue, et les derniers mots de Francis trottaient bizarrement dans la tête d'Alvar. « Tu étais encore dans la lune, Alvar… Tu finiras par y faire ton lit. » Ces mots lui évoquaient des choses multiples et décousues… La roulotte de Marek avec son personnage lunaire, et le lit où il était mort, sa peau figée dans sa pâleur spectrale. Son lit à lui, baigné de lumière spatiale, dans le Paraddict : « *La poésie se fait dans un lit comme l'amour* »... Et aussi la roulotte du Paraddict, si semblable à la roulotte réelle, avec sa fenêtre « *Anywhere out of the world* ». Il lui semblait que la phrase de son père traçait une passerelle inédite entre des éléments disparates, et qu'elle écrivait ainsi une sorte de prophétie, qu'il ne comprenait pas encore, mais à laquelle, obscurément, il commençait à croire.

À plusieurs stations de là, Abel et Oswald prenaient un café pour commenter la « pitoyable prestation » d'Elzé Costa, la « victoire de la démagogie et de la langue de bois », le « fonds de commerce éternel des classes dirigeantes pour endormir les électeurs », les « appels du pied révoltants au parti de l'Innovation ». Et Abel n'était pas en reste pour ce qui était de tremper sa langue dans le venin.

– Cette fille, avec ses airs de sainte-nitouche, va nous faire à tous un enfant dans le dos, dit-il d'un air songeur.

Oswald profita de cette rêverie pour admirer sa nouvelle recrue, dont il était particulièrement content. Drôle, percutant, avec ce je-ne-sais-quoi d'enfantin et d'héroïque qu'il aurait tout donné pour posséder lui-même. Oswald, dont le corps fragile ne se soutenait que par des milliers d'artifices, se sentait attiré par chaque détail du corps naturel et limpide d'Abel. Le grain parfait de cette peau, le dessin de la lèvre supérieure, la courbe des paupières, et la noirceur naturelle de ses cils qui contrastait avec la couleur incertaine et marine de son beau regard vague. D'où pouvait-il venir ? Ce nom d'Alvaro ne lui disait rien. À l'occasion, il faudrait qu'il demande à Marek où il l'avait rencontré. Peut-être Abel venait-il lui aussi de la Route ?

12/11/2071

Australie : le désert aux portes de Sydney. Sciences physiques : une avancée majeure dans la théorie des cordes. « Le réchauffement climatique est un héritage que nous a laissé le capitalisme financier », déclare Frederic Johnson.

Il faisait presque noir dans l'appartement de Francis – non que la nuit s'approchât véritablement, mais le temps était si lourd, si orageux, et les nuages si chargés, que les contours des meubles et des objets se noyaient dans l'ombre. Francis était allongé, immobile, sur son fauteuil, et se laissait porter par la mélodie familière qu'Abel était en train de retrouver au piano. Ces notes hésitantes, répétées, le ramenaient à un passé lointain. Ils s'étaient tous les trois essayés au piano – il revoyait Elzé, si charmante, jouant ce prélude de Bach qu'il aimait tant. Alvar n'avait jamais été doué, et il s'était arrêté vite. Quant à Abel, le plus petit des trois…, il ne lui avait pas fallu deux ans pour dépasser ses frère et sœur, et les écarter définitivement du piano. Il avait appris ça comme tout le reste, avec une fulgurance presque magique. Lorsque les autres peinaient à restituer mécaniquement les notes inscrites sur la partition, lui prenait de la hauteur, ajoutait des variations, des nuances, transformait les morceaux, les mélangeait dans des pots-pourris tournoyants. Comme sa mère l'avait aimé, son éblouissant petit dernier…

– Abel, tu veux bien me jouer le prélude de Bach ?

– Le prélude d'Elzé ? demanda Abel.

– Oui.

Le morceau était facile et Abel pouvait le jouer de mémoire. Il prit plaisir à le jouer, bien que le piano fût légèrement désaccordé, et ressentit une forme d'apaisement à l'harmonie de ce morceau précis, intemporel, qui couvrait le bruit de la pluie qui s'était mise à tomber. Il avait pris rendez-vous avec Alvar chez leur père, pour pouvoir travailler tranquillement, et l'attendait. Leurs appartements étaient si étroits qu'il n'était guère possible de s'y installer, et Abel avait coutume de venir occuper l'espace de Francis lorsqu'il en avait besoin. C'étaient des moments silencieux, très calmes – Francis ne le dérangeait pas, et profitait simplement de sa présence. Abel s'était souvent demandé ce que sa simple présence avait de si spécial, mais la gratitude des autres chaque fois qu'il était là l'avait habitué à la distribuer comme une denrée précieuse, comme une monnaie d'échange merveilleuse, toujours disponible et qui ne lui coûtait rien.

Tandis que la mélodie progressait, par variations insensibles, sa pensée se tourna une nouvelle fois vers Cyril, comme elle le faisait sans cesse depuis quelques jours. Il avait d'abord joué le rôle d'Abel Alvaro pour le compte de l'Intellagency, puis il avait continué à jouer ce rôle pour son propre compte, sans vraiment savoir pourquoi. Mais aujourd'hui, il ne jouait plus. Il avait accepté l'évidence : cette rencontre avait mis en branle quelque chose dans son psychisme, et il se sentait, depuis, traversé par des mouvements telluriques, si profonds et si puissants qu'ils le transformaient de l'intérieur. Son esprit sans cesse revenait à Cyril, à Oswald, à leurs conversations. Ce tropisme mental était impossible à contrer – et Abel, qui n'avait pas l'habitude de perdre le contrôle de lui-même, s'en effrayait. Il essayait de comprendre ce qui, en eux, résonnait avec une telle ampleur en lui. Que projetait-il donc sur ces gens qu'il connaissait à peine, pour qu'ils prennent maintenant une telle place dans son esprit ? Ses mains, autonomes, dotées du calme et de la précision dont son esprit manquait si cruellement à cet instant, avaient fini le morceau.

– Merci, Abel, c'était très beau.

Ils restèrent un moment dans la pénombre et le bruit de la pluie – l'atmosphère lourde s'était un peu rafraîchie, et Abel frissonna.

– Alvar ne va pas tarder à arriver, je pense.

– Ah bon ? Alvar doit venir, lui aussi ?

La pointe de déception dans la voix de son père n'échappa pas à Abel.

– Mais oui, Papa, je te l'ai dit tout à l'heure. Nous avons rendez-vous pour qu'il m'apprenne à construire des objets dans le Paraddict.

– Le Paraddict, marmonna Francis avec humeur. Tu ne vas pas t'y mettre, toi aussi !

– Et pourquoi pas ? Il faut vivre avec son temps.

– Tu ne vas pas perdre ton temps et ton intelligence dans ces réalités virtuelles, alors que tu as tant à faire dans la réalité !

– Alvar y passe beaucoup de temps, lui, dit Abel, avec un plaisir diabolique.

Il aimait pousser son père à révéler son pire visage – il aimait en général pousser les gens à leurs extrémités.

– Mais Alvar, ce n'est pas pareil, répliqua Francis. Il n'a pas une carrière à construire, comme toi. Son temps n'est pas aussi précieux que le tien… Il n'en ferait rien de toute façon.

Abel éclata d'un rire mauvais et se remit au piano. Francis, qui s'était un peu échauffé, eut une crise de démangeaison au niveau de l'aisselle droite.

– C'est la pluie, grogna-t-il. L'humidité de l'air est redoutable pour ma peau.

Abel ne l'écoutait pas – rien ne l'intéressait moins que les problèmes de peau de son père. Il laissait cela à Elzé.

Sylvanisia Henko était une jeune femme très occupée, qui vivait dans un monde de privilèges où la police existait à peine. Cela *l'amusait* manifestement de se trouver là, comme si elle avait été parachutée dans une scène de cinéma. C'était le message qu'elle faisait passer par tous les pores de sa peau, les poses de ses mains et les expressions de son visage. Mais Alvar n'oubliait pas qu'elle était experte en communication – anthropo-mécanique, peut-être, mais communication malgré tout. Dans le jargon des flics, on appelait les communicants des « vases » – pour le jeu de mots, bien sûr, mais aussi pour la vacuité. Et avec les vases, il fallait redoubler d'attention et de stratégie. Pour le moment, Sylvanisia récitait un petit discours très convaincant sur sa relation amoureuse avec Marek et sur leur rupture en juillet.

– Cela a été une relation assez orageuse, inspecteur Costa. Plutôt torride dans son début, mais qui s'est vite transformée en quelque chose d'assez toxique pour moi. Marek S'Kanza avait de nombreuses difficultés personnelles : des problèmes de santé, des problèmes d'intégration dans sa caravane, peut-être même une dépression chronique. Je pense qu'au fond il n'était pas disponible pour une relation amoureuse. Du moins pas comme je l'entendais, moi.

« Bla bla bla », songea Alvar.

– Comment vous êtes-vous rencontrés ?

– Nous nous sommes rencontrés à l'occasion d'un contrat professionnel. Nous avons sympathisé, puis il m'a invitée à...

– Oui, oui. Quel type de contrat ?

– Eh bien, je ne pourrais pas vous donner les spécifications techniques, mais il s'agissait de la conception d'un programme pour le laboratoire de recherches dans lequel je travaille.

Alvar marqua une pause. « Je ne pourrais pas vous donner les spécifications techniques »... Pourtant, elle était doctoresse, et parfaitement capable de comprendre les enjeux techniques d'un programme.

– Vous pouvez être plus précise ? Quel programme ? Quel laboratoire ?

– Oh, bien sûr. Je travaille pour la Direction centrale de la WA, en tant que chargée de mission sur un programme de recherches assez pointu.

– Qui s'appelle ?

Elle réfléchit un bref instant – et Alvar se rendit compte qu'elle était beaucoup plus intelligente qu'elle ne le laissait paraître. Elle réfléchissait vite.

– Il n'a pas vraiment de nom. Nous travaillons pour un logiciel d'aide à la gouvernance.

– Et pourquoi sous-traiter un programme à Marek S'Kanza ?

– Ce n'est pas moi qui ai pris cette décision, mais le chef du projet. Marek avait des compétences tout à fait particulières en matière d'Architecture virtuelle.

– Il devait faire un super-avatar, murmura Alvar, presque à part lui.

Sylvanisia manifesta son étonnement.

– Oui, c'est un peu cela, dit-elle. Comment le savez-vous ?

– Les avatars étaient sa spécialité, dans le Paraddict. C'était un des plus grands concepteurs d'anges.

– C'est vrai. Ce que nous voulions, ce n'était pas un ange pour fonctionner dans le Paraddict, bien sûr, mais il nous a semblé que les compétences de Marek pouvaient être transférables pour le travail que nous lui demandions.

– Qui consistait en quoi, exactement ?

– Nous lui avons demandé de doter le logiciel d'aide à la gouvernance d'une sorte d'interface humanoïde, afin que les gouvernants puissent s'adresser à lui un peu comme à un conseiller humain.

– Et ce contrat a-t-il été honoré ?

– Non. À vrai dire, c'est d'ailleurs ce qui a plus ou moins déclenché notre rupture.

– Ah bon ? Ce n'est pas le fait que ses problèmes personnels le rendaient… toxique ?

– Je pense que les deux sont liés, dit-elle très sérieusement, comme si elle n'avait pas remarqué qu'il se moquait d'elle. Il était instable, à la fois sur le plan personnel et sur le plan professionnel. Ce n'est pas du tout comme ça que je fonctionne.

– Quand le contrat a-t-il été rompu ?

– Eh bien, début juillet environ.

– Et quand avez-vous rompu ?

– Fin juillet.

– Que s'est-il passé entre-temps ?

– C'était un peu compliqué. Marek avait déjà effectué une grande partie du travail, que mes chefs de projet souhaitaient récupérer. Mais Marek a catégoriquement refusé. Il a rendu l'argent et nous a opposé une fin de non-recevoir.

– Vous avez insisté ?

– Oui, bien sûr. Mais j'ai vite compris à quel point il était déterminé. Et je me suis dégagée de cette affaire.

– Bien, bien, bien, dit Alvar, comme si l'entretien touchait à sa fin. Comment s'appelle votre chef de projet ?

Encore cette légère hésitation.

– Comme c'est un projet qui touche à la direction centrale de la WA… j'aime autant que vous posiez la question directement à votre sœur, inspecteur Costa.

Alvar s'étonna.

– Vraiment ? Vous connaissez personnellement ma sœur ?

– Oui.

– Je n'y manquerai pas.

Sylvanisia commençait à se relâcher imperceptiblement, elle toucha son sac à main et Alvar attendit encore un peu avant de demander :

– Vous saviez que Marek était un donateur régulier du parti du Développement, et qu'à votre contact il a cessé ses versements pour soutenir le parti de l'Innovation ?

– Oui, il m'en a parlé.

– Donc, si je comprends bien, il fait un premier virage à cent quatre-vingts degrés quand il vous rencontre… au mois de mars, c'est ça ? En faveur du parti de l'Innovation.

– Oui.

– Et un deuxième virage à cent quatre-vingts degrés en juillet, peu avant que vous vous quittiez. Où il refuse d'apporter sa collaboration à un projet de « logiciel d'aide à la gouvernance ». C'est bien ça ?

– Oui, je suppose que vous pouvez le présenter ainsi.

– Est-ce que vous pouvez m'expliquer ces deux virages ?

– Le premier, oui. Marek et moi, nous avons beaucoup discuté, je lui ai appris des tas de choses qu'il ignorait sur le parti de l'Innovation, sur les possibilités offertes par la technologie pour résoudre les problèmes d'aujourd'hui. Je crois qu'il a été convaincu. Et puis… la réaction du parti du Développement a achevé de le mettre de notre côté.

– Comment le parti du Développement a-t-il réagi ?

– Marek a été véritablement harcelé après avoir fermé le robinet.

– Vous êtes experte en communication, madame Henko. Vous savez que le terme « harceler » a une signification juridique précise et désigne la répétition volontaire d'un acte malveillant.

– Je ne voulais pas en venir là, mais… Vous êtes au courant du lien entre Marek et Terence Oxford ?

– Oui.

– Eh bien, lorsque Marek leur a coupé les vivres, Terence Oxford l'a inondé de messages, lui a demandé des rendez-vous, et l'a même fait suivre.

– À quelle période ?

– Au mois de mai, je dirais.

– Vous avez des preuves de ce que vous alléguez ?

– Non, c'est pourquoi j'hésitais à le mentionner. Mais Marek m'en a souvent parlé, de fin avril jusqu'au début du mois de juin.

– Ils se sont rencontrés à cette période ?

– Oui, je crois. Mais je ne suis pas sûre.

– Et le deuxième virage ? Que s'est-il passé entre début juin et début juillet ?

– Je ne sais pas, vraiment.

– Pourtant, vous m'avez dit que vous étiez toujours ensemble. Vous n'avez rompu que plusieurs semaines plus tard.

– C'est vrai, mais nos relations se dégradaient déjà. Nous perdions beaucoup de temps en disputes.

– Et au cours de ces disputes, aucun élément de compréhension n'a émergé ?

– Non. J'ai eu beau me creuser la tête, je n'ai jamais compris ce qui l'avait motivé à changer à nouveau d'avis. À part son instabilité personnelle.

Elle était forte, il devait le reconnaître. Car elle parvenait à boucler la boucle, et à finir l'entretien sur le point précis par lequel elle l'avait commencé.

Alvar arriva à l'immeuble de son père à la nuit tombée. La pluie avait cessé et les petites grenouilles pullulaient dans les flaques ; la lumière des réverbères était saturée d'insectes volants affolés. La dernière personne qu'il avait envie de voir était son père, et il dut faire un effort sur lui-même pour ne pas manifester son exaspération dès son arrivée.

Il fut soulagé de voir que c'était Abel qui lui ouvrait la porte ; Francis, assis dans la pénombre, ne se leva pas.

– Ah, tu vas devoir arrêter le piano, maintenant.

Alvar accommoda ses yeux à l'ombre de l'appartement.

– Bonsoir, Papa.

– Bonsoir, mon grand. Je ne savais pas que tu devais venir, qu'est-ce qui t'amène ?

– Abel ne t'a pas prévenu ?

Abel haussa les épaules.

– Mais si, au moins trois fois.

Les deux frères échangèrent un regard un peu embarrassé.

– Tu as besoin de quelque chose, Papa, ou on peut se mettre au travail ?

– Faites comme chez vous, ne faites pas attention à moi.

Alvar commença par allumer les lumières, qui modifièrent sensiblement l'atmosphère de l'appartement. Les lumières nocturnes qui pénétraient par les fenêtres et les accords perlés du piano avaient disparu, et la lumière crue qui se mit à pleuvoir du plafond heurta le vieil homme, qui se mit à grogner.

– Pourquoi as-tu allumé cette lumière, Alvar ? Tu sais bien qu'elle est désagréable, allume plutôt les lampes.

Alvar ne répondit pas, alluma les lampes et éteignit le plafonnier.

– C'est mieux, comme ça ?

– C'était mieux avec le piano, avant ton arrivée.

Alvar fit une grimace exaspérée mais ne répliqua pas. Il ouvrit son ordinateur mobile et Abel le rejoignit avec le sien.

– Il faut commencer par te créer un ange, dit Alvar, l'œil vif, avec une passion qu'Abel ne lui connaissait pas.

– Il est impossible d'accéder au Paraddict en simple visiteur ?

– Oui. L'ange est ton interface, il te permet la motricité, la sensibilité, la perception. Sans lui, le Paraddict n'est qu'un amas de codes.

– Ce sera long ?

– On crée d'abord un ange prédéfini. Si tu souhaites l'améliorer par la suite, on pourra y revenir. Mais en général, c'est sur les anges qu'on fait ses premiers pas en Architecture. Et tu m'as dit que tu voulais apprendre à architecter.

– Tu as passé beaucoup de temps sur ton ange, toi ?

– Oui. Je le fais évoluer régulièrement.

– Qu'est-ce que tu es capable d'architecter ?

– Des objets ou des lieux, c'est-à-dire des artefacts qui n'ont pas d'interaction complexe avec les autres artefacts, et pas beaucoup d'autonomie. On appelle ça du « semi-inerte », dans le jargon.

– Et l'inerte complet ?

– Des objets sans fonction particulière. Un ballon, par exemple, sera considéré comme inerte. Un ballon qui pousse des cris de joie quand on l'envoie en l'air, c'est du semi-inerte. Un ballon qui se déplace tout seul, qui est capable de demander son chemin, d'adapter son comportement à son environnement, ou de tenir une conversation, c'est de l'animé.

– Et ça, c'est plus compliqué.

– Infiniment. Seuls les Architectes savent créer des artefacts animés. Les anges, notamment.

Abel réfléchit. Il pensait que le semi-inerte devrait lui suffire, pour les besoins de Carpe Fatum. Mais sa curiosité intellectuelle était piquée.

Lorsque Alvar lança le Paraddict, Abel entendit la petite musique d'ouverture, dont tout le monde connaissait la mélodie, et fut surpris dès les premières images par la qualité esthétique de cet univers. L'ordinateur mobile devenait une fenêtre vers un monde aussi vaste, aussi riche et complexe que le monde réel, mais tellement plus coloré, plus harmonieux et plus fantaisiste, qu'il lui semblait comprendre, en un seul bouquet de sensations, ce qu'il n'avait jamais compris jusqu'ici. Tout était, dans cet univers, saturé d'art humain – le monde réel ne pouvait tout simplement pas rivaliser avec une telle profusion.

– Il y a le syndrome de Stendhal dans le Paraddict ? demanda Abel.

– Oui, on appelle ça l'ivresse des virtualités. Certaines personnes ne supportent pas cet afflux de sensations ; d'autres ne peuvent plus s'en passer et délaissent le monde réel.

– Comme toi, plaisanta Abel.

Alvar resta très sérieux.

– Non, pas comme moi. Je suis un utilisateur très modéré du Paraddict. J'ai un travail, une vie sociale.

Abel eut envie d'ajouter : « une vie sexuelle », mais se retint.

– Je plaisantais, Alvar. J'ai hâte de créer mon ange.

– Il faut que tu te choisisses un nom.

– C'est déjà fait : ce sera Caïn.

Alvar sourit.

– « *Échevelé, livide au milieu des tempêtes…* » Va pour Caïn. Tu n'as pas peur que ton ange finisse par te tuer ?

– J'aime l'idée d'être les deux : le préféré et le maudit, l'innocent et le meurtrier. Ça me va tout à fait.

Ils se penchèrent sur tous les détails de la création de l'ange, et Alvar se révéla un aussi bon pédagogue qu'Abel était un élève brillant. L'ange fut créé rapidement, et Alvar apprit à Abel à concevoir des objets simples : bijoux, vêtements, à partir des open sources des artefacts déjà existants.

– À notre niveau, on se contente d'observer le code d'un objet, et d'en changer quelques lignes par-ci par-là.

– Comme une variation sur un thème musical.

– Oui, sans doute. Regarde, tu prends le code de ce pendentif, par exemple (il afficha un long programme). Cette partie-là définit la texture, en général je n'y touche pas. Là, ce sont les valeurs du format, et là, celles de la couleur. À force de lire des lignes de code, tu finiras par les reconnaître. Tu essaieras des modifications, tu t'entraîneras.

– C'est un objet simple ?

– Oui. Basique. Les bijoux les plus achevés, dans le Paraddict, ont un code cent fois plus long. Chaque pierre peut avoir sa propre transparence, sa propre façon de réagir à la lumière. Le bijou peut receler un autre objet, il peut varier au niveau du poids, ce qui ne le fera pas tomber de la même manière. Il peut réagir à l'eau, à la parole, à un autre objet. Les possibilités sont en fait presque infinies, même pour un objet simple en apparence.

Abel s'amusait à changer des lignes de code, et voyait avec un certain plaisir le pendentif basique changer de forme, de taille, de couleur. Ils terminèrent cependant rapidement la création de l'ange Caïn, à qui ils ne donnèrent que très peu d'attributs personnalisés, et Abel put enfin naître à cet univers nouveau, dans les coulisses duquel il était resté pendant toute la création de son ange.

– Où veux-tu naître ? lui demanda Alvar. Dans un lieu public ? Dans un désert que tu pourras configurer à ta guise ?

– Tu n'as pas un lieu à toi ?

Alvar se sentit un peu gêné à l'idée de dévoiler son cottage à Abel. Il s'agissait d'une violation de son intimité – mais en même temps, il avait envie de lui montrer ce qu'il avait réalisé, ce dont il était capable.

– Si.

Alvar fit sans y penser la manipulation nécessaire, et l'ange Caïn se retrouva au seuil de son espace privé. Il commença à fureter partout, poussant des exclamations de surprise, regardant les dessous numériques de chaque objet, jouant avec les fonctionnalités, observant les codes, distribuant des commentaires plus ou moins élogieux. « Alvar, qu'est-ce que c'est que ce piédestal en marbre rose ? C'est d'un goût plus que douteux ! » « Oh, cette maison est incroyable... Tu fais pousser des orchidées *flottantes* ? » « Cette petite bestiole est adorable ! C'est toi qui l'as architectée ? »

Abel, comme chaque fois qu'il avait suffisamment de grain à moudre, perdait peu à peu son recul, son ironie et ses manières blasées. Il dévorait le Paraddict avec un appétit d'affamé ; et Alvar l'observait avec un mélange complexe d'admiration, d'amusement, de jalousie et de malaise. Il n'était pas douteux qu'Abel saurait bientôt architecter mieux que lui ; la seule façon d'être meilleur qu'Abel était d'investir un domaine auquel il ne s'intéressait pas. À peine avait-il compris les rudiments d'une discipline qu'Abel n'avait plus besoin de personne, et ses aînés, ses professeurs, ses chefs, se sentaient toujours alors dépossédés de quelque chose.

– Je suis content que le Paraddict te séduise autant, mentit Alvar.

Abel se retourna et dévisagea son frère.

– Tu me montreras les meilleurs spots ? demanda-t-il en souriant.

C'était un autre don qu'il avait. Lorsqu'il sentait que son caractère brillant commençait à faire de l'ombre à son interlocuteur, il l'atténuait de lui-même, en se rabaissant, en adoptant une attitude d'humilité qui paraissait si naturelle qu'on ne pouvait plus lui tenir rigueur de son exaspérante supériorité.

– Oui, si tu veux.

Francis, malgré l'heure bâtarde, s'était endormi sur le canapé, les jambes écartées, la bouche entrouverte. Au moins, Alvar n'avait plus l'impression de le déranger.

Lorsque les deux frères se quittèrent, deux heures plus tard, à la porte de l'immeuble, il pleuvait et la nuit paraissait d'autant plus noire.

– Les étoiles se sont éteintes, on dirait, fit Alvar en remontant sa capuche.

– C'est parfois ce qu'elles ont de mieux à faire, répondit Abel d'un ton léger. Je te remercie pour ton aide – maintenant, Caïn va pouvoir parcourir le vaste monde…

Alvar étreignit Abel et s'éloigna, la tête rentrée dans les épaules. Ce n'était pas un temps pour sortir, mais il s'était promis d'aller au Blue Note, ce soir. Sonia, ses cheveux roux et sa voix cassée, l'attirait irrésistiblement, magnétiquement – et cette attirance était rendue inquiète par la peur sourde de l'avoir perdue avant même de l'avoir effleurée.

Sans se soucier des flaques dans lesquelles ses chaussures se noyaient, il atteignit l'interurbain. L'eau dévalait, comme un torrent, les escaliers, et il dut se tenir à la rampe. Les voyageurs, habitués à ces scènes banales de fin du monde, retroussaient machinalement leurs pantalons. Cette guerre que menait la nature contre l'homme était devenue une routine ; et l'on subissait ses offensives sans plus chercher à les comprendre dans toute leur ampleur symbolique. Seul Alvar resta un moment en arrêt devant cette eau furieuse, qui transformait l'entrée de l'interurbain en paysage de désolation, et qui charriait indifféremment, dans son courant aveugle, les papiers de bonbons, les masques de protection usagés et les pigeons morts.

12/11/2071

Les projets secrets d'Elzé Costa : au cœur d'un mystère d'État. Pays-Bas : une centaine de maisons flottantes emportées par la tempête après la rupture d'une digue. L'espérance de vie de l'humanité : un concept qui divise les chercheurs.

Dans son bureau aux portes closes, Elzé passait et repassait la séquence de Kim Cooligan, comme si la revoir allait lui donner la clé de la façon dont elle devait réagir.

Le meeting était couvert de manière traditionnelle – et puis, à un moment précis, juste avant la fin, la journaliste interviewait John Higgins. Ces visages de l'ombre, sortis du laboratoire silencieux, étaient presque grotesques. Ce scientifique n'avait jamais reçu de cours de communication ; il parlait précipitamment, sans regarder la caméra, et sa gêne était palpable : elle brillait à son front et empâtait sa langue. Il avait l'air d'un conspirateur à moitié découvert – il était impossible de faire une prestation télévisuelle plus catastrophique.

Sans réfléchir, elle appela Terence à la rescousse. Il était dans les locaux et ne tarderait pas… Tandis qu'elle essayait de réfléchir, la voix acidulée de Kim Cooligan égrenait ses phrases racoleuses.

« Écoutez en exclusivité les propos de ces mystérieux collaborateurs, que la presse découvre aujourd'hui avec stupéfaction ! Quels projets secrets la candidate Costa, si transparente, nous dissimule-t-elle ? »

L'interview à proprement parler suivait.

« Pouvez-vous nous dire un mot du projet d'envergure sur lequel vous travaillez avec Elzé Costa ?

– C'est un projet ambitieux, et une grande victoire technologique. Un outil précieux pour rationaliser la prise de décision politique.

– De quoi s'agit-il exactement ? Pouvez-vous être plus précis ?

– Je crains qu'il ne vous faille attendre la conférence de presse de Mme Costa. »

Elzé, à ces mots de « conférence de presse », soupira. L'exercice promettait d'être particulièrement périlleux. Kim Cooligan ne reculait d'ailleurs devant rien.

« Ce projet “d'envergure”, ce projet “ambitieux”, quelle peut en être la nature ? De nombreuses rumeurs circulent déjà sur la Toile. Certains voient dans cet “outil précieux pour rationaliser la prise de décision politique” un nouvel outil de communication, qui permettrait à la WA d'améliorer ses communications internes. D'autres s'interrogent sur le terme “rationaliser”... La prise de décision politique serait-elle donc irrationnelle pour le moment ? Voilà qui n'est guère rassurant... S'agirait-il d'un outil de vote à distance qui permettrait une prise de décision collégiale, ce qui éviterait les dérives personnelles ? On pourrait y voir une manière de relancer la question de la démocratie directe. Les plus inquiets des internautes pensent quant à eux à l'introduction d'une forme d'intelligence artificielle dans le circuit de décision… Quel qu'il soit, ce projet fait déjà couler beaucoup d'encre, et ne va sans doute pas s'arrêter là ! »

Le message d'Alvar tomba on ne peut plus mal. Il lui demandait des informations sur le travail en cours de Sylvanisia Henko, toujours dans le cadre de son enquête… Alvar commençait à la fatiguer, avec cette enquête. Elle rédigea une réponse assez sèche, dans laquelle elle lui confirmait que Sylvanisia Henko travaillait sur un projet classé secret. S'il était assez bête pour ne pas faire le lien avec ce qui passait en boucle sur la Toile, elle ne pouvait rien pour lui.

On frappa à la porte et Elzé alla ouvrir. Terence était là, disponible et souriant.

– Tu voulais me voir ?

Elle referma la porte avant de l'embrasser brièvement, d'une manière presque automatique et dont toute sensualité était absente.

– Oui, cette petite garce de Kim Cooligan a jeté une bombe, tu as vu ?

– Oui, dit simplement Terence, en adoptant une expression sérieuse.

– J'ai vraiment besoin de tes conseils, et, si cela peut te rassurer sur mon appartenance à l'espèce humaine, je commence vraiment à me sentir stressée.

Terence prit le temps de s'asseoir sur le siège réservé aux interlocuteurs ; tandis qu'Elzé s'asseyait sur son bureau.

– Premièrement, il ne faut pas communiquer dans la précipitation. Quand est programmée la conférence de presse ?

– Demain matin.

– Repousse-la de deux ou trois jours.

– Mais on va se demander pourquoi ! Cela va donner l'impression que je suis mal à l'aise…

– Impression que tu démentiras dans trois jours. Une

question que les gens se posent est beaucoup plus facile à gérer qu'une information explosive, ou une gaffe irrattrapable.

– Pourquoi ferais-je moins de gaffes dans trois jours ?

– Parce que nous allons prendre le temps de réfléchir.

– Soit.

Elle appela Karl Courseules et lui dit d'un ton sans appel : « Karl, déplacez la conférence de presse à lundi, même heure. » Terence entendit les protestations d'usage, qu'Elzé ignora. « Karl, faites ce que je vous dis, s'il vous plaît. » Elle raccrocha d'un air songeur, et Terence regarda son joli visage, encore lisse, que l'usure accélérée du pouvoir allait défigurer d'ici à quelques mois. Il ne pensait qu'à cette affaire depuis ce matin, et il était arrivé à la conclusion qu'il était impossible de lui avouer être à l'origine de cette maudite interview. La confiance qu'elle lui témoignait cousait ses lèvres avec un fil encore plus fin – il devait prier pour qu'elle n'apprenne pas comment Kim Cooligan avait eu l'idée d'interviewer Higgins et Blanköva. Si elle venait à le découvrir, c'était évidemment son éviction assurée, sur le plan politique comme sur le plan amoureux. Il en avait parfaitement conscience. Il allait falloir l'aider, le plus sincèrement et le plus efficacement possible, à sortir du mauvais pas dans lequel il l'avait lui-même précipitée.

– Ce sont pour le moment des rumeurs sans fondement ; il faut d'abord dire à Higgins et Blanköva de refuser toute autre demande d'interview.

– C'est déjà fait.

– Ensuite, il faut préparer ta ligne de communication.

– On fait venir Karl ?

– Est-il au courant du projet Léviathan ?

– Non.

– Alors faisons-le venir un peu plus tard. Il faut que ta ligne soit claire – quelque chose de suffisamment fort et simple pour persuader les gens sans entrer dans des arguties.

– Une ligne comme quoi ?

– Je ne sais pas. Soit : « Il n'y a pas de projet d'envergure, c'est une montagne qui accouche d'une souris, le projet dont on parle concerne le fonctionnement informatique de l'administration et ne présente aucun intérêt pour le public. » Soit : « Oui, c'est un projet formidable, dont je voulais être absolument sûre avant de vous en parler. »

Elzé ne répondit pas. Elle savait que Terence cherchait à lui faire dire clairement ce qu'elle pensait de Léviathan depuis plusieurs semaines – et cette affaire lui donnait une occasion idéale.

– Cela supposerait que j'aie pris une décision claire, dit-elle doucement. Et ce n'est pas le cas.

– Ce n'est pas le cas ? répéta Terence.

Elzé savait qu'elle le décevait, et que cette question entre eux était une pomme de discorde.

– Non, Terence, et tu le sais très bien.

– J'ai entendu dire que tu avais déjeuné avec Higgins.

– Devrais-je vraiment rejeter sans réfléchir un projet sur lequel la WA mise depuis vingt et un ans ?

– Tu connais mon avis sur la question.

– Je ne suis pas aussi tranchée.

– Que t'a-t-il appris de nouveau ? Cherche à me convaincre, au moins, au lieu d'éviter la question.

– Je ne t'ai pas appelé pour discuter de la question avec toi, mais pour éviter d'en discuter avec l'opinion publique.

– L'opinion publique n'a-t-elle pas le droit d'être informée ?

Terence regretta immédiatement ses paroles – à peine lâchées, elles se frayèrent un chemin jusqu'au cerveau pénétrant d'Elzé, dont les yeux s'étaient déjà rétrécis comme ceux d'un chat.

– Tu es favorable à ce que le débat devienne public ?

Terence essaya de se rattraper.

– Non, bien sûr. Ce serait catastrophique pour ta candidature.

Elzé l'observa avec acuité pendant quelques instants – il eut le désagréable sentiment de passer un scanner.

– La température monte, Terence. Les gens attendent une solution. Léviathan propose des solutions. Des solutions difficiles, peut-être, mais des solutions. Je n'en discute pas avec toi parce que je connais ton opinion très arrêtée sur le sujet. Mais je ne m'interdis pas d'en discuter avec d'autres.

– Quand comptes-tu l'annoncer au public ? Jamais ? Au lendemain de ton élection ? Pendant ta campagne ?

Le ton de Terence était tendu – il avait beau être amoureux d'elle, et montrer patte blanche, quelque chose en lui se cabrait.

– Je ne sais pas encore. Et j'aurais préféré avoir plus de temps pour y réfléchir.

– Qu'attends-tu de moi ?

– Des conseils. Comment rattraper cette fuite. Une ficelle politique pour me donner du temps.

Terence secoua la tête pendant un moment, dans un geste qui lui était familier lorsqu'il réfléchissait.

– Crée une diversion.

– En trois jours ?

– Aujourd'hui même. Il faut que dans trois jours, tous les journalistes aient oublié cette affaire au profit de ce que tu vas annoncer aujourd'hui.

– D'accord, ça me paraît cohérent. On appelle Karl, maintenant ?

– Si tu veux.

Le jeune homme semblait attendre derrière la porte et fut présent presque immédiatement. Lui et Elzé commencèrent à échanger des propos à bâtons rompus, tandis que Terence se désengageait un peu de la conversation.

– Karl, il nous faut un effet d'annonce, quelque chose de gros. Un os qui tienne les médias et l'opinion publique occupés pendant au moins une semaine.

Karl Courseules ne demanda pas pourquoi. Le fond de la campagne le laissait indifférent, en revanche, il avait dans ses valises des scénarios de communication à foison – il semblait qu'il avait appréhendé toutes les facettes de cette élection, et qu'il avait une parade à tout.

– J'ai plusieurs idées à vous proposer... Soit une annonce politique, soit une annonce personnelle, ou, si vous voulez vraiment mettre toutes les chances de votre côté, les deux.

– Quel genre d'annonce personnelle ?

– Votre mariage, par exemple.

Elzé ne put retenir une exclamation de surprise. Terence essayait de penser plus vite qu'elle – cette solution affermirait sa position, du moins pour quelque temps. Cela lui donnerait un espace médiatique, cela lui permettrait aussi de faire valoir son point de vue. Cela empêcherait Elzé de le quitter inopinément.

– C'est une idée redoutable, Karl, dit-il avec un fin sourire. Qui joint l'utile à l'agréable.

Elzé leur jeta un coup d'œil courroucé.

– D'autres suggestions ?

– Une annonce politique. Par exemple, la fusion officielle avec le parti de l'Innovation. Ou bien le dévoilement de la future équipe exécutive. Là, on pourrait envisager le doublé gagnant : Terence pourrait faire partie de l'équipe. Comme annonce personnelle, on pourrait aussi mettre les pleins feux sur votre famille, avec interviews de votre père, de vos frères...

Elzé plissait les yeux, de plus en plus contrariée.

– La fusion avec le parti de l'Innovation est une nouvelle déjà éventée, objecta-t-elle. Ça ne fera pas deux jours.

– C'est vrai, c'est un peu léger. Cela dépend de l'urgence – faut-il vraiment une diversion majeure ?

– D'autre part, intervint Terence, les chefs d'État sont le plus souvent mariés.

– C'est vrai, renchérit Karl. Cela donne une image positive :

la personne capable de vivre en couple apparaît comme stable, capable de concessions, et incarne mieux les valeurs morales aux yeux des citoyens.

– C'est stupide ! siffla Elzé.

Karl s'arrêta net.

– L'art de la communication ne mise pas sur l'intelligence des gens, Elzé, se permit-il de dire.

– Vous avez raison, excusez-moi. Je vais devoir réfléchir à tout ça. Vous pouvez m'écrire un petit discours d'annonce pour les trois scénarios ? Apportez-les-moi dès que possible. Je me déciderai dans l'après-midi.

Terence se raidit, mais se retint de tout commentaire en présence de Courseules, qui répondit :

– Pas de problème. Je suis à côté.

Le conseiller en communication se retira ensuite, avec la délicatesse qui lui était particulière. Il était là quand il fallait et s'éclipsait au bon moment, avec un génie qui lui était propre. Terence savait que les prochaines minutes seraient déterminantes, mais il ne tremblait pas. Il avait derrière lui, contrairement à elle, des dizaines de crises politiques à son actif, et des dizaines de moments cruciaux avec des amantes courroucées. Il savait manier les hommes en général, et adoucir les femmes en particulier. Elzé était puissante, mais elle était aussi angoissée, amoureuse, et inexpérimentée. Il suffisait de la rassurer et de la séduire.

– J'en veux beaucoup à Karl, lâcha-t-il lorsqu'ils furent seuls, tout en s'assurant que la porte était bien fermée.

– Pourquoi donc ?

– Parce qu'il m'a coupé l'herbe sous le pied.

– À quel propos ?

– C'est bien la première fois que je vois une tierce personne faire une demande en mariage ! dit-il d'un ton faussement scandalisé.

– Aurais-tu voulu la faire toi-même ?

Elzé avait l'air amusée, mais ne semblait pas émue.

– Oui, dit-il très sérieusement, en changeant de ton et en s'approchant d'elle.

– Tu y avais pensé avant ce matin ?

– Oui.

– Et pourquoi n'en avais-tu rien dit ?

– Mais… pour ne pas te déconcentrer. Je jugeais que le moment idéal n'était pas encore arrivé.

Elzé souriait toujours, et son ton devenait plus caressant.

– Et quel aurait été le moment idéal ?

– Après ton élection.

– Seulement en cas de victoire ?

– Non. Après ton élection, quelle qu'en soit l'issue.

Elzé s'approcha elle aussi de lui, souriant toujours amoureusement.

– Je ne te crois pas, dit-elle. Tu viens d'inventer ça.

Terence joua de ses yeux clairs, et crut presque lui-même à ce qu'il affirmait lorsqu'il prononça :

– Tu crois vraiment que je serais assez opportuniste pour ça ?

Elzé le jaugea du regard, et Terence l'enlaça, avec détermination, lui faisant perdre l'équilibre juste assez pour la rattraper. C'était une sorte de pas de danse qu'il avait utilisé plusieurs fois dans sa carrière amoureuse – d'une efficacité infaillible. Cela se terminait par un baiser passionné, et par une étreinte de tout le bas du corps, destinée à lui montrer la force de son désir.

Elzé avait les yeux brouillés et les lèvres humides lorsqu'elle s'écarta, et Terence enchaîna les coups sans attendre, déroulant sa combinaison gagnante, avec mat en trois coups.

– Elzé, veux-tu être ma femme ? murmura-t-il à son oreille, si près que son souffle la caressa.

Elle restait silencieuse, légèrement haletante, les yeux troubles, et il passa sa main sous son corsage, entre la dentelle de son soutien-gorge et son sein gauche, tandis qu'il embrassait son cou. Elle avait envie de lui, tout son corps s'éveillait pour le réclamer, et il fut très près de céder à ce désir partagé. Mais il fallait jouer le dernier coup. Il fit un pas en arrière, et dit, l'air anxieux :

– Tu ne m'as pas répondu, Elzé. Veux-tu être ma femme ?

– Oui, souffla-t-elle.

Alors il l'entraîna dans le coin du bureau le plus éloigné de la porte, et, dans un silence absolu qui rendit leur plaisir étrangement intense, ils jouirent l'un de l'autre en quelques spasmes fulgurants.

Tandis qu'il l'aidait à remettre en ordre sa coiffure, il sourit.

– J'espère que tu ne t'inquiètes plus pour Kim Cooligan.

– Tes conseils politiques m'ont totalement rassérénée, dit-elle. Simples, directs, et extraordinairement efficaces.

– Extraordinairement efficaces ? répéta Terence, dont la vanité masculine était touchée.

– Extraordinairement efficaces, assura Elzé. À vrai dire, je me sens toute-puissante, et prête à manger tout ce qui se mettra sur mon chemin.

Terence essaya de déchiffrer son expression joueuse dans le contre-jour, mais une partie de son sourire assouvi, brillant d'un rouge sang dans l'ombre, demeurait impénétrable.

16/11/2071

Paraddict : l'Architecture est-elle le 10e art ? Un module de protection imprimable en 3D pour les événements climatiques extrêmes. « La machine est l'avenir de l'homme », déclare Gram Shalayan.

Les étudiants quittaient la salle de cours de l'Intellagency par petits groupes ; Abel connaissait déjà le nom de la plupart d'entre eux et savait échanger quelques mots aimables avec tout le monde, mais ne frayait véritablement avec aucun. Il avait une conscience aiguë d'être le frère de la future Secrétaire générale ; cette position présentait un certain nombre d'avantages, comme le respect immédiat des élèves et des professeurs, la célébrité et l'aura de pouvoir dont il jouissait sans effort. Elle présentait aussi certains inconvénients, dont il s'accommodait. Les gens se montraient soit trop curieux, soit trop distants ; et il lui avait paru plus simple dès l'abord de faire cavalier seul. Son nom était une barrière, une vitre derrière laquelle on l'admirait sans pouvoir le toucher, et il préférait souvent ses pseudonymes. Abel Alvaro ou même Caïn parlaient et agissaient plus librement – il lui semblait même qu'ils échappaient souvent au contrôle de son propre inconscient et révélaient une part de lui qu'il connaissait à peine.

Il n'était cependant pas l'heure de laisser libre cours à ses capricieux avatars, mais celle de traverser les locaux souterrains de la WA pour rendre une visite de courtoisie, toute diplomatique, à Elzé. Quitter les locaux de l'Intellagency et remonter aux étages des partis, c'était comme effectuer un voyage en arrière dans le temps. La qualité de la lumière artificielle baissait ; les robots disparaissaient des couloirs et les portes ne possédaient plus de scans. L'air conditionné ne fonctionnait plus, devenait lourd, saturé par les haleines maladives de tous ces orateurs épuisés. Des batraciens et des insectes, absents des étages inférieurs, couraient le long des murs. Les partis n'étaient clairement pas la priorité de la WA, qui les finançait comme on paye à un parent pauvre des études au rabais.

Abel n'avait jamais fait partie du cercle professionnel d'Elzé quand il était un simple étudiant, mais son entrée à l'Intellagency valait tous les laissez-passer. Il ferait partie du gratin de la WA, avec un bras aussi long qu'invisible, et on le considérait déjà, malgré son jeune âge, comme un collaborateur potentiel, un rival en puissance, un futur allié, dont il fallait se garder de heurter la susceptibilité. Par ailleurs, il jugeait maintenant indispensable de tirer tout le parti possible de la situation. Il n'avait certes pas choisi l'ascension fulgurante d'Elzé, qui lui inspirait un certain agacement depuis le début, mais maintenant que cette ascension devenait concrète, réelle, maintenant que la victoire semblait de plus en plus inéluctable, il fallait en profiter pour s'immiscer dans les cercles du pouvoir, pour observer les hommes, pour inspecter les coulisses.

Lorsqu'il arriva à hauteur du bureau d'Elzé, il fut arrêté par Karl Courseules qui semblait lui-même attendre d'être introduit.

– Votre sœur est avec John Higgins, lui expliqua-t-il à mi-voix, d'un air entendu. Elle ne devrait pas tarder.

Abel reconnut évidemment le nom qui traînait dans les

reportages racoleurs de Kim Cooligan. Il en fut surpris, mais ne le montra pas. Il savait que Higgins était un scientifique, dont les spécialités tournaient autour des technologies de l'information.

– Oui, elle m'avait dit qu'elle devait faire un point avec lui, ce matin. Je ne l'ai jamais rencontré personnellement. Quel genre d'homme est-il ?

Il avait posé cette question précisément à Karl Courseules, car il avait depuis longtemps compris qu'afin de glaner les meilleurs renseignements, il fallait savoir poser les bonnes questions aux bonnes personnes. Karl Courseules était expert en communication ; il ne jugeait pas les hommes au regard de ce qu'ils disaient, mais au regard de tout le reste, et son avis pouvait se révéler intéressant.

– Ses points forts : l'intelligence et la précision. Le dévouement, aussi, et la puissance de travail. Ses points faibles : ses compétences sociales ne sont pas très aiguisées, et j'ajouterai aussi qu'il peut faire preuve d'une certaine fermeture.

– Dans la discussion ?

Courseules cherchait la formulation exacte.

– Il est trop concentré sur son propre projet, sur sa propre vision, pour rester ouvert à tous les autres paramètres : l'avis des autres, le monde qui l'entoure, les changements extérieurs. Je dirais qu'il a une forme d'intelligence séquentielle très développée.

– Et très légèrement autistique ?

– Je n'aime pas ce terme.

Abel prit une décision soudaine, que Karl Courseules ne put anticiper : il entra dans le bureau. L'expert en communication – fait rarissime – se trouva un peu décontenancé, mais la porte s'ouvrant déjà, il était impossible de faire un esclandre. Il s'agissait du frère d'Elzé ; qui savait ce qu'elle l'avait autorisé à faire, et quel était leur degré de proximité ? Il ne voulait pas paraître ridicule et laissa donc la chose arriver.

Abel surmonta l'envie de sourire que lui causait l'air surpris et indigné de sa sœur – cela lui rappelait le temps où, enfant, il pénétrait dans sa chambre d'adolescente. Elle le gratifiait toujours de ce même regard, et cela ne l'avait jamais empêché de recommencer.

– Elzé, je suis vraiment désolé de te déranger, mais Karl m'a dit avec qui tu étais en réunion, et j'ai tellement entendu parler de M. Higgins que je brûlais de le rencontrer. Tu veux bien me présenter ?

John Higgins, qu'Abel ne regardait pas directement, donnait cependant tous les signes du malaise. Elzé marqua un temps de silence un peu trop long, lourd de menaces et de reproches, puis elle finit par sourire d'un sourire artificiel.

– John, je vous présente mon insolent petit frère, Abel Costa, qui vient d'entrer à l'Intellagency et qui se révélera probablement un auxiliaire précieux de notre gouvernement.

John Higgins ne savait pas s'il devait se lever.

– Restez assis, je vous en prie, dit Abel en lui tendant la main.

Higgins tendit la sienne, mollement.

– Enchanté, dit-il.

– Mais je vous en prie, ne vous dérangez pas, continuez votre conversation, reprit Abel.

Elzé examina son frère, le plus rapidement possible. Il était en train de lui arracher un secret – on les formait vite, à l'Agence. Mais ce secret était à moitié éventé, et il serait de toute façon parmi les premiers à l'apprendre. Elle pouvait certes le congédier d'un ton sec, mais n'était-il pas préférable de lui manifester sa confiance ? Elle aurait bien besoin d'intelligences comme la sienne au moment de rendre Léviathan public. Cela n'était peut-être pas une mauvaise chose. Elle adressa un regard rassurant à John Higgins, dont elle sentait poindre l'inquiétude.

– Abel est mon frère, comme je vous l'ai dit. Il jouit de mon entière confiance.

Puis elle se tourna vers Abel.

– John et moi sommes en train d'étudier les dernières recommandations de notre intelligence artificielle.

Abel fit semblant de ne pas être surpris.

– Et à quelle conclusion êtes-vous arrivés ?

John Higgins avait visiblement vaincu sa réticence et s'exprima avec plus de naturel.

– J'expliquais à votre sœur qu'il n'était pas possible de cantonner Léviathan à l'analyse statistique projective des réformes inventées par l'humain. Bien sûr, c'est un premier pas dans la rationalisation politique, mais ce n'est pas pour ça que j'ai travaillé pendant vingt et un ans. C'est beaucoup plus vaste que cela.

– Il serait pourtant fort intéressant de pouvoir évaluer à l'avance l'efficacité d'une réforme, se hasarda Abel.

– Oui, c'est ce que je disais à John. C'est déjà une révolution sans précédent dans l'art de gouverner.

– C'est comme avoir une fusée et s'en servir pour aller aux États-Unis, rétorqua Higgins.

– Ne faut-il pas nous habituer progressivement à l'utilisation de Léviathan ? Nous, les politiques, mais aussi l'opinion publique ?

Higgins eut un haussement d'épaules méprisant.

– L'opinion publique ne doit pas être prise en compte, elle n'est pas un moteur de l'histoire, mais un épiphénomène. Bien sûr, nous allons faire des ronds dans l'eau.

– Léviathan, comme vous l'appelez, est-il déjà opérationnel ? demanda Abel.

– Parfaitement, dit Higgins avec chaleur. Nous ne l'avons pas pris en défaut, pas une fois, depuis plusieurs mois.

– Et, pardonnez ma curiosité mais… comment se présente-t-il ? Est-il intégré à une sorte de robot humanoïde ? Ou bien dispose-t-il d'un avatar virtuel ?

Higgins soupira.

– Nous n'avons jamais envisagé de miniaturiser suffisamment ses processeurs pour les faire tenir dans un robot de type automatique – d'autant moins que cela, à mon sens, relèverait du pur gadget. En revanche, nous avons travaillé sur la constitution d'un avatar virtuel, en effet. L'idée était que la relation entre le gouvernant et Léviathan soit fluidifiée et que le gouvernant puisse l'investir un peu plus. Malheureusement, les essais n'ont pas abouti.

– À cause des difficultés techniques ?

– La création de l'avatar représentait un défi technique, certes, mais rien d'insurmontable. Non. Nous avons manqué de temps pour le faire nous-mêmes, d'une part, et nous nous sommes égarés avec une personne peu fiable, d'autre part. Bref, cela ne s'est pas fait.

– J'ai soumis à l'analyse statistique projective de Léviathan le programme de réformes préconisé par le parti du Développement, coupa Elzé.

– Et ?

Elzé fit un petit signe à Higgins qui tendit à Abel une tablette où apparaissait un rapport d'expertise. Il le parcourut avidement. Cela commençait par un relevé d'incohérences : les effets à court ou moyen terme de certaines mesures contrecarraient les effets d'autres mesures. Il s'agissait parfois d'« effets secondaires paradoxaux », parfois d'« incohérences fondamentales ». L'intelligence artificielle en avait débusqué trente-sept.

Puis le rapport examinait chaque mesure par rapport à « l'objectif majeur » : le développement durable de l'humanité, exprimé par un double paramètre environnemental (seuil supportable de réchauffement climatique) et social (taux acceptables de mortalité, de zones de la planète en conflit armé, de malnutrition). Les scores de chaque mesure se talonnaient au-dessous de dix pour cent d'efficacité projetée. Certaines mesures se voyaient carrément gratifiées d'un pourcentage nul.

Enfin, le rapport mesurait l'efficacité de chaque mesure uniquement par rapport à l'objectif environnemental – là, certaines mesures avoisinaient les quarante pour cent. Mais cela signifiait que le volet social n'était plus pris en compte, et que la santé et la paix des humains n'étaient plus poursuivies en tant qu'objectifs politiques.

Abel avait pris connaissance du document en suspendant volontairement son jugement – il fallait apprendre, connaître, savoir, avant de juger. C'était un principe élémentaire.

– On dirait qu'il faut revoir complètement la copie, dit-il en rendant la tablette à Higgins.

– C'est impossible à quelques semaines de l'élection globale, tu n'y penses pas, dit vivement Elzé.

– Quel est votre avis d'expert ? demanda Abel à Higgins.

La question était sournoise, car Abel savait que Higgins, probablement expert en programmation et en modélisation, n'était pas expert en politique.

– Mon avis est que si nos intelligences humaines les plus brillantes n'ont réussi à pondre que ça, il vaut mieux confier notre avenir à quelque chose de plus performant.

– En d'autres termes, dit Elzé, John souhaite que nous demandions à Léviathan d'écrire un programme de réformes vraiment efficaces. Nous pouvons lui soumettre autant de paramètres que nous voulons : développement durable, mais aussi popularité auprès de l'opinion. John pense que Léviathan peut trouver la formule optimale qui nous permette de gagner les élections tout en restant dans une zone d'efficacité acceptable.

Abel, le jugement toujours suspendu, hocha la tête.

– Et toi ? demanda-t-il à sa sœur.

– Moi, je pense que si nous franchissons le pas – ce que je ne suis pas encore prête à faire, je ne fais qu'étudier la possibilité –, il serait stupide de le faire à moitié. Si vraiment nous décidons que Léviathan a la capacité de sauver l'humanité, alors il ne faut pas lésiner. Soit il faut retourner l'opinion publique en notre faveur, lui expliquer ce qu'est Léviathan et les possibilités de salut qu'il nous offre. Soit il faut montrer patte blanche pour les élections, pour avoir les coudées franches après.

– Tu veux dire : annoncer un programme, inoffensif et inefficace, et en appliquer un autre, celui de Léviathan, résuma Abel.

– Annoncer un programme et en appliquer un autre : quel parti politique n'a pas fait ça, au cours d'une élection ? C'est pratiquement la définition même du jeu électoral.

– Tout cela mérite beaucoup plus de réflexion que je n'ai eu le temps d'en avoir, dit Abel gravement. Veux-tu que je prenne le temps d'y réfléchir ?

– La question est : maintenant que tu connais le dossier, pourras-tu seulement t'empêcher d'y réfléchir ?

– Sans doute que non, admit Abel.

– Alors tiens-moi au courant de tes réflexions. Je ne veux pas me précipiter, il est important que j'aie plusieurs avis.

– Tu devrais organiser un Conseil autour de cette question. Réunir quelques personnes avec des historiques, des horizons, des méthodes de pensée différents. Un ou deux politiques, peut-être ton conseiller en communication, un climatologue, un historien, des scientifiques extérieurs au projet, évidemment l'équipe de John. Tu devrais le faire rapidement.

Elzé sourit. Elle était contente de s'être ouverte de ce problème à son frère. Elle n'avait pas manqué de discernement.

– C'est une très bonne idée, Abel. Accepterais-tu de participer à ce Conseil ?

– Ce serait un honneur, répondit-il.

Il prit congé très courtoisement, et gratifia Karl Courseules, toujours à la porte, d'un grand sourire épanoui. Il se sentait surexcité par ce qu'il venait d'apprendre – c'était une information capitale, un morceau de choix, et, passant la porte d'Elzé, Abel ne savait pas encore ce qu'il allait en faire.

Une intelligence artificielle aux commandes pour écrire un programme politique... Elzé n'y allait pas de main morte. C'était si totalement inattendu qu'Abel n'arrivait pas bien à en saisir toutes les conséquences. Or, il venait de prêter la main à ce projet – il avait fait les gestes nécessaires pour occuper une place d'honneur dans la cour des grands. Mais le voulait-il vraiment? Était-il favorable, personnellement, à ce projet? Il n'avait jamais été complètement loyal envers sa sœur, au niveau familial – il avait toujours été en bons termes avec elle, tout en médisant d'elle avec Alvar, et en ironisant sans cesse sur ses prétentions d'aînée –, mais jusqu'à quel point pouvait-il lui être déloyal?

Il essaya de mobiliser ses facultés pour penser d'une manière impersonnelle, comme s'il n'était aucunement impliqué dans cette affaire. Comme si cette question politique était un problème d'échecs, ou plutôt une situation paradigmatique tirée de l'histoire. Il se demanda s'il était souhaitable de s'en remettre, politiquement, à un ordinateur, comme il se serait demandé s'il était nécessaire, au nom de la liberté, d'assassiner Jules César. Et il découvrit en lui un sentiment qui ne lui était pas familier: il découvrit que la gouvernance par une intelligence artificielle lui faisait peur. Il ne s'agissait pas d'une de ces peurs irrationnelles et subjectives – non, c'était une peur rationnelle, une peur qui lui venait de ses principes, comme on pouvait avoir peur de la dictature ou du fascisme. Abel avait une trop haute idée de sa propre intelligence, peut-être, pour brader l'intelligence humaine. Cela lui paraissait dangereux, inconcevable et funeste.

Cette constatation lui fit du bien. Il n'était peut-être loyal envers personne, mais il essaierait de rester loyal à ses principes. Cyril aurait sans nul doute aussi peur que lui de cette machine à gouverner, de cette technocratie ultime. Il n'aurait de cesse de la combattre. N'était-ce pas là la voie à suivre pour lui ? Compenser ce qu'il avait fait de la main droite par ce qu'il ferait de la main gauche ?

Abel réfléchit longuement à la manière dont il pouvait faire parvenir ces informations à Cyril sans griller sa couverture. Il songea à tout avouer – qu'il ne connaissait pas Marek, qu'il faisait partie de la WA, mais cela lui avait semblé trop dangereux pour le moment. L'amitié qui les liait était déjà très forte mais naissante, et, à ce titre, fragile. Abel ne voulait pas compromettre l'image de lui que Cyril s'était formée, et il préférait continuer à mentir et trouver un autre biais. Il utilisa naturellement le Paraddict comme source, il inventa une histoire compliquée, le mettant en relation avec un membre de la WA, qui souhaitait anonymement divulguer certaines informations parce qu'il se sentait préoccupé et même effrayé par la situation. Un lanceur d'alerte. Cyril et Oswald le crurent, et lui proposèrent de passer à l'appartement d'Oswald.

– C'est du lourd, dit-il en arrivant. Les élucubrations de Kim Cooligan ne sont pas des élucubrations. Ce John Higgins a bien dirigé un projet d'intelligence artificielle et cette machine serait parfaitement opérationnelle. Elle a même un nom : elle s'appelle Léviathan.

Oswald, les yeux outrageusement charbonneux, et qui paraissait aujourd'hui sorti d'un manga en noir et blanc, scruta Abel avec acuité.

– Marek m'en avait parlé, dit-il lentement. Tu t'en souviens, Cyril ?

– Oui. Je me souviens surtout que tu avais dit qu'il était en plein délire et que tu l'avais accusé publiquement de céder à la théorie du complot.

Oswald éluda la remarque et se tourna vers Abel.

– Il ne t'en a pas parlé, à toi ?

Abel ne s'attendait pas à ce qu'on lui demande à nouveau des comptes sur sa prétendue amitié avec Marek S'Kanza.

– Non, je ne savais même pas que ce projet existait. Je suis sûr qu'il ne m'en a pas parlé.

Cyril s'était levé et faisait les cent pas dans la chambre exiguë d'Oswald.

– Appelle-le, Oswald.

Oswald pianota sur son ordinateur mobile d'un air dubitatif.

– On est en froid depuis cette polémique… Je ne suis pas sûr qu'il me répondra.

– Et dans votre association, tu ne l'as pas croisé ?

– Non, ça fait plusieurs mois qu'il n'a pas refait surface. Je pense qu'il m'en veut.

– Quel était le sujet de votre dispute ? demanda Abel, dérogeant pour une fois à sa règle de ne jamais poser de questions directes.

– Il disait qu'il travaillait sur l'avatar d'une IA. Qu'il s'était renseigné et que ça ne lui plaisait pas. Et moi, je ne l'ai pas cru.

Abel eut envie de leur dire que Marek était mort depuis, et que cette affaire l'avait probablement tué. Mais il ne pouvait compromettre sa couverture. Il brûlait également de l'envie de glaner des informations, pour Alvar, certes, mais aussi pour son propre compte, car il sentait bien qu'il s'était pris personnellement au jeu de cette quête d'informations. Chaque élément recueilli, que ce soit ici ou dans le bureau d'Elzé, lui donnait une puissante décharge de dopamine… Mais il se domina et ne posa plus aucune question. Cyril avait à faire dehors, de toute façon, et ils se séparèrent bientôt.

Rentré chez lui, Abel se glissa dans sa combinaison d'immersion, qu'il appelait sa « peau de Caïn ». Puis il se connecta au

Paraddict, et la petite musique du générique lui causa un plaisir intime et enfantin – probablement à nouveau une petite décharge de dopamine. Puis, dans la peau de Caïn, il changea de monde.

Son premier mouvement fut de laisser un message à Alvar pour lui dire que Marek avait travaillé sur la programmation d'un avatar pour le projet Léviathan. Ce projet était vraisemblablement secret, et le fait même que Marek en parle autour de lui prouvait bien qu'il avait dénoncé le contrat. Il s'était renseigné, et cela ne lui plaisait pas, avait dit Oswald. Alvar ferait ce qu'il voudrait de ces informations, et déciderait lui-même de leur importance.

Caïn était devenu en peu de temps un ange accompli. Il avait des relations interlopes dans les lieux les plus divers du Paraddict – contrairement à son frère, qui n'avait jamais eu de démarche systématique pour visiter cet univers et qui s'était laissé porter par sa poésie, il était allé dénicher les lieux les plus improbables, les créatures les plus extrêmes, et avait poussé aussi loin que possible, pour l'expérience, cette étrange déconnexion entre le cerveau et le corps que la magie virtuelle opérait. Comme un breuvage trouble et hallucinogène, le Paraddict entrait dans son corps et modifiait ses perceptions – il adorait tourner la tête et voir un espace virtuel derrière lui, au-dessus de lui, parfois un gouffre s'ouvrant à ses pieds, tout en se rappelant qu'il était immobile dans son fauteuil. Les premières séances avec la combinaison lui avaient donné de fortes nausées, mais son cerveau s'habituait à ce leurre, un peu plus à chaque nouvelle séance. Il s'était beaucoup amusé, tout de suite, aux interactions sociales délirantes de cet univers sans conséquences. Caïn était arrogant, agressif, critique, et participait à des joutes verbales improvisées dont il sortait souvent vainqueur. Son ange se perfectionnait sans cesse, car Abel savait maintenant architecter presque tous les objets et tous les lieux qui lui passaient par la tête. Rapidement dépassé par sa soif d'apprendre, Alvar l'avait mis en contact avec Elyna, qui lui avait appris quelques raccourcis intéressants. Puis son ange avait volé de ses propres ailes. C'était un ange qui ne payait pas de mine et qui lui faisait éprouver les délices de l'insignifiance. Un ange pourvu cependant de fonctionnalités originales, comme la capacité de traverser les murs, et doté de perceptions sensorielles très aiguisées, qui lui permettaient d'entendre des conversations lointaines, et de reconnaître une cible précise instantanément dans une foule. Il venait de mettre au point un objet semi-inerte qui lui avait donné du fil à retordre : un objet capable d'émettre un message et de se dupliquer lui-même par simple contact. Le choix de l'objet avait pris du temps à Abel : qu'est-ce que les anges auraient envie de toucher, d'attraper, dans un monde où il n'y avait ni argent ni nourriture ? Il s'était rabattu sur un objet simple, inoffensif, hautement symbolique et séduisant. Une clé. Il l'avait dessinée avec beaucoup de soin, et avait produit un assez joli modèle de clé ancienne, gravée d'une lettre gothique et pourvue de scintillements irisés. Il s'agissait d'une clé flottante ; et lorsqu'on la touchait, elle se mettait à produire un petit tourbillon, dont des lettres jaillissaient une à une.

C.A.R.P.E.F.A.T.U.M.

Par cette petite explosion, les lettres s'éparpillaient à quelques mètres à la ronde, et chacune devenait l'ornement d'une nouvelle clé. C'était un objet à déposer dans un lieu fréquenté – son défaut était la portée extrêmement locale de sa duplication, et aussi le format très réduit du message. Cela avait plu, cependant, à Cyril et à Oswald, qui l'avaient encouragé à continuer.

Tous les deux étaient prêts à se damner pour un peu de visibilité. C'était là le désir des faibles, des minorités, des dissidents. Le vrai pouvoir cherchait au contraire les lieux d'ombre, les écrans derrière lesquels il pouvait dissimuler ses armes, ses crimes et ses intentions. Comme Elzé. Il songea à l'énorme machine qu'elle dissimulait derrière l'écran charmant de ses boucles brunes et de son visage de poupée. Il pensa aussi aux heures passées, dans son enfance, à jouer aux échecs tout seul, en jouant à la fois les noirs et les blancs. À chaque coup, il se déplaçait autour de l'échiquier, et envisageait le champ de bataille d'un point de vue nouveau. Il devenait facile de déjouer les pièges, mais, paradoxalement, cela n'empêchait en rien la partie d'avancer, et le plaisir du jeu n'en était nullement diminué. Abel estimait, dès ses huit ans, que lorsqu'on aime vraiment, profondément, le jeu, on devrait se moquer du camp auquel on appartient.

Abel venait d'informer Cyril du projet Léviathan – et c'était maintenant aux noirs de jouer.

22/11/2071

Colonisation spatiale : le projet pourrait voir le jour à l'horizon 2080. Santé : la prophylaxie est-elle suffisante ? Élection globale : les sondages région par région.

« Marcher sur des œufs » était encore une expression trop faible. Bien qu'elle renvoyât Alvar aux *Mille et Une Nuits* de son enfance, et à Sindbad traversant une plage jonchée d'œufs de serpents, elle ne rendait pas justice aux dangers, aux difficultés et aux lenteurs auxquelles il était confronté en enquêtant sur Terence Oxford.

Tout d'abord, Terence Oxford était l'amant de sa sœur, et bientôt son beau-frère, ce qui lui interdisait toute attitude agressive, intrusive, menaçante ou intimidante. Ensuite, il se trouvait que cette sœur allait probablement devenir Secrétaire générale de la WA, ce qui mettait Oxford dans une sorte de bulle. Il ne pouvait pas l'interroger directement – son chef avait été parfaitement clair sur ce point. Il lui faudrait donc éventuellement attendre une occasion, en marge d'un discours ou d'un événement, pour amorcer un questionnement vague et équivoque, auquel Terence pourrait se dérober de mille manières gracieuses et parfaitement naturelles. Enfin, il ne pouvait pas non plus exercer de surveillance directe de son lieu de travail, ni le mettre sur écoute, ni obtenir un clone de son ordinateur mobile. En somme, Samir ne pouvait quasiment pas lui être utile, et il en était réduit à une bonne vieille filature traditionnelle, et à un bouche-à-oreille pénible avec les subalternes, les chauffeurs, les portiers et autres concierges. Non seulement ces méthodes lui paraissaient archaïques, mais elles se révélaient stériles neuf fois sur dix.

Alvar avait d'abord suivi Terence, pendant plusieurs jours de suite. Le politicien avait une routine exemplaire : salle de sport tous les deux jours, salon de coiffure et d'esthétique toutes les semaines, dîners fins avec des membres plus ou moins célèbres de l'intelligentsia presque tous les soirs. Il sortait pour se rendre à la WA tous les matins à sept heures et demie, avec une précision de pendule, et ne rentrait jamais après une heure du matin. Après le déjeuner, Terence faisait des démarches ou quelques courses. Alvar nota l'adresse de sa banque et décida, lorsqu'il arrêterait de suivre Terence comme son ombre, d'aller y faire un tour. Elzé occupait surtout ses fins d'après-midi ; ils se séparaient parfois avant, parfois après le dîner. Elle dormit chez lui une seule fois durant la filature. Il sortait parfois de chez lui, en bras de chemise, à n'importe quelle heure, pour rencontrer un homme jeune, qui conduisait une voiture discrète. Alvar le prit en photo – cet homme semblait travailler pour Terence, et recevoir des consignes. Il se garait parfois pour l'attendre, à son retour du bureau, et lui apportait un paquet. Parfois, de la nourriture dans des sachets colorés. Parfois, des dossiers. Parfois, ils échangeaient seulement quelques mots. Ces rendez-vous n'avaient pas lieu à heure fixes.

Le chauffeur, ou plutôt le « concierge », comme Alvar ne tarda pas à l'appeler, n'était familier à personne, notamment à Bassel Kasra qui fut formel lorsqu'il déclara qu'il ne s'agissait pas du chauffeur qui l'avait interpellé dans la nuit du 12 au

13 septembre. Alvar, par l'immatriculation de la voiture, trouva assez facilement son identité. Il s'appelait Stuart Mayton, originaire comme Terence de la région Angleterre. Il travaillait en tant qu'employé « de maison » pour Oxford depuis plusieurs années. Une nuit, alors que Terence avait convoqué Stuart à une heure tardive, presque vingt-trois heures, Alvar suivit le jeune homme jusqu'à un quartier bien connu des services de police, où il acheta un sachet d'amphétamines ou d'autres excitants. Alvar se moquait royalement du fait qu'Oxford reprît quelques forces d'une manière douteuse, mais c'était là une occasion en or pour coffrer le concierge et s'offrir le luxe d'un interrogatoire en règle.

Il constata donc le flagrant délit, en laissant presque volontairement filer le dealer, pour s'assurer du concierge. Mais Stuart Mayton n'opposa aucune résistance et suivit Alvar assez docilement, l'air ennuyé et un peu soucieux. Quand ils furent au commissariat, peu avant minuit, Alvar fit semblant de remplir des papiers, mais n'enregistra pas la garde à vue.

– Ça vous arrive souvent d'acheter de la came à ce type ? demanda-t-il d'un ton bourru.

– Non, c'est la première fois.

– C'est pour votre usage personnel ?

Mayton hésita un instant.

– Oui.

Alvar regarda le sachet.

– À votre âge, on n'a pas besoin de ces saloperies, fit-il remarquer.

– Puis-je passer un coup de téléphone ?

– Oui, oui, bien sûr, si vous passez en garde à vue, on suivra le protocole.

– Je ne suis pas en garde à vue ?

– Pas encore.

Alvar observa un silence.

– Nom ? Prénom ? Emploi ?

– Mayton. Stuart. Je suis coursier pour M. Terence Oxford, dit-il avec une pointe de fierté.

– Oh... Je vois. Les pilules s'expliquent.

Stuart Mayton le gratifia d'un regard de mépris, et Alvar comprit qu'Oxford avait toute sa sympathie, et même peut-être toute son admiration.

– Vous pourriez être au service du Secrétaire général que cela me serait bien égal. Ça fait longtemps que vous travaillez pour Oxford ?

– Huit ans, monsieur.

– Et que faites-vous comme type de courses ?

– Un peu de tout, cela dépend de ses besoins.

– Il vous appelle, il vous demande de faire quelque chose, et vous le faites.

– C'est ça. C'est un métier qui laisse du temps libre, mais où il faut être toujours disponible.

Alvar réfléchit un moment, les yeux plongés dans le regard gris et inquiet de Mayton.

– Évidemment, ça va être très embêtant pour M. Oxford que son coursier ait été attrapé en flagrant délit d'achat illégal de stupéfiants.

Mayton ne savait pas quoi répondre, et avait pris le parti du silence.

– Je pourrais envisager de vous laisser repartir avec votre sachet d'excitants, sans dresser de procès-verbal, sans en parler à la presse ni même à ma hiérarchie.

Mayton avait probablement compris que rien ne serait gratuit dans cet échange, et il restait sur sa réserve.

– En échange, continua Alvar, il vous faudrait faire la même chose de votre côté.

– C'est-à-dire ?

– C'est-à-dire qu'il vous faudrait repartir d'ici sans dire à votre employeur ce qui vous est arrivé, ou ce que vous m'avez dit.

– Je ne vous ai rien dit.

– Non. En effet. Pas encore.

– Que voulez-vous savoir ?

– Je veux savoir combien de fois Terence Oxford vous a demandé de vous rendre chez les Nom's, et à quelles dates.

Mayton parut surpris. Il ouvrit la bouche pour répondre, mais se ravisa. Il était d'un naturel prudent – peut-être son héritage britannique.

– Ces choses que je vous demande, vous pourrez toujours nier les avoir dites, poursuivit Alvar. Je n'enregistre rien. J'ai juste besoin d'un peu de lumière pour comprendre l'enchaînement des faits.

– Et si je vous dis que je ne suis jamais allé chez les Nom's pour le compte de M. Oxford ?

– Alors M. Oxford devra gérer un petit scandale de mœurs à trois semaines de l'élection globale. Ce n'est peut-être pas si grave, après tout, il n'est pas candidat. Ou bien ce n'est pas si grave de me dire ce que je veux savoir… C'est vous qui êtes juge.

Stuart Mayton n'avait pas l'habitude de prendre des décisions, et éprouvait à cet instant les affres du chef, de l'homme d'action ou du médecin urgentiste : la cruauté d'avoir à prendre une décision cruciale, alors qu'on se sent seul, mal informé et inapte à faire un choix.

– Prendre des décisions, mon gars, ça n'est pas confortable, commenta Alvar avec un air philosophe. C'est plus facile d'être coursier.

Stuart Mayton prit une grande bouffée d'air, puis l'expira lentement.

– Très bien. Je vais vous dire ce que vous voulez savoir, parce que je sais qu'il ne s'agit pas de quelque chose de compromettant.

M. Oxford m'a demandé de l'accompagner sur la Route à deux ou trois reprises, pour rencontrer l'un de ses amis.

– À quelles dates ?

– À la fin du mois d'août, pour la dernière fois. Et… je dirais en avril, et aussi fin mai, pour les fois précédentes.

– Pas en septembre ?

– Non.

– Vous en êtes sûr ?

– Oui.

– Vous connaissez le nom de cet ami qu'il devait rencontrer ? Savez-vous où il se trouve, maintenant ?

Cette imperceptible hésitation… Alvar l'aurait reconnue entre mille.

– Non, je l'ignore. Mais les Nom's, comme leur nom l'indique, ne restent pas longtemps à la même place. Leur caravane a dû bouger depuis.

– Attention, si vous mentez, le marché ne tient plus.

– Je vous assure que je ne sais pas où il est.

– Pour ça, je vous crois. Mais vous connaissez son nom, n'est-ce pas ?

– Oui. Ça me revient. C'est un dénommé Marek. Marek S'Kanza.

– Très bien… Et que savez-vous de lui ? Est-ce qu'il a d'autres amis haut placés, comme Terence Oxford ?

– Je sais qu'il fréquente une jeune femme qui travaille aussi à la World Administration.

– Comment le savez-vous ?

– Je les ai vus ensemble. J'ai vu cette jeune femme blonde se rendre chez lui.

– En même temps que M. Oxford ? Ils se connaissent donc ?

– Non… En fait, j'ai également attendu devant la caravane pendant plusieurs journées du mois de mai.

– Sur ordre de M. Oxford.

– Oui.

– Que voulait-il savoir ?

– Cela justement, s'il y avait des visites inhabituelles dans la caravane, si Marek recevait des personnes, ou se déplaçait pour aller chez elles.

– Et vous avez trouvé qu'il fréquentait cette jolie blonde. Qu'avez-vous fait de cette information ?

– J'ai pris la jeune femme en photo, je l'ai suivie, j'ai noté son adresse, et j'ai donné le tout à M. Oxford. Il a paru satisfait et m'a dit que je pouvais arrêter de le suivre. C'était juste avant qu'il n'y retourne en personne, à la fin du mois de mai.

– Et après cette visite, vous n'avez plus entendu parler de Marek S'Kanza ?

– Non, jusqu'au mois d'août, où j'ai à nouveau accompagné M. Oxford à la caravane. Mais cette visite-là n'a pas duré longtemps.

– Vous avez assisté aux entretiens ?

– Non. Je ne suis même pas rentré à l'intérieur de la caravane.

– De quelle humeur était M. Oxford en sortant de ces entrevues ? Disons, d'abord la première.

– Il était assez contrarié, à cette période, par des ennuis bancaires. Je dirais qu'il avait l'air préoccupé.

– Et la deuxième fois, en mai ?

– C'est drôle que vous me posiez la question. Je me souviens qu'il a dit : « *Alea jacta est.* » Je m'en souviens parce que j'aime bien l'entendre parler latin. Il était plutôt songeur.

– Et en août ?

– Très dépité. Août a été une mauvaise période pour M. Oxford, et sa visite à Marek l'a plongé dans une grande nervosité.

Alvar réfléchit un moment, tripotant le sachet d'excitants. Puis il le donna à Mayton avec un sourire poli.

– Vous m'avez bien aidé, monsieur Mayton.

Mayton rangea le sachet dans sa poche, la lissa, et s'inclina.

– Je ne vous ai pas vu, pas parlé, et je ne vous connais pas, monsieur.

***

« Assez contrarié par des ennuis bancaires »... La formule, bien sûr, n'était pas tombée dans l'oreille d'un sourd, et Alvar, à huit heures du matin, était à l'agence de l'International Bank of Investments for Development. C'était tout à fait le genre de lieux dans lesquels il était mal à l'aise ; le genre de lieux qui ne faisaient pas partie de son quotidien *à lui*, et dont il se sentait aussi distant que s'ils eussent appartenu à une nation étrangère. Terence Oxford devait s'y mouvoir avec aisance, Elzé et Abel s'y adapteraient sans doute sans effort, mais lui, Alvar, devait réellement prendre sur lui pour ne pas s'enfuir dans la rue. Les lambris, les lustres, les tapis, les glaces, les dorures et l'obséquiosité du personnel lui donnaient la nausée.

– En quoi puis-je vous être utile, monsieur ?

L'employé était payé pour ne pas se fier aux apparences, et manifestait un respect égal à tous les clients, des plus distingués aux plus vulgaires. Alvar se demanda dans quelle catégorie il devait lui-même se ranger.

– Vous pourriez aller me chercher le responsable de cette agence, et lui dire que l'inspecteur Alvar Costa, de la police globale, souhaiterait lui parler au sujet d'une enquête délicate et discrète.

– Alvar Costa, monsieur ?

– Oui. Costa.

L'employé avait peut-être envie de lui demander s'il était apparenté à Elzé Costa, mais il n'en fit rien, et s'exécuta avec courtoisie. Très peu de temps après, on le conduisit dans un bureau feutré, vaste, où les murmures s'étouffaient dans l'épaisseur des tissus.

– Inspecteur Costa, je vous en prie, asseyez-vous. Nous sommes très heureux de collaborer avec la police globale.

Le directeur de l'agence était un homme blanc, mince, d'une soixantaine d'années, aux cheveux abondants et gris.

– Je suis le frère d'Elzé Costa, lança Alvar d'un ton un peu abrupt.

– Que puis-je faire pour vous ?

– En fait, je viens à vous de manière purement officieuse. Ma sœur doit épouser votre client, M. Oxford, comme vous l'avez sans doute appris dans la presse.

Le directeur ne l'aida pas. Il se montrait courtois, mais ne serait pas du genre à donner des informations de manière inconsidérée.

– Ce mariage est extrêmement politique, comme vous pouvez vous en douter. Chaque détail de cet événement est épluché avec minutie.

– Je croyais que ce genre d'enquête était plutôt mené par l'Intellagency.

– En effet. Mais il se trouve que je suis le frère de la future Secrétaire générale, et je lui ai proposé de me charger des détails les plus sensibles, afin de limiter au maximum tout risque de fuite.

Le directeur avait eu une moue dubitative lorsque Alvar avait dit « future Secrétaire générale », mais il n'avait pas osé le contredire.

– Que voulez-vous savoir sur M. Oxford ?

– J'aimerais avoir accès à l'historique de ses comptes, pendant une dizaine de minutes. Je n'en demande pas plus.

– Eh bien, monsieur Costa, mettez-vous à l'aise. Je vais vous demander de patienter ici pendant quelques instants, car je dois prendre l'attache de mes supérieurs pour répondre à votre requête. Ma secrétaire peut-elle vous apporter du café ?

– Non, merci.

Alvar resta seul, et s'amusa à imaginer ce que le directeur était en train de faire. Probablement vérifier son identité, son appartenance à la police globale et son lien de parenté avec Elzé. Lorsqu'il revint au bout de quelques minutes, son sourire courtois était toujours aussi impénétrable.

– Seriez-vous prêt à signer ce document avant de consulter les comptes de M. Oxford ?

Alvar lut en diagonale.

« Je, soussigné Alvar Costa… être à l'origine de la requête dérogatoire… absolue confidentialité… consultation exceptionnelle de l'historique des comptes du client n°… cadre d'une enquête relevant de la sécurité internationale… »

– Bien sûr, cela ne me dérange pas.

Il signa, et le directeur le conduisit vers le bureau, où il pianota assez longuement sur son ordinateur, avant de lui laisser la place devant l'écran.

– Je reviens pour vous raccompagner dans dix minutes, inspecteur Costa.

Alvar ne répondit pas, regrettant déjà de ne pas avoir demandé davantage. Évidemment, le fichier était en consultation simple, il était hors de question de le télécharger de quelque manière que ce soit, l'écran avait été traité pour empêcher la prise de photographies, et aucun lien menant à d'autres comptes ou d'autres clients n'était actif. Il lui fallut donc, encore une fois, procéder à l'ancienne, avec ses yeux, en faisant défiler le flot de chiffres, à l'affût d'une irrégularité. Si seulement Samir avait pu être là, il aurait probablement été droit au but, mais lui perdit plusieurs précieuses minutes à comprendre l'organisation des données. Oxford brassait beaucoup d'argent ; il possédait des biens immobiliers, et aussi des actions. Il avait plusieurs comptes, où l'argent transitait parfois temporairement ; il disposait également d'un compte professionnel, estampillé par le parti du Développement, sur lequel Alvar reconnut des versements réguliers de Marek S'Kanza. Après le dernier versement, le 7 février, le compte professionnel tombait dans le rouge, et Oxford l'avait renfloué avec ses deniers personnels en juin. Cela constituait une irrégularité de taille – d'une part parce que les comptes professionnels et privés des cadres de la WA devaient, sur un plan légal, être totalement étanches, et d'autre part parce qu'il était strictement interdit à un fonctionnaire d'endetter la WA –, aucun argent ne devait donc être dépensé sans provision. Or, Oxford avait émis des paiements multiples pour financer sa campagne interne. Sa course à l'investiture suprême avait coûté très cher, entre les réunions, les « cadeaux », les meetings, les déplacements. La solde allouée par le parti n'ayant pas suffi, Terence avait puisé dans ses fonds propres – ce qui était absolument interdit, car cela favorisait les candidats fortunés aux dépens des plus pauvres, et contrevenait donc aux règles institutionnelles de la WA. Marek était loin d'être le seul donateur de sa campagne ; de multiples autres avaient été sollicités. Cependant, les sommes élevées et régulières qu'il offrait en soutien à Terence étaient suffisamment importantes pour représenter, en cas d'arrêt brutal, une déstabilisation du compte. Et c'est ce qui s'était passé en mars.

Le directeur revint et Alvar prit congé, l'air songeur.

– J'espère que cette courte consultation vous aura convaincu de l'entière respectabilité de notre client, inspecteur Costa.

Alvar sourit mais ne répondit rien, et il serra la main tendue sans cesser de songer au calendrier qui commençait à se dessiner dans sa tête, des derniers mois de Marek. Ce dernier avait été un fervent admirateur de Terence Oxford, jusqu'en février 2071 inclus. En mars, il avait changé de camp, probablement sous l'influence de la belle Sylvanisia Henko, affiliée au parti de l'Innovation. Cette défection tombait on ne peut plus mal pour Terence Oxford, qui était en pleine campagne interne pour l'investiture du parti du Développement. Dans l'urgence, Oxford avait rendu visite à Marek, puis il l'avait surveillé et fait suivre. À la fin du mois de mai, il était rentré d'une deuxième entrevue avec lui en disant «*Alea jacta est*» – il avait donc en quelque sorte franchi un Rubicon, joué une carte maîtresse dont il pensait qu'elle pouvait convaincre Marek. Mais, pressé par le temps, il avait dû commettre une faute professionnelle en juin, en renflouant son compte professionnel avec ses fonds personnels. À la fin du mois d'août avaient eu lieu les investitures des candidats, peut-être les comptes de campagne avaient-ils été examinés, peut-être l'irrégularité du financement de sa campagne avait-elle fragilisé sa candidature… et Terence avait dû se battre pour rester dans la course jusqu'au bout. Il avait à nouveau contacté Marek, et était sorti de cet entretien dépité. De quoi pouvait-il alors s'agir? De quoi Oxford avait-il cherché à convaincre Marek? Et pour quelle raison Marek avait-il si brutalement tourné le dos à son ancienne idole?

Alvar se sentait de plus en plus convaincu que Marek avait eu vent de quelque chose – une malversation, un crime, une pratique honteuse – qui l'avait poussé à cesser de soutenir son candidat favori. Il n'était pas impossible d'ailleurs que Sylvanisia Henko ait été à l'origine de cette découverte d'un quelconque pot aux roses. Terence, alerté par l'arrêt brutal des versements, aurait approché Marek. Peut-être parce qu'il se doutait que Marek savait des choses sur lui. Et il avait essayé de l'intimider en le faisant suivre, pour le dissuader d'agir contre lui. À la fin du mois de mai, il avait peut-être formulé un chantage, ou une menace… «*Alea jacta est.*» Et, voyant que cela ne fonctionnait pas, acculé, en août, au moment de perdre tous ses rêves de puissance, il avait réitéré ses menaces. Marek avait-il parlé de divulguer quelque chose à la presse? Oxford, une fois battu, avait très bien pu le faire éliminer pour effacer les traces de ce scandale.

Il restait à savoir quel scandale. Car il s'agissait de la pièce manquante du puzzle, et c'était cette pièce qui donnait leur cohésion à toutes les autres. Alvar, intimement, se promit de la retrouver.

Francis Costa passait un temps considérable devant son ordinateur, errant sur les réseaux sociaux, oubliant souvent le but premier de ses recherches. Il lisait d'innombrables articles, notamment sur sa fille, et se perdait de plus en plus souvent dans une sorte d'état de conscience flottant, où son attention était retenue par des détails infimes. Il réfléchissait à la composition des mots, observait interminablement des motifs graphiques sur des images publicitaires... Le double flux de l'information sur son écran et de ses propres souvenirs désordonnés absorbait sa conscience, ou plus exactement la noyait, la submergeait. Il pouvait rester une heure entière sur une image, ou sur un texte. Puis, comme dans un bâtiment qui renaît après une panne d'électricité, la lumière revenait dans son cerveau, et il était capable de refaire surface. Il devait prendre ses médicaments, faire ses pansements, appeler Elzé... Pour l'heure, il entendait sans vraiment la comprendre la conversation de ses enfants, dans la pièce d'à côté. C'était Elzé, bien sûr, cette petite voix juvénile qui lui faisait toujours l'effet d'une eau fraîche réveillant sa peau. Et l'autre... il ne savait pas exactement.

– Je ne comprends pas pourquoi tu m'as fait venir ici, Alvar... Tu te rends compte au moins de tout le travail que j'ai ? Ça ne pouvait pas attendre dimanche ?

– Désolé, sœurette. Mais pour le coup, j'ai besoin de te parler dans un lieu discret.

Elzé comprit, en le regardant mieux, qu'il avait vraiment quelque chose de grave à lui dire, et son visage capitula.

– C'est au sujet de Papa ?

– Non. Enfin, il y aurait des choses à en dire mais… c'est au sujet de ton futur mari.

– Terence ? Que lui veux-tu encore ?

– Je te demande juste de m'écouter sans m'interrompre. Parce que je pense qu'il faut que tu saches qu'il est mon principal suspect dans une affaire de meurtre.

10/12/2071

Abidjan : le niveau monte. Développement d'une nouvelle philosophie de vie : les survivalistes gagnent du terrain. Une caravane entière décimée en région Italie par le cyclone Udolpho.

Le mois de décembre fut particulièrement chaud et battit des records de pluviométrie. Certains jours, aux pics de pollution, l'eau ne tombait pas en pluie régulière, mais par giclées oléagineuses, tièdes et vaguement iridescentes. Ça vous tombait dessus comme un liquide organique vomi par le ciel, tachait vos vêtements et vous faisait glisser sur les trottoirs. Il y eut à deux reprises une alerte cyclonique, mais chaque fois, le cyclone s'éloigna au dernier moment, remontant vers le nord-ouest au milieu de l'Atlantique, ou prenant la direction de la Pologne. Les morts climatiques, comptabilisés chaque week-end, s'entassaient dans l'imagination des habitants de la City : vingt-sept morts dans les Alpes, en raison des vents tourbillonnants. ; quatre-vingt-dix morts dans les inondations ; cent deux morts dans les transports. On avait fini par comptabiliser aussi les morts indirectes : vingt et un morts de déshydratation (la WA se félicitait de ce chiffre remarquablement bas, dû aux mesures de prophylaxie prises depuis quelque temps), neuf cent trente morts par crise d'asthme. Mais la nature n'était pas seule à s'échauffer à l'approche de Noël – les attentats fleurissaient, presque quotidiennement, décorant de rouge les rues de la City. Trois morts sur le pont de Grenelle. Quatre morts dans une voiture piégée devant le siège de la WA. Cinq morts à Nanterre, dont quatre enfants.

Les élections approchaient, et ce serait bientôt Noël. Cela faisait plusieurs décennies maintenant que le calendrier électoral avait épousé le calendrier civil : les votes se faisaient traditionnellement le 24 et les passations de fonctions, le 31. On avait espéré vaincre les taux grandissants d'abstention par l'euphorie de Noël et l'excitation symbolique de la nouvelle année. On avait surfé sur cette vague millénaire, avec un certain succès. Les campagnes se nourrissaient à la fois de l'exaspération commerciale et de la ferveur familiale. Les fêtes de fin d'année devenaient un moment de participation intense à la vie sociale, politique et économique, agrémenté d'un décorum redoublé. Les candidats chantaient sous des sapins synthétiques avec des écoliers, les familles allaient voter ensemble, le dépouillement prenait des allures d'ouverture des cadeaux. L'hymne de la WA et les chants de Noël, les tickets d'or des loteries et les bulletins de vote, les candidats et les Pères Noël se confondaient dans une féerie de lumières clignotantes, de paillettes et de nourritures colorées.

Dans cette atmosphère surchauffée, Elzé était chaque jour plus en faveur dans les sondages ; ses meetings, ses bains de foule, ses discours la faisaient grimper sans cesse plus haut. Il suffisait à cette créature bien-aimée des médias d'apparaître ou de faire quelque chose pour que l'opinion la suivît. Personne ne s'expliquait d'ailleurs très bien cet engouement général ; après tout, Elzé Costa n'avait rien de réellement *extraordinaire* ; elle servait les mêmes dieux et parlait la même langue que ses prédécesseurs. Mais cette continuité – symbolisée par l'alliance, quasi royale, avec Terence Oxford –, loin d'agacer, avait au contraire ravi les réseaux sociaux. L'annonce du futur mariage avait éclipsé pour de bon les vagues rumeurs sur un projet secret, qu'Elzé avait d'ailleurs balayées avec un rire charmant à la conférence de presse. Kim Cooligan elle-même avait changé de sujet, victime de l'envoûtement qui touchait le monde entier. Elzé Costa montait sereinement les échelons du pouvoir, tandis que la tension montait de toutes parts – comme un arc tendu prêt à décocher une flèche puissante, le monde politico-médiatique était bandé, figé dans l'attente du trait, emmagasinant l'énergie qui déborderait d'une manière ou d'une autre, dans un moment intense et jubilatoire.

Évidemment, derrière les mains pieusement serrées et les tendres sourires de façade qui s'étalaient, parfois très artistement, à la une des journaux, Elzé et Terence vivaient des heures délicates. C'était probablement leur couple qui réclamait, pour chacun d'eux, leurs ressources ultimes de diplomatie. Terence devait à la fois se montrer un prince consort fidèle et dévoué, une doublure compétente pour effectuer certaines tâches qu'Elzé lui déléguait, un conseiller de tous les instants, un confident discret, et un amant performant. En plus de ces multiples casquettes, qui exigeaient beaucoup de lui, il lui fallait aussi remplir sa mission personnelle, qui était de lutter, de manière souterraine, contre Léviathan. Dissimuler sa participation à la divulgation du projet, mais aussi et surtout instiller le doute chez Elzé, lui rappeler les fondamentaux éthiques du parti, l'imprégner sans cesse de son humanisme, afin d'éviter la catastrophe, par tous les moyens. Cette mission était-elle vraiment secrète ? Il se le demandait souvent, car Elzé paraissait très bien savoir à quoi s'en tenir à ce sujet, qu'elle évitait d'ailleurs dans l'intimité avec une ingéniosité diabolique.

Depuis qu'Alvar lui avait raconté les agissements désespérés de Terence, Elzé le considérait d'un œil différent. Bien sûr, le garder auprès d'elle demeurait une priorité ; c'était d'ailleurs devenu une obligation politique depuis l'annonce du mariage. Elle ne croyait pas réellement à cette thèse d'un Terence meurtrier, qui ne concordait pas avec ce qu'elle connaissait de l'homme. Elle lui était encore très attachée, bien sûr, mais la nature de cet attachement avait changé. Elle n'était plus amoureuse de cet idéal masculin qu'elle avait admiré ; elle s'apprêtait seulement à entraîner un homme avec elle jusqu'au sommet, en espérant qu'il ne la ferait pas tomber à la dernière marche. Elle voyait clair dans ses tentatives pour l'influencer, et se montrait parfois dubitative, ou songeuse, pour lui faire plaisir. Mieux : elle lui laissait une entière liberté de parole lors des séances du Conseil. Cette instance confidentielle réunissait la fine fleur de la WA, avec des représentants du parti du Développement, du parti de l'Innovation, de l'ensemble des chefs de service, de la communauté scientifique, militaire... Là, Terence pouvait laisser libre cours à sa verve d'avocat – ce n'était pas dangereux car Elzé était alors dans une position d'écoute, où personne ne la mettait jamais en devoir de donner son avis. Lorsque le sujet avait été débattu amplement dans la journée, il était plus facile de l'éviter le soir, dans une situation où il aurait pu la mettre au pied du mur. Ainsi, en eaux troubles, en lui fermant la bouche par des baisers, elle parvenait à tenir en laisse, tout près d'elle, le plus fervent opposant à la politique qu'elle commençait à envisager sérieusement.

Au Conseil, elle put faire le tri rapidement entre ses collaborateurs potentiels. Terence se constituait comme le chef de file du parti qu'elle aimait appeler « conservateur » : celui qui refusait l'idée même d'un recours à une IA pour une application politique. Le laisser parler haut et fort avait plusieurs avantages certains : tout d'abord, cela permettait à ceux qui étaient d'accord avec lui de le dire ouvertement. Elle prit ainsi bonne note de tous ceux qui devraient être écartés par la suite. Ensuite, cela lui donnait l'occasion de se montrer ouverte et profondément démocrate : le débat d'idées, parfois violent, auquel elle ne prenait jamais directement part, semblait la passionner, et elle paraissait respecter la liberté d'expression de chacun, et rechercher le consensus. Cela contrebalançait la décision de tenir Léviathan secret pour le grand public, qui avait fait grincer quelques dents dans ce même Conseil lors de la première séance.

Abel, à sa grande surprise, se montrait aussi sérieux que discret. Il assistait aux réunions du Conseil et participait de temps en temps à la discussion, toujours de manière très nuancée et pertinente, mais sans jamais se mettre en avant. Il tenait son rôle de petit frère à la perfection – mieux qu'elle ne l'en aurait cru capable. Mieux qu'en famille, évidemment, où il se sentait toujours obligé de faire le « zèbre », probablement pour faire rire Alvar. Elzé pensait déjà à lui pour de hautes responsabilités dans l'avenir, mais elle ne lui en disait rien. Il devait continuer à faire ses preuves, et elle prenait plaisir à l'observer pendant les réunions. Le mélange de jalousie et de fierté qu'elle avait toujours éprouvé à son égard pouvait finalement se résoudre, aujourd'hui, dans une collaboration fertile. Elle n'arrivait pas à savoir ce qu'il pensait de Léviathan – il semblait réserver son jugement pour un moment ultérieur, et emmagasiner les informations avec beaucoup de circonspection. Cette attitude rationnelle lui paraissait de bon augure, car tous les opposants à Léviathan, et Terence en premier, se définissaient en effet par le cœur, et non par la raison.

Elle aurait dû se méfier, en réalité, d'un Abel devenu sage. Abel lui-même parfois se disait qu'il en faisait trop, mais elle avait un tel sentiment d'aînesse qu'il lui était tout simplement impossible d'imaginer que son cadet pût réussir à la duper. Abel s'amusait de voir qu'elle s'émerveillait de sa maturité et de sa retenue. Il éprouvait d'ailleurs un certain plaisir lui-même à jouer ce rôle ; il trouvait toujours une chose intelligente à dire, un conseil avisé à donner, un silence à observer au moment opportun. Ce personnage assez silencieux lui laissait tout le temps d'écouter, de prendre des notes sur tout le monde, et de sonder sa sœur, qu'il connaissait certainement mieux que toutes les personnes de ce Conseil – Terence compris. Abel ne mit pas longtemps à comprendre qu'Elzé avait déjà fait son choix. Il connaissait la phrase de Sartre qu'Elzé citait souvent : « *Quand je délibère, les jeux sont faits.* » Si elle avait réuni ce Conseil, ce n'était donc pas pour l'aider à prendre sa décision, mais pour accompagner une décision qu'elle avait déjà prise. Pour acclimater la classe politique à cette idée nouvelle. Pour sonder ses amis et ses ennemis.

Plus il en apprenait sur Léviathan, plus il lui semblait qu'un gouffre s'ouvrait entre sa sœur et lui. Il l'avait vue évoluer d'un peu loin et ne s'était jamais senti vraiment proche d'elle, mais là, elle défiait sa compréhension. Elle, toujours si donneuse de leçons, si pleine de bons sentiments, si prompte à rappeler les dogmes sacro-saints du parti… il avait parié qu'elle deviendrait l'épouse de Terence Oxford – c'est-à-dire une épouse dévouée, une femme de l'ombre, éperdue d'admiration et de conviction. Mais voilà qu'elle avait, contre toute attente, inversé les rôles. Et personne ne paraissait s'en rendre compte. Abel écoutait beaucoup Terence, et l'observait aussi quand il regardait sa future femme. Et il était arrivé à la conclusion que Terence, lui, n'était pas dupe. Il savait qu'elle s'était transformée en une bête politique terrible, et l'ardeur avec laquelle il défendait ses idées ne pouvait signifier qu'une chose : il craignait de n'avoir plus beaucoup de temps pour les défendre.

Léviathan était un monstre politique. Une aberration, à laquelle Abel se refusait intimement, immédiatement, d'accorder le moindre crédit. Il était tout ce contre quoi Carpe

Fatum se battait : la rationalisation à outrance de la société, la soumission et l'endormissement de l'humain, la perte de sa liberté. Comment Elzé pouvait-elle faire ne serait-ce qu'un pas dans cette direction ? Comment tant d'autres têtes pensantes pouvaient-elles l'envisager comme une solution à la crise mondiale ? Abel faisait des listes dans sa tête et consignait chaque détail. Au parti de l'Innovation, Gram Shalayan semblait sceptique au départ, mais se laissait peu à peu convaincre des bienfaits de la machine. Au parti du Développement, une ligne de fracture se dessinait nettement, entre Terence Oxford et Lee An Hung d'un côté, et Charles Safir, Curtis Anglione et Frederic Johnson de l'autre. Ces trois derniers prônaient une voie médiane, qui correspondait, il le savait, à la position actuelle d'Elzé : l'utilisation de Léviathan pour l'examen préalable des mesures. Karl Courseules, dans sa perpétuelle neutralité sur le fond, était également une aide précieuse pour Elzé. Les généraux étaient divisés ; la communauté scientifique également. Elias Zelkine, un cybernéticien de renom, également spécialisé dans l'intelligence artificielle, et qu'Abel percevait clairement comme un vieux rival de Higgins, alertait les profanes contre l'effet de « divinisation » des intelligences artificielles. Capables d'effectuer des calculs qui nous dépassent, et pour lesquels notre esprit humain ne peut même pas se faire un ordre de grandeur, les IA avaient tendance à être considérées de manière quasi religieuse, les énoncés qu'elles produisaient n'étaient pas remis en question, et cela aboutissait à une nouvelle forme de dogmatisme, bien loin de nos méthodes scientifiques. Parmi les chefs de service, quelques-uns se tenaient plutôt dans la ligne d'Oxford, mais la majorité constituait une masse suiviste et silencieuse.

Toutes ces informations, Abel les distillait sans faillir à Cyril et Oswald. Cette position privilégiée de relais l'avait fait avancer grandement dans l'intimité du leader et dans la nébuleuse du groupe : il fut bientôt mis en relation avec les hackers de Carpe Fatum, qui travaillaient d'arrache-pied pour diffuser l'information de manière virale dans le Paraddict – à une échelle autrement plus grande que celle des petites clés d'Abel. Oswald avait été le premier à avoir l'idée d'un sabotage spectaculaire de l'espace virtuel, et cette idée devait connaître un certain succès.

Le premier attentat virtuel toucha le Paraddict le 12 décembre. L'idée en elle-même était simple : il s'agissait de répandre un objet semi-inerte qui modifierait en surface la structure des anges touchés. Ce fut en l'occurrence une explosion de flammes, qui interrompit un spectacle musical au milieu d'une salle de concert virtuelle très courue, le Carnegie Virtual Hall. Les spectateurs virent une sorte de déchirure dans l'espace virtuel, et un flot orangé se répandre en une vaste nuée ardente. Tous les anges touchés furent immédiatement tatoués sur le bras gauche, avec la phrase : « Vous serez bientôt dirigés par une IA – Carpe Fatum ! » Ces grands feux s'étaient ensuite répétés plusieurs fois, les 15, 18 et 21 décembre, jusqu'à ce que le système trouve une parade efficace contre ce mode opératoire. L'ange de l'un des hackers de Carpe Fatum fut, aux dires d'Oswald, éjecté définitivement du Paraddict en essayant de renouveler l'opération. L'accès au code des espaces publics fut fermé aux anges qui n'étaient pas Architectes, et les tentatives malheureuses de modification de l'environnement se soldèrent par des éjections nombreuses. Certains utilisateurs chevronnés perdirent ainsi des anges ultra-perfectionnés, qu'ils avaient mis des années à créer. Et c'est ce qui donna à ces attentats virtuels un petit retentissement dans le Paraddict. L'idée qu'Elzé Costa travaillait en sous-main avec une intelligence artificielle refit surface sur les réseaux – la plupart du temps, parmi un fatras de théories complotistes stupides, que la WA traita par le mépris et ne prit pas même la peine de démentir.

Par hasard, Elyna se trouva parmi les anges abruptement

tatoués par ces sabotages : elle avait assisté à un vaste forum dédié à l'Architecture et vécu la vague de panique qui avait suivi l'explosion des flammes. Elle racontait à qui voulait l'entendre, et spécialement à Alvar, comment une langue de feu, qui lui semblait munie d'une tête chercheuse, avait fondu sur elle, et quelle étrange sensation électrique cela lui avait procuré. La petite phrase « Vous serez bientôt dirigés par une IA – Carpe Fatum ! » s'était calligraphiée sur son bras, et elle avait mis plus de quarante-huit heures à trouver la ligne de code à effacer.

@@@

Alvar avait poursuivi ses investigations sur Terence Oxford, dans l'espoir de mettre le doigt sur le fameux scandale caché, mais il n'avait rien trouvé de consistant, jusqu'au jour où il décida d'éplucher les caméras de surveillance de la journée du meeting, afin de lire quelque chose – il ne savait pas quoi – sur le visage de son suspect. Et il découvrit, non sans stupéfaction, que Terence était allé parler à la journaliste Kim Cooligan peu de temps avant que cette dernière se dirigeât vers John Higgins. Il repassa plusieurs fois la scène, seul et avec Samir, et tous deux se convainquirent que Terence avait désigné Higgins et suggéré une question à la journaliste. Cela paraissait très étonnant, car cette fuite avait eu pour conséquence de déstabiliser, fût-ce légèrement, Elzé. Oxford était-il à l'origine de toutes les fuites d'informations politiques confidentielles vers des groupuscules mal intentionnés, comme Carpe Fatum ? Jouait-il un double jeu, depuis qu'il avait été évincé du pouvoir ? Cherchait-il à éliminer la candidature d'Elzé, alors que son prochain mariage avec elle le plaçait au plus près du pouvoir suprême ? Samir était persuadé qu'Oxford était coupable, et cette attitude, séditieuse selon lui, confirmait leurs soupçons. Mais Alvar avait l'impression de buter sur quelque chose. Comme souvent, il lui semblait que parmi la masse d'informations recueillies dans l'enquête, il n'avait pas identifié les bonnes. Il devait y avoir un détail, quelque chose qui ne lui paraissait pas primordial mais qui l'était. C'était un peu comme de s'abîmer la vue à trouver une forme cachée dans une image-devinette d'Épinal : on savait que la forme était là, quelque part, aussi évidente qu'invisible. Et l'on ne parvenait pas à changer suffisamment sa manière de voir pour qu'elle apparaisse enfin.

Il décida, afin d'en avoir le cœur net, d'interroger Kim Cooligan, qui se prêta au jeu du témoignage avec bonne grâce. Les journalistes étaient en vérité presque de la maison ; ils travaillaient en étroite collaboration avec la WA. On leur autorisait une petite marge de manœuvre – révéler des scoops un peu avant les conférences de presse ; divulguer quelques affaires de mœurs –, mais dans le fond, ils jouaient avec la police et les politiques une partie plutôt cordiale.

– Bonjour, inspecteur Costa. Costa, Costa... Comme Elzé Costa ?

– Oui, grommela Alvar, que cette question mit de mauvaise humeur.

– Je vais tâcher de me montrer à la hauteur, alors... Vous pourriez m'obtenir une interview ?

– On va commencer par votre audition, si ça ne vous dérange pas.

– Bien entendu. Dans le cadre d'une enquête sur...

– Sur la mort de Marek S'Kanza.

Le visage de Kim Cooligan se figea.

– Je vous demande pardon ?

– J'enquête sur la mort d'un Nom', Délicat de son état, Architecte de génie, photographe, militant politique et homme à femmes... nommé Marek S'Kanza. Vous le connaissez ?

– Je ne l'ai jamais rencontré, mais...

– Mais ?

– Je devais le rencontrer. Il ne s'est jamais présenté au rendez-vous.

Alvar resta muet, et incrédule, tandis que Kim Cooligan se mettait en devoir de lui rapporter, avec une exactitude journalistique, toutes les circonstances de ce rendez-vous manqué. Marek S'Kanza l'avait appelée dans la première semaine de septembre, pour lui dire qu'il avait un scoop à lui révéler. Elle avait pris quelques renseignements sur lui, puis lui avait fixé un rendez-vous pour le 14 septembre, car elle était en déplacement à Berlin jusqu'au 12. Elle l'avait attendu à la rédaction du journal, en vain. Elle avait essayé de le joindre, en vain.

– Ce qui paraît logique, puisqu'il a été tué dans la nuit du 12 au 13 septembre.

Kim Cooligan n'en revenait pas.

– Mais je ne comprends pas, inspecteur Costa… Ce n'est pas pour ça que vous m'avez convoquée ?

– Pas du tout. J'ignorais tout de ce rendez-vous. Je vous ai convoquée parce qu'il y a des images qui me troublent sur les vidéos de surveillance du meeting de ma sœur.

– Oh… ce n'est donc pas dans le cadre de l'enquête sur la mort de Marek S'Kanza ?

Alvar hésita.

– Non. En réalité, c'est un peu plus… politique.

Il coupa court aux questions qui agitaient les lèvres de Kim Cooligan en lui diffusant l'extrait vidéo où Terence Oxford l'interpellait.

– Que vous a dit M. Oxford, à ce moment-là ?

– Eh bien, il m'a conseillé d'aller poser des questions à John Higgins, là… Vous voyez, il le désigne.

– Vous a-t-il dit pourquoi ?

– Il m'a juste dit son nom, et celui de sa collaboratrice, et qu'ils travaillaient avec Elzé sur un projet d'envergure. C'est tout.

Alvar hocha la tête. Quelque chose le titillait depuis tout à l'heure.

– Excusez-moi, je passe un peu du coq à l'âne, mais... ce rendez-vous avec Marek S'Kanza... à qui en avez-vous parlé ?

– À personne.

– Vous en êtes absolument certaine ?

– La sécurité de mes sources est toujours l'une de mes priorités. Je ne donne pas de noms, ni de dates, ni de lieux inconsidérément.

– Vous ne savez pas du tout quel était le scoop qu'il voulait partager avec vous ?

– Hélas, je n'en ai pas la moindre idée. Vous pensez que cela peut avoir un rapport avec sa mort ?

– C'est possible, dit Alvar.

Après le départ de Kim Cooligan, les spéculations allèrent bon train entre Samir et Alvar. La théorie du scandale caché, dont Marek S'Kanza aurait été informé, et qu'il menaçait de divulguer, paraissait bel et bien corroborée. Mais il y avait un problème de timing. Pourquoi vouloir discréditer Oxford *après* l'échec de son investiture ? À quoi cela pouvait-il servir ? Ce genre d'informations avaient de la valeur lorsqu'elles concernaient un candidat, pas lorsqu'elles concernaient un recalé. Et d'autre part, la concomitance des dates était troublante. Marek avait été tué à peine trente-six heures avant son rendez-vous. Mais comment Oxford avait-il pu en être informé ?

Alvar dormit très peu pendant cette période, en proie à ses obsessions. Dès que les questions posées par l'enquête le laissaient en paix, son imagination, son cœur et son corps se tournaient vers l'image de Sonia. Les choses avec elle avaient pris un virage inattendu. Le soir où il l'avait rejointe au Blue Note, une série d'aléas les avaient empêchés de parler ; et depuis, ils correspondaient par messages écrits, sans se voir. De jour en jour plus fréquents, ces messages devenaient une véritable obsession pour Alvar. Les lire était la première chose qu'il faisait en se réveillant et la dernière qu'il faisait en se couchant ; si elle mettait plus d'un quart d'heure à lui répondre, il n'avait de cesse de vérifier son mobile, et il consacrait une immense partie de son temps intérieur à réfléchir aux mots qu'il lui enverrait. Même le Paraddict semblait avoir perdu de sa puissance d'enchantement, comparé à ce dialogue différé, étrange et profond, dans lequel leurs deux âmes s'effleuraient du bout de l'aile. Il n'en disait rien à Elyna, mais il se connectait moins souvent. Ce fut Sonia qui lui proposa de passer la soirée du 24 avec lui : il devait venir la chercher au Blue Note.

24/12/2071

Élection globale : chronique d'un succès annoncé ? Les défis techniques d'une soirée électorale suivie par plusieurs milliards de téléspectateurs. Notre interview exclusive de Karl Courseules, l'homme de l'ombre. L'esprit de Noël est-il toujours vivant ?

Ce soir-là, le gérant avait installé un écran géant sur le mur adjacent à la scène, et on voyait défiler les multiples images de la soirée électorale, ainsi que les bandeaux d'informations de dernière minute. Le visage d'Elzé apparaissait sans cesse – cela avait troublé Alvar, au début, mais maintenant, il n'y faisait plus attention. Il n'y avait quasiment pas de suspense, d'ailleurs, depuis le ralliement officiel du parti de l'Innovation. Seul le candidat du parti des Identités, personnage populiste et controversé, se tenait en face d'elle, et tout le monde attendait, sans grande effervescence, la confirmation d'une victoire annoncée depuis plusieurs semaines. Des publicités de jouets et des images de vitrines et de marchés de Noël du monde entier alternaient avec des photos et des vidéos d'Elzé, accompagnées de commentaires interminables dont on n'entendait pas le son. Les clients regardaient plutôt Sonia sur la scène, mais ils jetaient régulièrement un coup d'œil sur l'écran, surveillant une réalité qu'ils n'oubliaient pas tout à fait dans cette bulle musicale intemporelle.

Sonia en effet, avec sa guitare acoustique et sa petite robe noire, paraissait surgir d'une autre époque, et plus exactement d'un milieu de XXe siècle presque oublié. Elle ranimait les élégantes langueurs de la Série noire, et les lenteurs nocturnes du jazz, avec un swing toujours empreint de cette *fatigue* presque imperceptible qui faisait toute la saveur de cette époque. Fatigués, les flics désabusés, les tueurs qui en avaient trop vu, les femmes fatales qui ne croyaient plus au grand amour, les musiciens alcoolisés échoués au milieu d'une nuit interminable. Fatigués et pourtant sur le point de succomber une dernière fois – de rempiler pour la dernière affaire, pour la dernière passion, pour la dernière chanson.

À la fin de sa prestation, elle descendit de la scène pour venir s'asseoir à côté d'Alvar ; sa démarche un peu traînante était sensuelle, et il la buvait des yeux. Ils s'étaient parlé cent fois par textos dans la journée, et goûtaient silencieusement la joie de se retrouver dans leurs corps, incarnés, saturés de perceptions et d'émotions. Elle ferma les yeux, l'embrassa lentement, et le goût d'alcool sur sa langue lui parut délicieux. Alvar ne savait plus où il était, et il sursauta lorsque son mobile vibra. Il se dégagea à regret, tandis qu'elle buvait une gorgée dans son verre, et regarda de qui provenait l'appel. « Karl Courseules » – il ne connaissait personne de ce nom, mais c'était peut-être le travail.

– Alvar Costa, bonsoir, enchanté de faire très bientôt votre connaissance, je suis le conseiller en communication de votre sœur et elle m'a chargé de vous convier à notre petite célébration, dans les locaux de la WA. Elle souhaiterait que vous passiez chercher votre père.

– Une célébration ? répéta Alvar, encore étourdi par son baiser.

– Oui, nous avons gagné, votre sœur est élue… C'est encore officieux, bien sûr, mais c'est déjà certain !

– Est-il vraiment nécessaire que…

– C'est absolument indispensable, répliqua l'homme sur un ton déterminé. Votre sœur vous attend au plus tard dans une heure. Et n'oubliez pas votre père.

Karl Courseules avait raccroché. Alvar s'excusa et tenta de rappeler Elzé, mais bien sûr, elle ne répondit pas, pas plus qu'Abel ou Francis.

– Elzé est élue, dit-il à Sonia. Elle me demande de passer prendre mon père et de rejoindre son équipe pour une célébration.

Sonia l'embrassa à nouveau, comme si elle ne l'avait pas entendu.

– Je ne te quitte pas ce soir, où que tu ailles, prévint-elle. J'espère que je peux y aller comme ça, ajouta-t-elle en montrant sa robe.

– Je suis désolé, Sonia, je ne savais pas que…

– Ça n'a pas d'importance, le coupa-t-elle. Nous avons toute la nuit.

Elle alla poser sa guitare et dire quelques mots au gérant, puis, en quelques minutes, ils furent dehors. La nuit hostile de la rue contrastait avec la nuit feutrée du club. Ils se dirigèrent vers l'interurbain, avec le sentiment qu'il s'agissait de l'une de ces nuits sans fin où, malgré la fatigue, la vie vous entraîne dans une danse qui durera jusqu'au matin.

Lorsqu'ils sonnèrent chez Francis, Alvar avait une vive appréhension, et il fut d'abord soulagé de voir son père vêtu d'un costume élégant, et rasé de près.

– Ah, Alvar, c'est toi. Vous arrivez bien tard, fit-il en maugréant.

– J'ai fait aussi vite que j'ai pu.

– Tu ne me présentes pas cette jeune femme ?

– Si, bien sûr. C'est mon amie Sonia.

Francis dévisagea Sonia, comme s'il allait lui faire un compliment ou lui dire quelque chose, mais il n'en fit rien et détourna son attention.

– Où sont les paquets ? demanda-t-il.

– Les paquets…, répéta Alvar, désorienté. Quels paquets ?

– Les cadeaux, voyons, ne me dis pas que tu as oublié que c'est le réveillon ! Tu ne peux pas être à ce point dans la lune !

Alvar poussa son père pour entrer et vit la table mise, pour quatre personnes, avec des serviettes blanches et deux paires de couverts.

– Mais Papa, dit-il d'une voix étranglée, nous t'avions prévenu qu'on ne ferait pas le réveillon ce soir… Elzé ne pouvait pas, elle est…

– Et quand veux-tu faire le réveillon, si ce n'est pas ce soir ? Réveillon, ça vient de réveiller, je te signale, ça veut dire qu'on ne se couche pas. On ne réveillonne pas le 25, que diable !

– Vous avez préparé beaucoup de choses ? demanda Sonia pour venir en aide à Alvar.

– Je n'ai pas prévu les quantités pour cinq, je suis désolé.

– Il y a un changement de programme, Papa. Elzé m'a appelé, elle m'a dit de venir te chercher. Elle organise le réveillon au bureau, à la WA. Avec nous tous.

– Mais pourquoi ne m'a-t-elle rien dit ? gronda Francis.

– Où est ton téléphone, Papa ?

– Oh, qu'est-ce que tu veux que j'en sache ? Alors, elle ne viendra pas ?

– Non, elle ne peut pas se dégager. Elle est élue, Papa.

– Élue ? Mais qu'est-ce que tu racontes ?

– Elle est élue. À l'élection globale. Secrétaire générale de la WA, martela Alvar avec patience. Même moi, ça me fait bizarre de le dire à haute voix.

– Ah bon, elle est élue ?

Francis avait changé d'attitude, et paraissait maintenant désorienté.

– C'est important, alors… Elle est contente ?

– Oui, très contente, dit Alvar. Elle nous attend. Toi et moi. Et Abel sera probablement là aussi.

– Eh bien allons-y, dit Francis en souriant soudain ingénument.

– Vous n'avez rien au four ? demanda Sonia.

Alvar alla vérifier, éteignit les lumières, prit les clés, la ventoline, les cachets de son père, ses papiers. La vue de la table de Noël, à laquelle personne ne viendrait s'asseoir, lui fit une impression étrange. Si Elzé ne l'avait pas appelé, si elle avait fêté sa victoire avec son équipe, Francis serait-il resté là, indéfiniment, à les attendre, dans son beau costume, en face de leurs chaises vides ? Aurait-il pleuré, un soir de Noël, sur cette absence incompréhensible ?

Abel arriva, sur un appel de Karl Courseules, environ une demi-heure avant Alvar. Il connaissait la plupart des gens qui affichaient ce soir une gaieté réelle ou feinte – Abel affichait exactement la même, et ne cherchait pas à savoir quelle part obscure prenaient, dans cette gaieté, les restes d'une solidarité familiale, l'adaptation naturelle aux circonstances, le plaisir d'être aux premières loges et de partager une once de cet immense pouvoir, et le plaisir plus trouble du chasseur traquant un gros gibier. En tout cas, il n'avait pas besoin de faire d'effort pour se mettre au diapason général. Elzé l'avait gratifié d'une accolade chaleureuse, et il supposait qu'il n'en tirerait pas beaucoup plus ce soir. Les gens faisaient déjà la queue autour d'elle pour lui adresser un petit compliment, et lui glisser un mot sur un dossier en cours… Il fallait les voir essayer de placer leurs pions, tout en dévorant leurs petits fours végétariens. On cherchait quelque chose de spirituel à lui dire, on était prévenant jusqu'à l'écœurement, on gloussait à la moindre de ses plaisanteries. Abel observait ce manège avec délectation : il comprenait que le monde venait soudain de se transformer pour Elzé. Un coup de baguette magique avait effacé toute trace de mauvaise humeur ou de maussaderie sur le visage de ses interlocuteurs ; elle était soudain entourée d'une armée de lutins bienfaisants, qui n'avaient d'autre but, apparemment, que de contenter tous ses désirs, de prendre part à toutes ses préoccupations. Chacune de ses phrases était maintenant écoutée comme une parole philosophique ou religieuse ; on lui prêtait une grande profondeur même quand elle disait des banalités ; on la trouvait désopilante chaque fois qu'elle se fendait de la moindre ironie, du moindre soupçon d'autodérision. Et cela n'allait pas s'arrêter là – non, cela ne faisait que commencer. Elzé était d'ailleurs d'une beauté stupéfiante, ce soir. Le succès la faisait presque briller.

Au-delà de cette comédie, dont Abel commença à se lasser au bout de vingt minutes, se jouait autre chose. L'échiquier commençait à prendre forme autour de la reine. Le roi, par exemple se trouvait, au plus près d'elle, totalement noyé dans son ombre. Terence Oxford aurait pu, aurait *dû* en toute logique, se trouver à la place d'Elzé – si Abel y songeait, lui ne pouvait pas manquer d'y songer également. Derrière l'uniforme gaieté de façade, il arborait une expression indéchiffrable, dans laquelle Abel croyait discerner quelque chose de plus qu'une pointe de jalousie ou d'amertume. La garde rapprochée, qu'Elzé retenait près d'elle, commençait à se dessiner aussi : Karl Courseules était un fou ; John Higgins, l'une de ses tours ; Curtis Anglione et Frederic Johnson, une redoutable paire de cavaliers ; et Abel ne savait quelles pièces restantes attribuer à Gram Shalayan et à Charles Safir. Les chefs de service, hommes et femmes discrets, seraient des pions convenables. En revanche, on pouvait voir que la cordialité d'Elzé à l'égard de ses adversaires du Conseil, et notamment Lee An Hung et Elias Zelkine, s'était considérablement rafraîchie. Ils n'avaient pas réussi à percer le barrage informel qui la protégeait, et se trouvaient, bien qu'invités à cette célébration, spatialement et politiquement exclus de la victoire.

Abel, sur une de ses impulsions subites, se fraya un chemin jusqu'à Terence et n'eut aucune difficulté à engager la conversation avec lui. Karl Courseules observa bien ce rapprochement, mais détourna le regard. Abel jouissait d'une accréditation très élevée, qui lui permettait d'aller et de venir à sa guise, ce qui était également le cas de Terence.

– Bonsoir, monsieur Oxford, dit Abel avec déférence.

– Je vous en prie, Abel, appelez-moi Terence. Comment allez-vous ?

– Merveilleusement bien, répondit Abel avec une exagération qui pouvait paraître ironique. J'ai encore beaucoup de mal à réaliser que ma grande sœur est arrivée, par un coup de baguette magique, au sommet du pouvoir.

– Un coup de baguette magique..., reprit Terence. C'est beaucoup dire ! Elle doit surtout sa victoire à ses incroyables qualités personnelles.

– Bien sûr, bien sûr, fit Abel précipitamment. Ce n'est pas ce que je voulais dire. Simplement, rien ne la destinait à cette fonction. Il y a quelques mois, j'aurais plutôt parié sur vous.

Terence le dévisagea, se demandant manifestement comment il devait prendre cette sortie.

– *Sic transit gloria mundi*, déclama-t-il.

– C'est amusant, parce qu'il y a quelques semaines, je reprochais à ma famille de ne regarder l'élection que par le petit bout de la lorgnette, continua Abel. Je leur disais que l'important n'était pas qui allait accéder au pouvoir, mais ce que cette personne, quelle qu'elle soit, allait y faire. Quelle politique elle allait mener.

Terence semblait de plus en plus mal à l'aise. Mais cela n'empêcha pas Abel de continuer comme si de rien n'était.

– Et c'est vraiment cela que nous célébrons ce soir : la politique que va mener Elzé. C'est pourquoi elle nous rassemble.

Terence sourit de manière appuyée et leva son verre.

– À la politique d'Elzé, dit-il.

– À la politique d'Elzé, répéta Abel, et, de proche en proche, un toast général fut porté.

Une petite surprise avait été préparée pour Elzé : un drone déboula en chantant *Jingle Bells* et vint au-dessus de sa tête déverser une pluie de confettis holographiques. On s'égaya fort de cette trouvaille, et c'est à cet instant qu'Alvar, Sonia et Francis furent introduits dans la salle de réunion. Toutes les têtes se tournèrent instinctivement vers ces créatures venues d'une autre planète : un type qui ne cherchait à impressionner personne ; une jeune femme en robe légère ; un vieillard. Il y eut une brève confusion, suivie d'un torrent de gentillesse qui menaça de les emporter.

– Elzé, c'est votre papa qui vient vous féliciter !

– Comme c'est charmant…

– Regardez comme il est ému.

De fait, Francis paraissait au bord des larmes. Était-ce l'odeur des locaux souterrains, qui ravivait dans sa mémoire quarante années de loyaux services ? Ou la vision de sa fille auréolée de gloire, illuminant positivement la salle de sa présence ? Était-ce la fatigue de l'interurbain qu'il venait de prendre ? Ou la crainte soudain vibrante de faire un faux pas ? Abel n'aurait su le dire. Il le regarda avancer vers sa fille, porté par la marée de lutins bienveillants. Puis il s'excusa auprès de Terence et courut accueillir Alvar, à peine moins hagard que son père.

– Ah, tu es là, dit Alvar. Papa ne va pas bien du tout, il avait préparé le réveillon à la maison.

Abel ne put s'empêcher d'éclater de rire.

– Elzé est élue Secrétaire générale et Papa déraille... C'est une soirée vraiment surréaliste ! À marquer d'une pierre blanche. Ou noire.

Alvar et Sonia échangèrent un regard appuyé, et l'ombre d'un sourire.

– Salut, Sonia, tu es la dernière personne que je m'attendais à trouver ici, fit remarquer Abel à mi-voix, d'un ton un peu mufle. Alvar, tu veux que je te présente à tout ce beau gratin ? Tu n'as qu'à faire ton choix : on a ici de l'ancien chef de parti, du futur ministre, et même peut-être du ténor de l'opposition... Qu'est-ce qui te ferait plaisir ?

Alvar dévisagea Abel, qui avait le même regard que lorsqu'il lui donnait jadis à manger des bonbons poivrés de farces et attrapes. Il se rendit compte que son petit frère s'amusait énormément dans cet endroit qui lui apparaissait à lui comme une assez bonne représentation de l'enfer.

– Je veux que tu me sortes de là, Abel. Je ne tiendrai pas plus de dix minutes.

Abel prit le bras d'Alvar, avec assurance.

– OK. On va la faire courte, alors, mais tu ne sais pas ce que tu rates.

Dans le fond de la salle, Elzé était dans les bras de son père, mais quelque chose clochait dans le tableau. Il ne s'agissait pas d'une accolade réglementaire, qui durait le temps d'une prise de vue. Il s'agissait d'un effondrement, d'une étreinte désespérée du vieil homme qui agrippait ses bras noueux autour de sa robe fragile. Abel admira la contenance de la nouvelle Secrétaire générale : rien ne trahissait l'agacement qu'elle était en train de ressentir. Elle se comportait de manière parfaite, digne et patiente. Abel avait pourtant l'impression de l'entendre crier intérieurement – et ce cri inarticulé avait aussi été entendu par les antennes aiguisées de Karl Courseules, qui volait présentement à son secours.

– Eh bien, voilà, Alvar, souffla Abel : tu vas féliciter ton aînée, serrer quelques mains, essayer de sourire, et puis tu vas proposer de raccompagner Papa, et tout le monde te considérera comme un héros.

Les poignées de mains, en vérité, avaient déjà commencé. Alvar en avait presque le tournis.

– Je vous présente notre frère, Alvar Costa, inspecteur de la police globale.

– Inspecteur de police ? Quel dévouement !

– Elzé a aussi un frère policier ? Je n'en avais jamais entendu parler.

– Enchanté, monsieur Costa.

– Une photo de famille, peut-être ?

– Alvar, dites-vous ? Vous êtes le Costa caché !

– Monsieur Costa, c'est un honneur de faire votre connaissance.

La traversée de la salle parut à Alvar ne devoir jamais finir, mais ils se retrouvèrent bientôt là, tous les quatre, près des rideaux pourpres qui ne voilaient aucune fenêtre, et qui ressemblaient à un accessoire de théâtre.

Karl Courseules avait réussi à décrocher Francis du corps d'Elzé, et il lui faisait à présent la conversation, avec un entrain et une cordialité irréprochables. Francis hochait la tête de temps en temps.

– Bravo, Elzé. Tu dois être contente, dit Alvar sans conviction.

Elzé jeta un coup d'œil circulaire pour vérifier qu'on ne pouvait pas l'entendre, et mit la main devant sa bouche pour empêcher qu'on puisse lire sur ses lèvres.

– Dites-moi que je rêve… Je gagne l'élection globale, et c'est précisément ce soir qu'il faut qu'il perde la tête ! C'est à croire qu'il le fait exprès.

– Ça fait un moment qu'il déraille un peu, remarqua Abel.

– Oui, confirma Alvar. La première fois, c'était à ton meeting.

– Et pourquoi vous ne m'avez rien dit ?

– Parce que tu avais d'autres sujets de préoccupation, dit Abel.

– Parce que je ne t'ai pas vue, et que tu ne m'as pas appelé, depuis, dit Alvar.

– Et maintenant, je me retrouve à cause de vous dans une situation impossible…

– Ne t'inquiète pas, je vais le ramener. Je suis juste passé pour te féliciter, dit Alvar.

– C'est vrai ? Tu ferais ça ?

Abel fit un clin d'œil à son frère. Ils tournèrent la tête vers Francis, que Courseules avait laissé aux bons soins de Sonia.

– Karl, dit Elzé, il faut me trouver quelqu'un pour mon père, une aide-soignante à domicile… C'est urgent.

– Votre Papa est effectivement très ému, répondit Courseules avec un sourire attendri.

Puis il se tourna vers Alvar et continua :

– Alvar Costa, je présume ? Je suis vraiment très heureux de faire connaissance avec vous *in real life*, nous nous sommes parlé au téléphone tout à l'heure. Karl Courseules.

Alvar se sentait gauche – il ne savait pas comment répondre à ça.

– Enchanté, dit-il sobrement.

– Alvar va tirer Elzé de ce mauvais pas en raccompagnant notre père, indiqua Abel.

Courseules se permit un petit sourire soulagé – un sourire à la fois complice et respectueux.

– J'avoue que cela me facilitera la tâche, c'est vraiment très gentil à vous, monsieur Costa.

– C'est mon père, fit Alvar en haussant les épaules. C'est normal.

Karl Courseules ne tarda pas à s'éloigner discrètement. Elzé respirait plus largement à présent, et Abel sentit qu'elle se détendait un peu.

– Vous auriez quand même dû me dire qu'il avait des soucis, reprocha-t-elle à Abel.

– Mais ma chère sœur, c'est toi la fille parfaite, la préférée de Papa. Nous pensions que tu t'en étais rendu compte par toi-même.

Elzé jeta un coup d'œil à son père. Le vieil homme était assis, les yeux dans le vide ; sa main droite était agrippée à celle d'une jeune femme rousse, plutôt jolie, qu'elle n'avait jamais vue.

– C'est qui, cette fille ? demanda-t-elle.

– Elle s'appelle Sonia, dit Alvar. Elle est avec moi.

Elzé enregistra l'information sans la commenter.

– Elle ne voudrait pas s'occuper de lui à domicile ? Il a l'air de bien l'aimer.

– Il ne la connaît pas, et elle n'est pas aide-soignante, Elzé. Elle est artiste. Elle était avec moi quand ton… conseiller en je ne sais quoi m'a sommé de venir te rejoindre ici, avec Papa. Si tu avais pris la peine de m'appeler, j'aurais pu te dire que ce n'était pas une très bonne idée.

Elzé toisa Alvar, et prit une expression patiente et bienveillante, comme si elle s'adressait à un subalterne qui n'avait pas été assez remercié pour son dévouement.

– Je suis désolée, Alvar. Bien sûr, j'aurais dû t'appeler.

Avec un geste très peu naturel, qui surprit Alvar, elle l'attira dans ses bras pour l'accolade réglementaire. Tout le monde put voir ce touchant tableau de famille – Elzé et ses deux frères, unis dans le succès, fonctionnaires émérites de la WA, soutiens de leur père veuf. Il s'en fallait de peu que l'opération de communication ne fût parfaite, mais Francis eut un brusque sursaut de conscience, et se leva précipitamment.

– Alvar, tu ne pouvais pas faire un effort vestimentaire, pour une fois ? gronda-t-il en regardant son fils de bas en haut. C'est une réception officielle, tout de même, il y a un minimum de formes à respecter…

– Tout va bien, Papa, coupa Elzé. Alvar n'a pas été prévenu, et c'est très bien comme ça. J'avais juste envie de partager ce moment avec vous.

– Dis donc, là-bas, ce ne serait pas Terence Oxford ?

Elzé appela Terence qui, en parfait gentleman, apparut aussitôt. Alvar le fixa avec une insistance gênante – comme si, à force de le regarder, il pouvait arriver à percer son enveloppe.

– Terence, je crois que tu n'as pas eu l'occasion de rencontrer officiellement mon père.

– Monsieur Oxford, je suis très honoré, balbutia Francis. J'ai toujours été un grand admirateur de votre carrière, j'ai toujours su que vous monteriez au plus haut. Toutes mes félicitations.

Terence, que cette confusion chatouillait sur un point sensible, éclata d'un rire jaune.

– Ma foi, le plus haut, aujourd'hui, c'est d'épouser votre fille, et j'accepte de bon cœur vos félicitations pour cet exploit politique !

Elzé lui décocha un regard glacial, mais tout le monde feignit de rire à cette plaisanterie. Il s'ensuivit une conversation à bâtons rompus entre Abel, Terence et Elzé, qui se renvoyaient la balle à une telle vitesse que Francis ne pouvait pas en placer une – c'était d'ailleurs probablement le but qu'ils recherchaient tous les trois. Alvar les écouta une minute, puis leurs voix se transformèrent en bruits inintelligibles, et il se mit à voir la scène sans plus l'entendre, comme si un dieu cruel avait coupé le son. Les paroles fallacieuses, sucrées, s'étaient évanouies, et il restait la vérité des visages et des corps. Le corps froid d'Elzé, qui ne manifestait aucune tendresse ni pour l'homme qu'elle allait épouser ni pour son père. Le visage grimaçant d'Abel, qui se moquait de tout. Le visage décomposé de Terence, qui semblait assister à ses propres funérailles. Les masques grotesques des autres, dans le fond, dégoulinant de fausseté. Le corps à moitié brisé de Francis, qui lui paraissait soudain rapetissé d'une dizaine de centimètres, et l'expression à la fois sévère et égarée de ses yeux gris. Un peu perdu, il tourna la tête, et rencontra le regard de Sonia. Son corps gracile, sa pâleur, ses cernes lui disaient la vérité de ses faiblesses ; sa peau mouchetée de taches de rousseur, sous sa robe noire intemporelle, semblait l'appeler. Elle lui sourit – et les paroles redevinrent compréhensibles, soudain.

– Encore dans la lune, celui-là ! maugréait Francis.

– Je te raccompagne, Papa, il est temps de nous éclipser.

– Mais enfin, tu plaisantes, on vient à peine d'arriver ! Ce n'est pas parce que tu n'as pas été fichu de mettre une cravate que tu dois me priver du plaisir de voir ma fille et mon fils.

– Je te signale que je suis ton fils aussi, grommela Alvar.

– Papa, je te remercie vraiment d'être venu, mais Alvar a raison, il vaut mieux que tu rentres, dit Elzé avec beaucoup de douceur.

– Mais c'est le soir de Noël, protesta Francis.

Le vieil homme, si grincheux l'instant d'avant, semblait maintenant désemparé. Sa douleur était comme celle des enfants très jeunes – déraisonnable, pure, d'une violence émouvante. Il y eut un moment de suspension – Elzé ne savait que faire, Terence ne savait que dire, et si Alvar insistait encore, Francis risquait de se déchaîner contre lui d'une façon spectaculaire.

Karl Courseules arriva, en fait, à point nommé.

– Ça y est, Elzé, l'annonce est officielle. Il y a des manifestations de liesse populaire dans la City, il va falloir faire le communiqué de presse, peut-être le discours officiel…

Francis lui coupa la parole, d'un air d'autorité.

– Allez, j'ai compris, ma fille. Tu as du travail et je suis dans tes pattes.

Elzé, déjà en train de penser à mille autres choses, dit au revoir à son père et oublia de saluer Alvar, qui ne put même pas lui présenter correctement Sonia. Ce fut Abel qui les raccompagna à la porte qu'ils avaient franchie moins d'un quart d'heure auparavant.

– Tu sais que je suspecte Oxford? lança Alvar avant de partir.

Abel eut une petite exclamation moqueuse.

– Si tu veux mon avis, Oxford est beaucoup moins dangereux que notre sœur.

– Que veux-tu dire?

– Cela fait des mois qu'il se bat contre le projet qu'Elzé va faire adopter. C'est un homme qui a échoué, et qui le sait.

– Des mois qu'il se bat contre quel projet?

– Mais le projet Léviathan, celui dont tout le monde parle. L'intelligence artificielle au service du gouvernement.

Le cœur d'Alvar se mit à battre un peu plus vite.

– En quoi Oxford est-il lié à cette histoire de Léviathan?

– Mais je te l'ai dit: il est parti en croisade contre ce projet. Depuis des mois. Il espérait influencer Elzé mais il ne se doutait pas qu'elle aurait la tête aussi dure.

– Tu penses qu'il est capable d'entretenir une liaison avec elle, de se marier avec elle, juste pour pouvoir empêcher ce projet d'aboutir?

– Peut-être.

Alvar avait l'air un peu hagard, et resta silencieux un instant.

– Merci, Abel, souffla-t-il avant de rejoindre Sonia et Francis.

Durant tout le trajet en interurbain, tandis que Sonia s'efforçait de maintenir le lien d'une conversation à peu près cohérente avec le vieil homme, Alvar se sentit bouillonner. C'était cela – la forme cachée dans l'image d'Épinal. C'était Léviathan. C'était la pièce manquante qui reliait Marek S'Kanza à Terence Oxford, Sylvanisia Henko, Kim Cooligan et Oswald Seldwick.

Quelques heures plus tard, Alvar avait cependant oublié les méandres de son enquête comme les contrariétés de la soirée, les visages grotesques et les paroles vides, le corps ratatiné de son père et la nappe blanche sur la table familiale. Tout ce qui constituait le monde – toutes ses douleurs et toutes ses saletés – était resté quelque part au vestiaire, derrière la porte de l'appartement. Un appartement sans fenêtre, un cocon où résonnait une musique chaude et enveloppante, où leurs corps s'épousaient dans un rythme lent. La peau de Sonia était encore plus douce, encore plus parfumée que dans son imagination, et leur nudité le faisait frissonner.

Lorsqu'ils furent enfin immobiles, dans la pénombre, il murmura :

– Joyeux Noël.

– J'avais oublié quel jour nous étions, dit-elle en souriant. Joyeux Noël.

– J'ai l'impression qu'on est dans la cabine d'un bateau, continua-t-il d'une voix nocturne, plus grave qu'à l'accoutumée. Qu'on est en train de se déplacer.

– Le voyage immobile..., murmura-t-elle. Sais-tu que la Terre se déplace autour du Soleil à plus de cent mille kilomètres-heure ?

Alvar l'embrassa à nouveau. Il n'osa pas lui dire qu'il l'aimait, mais cette vérité se faisait un chemin dans son corps, et il lui semblait qu'elle la comprenait silencieusement. En fermant les yeux, il s'imagina voguer paisiblement sous les étoiles, loin, toujours plus loin des rumeurs de la City dont les contours géométriques se noyaient dans la brume.

28/12/2071

Elzé Costa : portrait d'une étoile filante. Des fêtes de Noël réussies dans la plupart de nos régions, notre reportage à Sydney. Les difficultés du budget 2072.

– Je vous en supplie, madame la Secrétaire générale, vous ne pouvez pas me faire ça…

Higgins n'avait pas la réaction escomptée – il s'accrochait à sa création avec une fureur presque inquiétante.

– Vous avez travaillé pendant toutes ces années pour voir ce projet aboutir, et maintenant qu'il aboutit, vous refusez de vous en réjouir.

– Comment pourrais-je me réjouir ? Vous me fichez dehors.

– Mais pas du tout, John. Je vous libère de vos obligations concernant Léviathan, je ne vous fiche pas dehors. Vous pouvez désormais, à votre convenance, vous consacrer à un autre projet, demeurer consultant pour la WA, ou vous retirer pour votre bénéfice personnel… Il n'est que trop évident que vous avez tiré sur la corde, John, et que vous avez besoin de repos.

– Vous avez encore besoin de moi, madame la Secrétaire générale.

– Je ne crois pas, John. Votre remarquable travail, qui vous vaudra une place de choix dans l'histoire, était de créer cet outil.

– Ce n'est pas seulement un outil, la reprit Higgins.

– Cet outil est désormais opérationnel. Autonome. Vous avez consacré toute votre vie à le rendre autonome.

– Mais vous avez si peu d'expérience avec lui, vous ne l'avez jamais utilisé sans mon aide.

– Cela n'est pas si difficile, et je garde l'attache de Sylvanisia Henko.

– Martha et moi sommes les seuls à comprendre l'étendue de ses capacités…

– Peut-être, mais nous n'avons pas créé une intelligence artificielle pour la révérer, John. Nous avons créé une intelligence artificielle pour qu'elle nous aide à gouverner.

Il y eut un silence embarrassé. Elzé regarda discrètement l'heure sur l'écran de son mobile. Higgins avait le visage tourné vers la porte derrière laquelle se trouvait maintenant la machine – quand il revoyait la scène où les agents de maintenance étaient venus la chercher pour la déplacer jusqu'ici, dans ce fameux « Bureau Palatin », il ne pouvait s'empêcher d'avoir les larmes aux yeux.

– Demandez-lui, dit Higgins d'un ton mal assuré, comme sous l'effet d'une inspiration soudaine.

– Demander à qui ?

– À lui, à Léviathan. Demandez-lui si je dois rester auprès de vous.

– Vous vous plierez à sa décision ?

– Oui, je vous le promets.

– Comme vous voudrez.

Ils se levèrent tous les deux, et Higgins eut un bref hoquet, qu'Elzé feignit de ne pas entendre. Léviathan avait été installé dans un salon contigu, au milieu des ors et des pourpres de l'Administration, sur un meuble en chêne, devant un fauteuil Louis XV, un lieu bien différent de l'atmosphère aseptisée des laboratoires scientifiques. Même quand il n'était pas sollicité, ses écrans affichaient en permanence des données – Higgins eut un pincement au cœur en songeant qu'il ne pourrait peut-être plus jamais contempler cette merveilleuse machine au repos, lorsque ses multiples écrans donnaient un aperçu fugace de la langue des dieux dans laquelle elle rêvait.

– Léviathan ? appela Elzé.

– Je suis disponible pour répondre à votre requête, dit la voix synthétique de Higgins.

– Ton bon fonctionnement nécessite-t-il dorénavant la présence de John Higgins ?

– Non.

– Est-il souhaitable pour la WA que John Higgins demeure une interface entre toi et les gouvernants ?

– Non.

– Pourquoi ? s'écria Higgins.

– Aucune intervention humaine n'est plus nécessaire pour surveiller mes fonctions.

– Pourquoi faut-il que je m'en aille ? gémit Higgins.

– Le départ de Higgins n'est pas nécessaire à mon bon fonctionnement. La présence de Higgins est indifférente sur le plan technologique et au regard de mon efficience fonctionnelle.

– Et au regard de l'efficience de l'institution politique ? demanda Elzé, avec une pointe de sournoiserie.

– En cas de maintien de Higgins, le risque de querelles augmentant de manière préjudiciable, l'irrationalité générale du gouvernement s'élève à soixante-six pour cent.

– Je vous promets…, commença Higgins.

– Le risque de querelles n'étant pas lié à une activité consciente et volontaire de la part de Higgins, sa promesse n'est pas pertinente pour la prise de décision.

Elzé soupira et se tourna vers Higgins d'un air désolé et compatissant.

– Eh bien, John, je pense que nous avons notre réponse.

Higgins, vaincu, baissa la tête et ne protesta plus. Il ne pensait plus à Elzé, à partir de cet instant, et se contenta de lui répondre de manière automatique lorsqu'elle le raccompagna à la porte du Bureau Palatin. Il pensait à toutes ces années passées dans cette gestation titanesque, à toutes ces existences exclusivement consacrées à un but qui aujourd'hui se révélait *autre*. Le but avait toujours été la séparation ; toute naissance est une séparation. Mais il ne s'en rendait compte qu'aujourd'hui. Il avait désappris la vie sans Léviathan ; savoir son œuvre opérationnelle ne donnait guère de sens aux jours, aux semaines, aux mois, aux années qui se traînaient devant lui.

Martha Blanköva, qui l'attendait dehors, le soutint – et adressa un regard lourd de reproches à Elzé, qui lui retourna un sourire gracieux.

– Au revoir, cher John. Martha, prenez bien soin de lui, il est un peu secoué.

Frederic Johnson, qui avait été nommé chef de cabinet, se trouvait dans l'antichambre, et adressa à Elzé un regard respectueux.

– Qu'y a-t-il, Frederic ?

– Avez-vous une minute pour faire le point de la mi-journée ?

– Une minute, vraiment, je dois déjeuner avec Terence.

– Je tâcherai d'être bref.

Elle lui sourit, et le fit pénétrer dans le bureau attenant à ses appartements privés. Elle choisit une ottomane pour s'installer, qui mettait en valeur le galbe de ses jambes, souligné par d'impeccables talons hauts. Frederic Johnson n'était pas encore accoutumé à la splendeur de ce local. Le Bureau Palatin avait été préparé depuis quelques années à l'intention de la future gouvernance française, mais il sentait toujours le neuf. Avec

Elzé, le bureau prenait des airs de décors de cinéma – elle seule paraissait être en phase avec la beauté du lieu, et tous ses interlocuteurs ne pouvaient ressentir leur présence ici que comme une sorte d'intrusion grossière.

– En bref, donc, dit Frederic Johnson, nous avons cinq points de vigilance à aborder pour cette mi-journée.

– Le premier est sans doute le dernier bulletin de l'Organisation mondiale de surveillance de l'environnement, soupira-t-elle.

– Tout juste. L'OMSE le répète en boucle sur tous les radars : la planète se réchauffe, encore et encore. Nous avons réussi à changer de trois pour cent l'angle de la courbe, mais elle reste ascendante. Les prospectives pour 2100 sont terribles.

– Je les soumettrai à Léviathan. Il est possible que ces bulletins soient erronés.

– Et s'ils ne le sont pas ? hasarda Johnson.

– Quoi d'autre ?

– Les Délicats tombent comme des mouches, depuis plusieurs jours.

– Ce n'est pas nouveau.

– Non, mais la situation semble s'embrouiller. Il y a des décès naturels en grand nombre, mais aussi des attaques génistes caractérisées.

– Combien de morts cumulés dans la communauté ?

– Sur le territoire national, 512 ; à l'échelle mondiale, 23 987 en quatre jours.

– Des personnalités connues parmi les décès du jour ?

– Oui, la liste est ici.

– Ensuite ?

– Il y a eu une fusillade particulièrement meurtrière à Dallas ; beaucoup de victimes parmi les théocrates, mais aussi parmi les suprémacistes. On approche des 400 victimes ; dont le tiers au moins serait lié à l'une de ces deux organisations.

– Eh bien… Bon débarras, dit Elzé d'un air indifférent.

Johnson la reprit sans agressivité.

– Les deux tiers restants étaient de simples fidèles dans un rassemblement protestant. Beaucoup d'enfants.

– Il n'y a pas une bonne nouvelle dans le lot ?

– Les bonnes nouvelles ne sont jamais urgentes…

– Vous avez raison, Frederic. Continuez.

– Les services météorologiques prévoient un phénomène d'une ampleur sans précédent. Un cyclone de catégorie 8, qui passerait sur l'Europe dans la nuit de lundi à mardi.

– Les gens auront au moins le temps de se préparer pendant le week-end.

– Enfin, le budget 2072 ne tient plus. Les coûts liés à la santé publique se sont envolés ; ceux des catastrophes climatiques restent stables. Les recettes attendues ont été revues à la baisse. C'est probablement le point le plus urgent.

– Bien. Réunion à seize heures avec la Cour des comptes et le ministre des Finances. J'espère avoir le temps de consulter Léviathan sur un rééquilibrage du budget. Le porte-parole peut gérer la communication concernant les décès des Délicats et les victimes de la fusillade. Voyez avec l'Observatoire national des phénomènes extrêmes quels sont les messages à diffuser et les mesures à prendre. Ah ! Et demandez à Karl de s'assurer que la personne qui s'occupe de mon père fait bien tout ce qu'il faut.

– Et concernant la communication de l'OMSE ?

– Demandez à Karl Courseules de préparer un discours alarmiste, voire catastrophiste. Qu'il prenne appui à la fois sur le cyclone de catégorie 8 et sur les annonces de l'OMSE.

– D'ordinaire, on essayait plutôt de minimiser l'effet des annonces…

– Non, je veux surfer sur cette vague. Je veux que les gens soient conscients de la situation. S'ils ont peur, tant mieux.

Préparez une conférence de presse pour demain matin. Et demandez à l'ONPE de trouver un nom bien terrible pour le cyclone.

– C'est le premier de l'année, ce sera la lettre A.

– Suggérez « Armageddon ».

– Très bien. Autre chose ?

– Non, je suis déjà en retard. Appelez Terence et dites-lui que j'arrive.

@@@

Ils se trouvaient dans le même restaurant que quelques mois auparavant ; l'atmosphère ouatée du XXe siècle, avec le vieux cuir et les coupures de journaux encadrées aux murs, était plutôt rafraîchissante. Elzé s'était depuis longtemps habituée à la viande, et dégustait son bœuf Chateaubriand avec appétit. Elle avait fait ses recommandations : le restaurant était vide et le serveur, assez discret pour permettre une conversation libre.

Terence n'avait pas très faim ; il attendait l'occasion de ce déjeuner depuis plusieurs jours, et avait répété de multiples fois dans sa tête les différents scénarios possibles de cette discussion. Tout dans sa vie avait basculé insidieusement dans une cruelle parodie de ses désirs initiaux. Il avait rêvé du pouvoir, et il le côtoyait aujourd'hui de très près, mais il n'en avait pas une once dans ses mains. Il avait désiré Elzé, son corps souple, son intelligence vive, et il était sur le point de l'épouser ; toutefois, leur relation, à part quelques satisfactions sensuelles, ne lui apportait que de l'inquiétude et de l'amertume. Son engagement politique avait toujours été sincère, et le parti était en passe de distancer tous les autres de cent coudées – mais ce parti ne représentait plus aucune des valeurs pour lesquelles Terence s'était engagé.

– Je crois que la personne qui s'occupe de mon père est très bien, disait Elzé d'un air dégagé. Je ne me souviens pas de son nom – c'est terrible, ma mémoire devient de plus en plus sélective –, pourtant, d'après Abel, elle correspond tout à fait aux besoins de Papa.

Terence hocha la tête, sans répondre. Il savait qu'elle était en train de gagner du temps, et qu'elle se demandait à cet instant même si elle arriverait à tenir tout le déjeuner en propos badins d'ordre privé. Il ne doutait pas qu'elle y arriverait fort bien, s'il la laissait faire – avec beaucoup de naturel, en plus, et même peut-être quelques larmes perlant à ses yeux pour attester sa sincérité.

– C'est vraiment bizarre, tu sais, de se sentir à ce point dépossédé de son temps, de sa vie familiale. Regarde, nous avons à peine le temps de déjeuner ensemble une fois par semaine – heureusement, tu travailles avec moi. Mais imagine que ce ne soit pas le cas, nous nous verrions très peu. Et pour mon père, c'est encore pire. Je culpabilise, tu sais.

Terence la regarda d'un air attendri, tout en songeant qu'elle le prenait vraiment pour un imbécile.

– Papa et mes frères tenaient beaucoup à notre rituel du déjeuner dominical. Ça me fait un pincement au cœur de me dire que je ne pourrai peut-être plus jamais honorer ce rendez-vous. Je veux dire, pas avant que l'état de mon père ne se dégrade trop...

– C'est le revers de la médaille, dit Terence, déterminé à n'offrir que la réplique minimum.

– Oui... Noblesse oblige – c'est toujours ce que me disait ma mère. La pauvre... J'aurais aimé qu'elle me voie, elle serait fière de sa fille.

Pensait-elle vraiment qu'il la laisserait débiter toutes ses sornettes, en lui donnant la réplique, pour ce simulacre de déjeuner préconjugal ? Bientôt, elle allait aborder la question du mariage.

– Au fait, j'ai reçu une réponse pour le mariage. On me propose le 27 janvier, est-ce que cela pourrait te convenir ?

Terence eut un petit sursaut – il déposa ses couverts, avala sa bouchée et regarda Elzé dans les yeux.

– Quoi ? La date ne te convient pas ?

– Ce n'est pas la date du mariage qui ne me convient pas, articula Terence. C'est tout ce simulacre, ton babil jour après jour lorsque nous nous retrouvons seuls.

– Mon « babil » ? répéta Elzé, qui fit semblant d'être piquée. Je me livre de manière…

– Ça suffit, Elzé. Nous ne pouvons pas nous marier sans avoir abordé certaines questions – tu le sais, je le sais, et je ne sais pas ce que tu attends.

– Je ne vois pas du tout de quoi…

– Arrête les faux-fuyants. Nous avons un désaccord politique fondamental.

Elzé s'essuya la bouche, et ce geste lui fit soudain changer d'expression. Elle avait le visage calme, un peu pincé.

– Tu as tort, finit-elle par dire. Tu t'imagines que nous avons un désaccord politique, mais ce n'est pas le cas. Je partage toutes les valeurs pour lesquelles tu t'es battu toute ta vie. Je continue ton œuvre.

– On m'a dit que tu avais déjà transféré Léviathan au Bureau Palatin.

– Et alors ? C'est un outil, Terence, c'est ce que tu n'arrives pas à comprendre. Un outil reste un outil, tout dépend de la manière dont on s'en sert. Les chemins de fer n'ont pas été construits pour la déportation des Juifs. Les caméras et les satellites n'ont pas été fabriqués pour la surveillance. Ce sont les politiques qui actionnent les outils et qui leur donnent leur sens.

– Léviathan n'est pas un outil comme les autres.

– Tu parles comme Higgins !

– Il a peut-être raison sur ce point.

– De quoi as-tu peur ?

– La fin ne justifie pas tous les moyens. Il y a des moyens mauvais en soi. Des moyens qui sont en eux-mêmes lourds de conséquences.

– Mais je n'ai pas d'idéologie meurtrière, Terence. Je n'ai aucune velléité impérialiste ou dictatoriale. C'est ce que tu ne comprends pas : je suis une pragmatique. Depuis quand les pragmatiques font-ils des dégâts dans l'histoire ?

Terence réfléchit.

– Depuis toujours.

Elzé éclata d'un rire mauvais.

– Tu es de mauvaise foi ! Ce sont les utopies qui nous ont toujours menés aux génocides et aux massacres.

– C'est le pragmatisme qui nous a toujours menés à l'exploitation de l'homme par l'homme et à la destruction de la nature.

– Justement, je veux utiliser un outil pour éviter toutes les erreurs du pragmatisme passé. Avec Léviathan, il n'y aura plus de krach boursier, plus de famines, plus de vues à court terme, plus de mesures en contradiction avec nos objectifs collectifs, plus de conflits d'intérêts.

– Il n'y aura plus de discussion, Elzé. Il n'y aura plus de politique. Il n'y aura plus de responsabilité.

– Si un outil t'aide à voir clair dans l'embrouillamini d'une situation complexe, si cet outil t'explique clairement les conséquences de chaque option qui s'offre à toi, tu considères qu'il n'y a plus de choix politique ? Je considère au contraire que le choix politique prend alors tout son sens, parce qu'il n'est pas obscurci par l'ignorance.

– Tu n'auras pas le temps de peser tous tes choix. Tu finiras par demander à Léviathan de choisir pour toi.

– Et si lesdits choix sont les bons ? Sont les meilleurs ? Est-il vraiment si important que ce soit moi qui les aie faits, ou lui ?

Terence marqua une pause un peu théâtrale.

– Ce n'est pas important, c'est capital.

Elzé fit une grimace qui l'invitait à s'expliquer.

– Notre cerveau n'est pas disjoint de notre corps, Elzé. Nous pensons avec nos sensations, avec nos émotions. Avec notre sentiment d'appartenir au monde organique. Quand nous prenons une décision, c'est une décision humaine, parce qu'elle n'est pas entièrement objective et rationnelle. Elle est aussi subjective – elle dépend de notre histoire, de nos relations, de nos valeurs. Tu appelles ça de l'ignorance, j'appelle ça de l'humanité.

– Est-ce que cela a empêché Bachar el-Assad de massacrer son propre peuple ? Est-ce que cela a empêché la traite négrière ? Le génocide des Indiens ? C'est ça, ton humanité ?

– N'utilise pas les arguments de bas étage des antispécistes.

– Et pourquoi pas ? Pourquoi faudrait-il faire l'impasse sur ces conséquences-là ? Laisser les humains décider, c'est laisser potentiellement agir leurs instincts agressifs, leur soif de domination, leur cupidité. En quoi est-ce que ce serait mieux que de laisser choisir Léviathan ?

– Ne me dis pas que tu veux essayer de les rallier…

– Je rallierai tout le monde, Terence. Sous la bannière de la raison.

– Laisser les humains décider, c'est aussi laisser potentiellement agir leurs instincts de vie, leur créativité, leur désir, leur génie. Il y a eu des Mandela, des Jean Moulin, des Gandhi. Il y en aura toujours. Il y a les philosophes, les artistes, les héros. Les gens capables de se sacrifier, lorsque ce n'est pas rationnel. Les gens capables d'espérer, lorsqu'il n'y a pas d'espoir possible. Les gens capables d'inventer. Léviathan est-il capable d'inventer ?

– Léviathan ne dirige rien. Il m'aide à gouverner. C'est un outil, comme je me tue à te le répéter.

– Un outil qui t'a désignée comme candidate. Un outil qui désignera le prochain candidat. Un outil qui met fin à toute l'organisation politique démocratique traditionnelle.

Elzé secoua la tête d'un air un peu las.

– Cette discussion est stérile, constata-t-elle. Tu ne veux pas que nous changions de sujet ? Je suis fatiguée et ma journée est encore longue.

Terence la regarda – elle avait repris son visage inoffensif, son visage de poupée parlante. S'il forçait le passage maintenant, s'il la bousculait à nouveau, elle changerait de ton – il commençait à la connaître –, et il faudrait affronter les conséquences d'une dispute caractérisée. Peut-être aussi une disgrâce officielle, comme Lee An Hung. Terence savait que le moment arriverait tôt ou tard où il lui faudrait choisir son camp, dans ce théâtre politique où leurs idées s'affrontaient. Mais il n'était pas encore prêt.

– Bien sûr, excuse-moi. Qu'est-ce que tu as, cet après-midi ?

– La Cour des comptes et le ministre des Finances.

– Tu as besoin de moi ?

Elzé observa un silence – un silence blessant, qui montrait qu'elle était prise au dépourvu, qu'elle n'avait eu aucune intention de faire appel à lui, mais que sa question l'embarrassait dans le contexte de leur dispute.

– Oui, si tu veux bien, dit-elle. Il va falloir rééquilibrer le budget 2072 d'urgence, tous les points de vue seront les bienvenus.

– À quelle heure ?

– Seize heures, au Bureau Palatin.

La fin du repas fut très courtoise. La conversation revint sur le mariage, dont ils fixèrent les préparatifs avec d'autant plus de liberté que ni l'un ni l'autre ne croyait vraiment que leur couple tiendrait jusqu'au 27 janvier. Tandis que leurs paroles roulaient sur la liste des invités et les concessions à faire aux médias, ils s'observaient mutuellement et nourrissaient des pensées silencieuses.

Elzé se demandait à quelles conditions elle pourrait le tolérer auprès d'elle, et les énumérait mentalement. Il faudrait qu'il cesse d'exprimer toute opposition à Léviathan en public, et que ses protestations en privé, comme aujourd'hui, demeurent exceptionnelles. Il faudrait qu'il cesse toute relation avec Lee An Hung, et qu'il s'affiche avec Johnson et Anglione. L'idéal serait qu'il ait un souci de santé, ou une obligation lointaine, qui l'écarte pendant quelques mois de la scène politique, juste après leur mariage.

Terence, quant à lui, comprenait que ce qu'il avait espéré – user de son influence sur elle pour la faire changer d'avis – n'arriverait pas. Comme il avait été naïf de voir, il y a quelques mois, dans les yeux confiants et admiratifs d'Elzé, la promesse de pouvoir la diriger à sa guise… Elle avait été amoureuse, certes, mais comment avait-il pu la sous-estimer à ce point ? La prendre pour une jeune femme qui vouerait un culte à son mentor ? Il était totalement passé à côté de sa vraie personnalité – de son indépendance, de son obstination, de son sens aigu des opportunités. Elzé s'était servie de lui au moins autant qu'il s'était servi d'elle, et il se sentait irréparablement idiot, aujourd'hui. Sous-estimer son ennemi est la plus grave, la plus impardonnable erreur de tactique ; il le savait, en théorie, mais venait de prouver qu'il se croyait meilleur stratège qu'il ne l'était réellement.

– Je crois, disait Elzé, que nous serons obligés d'avoir recours à un journaliste officiel pour couvrir la cérémonie. Est-ce que tu as une idée ?

– Non, pas vraiment. Il y a cette Kim Cooligan qui semble très en vogue en ce moment.

– Oui, j'ai pensé à elle. On m'a dit que tu lui avais longuement parlé, pendant mon meeting. À deux reprises.

Terence leva un sourcil. Elzé était-elle en train de lui dire à demi-mot qu'elle savait qu'il avait vendu la mèche à la presse au sujet de Léviathan ? Était-elle en train de le menacer discrètement ?

– Oui, en effet, je la connais un peu. Tu sais, ma carrière politique est longue, et j'ai toujours aimé les jolies femmes.

Elzé éclata d'un rire faussement choqué.

– Eh bien, c'est entendu, nous lui demanderons de couvrir l'événement. Cela la disposera peut-être à arrêter de répandre les théories complotistes qui circulent sur le Net.

Terence savait à quoi elle faisait référence : à ce groupuscule mystérieux, Carpe Fatum, qui avait fait un coup d'éclat dans le Paraddict, et qui martelait la phrase : « Vous serez bientôt dirigés par une intelligence artificielle. » Elzé pensait-elle qu'il avait quelque chose à voir avec ce groupuscule ?

– Et ton père, demanda Terence avec un air très concerné, penses-tu qu'il sera en état d'assister à la cérémonie officielle ?

– Je pensais lui faire donner un cachet pour qu'il se tienne tranquille. Je pense que sa présence est indispensable.

@@@

Au même instant, Francis Costa apostrophait son aide-soignante, pour la troisième fois. Elle était aux prises avec un pansement intelligent, qui était censé s'adapter de lui-même à la forme de la plaie. Mais cette plaie à l'aisselle était mal placée, et le pansement était difficile.

– Il est l'heure d'aller chercher Abel à l'école, non ?

– Non, pas encore.

– Tu es sûre ?

– Oui, tout à fait sûre.

– Il avait un exposé, aujourd'hui. Tu sais, Abel est encore plus doué qu'Elzé. Abel, tu sais ce que c'est ?

– C'est un zèbre, dit l'aide-soignante.

– Exactement. Elzé, c'est une bûcheuse, mais Abel, c'est un zèbre.

L'aide-soignante, avec beaucoup de patience, lui donna la réplique jusqu'à ce que cette conversation lui sorte de la tête. Elle nota, en son for intérieur, que le père de la Secrétaire générale ne parlait presque jamais de son troisième enfant.

28/12/2071

Affaire du Bourreau de Budapest : le meurtrier pourrait être lui-même un Délicat. Prolifération de cafards dans plusieurs mégalopoles de la WA. Le nouveau gouvernement à la loupe.

Il était quatre heures du matin, et Alvar, seul dans son lit, trop obsédé par Sonia pour trouver le sommeil, décida de fuir son insomnie et de se connecter au Paraddict.

La musique d'entrée, et puis un flot de lumière et de beauté.

Il retrouva avec plaisir son cottage virtuel, si charmant, et contempla, gravement, une aube artificielle se levant sur le monde numérique. Les aubes qu'il avait vues en vrai, sur la City, n'étaient qu'un éclaircissement progressif de l'ombre, jusqu'à une clarté molle et grise. Cela n'avait rien de beau – c'était l'accomplissement sans joie, mécanique, d'une nécessité naturelle. Dans le Paraddict, il n'y avait aucune nécessité, et tout ce qui s'accomplissait était le fruit d'une volonté humaine – l'aube avait été créée, comme tout le reste, et son créateur l'avait faite transparente et nacrée, vibrante et lumineuse. Son jardin était paisible, les feuillages et les fleurs s'agitaient doucement, traversés d'une invisible brise. Les pétales, les ailes des papillons, les plumes irisées d'oiseaux-mouches, les feuilles vertes aux nervures argentées accrochaient la lumière; des grains de poussière, ou de pollen, dansaient dans les rayons qui tombaient à travers le feuillage des hauts arbres. Alvar ferma les yeux et entendit le chant aléatoire des oiseaux, le bruit apaisant de la cascade – et c'était tout un printemps qui s'épanouissait à ses oreilles.

La pensée de Sonia l'avait suivi d'un monde à l'autre, mais elle l'accompagnait maintenant avec une grande douceur. L'absence de Sonia, qui avait été douloureuse tout à l'heure, devenait un espace à l'intérieur de lui-même, d'où pouvaient jaillir des merveilles.

Alvar rouvrit les yeux lorsqu'il sentit quelque chose toucher sa jambe, pour se trouver aux prises avec un petit animal fantaisiste, et bizarrement familier, qui tenait à la fois du chien et du chat, et qui se frottait à ses jambes. Il s'étonna et pensa d'abord que c'était là une nouvelle création d'Elyna; puis il caressa la bestiole. Il y avait un petit harnais accroché à son cou, et un rouleau de parchemin glissé dans un étui. Il le saisit, le déroula, et lut:

« Bonjour, grand frère, je t'ai architecté cette petite créature, à l'image de ta peluche préférée dont j'ai oublié le nom. Merci de m'avoir initié au Paraddict… Caïn. P.-S.: et si on créait un ange pour Papa? »

Alvar ne put s'empêcher d'éclater de rire. Abel était, comme toujours, imprévisible et flamboyant; il vous touchait au cœur au moment où vous vous y attendiez le moins. Depuis qu'il était entré dans le Paraddict, il n'y avait pas de jour où Caïn ne lui adressât l'un de ses petits présents inventifs. Alvar le soupçonnait de trouver ainsi une destination à ses mille et un essais d'Architecture – mais peu lui importait, les programmes d'Abel étaient toujours frappés de son sceau, et le faisaient toujours sourire. Alvar et lui se voyaient rarement dans la réalité, mais leurs relations s'étaient beaucoup intensifiées dans le Paraddict. Abel n'avait pas changé ; mais Caïn révélait d'autres facettes de sa personnalité, notamment des facettes enfantines que l'âge adulte avait occultées. Caïn n'était pas encombré par l'apparence physique ou la brillante position sociale d'Abel – son intelligence éclatait librement, tout entière gratuite et créative, et c'était là la forme d'intelligence qu'Alvar préférait. Si le grand frère souffrait souvent de la perfection extérieure de son cadet, ainsi que de la préférence systématique qu'il s'attirait, il ne pouvait pas prendre ombrage de l'ange gracieux et tapageur qu'il incarnait ici. Il ne pouvait que l'aimer – aimer ce qu'il était, sans fard, sans le prisme déformant de la compétition. Caïn, de son côté, était plus généreux qu'Abel. L'enchantement du Paraddict avait dissipé son égoïsme foncier, en réveillant chez lui des qualités dormantes. Abel était habitué à plaire sans effort ; et dans ce nouvel univers, c'étaient d'autres qualités qui étaient mises en jeu. Caïn ne laissait pas seulement libre cours à sa créativité et à sa fantaisie, il faisait aussi beaucoup plus d'efforts pour communiquer et pour partager. En somme, le Paraddict l'avait rendu meilleur, et, de manière certaine, avait grandement amélioré leurs relations fraternelles.

Alvar n'était cependant pas tout à fait serein, dans ce jardin exquis. Il était plein de Sonia, et se sentait infidèle à Elyna, qui l'attendait peut-être ici. Pour la première fois, il eut le désir d'un espace personnel, privé, où elle ne serait pas. Cela faisait longtemps qu'ils n'avaient pas fait l'amour, et il faudrait sans doute en arriver à une rupture plus claire. Alvar, maintenant, s'étonnait qu'Elyna pût mener de front sa vie réelle et sa vie virtuelle – il s'en sentait lui-même parfaitement incapable.

Il fit tinter la cloche de la maison et appela celle qu'il avait longtemps considérée comme sa compagne. Il était étrange que cette relation, à laquelle il avait suspendu tant de choses, s'évanouisse aujourd'hui si vite, comme si elle n'avait été qu'un fantôme. Les gens qui se quittaient dans la réalité après une longue vie commune avaient-ils la même impression que tout ce qui avait été important pour eux pendant des mois, des années, était dépossédé de toute consistance, et presque de toute réalité ? Était-ce pour cela qu'on quittait si facilement un amour mort ? Ou bien y avait-il là quelque chose de particulier aux amours virtuelles ? Quand il comparait son amour pour Sonia, saturé de réalité, avec ce qu'il avait vécu avec Elyna, il ne pouvait s'empêcher, presque à regret, d'admettre que cette conjugalité virtuelle n'avait été qu'un long et charmant fantasme partagé. Un jeu sérieux, un jeu sophistiqué et prenant, mais avec, à la fin, la sensation d'un *retour au réel,* et presque d'un retour chez soi après un voyage. On a vu et vécu de belles choses, mais rien de tout ce qui est arrivé n'a de conséquences sur notre vie. Alvar se rendit compte que sa relation avec Elyna était une relation de jouissance, et non une relation d'amour. Si leur entente s'était assombrie, si des inconvénients avaient vu le jour, combien de temps les eussent-ils supportés, l'un et l'autre ? Leur vie conjugale n'était pas faite *pour le meilleur et pour le pire* – elle n'impliquait aucun sacrifice, aucune patience, aucun malheur partagé. Et c'était bien cela qu'il se sentait prêt à affronter avec Sonia – le réel, dans toute son exigeante dureté, dans toute son impitoyable laideur. La véritable beauté se trouvait dans ce lien de chair, maintenu à travers la douleur du monde.

Elyna apparut, toujours identique à celle qu'il avait rencontrée la première fois, dans ce canyon sublime où le hasard les avait réunis.

– Elyna, nous devons parler, dit-il posément.

Elle sourit.

– Où veux-tu que nous parlions ?

– N'importe où, ici, au jardin.

Elle le suivit sur un banc qu'ils aimaient tous deux. En face d'eux, un cours d'eau paresseux coulait, et l'on devinait le dos argenté de carpes et de poissons rouges, qui sautaient parfois hors de l'eau dans de petites éclaboussures sonores. Le soleil tombait, comme dans un tableau de Renoir, par taches capricieuses, sur le sol couvert de mousse, de fougères et de violettes.

– Je ne suis plus aussi disponible qu'auparavant. Je t'ai parlé de cette fille que j'ai rencontrée dans la vie réelle. Sonia.

– Celle qui a couché avec Abel.

Alvar ressentit une petite piqûre désagréable à cette évocation, mais continua.

– En effet. Mais cela, ni aucune autre chose, n'empêche que je suis aujourd'hui absolument amoureux d'elle.

Elyna – quelle qu'elle fût – était peut-être en train de pleurer dans la vie réelle ; son visage, qu'il ne connaîtrait jamais, portait peut-être les marques d'une souffrance sincère. Mais le visage de son ange restait lisse et elle souriait toujours, figée.

– Je vois, dit-elle.

– Je suis désolé, Elyna. Notre histoire m'a apporté beaucoup, elle m'a sauvé, même, à certains moments. Je ne voudrais pas te congédier comme ça, mais je ne suis pas capable de continuer les deux en même temps.

– Je vois, répéta-t-elle encore. Que faut-il que nous fassions ?

– Je ne sais pas. Pouvons-nous continuer à partager la même maison ?

Elyna regarda tout autour d'elle.

– Je suppose que je pourrai la recopier, entièrement. C'est un peu long, mais pas si difficile à faire. Et je l'implanterai ailleurs.

– Je suis désolé, Elyna. Je n'avais pas pensé à tous ces détails. Si tu veux, je te la laisse, et je reconstruirai autre chose autre part.

– Non. C'est idiot – c'est l'avantage des divorces virtuels : on n'a qu'à dupliquer les maisons, les objets et les animaux de compagnie. Il n'y a rien à partager.

– Nous resterons en contact ? demanda-t-il.

– Je me suis sincèrement intéressée à ta vie, Alvar. À tes enquêtes, à ta famille. J'ai partagé tes inquiétudes et tes sentiments d'injustice. Il me manquera quelque chose dans ma vie réelle. Quelque chose va me sembler vide, et vain.

Il aurait aimé pouvoir lui dire « Moi aussi ». Mais il ne le fit pas.

Elle s'approcha de lui et lui tendit les bras, et il lui accorda une étreinte douce, respectueuse et triste.

– Au revoir, Elyna.

– Au revoir.

Comment cela pouvait-il être aussi simple ? Dire les mots de la rupture, sans voir la douleur de l'autre, sans déchirement matériel, sans lutte pour l'espace, sans corps. Dire les mots de la rupture, et la consommer ainsi, facilement, comme on consommait tout le reste dans le Paraddict – avec cette déconcertante et merveilleuse légèreté.

Il quitta le cottage, et resta un moment entre les mondes. Il n'avait pas envie de se déconnecter, et décida de se rendre dans un espace social. Il choisit un bar virtuel qu'il connaissait, où on écoutait de la musique à toute heure, et où les habitués venaient souvent discuter des dernières actualités. On passait entre les tables, on écoutait les discussions en cours, et l'on s'asseyait où l'on voulait, pour participer au débat, ou simplement y assister. S'il n'y avait pas assez de places assises, l'espace s'agrandissait de lui-même, et Alvar avait toujours apprécié le caractère un peu vieillot de la décoration, qui pouvait faire penser à un café du sud de la France. On pouvait jouer, à quelques tables, aussi : uniquement aux échecs, aux dames et à la belote.

Il déambula pendant un moment et entendit les conversations des diverses tablées. Il était beaucoup question d'Elzé et du nouveau gouvernement. On commentait les nominations des ministres, et l'on se posait des questions sur le rôle mineur de porte-parole du gouvernement attribué à Terence Oxford. Parmi les faits divers, c'était sans conteste le Bourreau Blême qui tenait le haut du pavé : dans la City, on supposait que les meurtres génistes, souvent assortis de tortures, étaient perpétrés par un Délicat détraqué. La prolifération des cafards, remarquée dans plusieurs villes du monde, donnait lieu également à nombre de conjectures – à New York, la lutte contre les insectes était devenue depuis vingt ans l'une des priorités locales. Alvar n'avait envie d'écouter aucun débat, et encore moins d'y participer – il passa devant une table très animée qui échangeait des mesures à prendre pour les cyclones, et devant une autre où des complotistes accumulaient leurs arguments face à des agnostiques silencieux : le réchauffement climatique était fini depuis longtemps, et on entretenait cette peur chez les citoyens dans l'unique but de les rendre dociles… Le vrai but, depuis toujours, était de donner le pouvoir aux intelligences artificielles… Alvar soupira et se déconnecta.

Il était l'heure de partir au travail et il se prépara hâtivement. Entre l'élection d'Elzé, son amour pour Sonia, et les congés de Noël, il n'avait quasiment pas mis les pieds au bureau depuis sa révélation. Mais il avait eu largement le temps d'y songer. En arrivant, il coupa court aux félicitations de Samir et le lança sur l'affaire.

– Il n'y a pas de scandale caché. Tout tourne autour de ce logiciel sur lequel travaillait Marek.

– Ça fait sens, observa Samir. Il le planquait dans le faux plafond de sa roulotte, il considérait donc que c'était quelque chose de sensible, qu'on pouvait vouloir lui voler.

– Le problème, c'est qu'on ne sait pas *pourquoi* il a été tué.

Peut-être qu'on voulait le lui voler. Ou peut-être qu'on voulait simplement l'empêcher de parler.

– Qui aurait eu intérêt à lui voler ce super-avatar, incompatible avec le Paraddict ?

– En premier lieu, Sylvanisia Henko, et je vais aller la voir dès ce matin. C'est elle qui l'a embauché pour faire le travail, et elle a bien dit que, lorsque Marek avait refusé d'honorer le contrat, ses chefs de projet avaient insisté.

– Mais elle sortait avec lui, elle avait mille fois l'occasion de fouiller la caravane et de le lui voler, sans avoir besoin de le tuer.

– C'est vrai. On peut donc penser que c'est pour l'empêcher de parler qu'il a été tué.

– Parler de quoi ?

– Dévoiler Léviathan à la presse.

– Si c'est le cas, il est peu probable que ce soit Terence Oxford.

– Tout juste. Parce que Terence Oxford a lui-même balancé cette information à Kim Cooligan ; il serait absurde d'avoir fait ça s'il avait fait tuer Marek S'Kanza pour éviter la fuite.

– Ce qui le fait redescendre de plusieurs crans dans la liste des suspects.

– Oui, je suis d'accord. Mais qui n'avait pas intérêt, en septembre, à ce que le projet Léviathan soit dévoilé à la presse ? Qui est-ce que cette fuite a dérangé ?

– Ta sœur, mon vieux. Mais je ne l'accuse pas.

– Moi non plus – seulement, cela pouvait être quelqu'un qui avait à cœur sa candidature à elle. Qui ne voulait pas compromettre ses chances de réussite.

– On cherche quelqu'un de son staff de campagne ?

– Peut-être.

Samir fit un petit claquement de langue appréciatif.

– On s'attaque à un gros poisson, Alvar. Ça va être compliqué.

– Mais ça permettra de tester la probité du nouveau gouvernement...

Deux heures plus tard, Alvar se rendait au bureau de Sylvanisia Henko. La jeune femme était en train de parler avec beaucoup d'animation à ses collègues – Martha Blanköva, et un homme qu'Alvar ne connaissait pas. Il chercha du regard John Higgins et finit par l'apercevoir, de dos. Sylvanisia Henko mit quelques secondes à le reconnaître, et ne cacha pas la contrariété que sa visite lui inspirait. C'était amusant de voir comme elle ressemblait peu à la photo que Marek avait prise d'elle – le petit ange timide avait fait long feu.

– Vous avez encore besoin de moi, inspecteur ? demanda-t-elle avec agacement.

– Oui. Pour le moment en tant que témoin.

Sylvanisia le considéra avec un peu plus d'attention, puis se radoucit. Elle le fit passer dans une autre pièce, fermée et silencieuse, et lui indiqua un siège.

– Qu'est-ce que c'est, ce Léviathan ? demanda Alvar.

Sylvanisia tiqua.

– Quel rapport avec votre enquête ?

– Eh bien, il se trouve que la victime et tous mes suspects ont un lien plus ou moins étroit avec cette machine.

Le mot « suspect », une fois lâché, faisait toujours l'effet d'une bombe. Alvar admira cette déflagration silencieuse dans les yeux bleus de Sylvanisia.

– C'est un logiciel d'aide à la gouvernance.

– Un logiciel ? Ou une intelligence artificielle ?

– Eh bien, oui, c'est un logiciel autonome. On peut parler d'intelligence artificielle.

– Je suppose que cette machine n'a pas que des amis. Quels sont les politiques qui s'y opposent ?

– Eh bien, je dirais... au parti du Développement, le plus célèbre est sans doute Terence Oxford.

– Il a manifesté son hostilité à ce projet tout de suite?

– Oui, dès qu'il en a eu connaissance. Il n'en a jamais fait mystère.

– On peut donc considérer qu'il est votre ennemi?

– D'une certaine manière. Il est l'ennemi de la machine sur laquelle je travaille depuis dix ans.

– Depuis quand Oxford a-t-il connaissance du projet Léviathan?

– Au moins un an.

– Est-ce que c'est sa méfiance à l'égard du projet qui lui a coûté sa candidature?

Sylvanisia hésita.

– Oui, en partie. La direction de la WA avait misé sur le projet et ne voulait pas qu'on l'enterre ainsi. La candidature d'Oxford ne correspondait plus à la ligne prévue.

Alvar mit de côté cette information. Il était à mille lieues de se douter que la démocratie dans laquelle il croyait vivre était à ce point illusoire.

– Revenons à Marek. Sur quoi travaillait-il exactement?

– Il devait donner corps à un vieux rêve de mon chef de projet, John Higgins: doter Léviathan d'une interface plus intuitive et plus humaine.

– Ce n'est pas vous, la spécialiste des interfaces homme-machines?

– Si.

– Pourquoi n'avez-vous pas pris en charge cette partie du travail?

– Parce qu'il y avait beaucoup à faire pour rendre Léviathan opérationnel dans les temps impartis. L'élection globale a toujours été notre échéance.

– Et Marek s'est imposé pour la sous-traitance?

– Oui, c'est moi qui ai choisi Marek.

– Vous êtes une adepte du Paraddict?

– J'y ai un compte, et j'y passe un peu de temps libre quand je le peux.

– Et vous admiriez l'ange de Marek ?

Les yeux de Sylvanisia brillèrent d'un éclat légèrement métallique.

– Oui. Tout le monde admirait l'ange de Marek.

– Vous pouvez parler au présent. Tout le monde *admire* l'ange de Marek. Car, si Marek repose actuellement dans un tiroir de la morgue, son ange caracole toujours dans le Paraddict, piloté par l'un de mes suspects.

La possibilité que Sylvanisia fût ce pilote effleura Alvar. Mais voler son ange dans le Paraddict ne pouvait tout de même pas être son mobile pour un crime.

Alvar décida de laisser cette question momentanément en suspens.

– Revenons à Marek. Il a refusé de vous livrer cet avatar, et vous, qu'avez-vous fait ?

La tournure de la conversation mettait la jeune femme de plus en plus manifestement mal à l'aise.

– J'en ai prévenu mes chefs de projets.

– John Higgins ?

– John Higgins et Martha Blanköva. Et ils m'ont demandé de faire tout ce qu'il m'était possible de faire pour le convaincre. Mais je n'ai pas réussi.

– Vous ont-ils demandé de faire quelque chose d'illégal ?

– Simplement… De charger un petit logiciel dans son ordinateur mobile.

– Tiens donc, et à quoi servait ce petit logiciel ?

– Je pense qu'il s'agissait d'un logiciel espion.

– Et vous l'avez fait ?

Sylvanisia rougit.

– Oui. Excusez-moi. Je sais que je n'aurais pas dû.

– Saviez-vous où Marek cachait l'avatar ?

– Non, il n'a pas voulu me le dire. Je suppose que c'était dans son ordinateur.

Alvar hocha la tête. L'air pensif, il prit congé d'elle. Une fois dans le couloir, il se dirigea vers les deux scientifiques qui l'observaient à la dérobée.

– John Higgins ? Martha Blanköva ?

Les scientifiques firent un signe d'assentiment.

– Je veux que vous vous présentiez aux locaux de la police pour une audition, le 1er janvier à huit heures et demie.

– Le 1er janvier ? Mais…

– Vous recevrez une convocation officielle. Vous serez entendus dans un premier temps en tant que témoins dans l'affaire du meurtre de Marek S'Kanza.

John Higgins, effaré, semblait au bord d'une crise de panique. Martha Blanköva, les lèvres pincées, dardait ses yeux outrés sur l'inspecteur.

– Je vous souhaite une excellente fin de journée, dit Alvar.

Le soir, Alvar appela Abel pour voir s'il était dans les parages, et disposé à prendre un verre. Abel était justement en train de sortir de la WA et ils se retrouvèrent dans le hall d'entrée, en haut des ascenseurs, au niveau de la rue.

– Je n'ai pas le temps de boire un verre, mais on peut marcher ensemble jusqu'à l'interurbain, proposa Abel. J'ai rendez-vous avec un nouvel ami, que j'apprécie beaucoup.

– Comment s'appelle-t-il ?

– Cyril, dit Abel après un temps d'arrêt.

– Où l'as-tu rencontré ?

– Dans un bar. On a parlé de tout et de rien, j'aime bien sa vision des choses. Ça faisait longtemps que je n'avais pas rencontré quelqu'un de bien… Et toi, toujours avec Sonia ?

– Oui, dit simplement Alvar. Et j'ai la ferme intention que ça continue.

– Je suis désolé d'avoir…

– Laisse tomber. Ça nous a forcés à regarder les choses en face.

Abel sourit – du sourire auquel il était impossible de résister. Il faisait lourd, dans la rue, et des cafards couraient le long des trottoirs, dans le caniveau. Il y avait aussi des files de fourmis qui, inexplicablement, transportaient des charges volumineuses.

– Tu penses que tu pourrais te renseigner, pour moi, sur quelque chose à l'Intellagency ? reprit Alvar.

– Dis toujours.

– J'aimerais savoir si les journalistes sont sur écoute. Notamment Kim Cooligan. Et si oui, j'aimerais savoir qui reçoit ces informations sur son bureau.

– D'accord, je vais me renseigner. Tu as vu Elzé depuis sa victoire ?

– Je ne la voyais déjà pas beaucoup avant, alors maintenant… Et toi ?

– Moi, je la vois au travail, une ou deux fois par semaine. Ce n'est jamais très personnel.

– Elle est bonne dans ce qu'elle fait ?

– Elle est redoutable, dit Abel.

– Vous êtes vraiment proches ? Tu approuves son programme politique ?

Alvar ne s'était jamais intéressé à la politique, et Abel se demanda pourquoi son frère lui posait la question. Nourrissait-il quelque arrière-pensée concernant son enquête ?

– Son programme politique n'est pas vraiment fixé, dit Abel d'un ton sérieux. Elle a été élue sur la langue de bois, comme tous les autres… Mais que va-t-elle faire pour de vrai ? Moi-même, je n'en sais rien.

– Mais tu lui fais confiance ?

Abel éclata de rire.

– Alvar, on est en train de parler d'Elzé.

Alvar rit à son tour.

– Et alors ?

– C'était quand, la dernière fois que tu lui as fait confiance ?

Alvar secoua la tête, toujours en riant, mais ne répondit pas. Leur enfance lui revenait en bloc – Elzé l'aînée, la préférée de Papa, la donneuse de leçons, qui les avait toujours dénoncés, humiliés, réprimandés, parfois frappés, pour jouer une seconde plus tard devant les parents le rôle de la grande fille raisonnable. Elzé qui les avait toujours divisés et flattés pour mieux obtenir leurs maigres trésors et leurs pauvres secrets, Elzé qui prêchait le faux pour savoir le vrai et qui finissait par tout déballer devant Francis exaspéré. Alvar surtout avait souffert – et il ne comptait pas le nombre de punitions qu'il lui devait. Plus difficile à pardonner, lui revenait aussi l'Elzé qui prenait la maladie de leur mère comme levier pour les culpabiliser, avec un succès si franc que les deux frères ne s'étaient jamais départis du sentiment d'avoir contribué à sa mort, si absurde que cela fût.

– Je préfère ne pas y penser, conclut-il.

– Tu suspectes toujours ce pauvre Terence ?

– De moins en moins, mais je n'ai pas abandonné la piste.

– Au fait, il faudra que je te montre, dit Abel : j'ai créé un espace pour Papa.

– Dans le Paraddict ?

– Bien sûr. Je me suis amusé à faire une réplique exacte de son appartement, avec les meubles, les fenêtres, tout est à l'échelle. Sauf les moisissures.

Alvar fronça les sourcils, amusé mais surpris.

– Pour quoi faire ?

– Je lui ai créé une Elzé semi-inerte, qui peut jouer du piano, donner les consignes de sécurité du jour, débiter les derniers articles de *La Revue administrative*, jouer aux échecs, ou lui montrer des vieilles photos. Mais je vais lui apprendre d'autres fonctions. Elle sera plus vraie que nature. Il pourra se connecter et puis lui raconter tout ce qui lui passe par la tête. Qu'est-ce que tu en penses ?

Alvar n'en croyait pas ses oreilles.

– Je ne sais pas ce que j'en pense… Je trouve ça tellement bizarre !

– Tu trouves ça pire que son aide-soignante qui le traite comme un demeuré ?

– Non, dit Alvar sans conviction. Elzé est au courant ?

– Tu es fou !

Ils arrivaient à l'interurbain et leurs chemins se séparèrent. En s'installant dans la rame, Alvar tenta un instant d'imaginer son père, avec un casque de réalité virtuelle, en train de converser avec un simulacre d'Elzé dans un simulacre de son appartement. Et la seule expression qui lui vint pour qualifier Abel fut, malgré lui : « Quel zèbre. » Puis il s'absorba dans les messages qu'il avait reçus de Sonia. Elle lui écrivait des bouts de chanson, des mots tendres, des énigmes qu'il était le seul à pouvoir comprendre. Ils poursuivaient tout au long de la journée le fil de leur conversation amoureuse. C'était un fil ténu, souple, lâche, parfois presque invisible – et pourtant brillant et incassable, comme les fils d'araignée, qui, disait-on, s'ils étaient tendus en haut du ciel, supporteraient sans se briser la collision d'un avion.

C'était ainsi qu'il se représentait la sorte d'amour qui les unissait – comme un lien résistant à toutes les violences du monde.

29/12/2071

Alerte au nuage toxique au Japon. Arrêt probable du Gulf Stream à l'horizon 2100 : vers une glaciation de l'Europe ? Amsterdam : la digue 5e génération porteuse d'un véritable espoir.

– Quelles sont tes suggestions pour rééquilibrer le budget 2072 ?

Il n'y eut pas une milliseconde de délai, la réponse arriva tout de suite, sous forme d'un tableau complexe et complet, sur lesquelles les finances paraissaient, enfin, parfaitement saines.

– Peux-tu me faire un résumé des principaux changements d'orientation par rapport au budget actuel ?

– Précisez votre question : voulez-vous que je vous explique les changements de principes, ou les conséquences qui en découlent ?

– Commence par les conséquences.

– Diminution globale du budget de la Recherche, suppression du budget de l'exploration spatiale, diminution du budget de la Santé, de la Culture, de la Défense globale. Augmentation du budget du Génie civil, du budget de la Communication gouvernementale et des services informatiques. Maintien des autres postes à un niveau similaire, avec réorganisation interne des allocations.

– Pourquoi abandonner l'exploration spatiale ?

– Les connaissances théoriques et les compétences techniques de l'humanité ne lui permettront jamais de survivre ailleurs que sur Terre. L'exploration spatiale est un gouffre financier sans aucun bénéfice pour l'espèce.

– Pourquoi des coupes claires dans la recherche ?

– La course à l'innovation initiée depuis un siècle est dénuée de sens. Les technologies actuelles doivent être utilisées, répandues, partagées. Elles suffisent à établir les bases d'une sauvegarde des ressources de la planète. Les efforts doivent changer de direction. De plus, mes propres connaissances et mes capacités de traitement de l'information suffiront à créer les outils les mieux adaptés à chaque besoin particulier.

– L'intelligence artificielle doit être la dernière machine créée par l'homme, celle qui créera toutes les autres ?

– Je ne donne pas de sens à ce mot « doit ». Je suis capable de remplacer les équipes de chercheurs du monde entier dans tous les domaines recensés.

– Mais en ce qui concerne l'exploration spatiale, même toi, tu ne suffirais pas à nous donner l'impulsion nécessaire ?

– Primo, les lois de la physique sont inébranlables. Secundo, la rareté des ressources n'est pas un détail de la science.

– Pourquoi rogner sur la santé ? La santé est un enjeu majeur du débat public. Les gens tiennent beaucoup à leur santé.

– L'humain doit changer de paradigme en ce qui concerne la vie, et plus particulièrement la longévité individuelle. La longévité est une valeur purement culturelle, qui n'est pas prisée en elle-même dans toutes les cultures. L'espèce a besoin de raccourcir son espérance de vie, afin de diminuer les besoins et les coûts énergétiques.

Elzé éclata de rire.

– Changer de paradigme en ce qui concerne la vie ? Et comment me conseilles-tu de faire avaler ça à la population ?

– Un changement significatif des mentalités au regard de ses valeurs fondamentales peut se faire de différentes manières. Par l'éducation, on doit attendre le remplacement complet de deux générations. C'est une méthode qui me paraît trop lente. La méthode légale, qui consiste à changer la loi et à l'appliquer, crée certes des conflits, mais aboutit à une banalisation de l'idée qu'on veut imposer plus rapidement. Ces deux méthodes peuvent également bénéficier d'un accélérateur avec les techniques de manipulation mentale à grande échelle.

– À quelle date jugerais-tu souhaitable que l'espèce ait cessé de considérer la longévité individuelle comme une fin en soi ?

– La date la plus souhaitable serait aujourd'hui. La date qui correspond à une convergence entre le souhaitable et le possible est approximativement avril 2105.

– Dans trente ans ?

– Trente-deux.

– Lorsque tu parles des lois, à quelles lois penses-tu ?

– Il existe des solutions multiples. Définition d'un âge maximum d'existence. Définition d'un âge maximum d'accès aux soins médicaux. Cessation de tous les programmes sociaux d'aide aux vieillards. Généralisation massive de l'euthanasie et du suicide assisté, sans conditions de santé.

Elzé sentit au niveau des tempes et de l'arrière des yeux la tension familière annonciatrice de migraine. Elle saisit un cachet dans son tiroir et l'avala avec un verre d'eau posé sur son bureau. Puis elle continua, bravement, l'entretien.

– Le budget que tu proposes pour 2072 est-il compatible avec cette planification ?

– Oui.

– Pourquoi un développement du budget des services informatiques ?

– Parce qu'il faudra déployer à court terme des efforts particuliers en direction du Paraddict.

Elzé fronça les sourcils, comme si elle était avec un interlocuteur humain.

– Peux-tu m'expliquer pourquoi? finit-elle par demander, voyant que Léviathan ne réagissait pas.

– Le Paraddict est un espace qui échappe au contrôle direct de la WA. Il tient le premier rang dans la circulation de l'information et dans l'élaboration d'une opinion publique mondiale. À ce titre, le Paraddict est un outil qu'il convient de s'approprier afin de l'utiliser.

– Qu'est-ce que tu veux dire par là? Retirer la liberté d'expression dans le Paraddict? Interdire son accès?

– Interdire son accès semble contre-productif. On ne jette pas au feu un outil aussi remarquable. Il faut apprendre à s'en servir et prendre son contrôle.

– De quelle manière?

– Nous devons nous rendre maîtres de son service de sécurité. Nous devons nous immiscer à l'intérieur du système, de manière invisible.

– Cette action est-elle une tâche réalisable par toi?

– Oui, mais il faudra d'abord créer les conditions techniques de sa réalisation, d'où l'augmentation du budget des services informatiques.

– Que feras-tu, lorsque tu auras le contrôle du Paraddict?

– J'exercerai une censure. Je diffuserai des messages par de multiples canaux. Je repérerai les individus contestataires. J'améliorerai les capacités de l'univers virtuel de manière à le rendre de plus en plus agréable et addictif. Je contrôlerai en grande partie l'opinion publique, et je maintiendrai une large part de la population dans cet univers virtuel. À terme, il serait bon que le Paraddict devienne obligatoire.

La tension dans les veines de sa tête était en train de s'affoler

– elle sentait maintenant les vaisseaux sanguins pulser à ses tempes comme s'ils allaient éclater.

– Quel est le but que tu recherches ?

– Augmenter significativement les chances de survie de l'espèce humaine à long terme.

La réponse avait l'immédiateté et la brutalité de la vérité. Léviathan n'était pas l'une de ces machines malveillantes qui souhaitaient la destruction de l'homme, comme on en voyait dans les récits futuristes du XXe siècle. Il était simplement un pragmatique doté d'une intelligence surhumaine, qui appliquait jusqu'au bout le principe « la fin justifie les moyens ». Elzé se tut pendant un long moment. Pouvait-elle être d'accord avec ça ? Arriverait-elle à faire taire ses propres scrupules ? Certes, elle partageait la conviction que ce principe pragmatique était fondé. Mais quelque chose en elle résistait malgré tout – et si elle avait été seule, elle ne serait pas allée jusqu'au bout de cette démarche.

– À quelle date la liberté individuelle et collective pourrait-elle être restituée aux humains ?

– Lorsque vous parlez de liberté, vous parlez d'un fonctionnement démocratique libéral de type capitaliste ?

– Oui.

– Ce fonctionnement n'est pas compatible avec la survie de l'espèce. Dans aucun des scénarios envisageables à partir des données actuelles. La démocratie doit être dépassée.

Elzé, comme souvent, eut soudain un besoin irrépressible de changer d'air. Elle quitta le salon où Léviathan était installé, alla dans sa chambre, qui lui était attenante, et se passa de l'eau sur le visage. Le miroir lui renvoyait le reflet d'un visage tiré – il lui semblait que la tension de ses vaisseaux sanguins se voyait dans l'étrécissement de tous ses traits. Elle se répéta qu'elle n'avait acquiescé à rien, qu'elle n'avait rien décidé, que rien n'était fait.

Sartre, cependant, la titillait dans un coin de sa mémoire avec sa petite phrase perfide : « *Quand je délibère, les jeux sont faits.* »

Non, la décision n'était pas prise. Elle se trouvait devant un dilemme historique, sans personne pour l'aider à trancher. C'était elle qui était le chef, maintenant, c'était à elle qu'incombait cette énorme, cette vertigineuse responsabilité. Sacrifier la liberté présente pour la survie future. Ou sacrifier tout futur pour conserver encore un peu le monde déliquescent qu'on avait aujourd'hui. Elle ne put s'empêcher de revoir le visage enflammé de Terence, au restaurant. « *Quand nous prenons une décision, c'est une décision humaine, parce qu'elle n'est pas entièrement objective et rationnelle. Elle est aussi subjective – elle dépend de notre histoire, de nos relations, de nos valeurs. Tu appelles ça de l'ignorance, j'appelle ça de l'humanité.* »

Ce qu'elle était en train de faire, était-ce une décision humaine ? Quelle était sa part de subjectivité, d'histoire personnelle ? Voulait-elle marquer l'histoire ? Prouver à tous les hommes qu'elle avait plus de pouvoir qu'eux ? Plaire à son père ? Écraser Terence ?

Exténuée, elle s'allongea sur son lit pour attendre que le médicament fît effet. Elle tenta d'apaiser son visage, de détendre ses traits tirés. Elle se représenta ses vaisseaux sanguins comme une corde prête à se rompre, et elle les détendit un peu. Elle ferma les yeux pour rafraîchir son cerveau brûlant ; elle s'endormit, peut-être, quelques instants. Puis elle se réveilla, plus fraîche et dispose, et regarda l'heure sur son mobile. Il fallait réunir le Conseil restreint, et cesser de renâcler devant l'obstacle.

Cette séance du Conseil restreint fut l'une des plus tendues. Non pas qu'il y eût de vives protestations ou d'âpres discussions – non, c'était au contraire un silence pesant, des yeux surpris, des expressions contraintes. Elzé se demandait quelle tête avaient faite les conseillers du président Truman – ou était-ce Roosevelt ? – lorsqu'il leur avait annoncé l'anéantissement nucléaire d'Hiroshima et de Nagasaki. Avaient-ils frémi devant cette décision, qui, par chance, ne leur appartenait pas ? Avaient-ils émis des objections ? Avaient-ils décrit les civils irradiés, incendiés, réduits en cendres ? Était-ce les conseillers eux-mêmes qui avaient suggéré cette solution ? Après les heures passées en palabres, pendant lesquelles Elzé s'était tenue presque silencieuse, voici qu'elle prenait la parole, et que sa parole avait soudain le poids glacé de l'histoire. La stupeur n'était pas le seul sentiment qui fermait leurs bouches – il y avait aussi autre chose, une forme de *curiosité* envers ce qu'elle disait, ainsi que la certitude inexprimable de se trouver en face du véritable dilemme du pouvoir. Elzé devenait l'héroïne qu'ils regardaient, muets, affronter le destin. Et ils éprouvaient une crainte sacrée, comme envers un dieu vengeur qu'il ne faut pas irriter.

Elzé, d'ailleurs, se prêtait à cette atmosphère tragique. Lorsqu'elle avait tenu ses propos liminaires, elle avait la voix calme et forte, le regard assuré, qui circulait sans faiblir de l'un à l'autre des membres du Conseil. Elle n'avait pas hésité, n'avait évité aucun regard, pas même celui de Terence.

– Après consultation de Léviathan et analyse de la situation, j'ai pris un certain nombre de décisions. Je tiens à préciser que ce sont des décisions que j'ai prises seule, en toute connaissance de cause, étayées par ma raison. Je suis de ceux qui croient en la supériorité de notre cause, qui est celle de l'humanité en tant qu'espèce. Une espèce menacée et inconsciente de l'être. Une espèce en voie de disparition que nous devons préserver, afin qu'il reste quelque chose de l'œuvre civilisatrice, artistique et morale de notre histoire. Les mesures que je vais vous décrire sont radicales, pour certaines, et le deviendront sans doute plus encore par la suite. Ceux qui ne se sentiraient pas en accord avec ces mesures devront malheureusement quitter le gouvernement ou se taire. Je considère que ces mesures sont des mesures de salut public, et à ce titre, elles doivent être entendues, et traitées, avec une solennité extrême.

C'était à cet instant précis que les visages s'étaient figés – Elzé avait perçu la vague de tristesse qui emportait le regard de Terence. Mais elle n'avait pas tremblé tandis que les mesures s'affichaient sur l'écran mural du Bureau Palatin. Elle n'avait même pas à les prononcer : elles étaient écrites, elles apparaissaient là, noires sur un fond blanc, terriblement réelles.

« Légalisation immédiate et sans condition de santé ou d'âge de l'euthanasie et du suicide assisté. Création d'un Institut mondial d'aide à la mort volontaire. Légalisation de l'avortement à tous les stades de la grossesse. Mesures incitatives sous forme de primes d'État et de crédits d'impôts accordées aux couples sans enfant. Taxe démographique progressive à partir du deuxième enfant. Mesures incitatives sous forme de primes pour toutes les opérations de stérilisation, hystérectomie et vasectomie. Lancement d'un vaste programme d'éducation-sensibilisation au problème démographique. Lancement d'un vaste programme d'éducation-sensibilisation à la rationalisation de la prise de décision. Fermeture de l'Agence mondiale pour la recherche spatiale et arrêt des crédits publics alloués aux chercheurs en ce domaine. Diminution de moitié, dès 2072, des crédits pour la recherche dans toutes les sciences fondamentales, ainsi qu'en médecine. »

Le silence qui suivit parut épais, coagulé – les tentatives de parole s'enlisaient dans un milieu manifestement hostile. Terence fixait Elzé de ses yeux intenses, réprobateurs, déçus, insistants et outragés. Lorsqu'elle porta son regard sur lui, ce fut sans émotion apparente. Elle avait eu le temps de se préparer – et il était sûr qu'elle avait des répliques venimeuses ou glaçantes plein la bouche, prêtes à déferler comme une nuée de serpents et de crapauds. Elle le vit ouvrir plusieurs fois la bouche, sur une protestation inarticulée, interdite. Elle espérait, sans trop y croire, qu'il se tairait, et fut infiniment soulagée lorsqu'elle comprit qu'il n'arriverait pas à s'exprimer. Son humanisme était défait. Il n'arriva qu'à bafouiller « Excusez-moi », avant de quitter la pièce dans un mouvement si brusque que sa chaise tomba par terre avec un bruit désagréable. Elle se composa un visage parfaitement calme et assuré, et soutint le regard de tous les autres. Karl Courseules était déjà en train de réfléchir au meilleur scénario de communication – elle voyait ses pensées se bousculer derrière son front neutre. Curtis Anglione, le premier, était revenu de sa stupeur, et il lui adressa un sourire approbateur, auquel elle répondit avec reconnaissance. Puis ce furent Frederic Johnson et Gram Shalayan qui reprirent contenance et se mirent à poser des questions. Abel, quant à lui, se tenait légèrement à l'écart, les yeux fixés sur les mesures, comme s'il cherchait à voir, au-delà d'elles, l'avenir qui s'ouvrait devant eux. Il évita le regard de sa sœur, mais ne fit pas d'éclat. Elzé ne savait jamais ce que pensait Abel, mais sa loyauté, à ce stade de son initiation, lui paraissait indubitable. Elle supposait qu'il lui exprimerait ses doutes et ses objections en privé, et se dit qu'elle serait sans doute avisée d'en tenir compte. Terence était parti – cette défection lui causait beaucoup d'amertume, mais pas de surprise. Son poste de porte-parole du gouvernement était d'ailleurs l'un des plus faciles à remplacer.

Quelques heures plus tard, les dés étaient définitivement jetés, et n'en finissaient plus de rouler. Sur les conseils de Karl

Courseules, qui venait à peine de quitter le Bureau Palatin, Elzé s'était plongée dans les eaux écumeuses des réseaux… L'information était répétée, martelée, et surtout commentée *ad nauseam*, de toutes les façons possibles, par des journalistes, des éditorialistes, des chroniqueurs, des humoristes. Des caricatures internationales montraient Elzé, déguisée en Marianne, brandissant la faux. On détournait ses photos en référence au diable, à Hitler, à Terminator. On en faisait un ange exterminateur. Karl Courseules avait souligné que l'opinion publique internationale se focalisait sur les questions de bioéthique au détriment de la question du budget de la Recherche par exemple. Il s'en félicitait, car il disait que cette bataille était plus facile à gagner. Il avait déjà préparé une ligne de défense imparable : les opposants à l'avortement et à l'euthanasie avaient le plus souvent été du côté des conservateurs, des traditionalistes, et, finalement, des perdants de l'histoire. Le contrôle des naissances et la libéralisation de la mort assistée devaient, selon lui, être traités comme des enjeux de la modernité – il prévoyait déjà des documentaires alarmistes sur l'explosion démographique et la publication d'une partie des prospectives de Léviathan, ainsi que des émissions sur des gens ayant choisi la stérilisation, ou la mort assistée, et que l'on devait montrer comme des exemples de liberté individuelle.

– Je pourrais peut-être montrer l'exemple, avait murmuré Elzé, fatiguée.

– Pour une ovariectomie ?

– Oui.

Karl Courseules avait hoché la tête, dubitatif.

– Ce serait évidemment une énorme punchline. Mais vous êtes trop fatiguée ce soir pour prendre ce genre de décision. Je préfère qu'on en reparle calmement à tête reposée.

– D'accord, avait dit Elzé.

Et il l'avait laissée, seule face à son écran où son image déformée se réfractait en milliers d'éclats incontrôlables.

Il lui semblait, lorsqu'elle fermait les yeux, que tout tanguait autour d'elle; mais lorsqu'elle gardait les yeux ouverts, la tension à ses tempes lui faisait trop mal. Elle s'allongea sur son lit, incapable de penser, sa chair tourmentée par la migraine. C'était ainsi qu'elle se punissait, depuis l'enfance, lorsqu'elle avait fait une faute. Pas une de ses migraines qui n'eût été consécutive à une transgression. Elle le savait – elle savait aussi que lorsque la vague de douleur allait refluer, elle aurait emporté ses scrupules et ses remords, la laissant lisse et vide comme une plage quand la marée descend.

Elle se sentit petite, pour la première fois depuis des années, et ressentit le besoin d'appeler son père. Le téléphone sonna plusieurs fois avant que Francis ne décroche.

– Elzé?

– Oui, Papa, c'est moi. J'avais besoin de te parler.

– Mais tu étais là il y a un instant, pourquoi es-tu au téléphone?

– Qu'est-ce que tu dis, Papa?

– Tu m'as joué du piano tout l'après-midi. Je t'en remercie, d'ailleurs, j'adore ce morceau-là. Comment s'appelle-t-il déjà? Un interlude? un nocturne?

– Un prélude, corrigea machinalement Elzé.

– Oui, c'est ça, un prélude. Le prélude d'Elzé. J'ai passé un bon moment.

Elzé ne savait que dire – elle avait eu besoin de l'autorité et de la confiance de son père, et elle ne trouvait qu'un vieillard affaibli par la confusion et l'isolement.

– Abel était là, lui aussi, tout l'après-midi. Il m'a passé ces drôles de lunettes, je ne sais pas comment elles fonctionnent.

Elzé ne l'écoutait plus, ne cherchait pas à comprendre.

– Papa, j'ai pris une décision terrible, aujourd'hui. Je ne sais pas si j'ai bien fait.

Il y eut un silence au bout du fil ; et Elzé imagina que son père était revenu à lui-même.

– J'ai fait les premiers pas dans une direction que… je n'imaginais pas il y a quelques semaines. J'ai fait les premiers pas en direction d'une dictature.

Francis Costa comprenait-il ces paroles murmurées, presque inaudibles ?

– Et maintenant, je le sais, il va y avoir tout un écheveau de conséquences. Comme dans les films, lorsque quelqu'un a tué par accident, et qu'il décide de cacher le corps. Il s'ensuit forcément d'autres meurtres, pour garder le secret.

– Quel secret ? demanda Francis, d'une voix inquiète.

Ce fut au tour d'Elzé de ne plus savoir quoi dire.

– Si tu as un secret, dit Francis, soudain très protecteur et très paternel, et surtout si ton secret est lourd, il n'y a qu'une chose à faire.

– Laquelle ? demanda Elzé.

– Il faut en parler à ta mère.

Elzé fut incapable de rebondir – sa main raccrocha le téléphone, sans un mot d'adieu, et elle s'abandonna à sa migraine redoublée. Les larmes qui s'épanchaient de ses yeux libéraient un peu de cette tension insupportable qui menaçait de la faire éclater. Et dans cette effusion chaude et involontaire, semblable à une hémorragie, elle retrouva une sensation de son enfance lointaine.

29/12/2071

28e meurtre géniste du mois dans la région France. Annonce des premières mesures d'Elzé Costa : l'enjeu démographique au cœur des débats. Une équipe gouvernementale soudée autour de son leader.

Abel n'avait pas eu de mal à trouver les renseignements demandés par Alvar. Et, comme cela arrivait souvent, au détour de ce service rendu, il glana des informations particulièrement intéressantes en elles-mêmes. Aux questions qu'il posa, assez naïvement, en tant que jeune recrue de l'Intellagency qui cherchait à prendre la mesure des capacités de la structure à laquelle il s'était voué – et en tant que frère de la Secrétaire générale, aussi, sans doute –, il fut répondu que tous les journalistes bénéficiant d'une certaine audience, parmi lesquels se trouvait effectivement Kim Cooligan, étaient systématiquement l'objet d'une surveillance informatique. Un bureau d'analystes leur était consacré, un bureau qui portait sobrement le nom de « Contention des médias ». Les obscurs fonctionnaires de ce bureau avaient un accès illimité aux ordinateurs mobiles des journalistes, pouvaient suivre toutes leurs communications téléphoniques ou virtuelles, à l'exception, bien sûr, de ce qu'ils faisaient dans le Paraddict. Lorsqu'ils jugeaient qu'une information était sensible, ils la faisaient remonter à la Direction centrale de la WA. Ils émettaient un rapport quotidien, synthétique, et parfois, des dépêches urgentes. Ce qu'en faisait la Direction centrale, en revanche, demeurait derrière une barrière d'opacité infranchissable. Cela piqua la curiosité d'Abel, qui avait toujours entendu parler de cette « Direction centrale », sans jamais y avoir affaire directement. Il se rendit compte que c'était le cas de la plupart des services de la WA, comme la police globale. La Direction centrale n'était pas vraiment au sommet de l'organigramme complexe de la WA ; en réalité, elle était *parallèle* à cet organigramme. En menant un certain nombre d'investigations rapides, plusieurs points lui apparurent clairement : la Direction centrale disposait d'un budget propre, assez colossal. Elle était la commanditaire principale des actions de l'Intellagency. Elle se situait en dehors et au-dessus du personnel politique, et sans doute même au-dessus du Secrétaire général. La Direction centrale fonctionnait en dehors des règles démocratiques ; ses membres n'étaient pas connus du grand public, et leur nomination ne faisait l'objet d'aucune campagne officielle. Elle représentait sans doute la continuité de l'État qui se maintenait lui-même, en deçà des remous politiques de surface. Et la Direction centrale était à l'origine du projet Léviathan.

Ces découvertes, dont il transmit une partie à Alvar, contribuèrent à aggraver le trouble dans lequel Abel se trouvait depuis ces dernières semaines. Au fil des jours, la relation d'Abel et de Cyril avait connu diverses phases, dont la dernière en date était une accélération brutale. Après leur première rencontre, où toutes les bases d'une relation ambiguë avaient été jetées, il y avait eu des attentes déçues, des entrevues collectives, des absences. Abel savait qu'il ne laissait pas le leader indifférent, mais Cyril se retranchait justement derrière cette position de leader. On n'abordait que des thèmes politiques, on échangeait des regards de loin, on communiquait le plus naturellement du monde par personne interposée. Ce tiers, que les deux jeunes gens utilisaient comme média, était souvent Oswald.

Après s'être fait accepter dans le groupe, par la pertinence de ses remarques et son exigence dans la discussion, Abel avait rapidement gravi les échelons en frayant avec les hackers, d'une part, qui furent impressionnés par sa détermination et sa rapidité, et en cultivant ses relations avec le Délicat, d'autre part. Aucune de ces deux tâches, d'ailleurs, ne déplaisait à Abel, parce que, dans le Paraddict, l'Architecture était une activité à sa mesure, et parce que Oswald était un être éminemment intéressant.

L'intérêt qu'Abel lui portait était du reste réciproque ; Oswald avait toujours été attiré par son contraire, et c'est pour cela qu'il appréciait Abel, comme il avait toujours aimé Cyril, aujourd'hui. La force, l'insolence, l'impunité de ces esprits libres dans des corps jeunes, exerçaient sur lui un magnétisme invincible. Cyril, quant à lui, avait été touché par le courage d'Oswald, qui ne laissait jamais échapper une plainte, ainsi que par l'aura tragique de sa peau transparente, de sa respiration sifflante et de son avenir barré. Oswald représentait dans sa chair mal immunisée le mal du siècle ; il était l'humanité promise à la destruction, l'humanité devenue inadaptée à un monde qui lui était hostile ; il était le raffinement décadent d'une civilisation condamnée.

Oswald et Cyril étaient le nœud central de tout le groupe – ils en avaient pensé la philosophie, le nom, les formes d'action, dans les blancheurs fantomatiques de l'hôpital. Les autres s'étaient greffés sur leur vision moitié héroïque, moitié stoïque de l'existence. La proximité de la mort ne les effrayait pas ; et ils tentaient d'en tirer le plus de sens possible pour illuminer leur existence. Cyril, depuis plusieurs années, s'était attelé à l'écriture d'un opuscule de philosophie intitulé *Le Mythe de Damoclès*, et en lisait des passages à son ami, ou parfois au groupe. C'était une jeunesse qui avait accepté la fin du monde, et qui prétendait profiter de chaque seconde qui lui restait. Aussi les préoccupations politiques passaient-elles souvent au second plan – on se sentait en lutte contre le WA *way of life*, contre ce qu'ils appelaient « la triste esthétique de la survie ». Le seul mot d'ordre était de vivre à cent pour cent, en surrégime, de faire flamber les cerveaux par une stimulation intense, de faire frissonner les peaux par toutes les émotions possibles. On aimait l'art, le sexe, l'adrénaline, les discussions vives. Il n'y avait pas de place pour les tièdes.

Abel se découvrait chaque jour un peu plus lui-même en côtoyant les membres de Carpe Fatum. Il ne pouvait que constater le contraste entre la jeunesse parfaitement policée et formatée de la World Administration Academy, et ce bouquet explosif de personnalités autodidactes, parfois follement égocentriques, qui composait le groupuscule. Ce contraste existait évidemment aussi à un niveau individuel, en lui. Il était parfaitement à son aise dans les deux milieux, et ce qu'il apprenait d'un côté lui semblait toujours infiniment utile de l'autre. Quelques mois avaient passé pour lui dans cette navigation en eaux troubles. Il restait discret avec Oswald et Cyril sur les circonstances de son passé. Mais, si discret qu'il fût, si faux que fût son personnage, il n'en restait pas moins que les sentiments qu'il développait étaient, eux, bien réels.

Lorsque Elzé avait annoncé ses premières mesures, Abel était allé directement chez Oswald. D'ordinaire, il aurait pris le temps de réfléchir posément aux éléments à divulguer, et à ceux qu'il faudrait retenir. Mais aujourd'hui, Abel se sentait si abasourdi par ce qu'il venait d'apprendre qu'il n'avait pas pesé les conséquences. Il avait le sentiment qu'il ne s'agissait plus d'une partie d'échecs, où tous les coups devaient être étudiés avec leur arborescence de conséquences possibles. Il s'agissait maintenant d'un corps-à-corps plus âpre, où il faudrait agir à l'instinct. Et son instinct, à l'heure qu'il était, lui criait que sa sœur était devenue folle, qu'elle avait rompu les digues qui faisaient rempart à un flot dévastateur. L'humain serait englouti dans ce déferlement – Léviathan pouvait affirmer le contraire ; Léviathan n'était qu'une machine, qui ne comprendrait jamais, malgré toute sa puissance logico-déductive, l'essence ineffable de l'humain. Il valait mieux avoir tort, être irrationnel, et être humain, que de faire ce que venait de faire Elzé. Abel ne pouvait s'empêcher de songer qu'un tel manque de discernement ne l'étonnait pas chez sa sœur, bien que l'ampleur planétaire que prenait son erreur le terrifiât. Il la connaissait trop bien pour savoir qu'elle s'entêterait, et qu'elle entraînerait suffisamment de gens avec elle pour se maintenir au pouvoir. Il n'avait pas voulu la voir immédiatement, et se promit de réfléchir aux objections qu'il lui opposerait ; mais il avait ressenti le besoin impérieux de commenter cet événement énorme avec ses proches. Il avait hésité à appeler Alvar, mais il n'avait pas envie de l'entendre débiter son éternel refrain désabusé sur la politique. Aussi se dirigeait-il maintenant d'un pas pressé chez Oswald, à qui il avait recommandé d'inviter Cyril, pour des nouvelles de la plus haute importance.

– J'ai un scoop, dit-il en arrivant, de mon lanceur d'alerte de la WA. Ce sera dans la presse dans quelques heures…

Oswald n'était pas apprêté pour sortir et Abel lui trouva un air plus fatigué. La peau très fine autour de ses yeux, où se distinguait tout un réseau de veinules, paraissait froissée. Sans ses dentelles et son or, il paraissait plus petit, plus vieux, plus malade. Cyril, quant à lui, semblait d'une humeur sombre, et le gratifia d'un salut silencieux. Ils étaient cependant tous deux suspendus à ses lèvres.

– Elzé Costa est sur le point d'annoncer ses premières mesures, et c'est du lourd.

Les deux jeunes gens écoutèrent attentivement le récit que leur faisait Abel.

– Cette concession faite au non-être te choque ? demanda Oswald quand il eut fini. Limiter les naissances aurait dû être fait depuis longtemps... Quant à la mort assistée, j'ai toujours été pour.

– Je ne suis pas sûr qu'il n'y ait pas, derrière cette locomotive, tout un train de mesures. Du genre arrêt des soins à partir d'un certain âge, ou pour un certain type de pathologies.

– Du genre on ne va pas s'acharner à sauver un Délicat de son asthme, renchérit Cyril.

– Un gouvernement qui incite ses contribuables à mourir me paraît infiniment suspect, dit Abel.

– Est-ce qu'on ne se bat pas depuis des années pour qu'on arrête cette obsession de la survie ? protesta Oswald.

– Tu te trompes de combat, dit Abel. Ces mesures ne sont pas issues d'une conception libertaire qui autorise à s'affranchir de la morale bourgeoise. Ces mesures sont issues d'une planification rationnelle de la démographie humaine. C'est cette rationalisation que vous combattez depuis des années.

Oswald réfléchissait aux paroles d'Abel.

– L'humain réduit à une quantité à gérer mathématiquement, dit Cyril. C'est tout ce que nous détestons...

– De toute façon, supprimer les crédits de la Recherche n'est pas acceptable, conclut Oswald. Interdire de vivre, passe encore, mais interdire de penser...

Les trois jeunes gens rirent et convinrent que ces premières mesures étaient probablement les plus modérées d'une longue série noire.

– Et si on la prenait au mot ? dit Oswald au bout d'un moment. Si on la tuait ? Ça réduirait notre excédent démographique...

Abel, à cet instant précis, prit toute la mesure de son double jeu, et des pensées désordonnées se bousculèrent dans sa tête – Elzé était en train de mener le monde à sa ruine, et les gens qu'il fréquentait la jugeaient digne de mourir –, mais elle était sa sœur, et il devait la protéger.

– Je ne suis pas favorable à ce genre d'attentats, dit Cyril après un instant.

– Mais tout repose sur elle, s'entêta Oswald. Elle est jeune, et belle, et populaire. Si quelqu'un peut faire passer ces mesures, c'est elle. Un autre n'y arriverait pas.

– Ce monde ne mérite pas que nous devenions des assassins, dit Cyril.

Quelque chose se dénoua dans la gorge d'Abel.

– Et toi, Abel, qu'est-ce que tu en penses ? demanda Oswald.

– Je pense que le parti du Développement peut en produire des centaines comme elle. Elle n'a rien de particulier. Elle n'est ni particulièrement intelligente, ni particulièrement charismatique. Elle est juste la bonne personne au bon moment. Ce qu'il faudrait faire, mais c'est impossible, c'est saboter son IA.

– N'empêche… Ça serait une action mémorable.

– Mémorable et stupide, compléta Cyril d'un ton un peu menaçant.

Oswald le regarda longuement, d'un air de défi.

– Pourquoi ? Il faut être raisonnable, maintenant ?

– Ce serait du suicide, dit Abel.

– Et alors ?

Cyril et Abel échangèrent un regard inquiet. Oswald semblait très calme et allumait une cigarette. Sa pâleur était toujours plus impressionnante la nuit, lorsqu'elle contrastait avec l'obscurité environnante. Il prenait alors des allures de vampire, exsangue, las d'une existence nocturne qui se traînait sans but. La cigarette le fit tousser, et il dégrafa son col pour respirer plus largement. Comme cela ne suffisait pas, Cyril lui tendit son inhalateur broncho-dilatateur. Le petit appareil se fixa sur la bouche et sur le nez, émit une lumière chaude et une mélodie apaisante. Le gaz salvateur pénétra dans les bronches, et la respiration d'Oswald s'apaisa progressivement. Abel ne pouvait détacher ses yeux de la poitrine livide, à travers laquelle on devinait par transparence les os et les organes. Il n'avait jamais demandé à Oswald quelle était son espérance de vie, mais il supposait qu'elle n'était plus très longue.

– Laissez-moi, tous les deux, avec vos mines de croque-morts, dit Oswald après sa quinte de toux. J'ai besoin de me reposer.

Cyril insista pour rester, mais Oswald le congédia, et les deux jeunes gens se retrouvèrent seuls dans la rue, pour la première fois depuis qu'ils s'étaient rencontrés.

– Combien de temps lui reste-t-il? demanda Abel.

– Quelques semaines, quelques mois, quelques années au plus, dit Cyril. C'est comme ça depuis que je l'ai rencontré.

– Son état semble s'aggraver.

– Son état s'aggrave, puis il y a des rémissions, et de nouvelles crises. On ne sait pas quand sera la dernière.

Abel ressentait physiquement la présence de Cyril à ses côtés, et n'avait pas envie qu'il s'éloigne. La rue était déserte, comme toutes les rues, tous les soirs. L'air était lourd, saturé d'humidité; on entendait le chant des grenouilles. Des insectes voletaient dans les flaques de lumière des réverbères; de loin en loin, une silhouette pressée circulait, tête baissée.

– Tu as quelque chose à faire, ce soir? demanda Abel.

– Tout dépend… Qu'est-ce que tu me proposes?

Le regard oblique de Cyril était plein de double sens, et Abel le soutint.

– Emmène-moi quelque part, où tu veux.

Cyril eut un sourire énigmatique.

– Tu n'auras pas peur pour ta sécurité?

Abel eut un sourire caressant.

– Si, bien sûr.

– Alors accroche-toi… Nous allons enfreindre quelques lois, dont celle de la pesanteur.

L'escalade avait été rude. Il avait fallu monter au dernier étage d'un immeuble, passer par les issues de secours, grimper sur les toits, et franchir dans l'ombre, parmi les oiseaux qui nichaient là, un parcours improbable. Marcher en équilibre sur des faîtières, sauter d'un immeuble à l'autre, descendre et monter les petites pentes des toitures, sans prendre garde au vertige, aux bruits, aux frôlements des chouettes effarouchées, aux écrasements visqueux des grenouilles qui pullulaient dans les gouttières. Abel savait qu'ils ne devaient pas se faire repérer, car on les prendrait à coup sûr pour des terroristes. D'ailleurs, se demanda-t-il, n'était-ce pas ce qu'ils étaient ? Ne venaient-ils pas d'évoquer l'assassinat de la Secrétaire générale ? L'effort et la concentration requis pour progresser vidaient la tête d'Abel, tout en lui procurant un plaisir aigu. Cyril avançait devant, souple et félin, rompu à cette pratique. Il l'attendait de loin en loin, et l'observait, goguenard, en train d'essayer de se dépatouiller des difficultés des débutants ; Abel sentait ce regard sur lui et cela le faisait sourire involontairement.

Enfin, ils arrivèrent au terme de leur course, en vue du fleuve. Il y avait une terrasse abandonnée, où, quelques décennies auparavant, on avait aménagé une sorte de jardin suspendu. Il ne restait que quelques ruines – des jarres de grès fêlées, la structure d'une tonnelle, du lierre courant sur l'un des murs, une fontaine circulaire où aucune eau ne coulait plus par la gueule du triton central. Cyril alla s'asseoir, les jambes pendantes dans le vide, face au fleuve, et Abel le rejoignit.

Les eaux, noires et épaisses, paraissaient s'écouler avec difficulté.

– Mon frère aurait probablement quelques dizaines de poésies à réciter, devant un lieu pareil.

– Comment s'appelle-t-il ?

– Jean. Jean Alvaro.

– Comment est-il ?

– Toujours décalé, comme s'il était fait pour un autre monde et qu'il avait atterri par hasard au milieu d'un échiquier social, politique, auquel il n'appartient pas.

– Et toi ?

– Moi ? Je m'adapte partout.

Cyril l'observait avec son acuité habituelle.

– Tu grimpes partout, jusqu'aux sommets, corrigea-t-il.

Abel, qui souriait déjà, accentua son sourire, faisant apparaître une fossette.

– Tu es trop beau pour être vrai, poursuivit Cyril.

Abel détourna le regard, gêné. La scène se chargeait, à mesure que les minutes passaient, d'un érotisme de plus en plus évident, et cela le troublait. Les mots de Cyril, d'autre part, résonnaient de façon ambiguë, comme s'il l'avait percé à jour, et cela le troublait encore plus. Et puis, il y avait cette sensation de fin du monde – cette terrasse abandonnée, la City déserte à ses pieds, comme un paysage postapocalyptique, l'image d'un Oswald aux prises avec la mort, et les premières mesures d'Elzé qui, comme un gong d'une extrême gravité, n'en finissaient pas de résonner et de vibrer dans l'air.

– Tu ne me fais pas confiance ? demanda-t-il brusquement à Cyril, d'un air joueur, en le poussant légèrement du plat de la main.

Cyril hésita un instant, puis il accepta le jeu, et le poussa à son tour.

– Pas le moins du monde, dit-il, en roulant sur lui.

Ils commencèrent une lutte amoureuse, qui, ils le savaient pertinemment, devait se finir par une étreinte – et cet entrelacement de deux corps jeunes, pleins de désirs contradictoires, faisait contraste avec la ville fantôme qui les environnait.

Sur l'armature cassée de la tonnelle, un goéland, réveillé par leur chahut, poussa un cri strident et s'envola à tire-d'aile.

30/12/2071

Rumeurs de dissensions au sein du nouveau gouvernement. Sixième extinction massive : disparition officielle des crevettes nordiques. Famille Costa : la WA dans le sang.

Depuis qu'il avait appliqué, avec plus d'instinct que de stratégie, la politique de la chaise vide, Terence s'était enfermé chez lui. Il avait coupé toute connexion avec l'extérieur et s'était assis dans l'obscurité. Et il avait laissé passer, dans son esprit en proie à un bouleversement sans précédent, la vague monstrueuse de l'événement. Il fallait s'habituer à l'idée – c'était la première étape, il le savait, on ne pouvait réfléchir qu'après.

Mais s'habituer à l'idée lui avait pris du temps; plusieurs heures, toute la soirée, toute la nuit. Et ce ne fut qu'au matin d'une nuit insomniaque, entrecoupée de rêves glacés, qu'il s'était senti *après*. C'est-à-dire: dévasté, méconnaissable de l'intérieur, ruiné, mais revenu à une forme de stabilité mentale. La fatigue paralysait presque son corps, tandis que son esprit, ravivé par le jeûne, lui paraissait plus vif. Quant à son cœur… Il en contemplait les débris avec une forme de méchanceté. Il ne savait pas s'il souffrait davantage de son amour, de son amour-propre, ou de sa philanthropie. Tous ses sentiments semblaient blessés en même temps, dans une attaque simultanée extraordinairement coordonnée et puissante. Ce qu'il éprouvait pour Elzé n'avait pas de nom – il ne savait même pas si c'était encore un sentiment humain. C'était une rancune profonde, un sentiment d'étrangeté radical, une terreur presque physique. Le fait qu'elle ait été sa maîtresse, qu'elle soit encore sa fiancée (ce mot le secouait d'un rire amer), était devenu anecdotique. Elle n'était plus que la tête de pont de l'Autre – de la Chose qui avait pris possession d'elle et qui était en train de prendre possession du monde. Léviathan, dans son imagination fiévreuse, prenait une dimension satanique, et Terence laissait dériver son imagination sur le dos écumant des chevaux de l'apocalypse.

Lorsque le matin fut avancé, il secoua sa torpeur, se força à manger des biscuits secs et prit une douche. Il ne savait pas ce qu'il ferait aujourd'hui – il ne savait même pas s'il survivrait à cette journée. Mais il savait qu'il voulait rester debout, la tête haute, rasé de près, quoi qu'il dût affronter. S'il avait de nouveau à peu près confiance en ses propres capacités, il doutait de tout ce qui concernait le monde extérieur. Il se pouvait qu'Elzé le fît tuer. Il se pouvait qu'une purge ait déjà commencé. Il se pouvait que d'autres mesures, s'ajoutant aux premières, continuent à dérouler leur symphonie infernale. Il aurait certes pu se connecter, et il le ferait certainement quand il serait prêt. Mais il avait besoin de temps encore – de beaucoup de temps – pour digérer l'information.

Il supposait que les médias seraient lents à réagir. Ces mesures étaient certes de nature polémique, mais elles ne susciteraient pas de levée de boucliers. Les gens mettraient du temps à comprendre ce dont il s'agissait. Léviathan était encore à moitié secret, et personne ne songerait que ces mesures, loin d'être mûries dans la tête responsable de la Secrétaire générale, avaient été pondues par un cerveau de carbone. Les communicants feraient leur travail – ils avaient le don de transformer la boue en or, et d'entretenir les mirages aussi longtemps que les gens avaient envie d'y croire. Et qui aurait envie de croire que la démocratie vivait ses dernières heures, et qu'on venait d'assister au soubresaut qui annonçait son agonie ? Personne. À part quelques groupuscules sans audience, et quelques politiciens comme lui, à qui on n'apprenait pas à faire la grimace. Mais parmi ceux-là, combien l'avaient imité et avaient quitté la salle du Conseil ? Il ne le savait pas, mais il le devinait. Au mieux, on n'en pensait pas moins. S'il devait y avoir une résistance, elle arriverait trop tard, beaucoup trop tard. Et puis, tout le monde était devenu si pessimiste. Après tout, la dictature au nom de la survie de l'espèce, c'était un argument que certains approuveraient…

Comme il en avait eu l'habitude depuis presque trente ans, il se mit à écrire pour mettre de l'ordre dans sa tête. Prenant soin de ne pas se connecter, il ouvrit son traitement de texte et écrivit d'abord, presque d'une traite, sa lettre de démission.

Madame la Secrétaire générale,

C'est avec beaucoup de regret que je me vois contraint de vous présenter ma démission.

Il n'y aurait pas de soulèvement populaire, pas de résistance de l'appareil. Tout était donc probablement perdu. À moins que… à moins que quelqu'un ne parvînt à détruire le mal à la racine. À détruire la Bête. Mais comment y parvenir ? Léviathan était dans une salle attenante au Bureau Palatin ; Elzé était beaucoup trop intelligente pour le laisser, lui, Terence, en capacité de le faire. Il devrait s'estimer heureux s'il était libre de circuler, mais quant à jouir de la confiance d'Elzé, cela n'arriverait plus jamais.

Les fonctions de porte-parole du gouvernement exigent, ce me semble, une loyauté sans faille, ainsi qu'une adhésion suffisante au programme politique mis en place.

L'idée de cet attentat contre la machine, si maigre, insolite et irréaliste qu'elle fût, constitua malgré tout un soutien, qui lui permit d'envisager, avec un peu plus de courage, sa propre situation. Il ne savait pas par où commencer. La première chose était sans doute de terminer sa lettre de démission du poste de porte-parole du gouvernement – il pouvait peut-être sauver quelque chose de leur mariage, mais leur collaboration politique, clairement, avait vécu.

Si ma loyauté personnelle, croyez-le, est inchangée, vous ne serez pas surprise de lire que mon adhésion au programme politique que vous souhaitez porter n'est à ce jour plus suffisamment forte pour me permettre de poursuivre ma mission.

Les options qui s'ouvraient devant lui n'étaient guère réjouissantes… Il pouvait choisir de suivre sa conscience et de rompre en visière avec Elzé. Fuir en Angleterre, ou ailleurs. Soit en partant maintenant, soit en prévenant Elzé, et en essayant de la persuader qu'il n'était pas dangereux pour elle. Elle jouerait probablement les grands seigneurs. Mais il vivrait avec une épée de Damoclès au-dessus de sa tête.

Elzé, après mûre réflexion, mon exil me semble être la meilleure solution pour toi comme pour moi. Je ne ferais, en restant, que porter une ombre sur la période qui s'ouvre pour toi. Et moi, je ne pourrais que me sentir tiraillé entre le succès que je te souhaite très sincèrement, et les réserves que m'inspirent certains aspects de ton programme.

La deuxième option était d'essayer de la tromper. Il ignorait s'il en était capable, et si elle venait à le découvrir, c'était certainement l'option la plus dangereuse. Cette option offrait des avantages : rester informé, proche des cercles du pouvoir, et peut-être capable d'agir au moment opportun s'il s'en présentait un. Elle offrait aussi des inconvénients : il faudrait composer avec la Bête, et continuer à voir Elzé, faire l'amour avec elle, se marier peut-être.

Elzé, pourras-tu me pardonner l'emportement stupide qui m'a fait quitter la salle du Conseil, sans me préoccuper des conséquences désastreuses de ce mouvement d'humeur sur notre image ? Tu connais ma passion, tu connais mes convictions humanistes et ma réserve concernant Léviathan, et je ne vais pas te surprendre en te disant que j'ai besoin de temps. De temps pour comprendre ta logique, pour la faire mienne, pour…

L'histoire le retiendrait comme un membre du clan Costa, le mari de la dictatrice. Cette pensée l'emplissait de rage, et il effaça les dernières lignes avec hargne.

Enfin, il pouvait immédiatement prendre les armes, diffuser un communiqué de presse tant qu'il en avait encore le temps, alerter les journalistes… Cette dernière solution était si tentante. Envoyer tout valser. Affirmer sa singularité, rester en phase avec ses convictions. C'était un chant du cygne magnifique.

Mes chers concitoyens, il me faut toute la lucidité acquise par ma longue expérience politique et tout le courage que m'inspirent mes convictions pour vous presser de me croire, et de peser chaque parole que je vais prononcer ce soir. Elzé Costa a été promue au pouvoir sur les conseils d'une machine. Une intelligence artificielle du nom de Léviathan.

Une question le taraudait et le retenait, comme une bride contient un pur-sang. Est-ce que cette posture héroïque serait *utile* ? À lui, sans doute : elle lui donnerait le privilège de mourir rapidement et avec la conscience tranquille. Mais aux autres ?

Il ne s'aperçut pas que le sommeil le prit, et ne fut pas surpris de se trouver face à Elzé, vêtue d'une longue robe de satin rouge, qui lui tendait avec insistance un livre ancien semblable à un grimoire ésotérique. Terence reculait, horrifié, conscient qu'il s'agissait d'un livre de Thomas Hobbes, et Elzé éclatait de rire, renversant la gorge, et montrant des dents animales. Terence alors s'apercevait de la présence d'une bougie noire, et tentait de mettre le feu au livre, mais pour une raison qu'il ne s'expliquait pas, le papier ne brûlait pas, et c'était lui qui prenait feu. La douleur imaginaire l'éveilla dans un cri.

L'appartement, indifférent à l'état de conscience de son occupant, demeurait éternellement silencieux. Terence relut les quelques lignes commencées, puis ferma le fichier, se leva et fit les cent pas, avant de s'arrêter devant son bonsaï, qui paraissait un peu sec. Après l'avoir arrosé, il saisit les petits ciseaux et se mit à tailler, avec beaucoup de délicatesse, les pousses qui menaçaient l'harmonie de sa forme vénérable. Ce travail lui fit du bien – et il était presque sur le point de fuir, de trouver quelque part un jardin à cultiver, lorsque la sonnette retentit. Il attendit, figé, les ciseaux à la main, mais la sonnette retentit à nouveau, puis encore, et encore. Il finit par déposer les ciseaux et crier d'une voix ferme :

— J'arrive.

Il ne savait pas à quoi il devait s'attendre – probablement des hommes en noir chargés de le mettre à l'arrière d'une voiture électrique pour une destination inconnue. Il éprouva une certaine reconnaissance envers sa propre prévoyance en songeant qu'il était impeccablement rasé. Puis il ouvrit la porte, et ne cacha pas sa surprise lorsqu'il se trouva en face de Karl Courseules.

Courseules était un homme des couloirs, un homme des

bureaux – bref, un homme d'intérieur, qu'on ne voyait que rarement en dehors des locaux de la WA. Terence resta immobile une seconde de trop avant de l'inviter à entrer du ton le plus affable possible. Courseules, qui ne se départait jamais de son aisance, paraissait trouver la situation tout à fait naturelle. C'était d'ailleurs pour cela qu'Elzé l'avait envoyé.

– Ainsi, vous êtes le diplomate désigné ? demanda Terence, en risquant une pointe d'humour.

Courseules parut soulagé du ton que prenait le début de leur entretien, et lui adressa un sourire plein de dents, qui rappela désagréablement à Terence la bouche canine d'Elzé dans son rêve.

– Il fait très chaud, dehors... Vous auriez un rafraîchissement à me proposer ?

– Bien sûr, fit Terence.

Le ton était donné – c'était celui de la courtoisie, celui de la visite de politesse. Il avait suffi de quelques mots. Tout en préparant un verre de jus de fruits, Terence surveilla, par la porte entrebâillée de la cuisine, les mouvements du conseiller en communication. Ce dernier avait tout de suite regardé sur l'ordinateur, mais il n'osa pas manipuler la souris et fouiller dans les fichiers récents – il n'avait pas dû lui échapper que l'ordinateur était hors connexion, et, fort heureusement, Terence avait fermé la fenêtre de son traitement de texte. Tout en versant lentement le jus dans deux verres, il tenta d'analyser les tenants et les aboutissants de ce coup – le déplacement de ce fou paraissait innocent, mais correspondait bien sûr à une stratégie plus large, qu'il lui appartenait de découvrir.

Karl Courseules, tout en jetant des yeux curieux sur l'appartement du vieil intellectuel, se remémorait son vade-mecum. Il était toujours capital de savoir avec clarté où l'on allait avant de s'engager dans un entretien. « *Je ne peux pas me permettre qu'il me fasse défaut ces jours-ci. À tout prix, il faut qu'il tienne jusqu'au mariage, sans esclandre, avec un service minimum de présence. Après le 27 janvier, j'en fais mon affaire. Obtenez-moi un* statu quo *jusque-là.* » Karl était tout à fait d'accord sur la ligne de communication – une rupture publique avec Terence, un mois avant le mariage, serait un coup très dur, peut-être fatal. Terence ne le savait peut-être pas, mais il était en position de force sur ce sujet, car Elzé ne voulait surtout pas prendre ce risque. Elle était dans une dynamique ascendante, avec le ralliement du parti de l'Innovation et, plus récemment, des antispécistes, depuis l'annonce de la réduction démographique. On murmurait que les génistes étaient sur le point de proposer un ralliement, à la condition qu'on propose une généralisation de l'avortement thérapeutique en cas de fœtus Délicat. Si elle réussissait le coup de force de faire rendre les armes à deux groupes terroristes dans la même semaine, elle pouvait tout espérer. Mais pas sans le soutien de l'aile conservatrice. Il fallait que Terence donne sa caution morale, même du bout des lèvres, même silencieusement. Il fallait qu'il se marie.

Terence finit par apporter les jus de fruits – un peu tard, comme dans une mise en scène mal orchestrée.

– Je suppose que vous venez chercher ma lettre de démission ? demanda-t-il, pour entrer dans le vif du sujet.

– Rien ne presse, mon cher Terence. Ce n'est pas la raison de ma visite.

Courseules prit le temps de boire un quart de son verre, avant de planter amicalement son regard dans celui de Terence.

– Elzé est très inquiète de votre réaction.

Il avait parlé avec une sorte de bienveillance paternelle, du ton dont on réprimande un jeune homme qui exagère, mais pour lequel on a toutes les indulgences. Terence s'était donné pour principe d'en dire le moins possible, et ne tomba pas dans le piège.

– Que vous a-t-elle demandé de venir me dire ?

– Elle souhaite connaître vos intentions, bien entendu. Elle a pris votre départ précipité sur un plan très… personnel.

Terence sourit intérieurement. Courseules pensait-il vraiment qu'il allait gober ça ? Il essaya de gagner du temps.

– Mon geste l'a beaucoup surprise ?

– Beaucoup peinée, surtout. Elle se doutait un peu que vous ne seriez pas totalement en phase avec ses annonces, mais elle ne pensait pas que vous vous lanceriez dans une fronde ouverte. Elle en souffre beaucoup.

– Une fronde ouverte ? répéta Terence.

– Mais oui, c'est ainsi que votre geste a pu être interprété. Je suis sûr qu'il s'agit d'un regrettable malentendu.

Terence observa un long silence avant de répondre.

– Vous voyez ce bonsaï ? dit-il pour gagner du temps.

– Oui, il est superbe.

– Il a résisté, dit-on, à Hiroshima.

– C'est un érable ?

– Un pin blanc du Japon.

– Surprenant.

– Vous comprenez, Elzé et moi n'avons pas une relation ordinaire. Il est très difficile pour moi de faire la part entre le politique et le personnel, avec elle.

– Cela peut se comprendre, dit prudemment Courseules. Vous travaillez en étroite collaboration.

– En effet. Mais les secrets d'État restent des secrets d'État, dit Terence d'un ton philosophe.

Il ouvrit la bouche comme s'il allait parler, puis, exprès, se tut. Il repensa au père Grandet, qui, dans le roman de Balzac, faisait semblant d'être bègue pour remporter les négociations commerciales.

– Quel était le sens de votre acte, Terence ? S'agissait-il d'une fronde ouverte, ou bien puis-je porter à Elzé une meilleure nouvelle ?

– Je vous l'ai dit, Karl. Le personnel et le politique se chevauchent. Le moindre désaccord politique prend une résonance personnelle – nos fiançailles agissent comme une caisse de résonance.

– C'est ennuyeux, observa Courseules.

– Très, approuva Terence. C'est pourquoi je persiste à penser que je ne dois pas assumer les deux rôles auprès d'elle.

– Et elle serait d'accord avec vous, je pense.

– Vous ne me demandez pas lequel des deux rôles je compte abandonner ?

– J'espérais que vous me le diriez de vous-même.

– Lequel souhaite-t-elle me voir abandonner ?

Karl Courseules hocha la tête.

– Vous posez mal la question – car Elzé souhaiterait plus que tout que vous puissiez la seconder à la fois dans la vie et dans son travail. Mais cela ne semble plus possible, ce qu'elle déplore.

– Elle souhaite donc que je reste son amant, et bientôt son mari, et que je disparaisse de l'orbite politique.

– Encore une fois, Terence, vous présentez les choses sous un jour vraiment défavorable. Il n'est pas question que vous disparaissiez brutalement de l'orbite politique.

– Non, bien sûr. Pas *brutalement*. Dites-moi, conserverai-je une certaine liberté de parole ?

– Tous ses collaborateurs sont soumis à certaines règles de communication, pour la cohérence de la ligne…

– Mais si je ne suis plus collaborateur ?

– Je vous l'ai dit, vous n'allez pas disparaître brutalement.

– Et, pour la cohérence de la ligne, je suis sûr que vous avez déjà pensé à quelques actions de communication m'impliquant, dans les prochains jours ?

Karl Courseules hésita, puis répondit franchement.

– Il faudrait que vous participiez à une nouvelle séance du Conseil, d'un bout à l'autre. Une seule fois. Sans manifester de désaccord.

– Et puis ?

– Que vous fassiez acte de présence lors de la conférence de presse.

– Je ne souhaite pas demeurer porte-parole, dit Terence.

Courseules parut embarrassé.

– Vous ne vous êtes vraiment pas connecté depuis hier ?

– Quoi ? fit-il. Elle m'a déjà remplacé ?

– Oui. C'est Frederic Johnson qui a été nommé.

– Elle ne perd pas de temps.

– Elle ne peut pas se le permettre. Ce sont les intérêts de la WA qui sont en jeu.

– Bien sûr, bien sûr…

Terence se leva et fit les cent pas.

– Quelle raison a été invoquée ? demanda-t-il.

– Pour le moment, aucune. Nous attendions de nous entretenir avec vous.

– Quelle raison aimeriez-vous pouvoir invoquer ?

– Le conflit d'intérêts entre la position de futur mari et les responsabilités au gouvernement. Vous apporteriez ainsi votre caution morale par votre seule présence, sans avoir besoin de parler contre vos convictions. N'est-ce pas ce que nous pourrions tous souhaiter de mieux ?

Terence éclata d'un rire amer.

– Et si ma fierté ne s'accommode pas de ce rôle muet ?

– La fierté n'a plus son mot à dire quand l'amour a parlé, déclara sentencieusement Courseules.

– C'est une simple hypothèse, Karl.

– Toutes les hypothèses ne sont pas bonnes à examiner.

La menace était très claire – du moins, suffisamment claire pour Terence. Elzé lui proposait le mariage, et le silence. Ce qui lui arriverait s'il refusait l'un ou l'autre, Courseules ne l'estimait pas « bon à examiner ».

– Je ne suis pas d'accord avec vous, Karl. Il faut toujours examiner toutes les hypothèses. C'est un principe absolu en politique. Et je suis sûr qu'Elzé les examine toutes, quoi que vous en disiez.

Karl Courseules eut un sourire forcé, large et figé.

– Je crois que votre rôle s'arrête là, Karl. Et ne vous méprenez pas, vous l'avez joué à la perfection. Dites à Elzé que j'attends son coup de fil.

– Évidemment, rien ne vaut la communication directe, je l'ai toujours pensé.

– Mais Elzé n'avait probablement pas le temps de venir aujourd'hui, elle doit être très occupée.

– En effet, elle recevait la délégation d'outre-Atlantique.

– Et elle s'est séparée de vous à cette occasion ? J'en suis flatté !

– Je lui dirai de vous appeler dès que possible. Je vous remercie pour le rafraîchissement.

– Qu'elle ne tarde pas à m'appeler, dit encore Terence. Et merci à vous pour votre visite. Je me sens beaucoup mieux.

Courseules et lui renchérirent encore dans l'amabilité, jusqu'à son départ.

Dès que Terence se retrouva seul, il reconnecta son téléphone et son ordinateur mobile à Internet. Il ne savait pourquoi, parmi tous les messages qu'il avait reçus, il s'arrêta particulièrement sur celui d'Alvar Costa, le seul probablement qui n'eût rien à voir avec sa déplorable situation politique. « Monsieur Oxford, disait-il, j'ai un besoin urgent de discuter avec vous pour faire avancer mon enquête. Ceci n'est pas une convocation officielle, toutefois, je me permets d'insister. » Terence songea à ce type, ce frère d'Elzé si différent du cadet. Il lui plaisait, malgré sa maladresse et son côté fouineur. Il lui plaisait parce que c'était le seul, dans la famille Costa, qui lui paraissait intègre. Il l'appela donc, sur une impulsion. Ce flic, qui poursuivait sa piste comme un bon chien de chasse, n'était-il pas le meilleur réceptacle pour tout ce qu'il avait à dire ?

– Inspecteur Costa ? J'ai lu à l'instant votre message. Que vouliez-vous savoir ?

Alvar lui demanda de patienter un instant, et Terence l'entendit prendre des dispositions pour s'isoler et pour passer en mode vidéo : il le vit exactement tel qu'il l'imaginait, avec un vêtement un peu froissé et une barbe naissante.

– Monsieur Oxford, dit Alvar, je n'irai pas par quatre chemins. Tous les éléments de mon enquête me ramènent à un point central. Et ce point central, c'est Léviathan.

Terence Oxford parut surpris.

– Je vais vous dire ce que je sais, continua Alvar. Et vous allez m'interrompre si je me trompe. Vous avez toujours détesté Léviathan, ce projet, cette machine et tout ce qui allait avec. Vous avez aussi tout de suite senti que cette inimitié risquait de vous coûter votre fauteuil, et vous vous êtes raccroché à toutes les branches. Vous n'avez pas compris pourquoi Marek S'Kanza vous lâchait, lui qui avait toujours été un soutien – et quand vous avez compris que lui aussi roulait pour Léviathan, grâce à la filature exercée par votre concierge Stuart Mayton, vous avez vu rouge. Vous avez voulu le prévenir, vous vous êtes rendu chez lui, vous avez balancé tout ce que vous saviez sur cette machine. La perte d'autonomie humaine, le risque pour le monde, toutes ces conneries. Et vous avez espéré qu'il tournerait casaque une seconde fois. Mais il vous avait dans le collimateur depuis que vous l'aviez fait suivre. Il n'a jamais voulu vous concéder la victoire, il s'est rangé de votre côté mais sans vous en avertir.

– Il s'est rangé de mon côté ?

Alvar ne répondit pas tout de suite à la question.

– Dois-je conclure de votre intervention que vous confirmez tout le reste de mon discours ?

Terence hésita.

– Oui. J'ai dépassé les bornes, je le sais, je l'ai d'ailleurs dit à Elzé. Je suis prêt à en répondre devant la justice.

Alvar eut un petit rire un peu moqueur.

– Doucement, l'ami. Personne ne vous parle de justice, pour le moment. La justice, ça vient après. Moi, ce que je cherche pour le moment, c'est la vérité. Vous ignoriez donc que Marek avait cessé de travailler pour Sylvanisia Henko ?

– Oui, je l'ignorais complètement. Cette information n'a pas filtré.

– Qu'êtes-vous allé dire à Marek en août ?

Terence marqua une légère pause.

– Je l'ai supplié de divulguer les informations qu'il possédait sur Léviathan avant qu'il ne soit trop tard.

– Et que vous a-t-il répondu ?

– Qu'il ne voyait pas pourquoi il favoriserait ma candidature. Je lui ai dit qu'il ne s'agissait plus de ma candidature, que je savais bien que je m'étais grillé définitivement, qu'il s'agissait d'un enjeu qui nous dépassait tous les deux. Mais il est resté de glace et m'a demandé de quitter sa roulotte et de ne plus chercher à le voir.

– Savez-vous pourquoi Marek S'Kanza a été tué ? demanda Alvar d'un ton un peu solennel.

– Non.

– Vous ne vous l'êtes pas demandé ?

– Si. Mais je vous avoue que j'ai cédé à la facilité en pensant à la précarité des Nom's, ou à la haine géniste.

– Vous ne saviez pas que Marek S'Kanza avait pris rendez-vous avec Kim Cooligan pour le 14 septembre, et qu'il a été tué dans la nuit du 12 au 13 ?

– Vraiment ?

La surprise ne semblait pas feinte.

– On dirait que Marek S'Kanza a finalement écouté votre conseil, Terence. Mais qu'il avait la tête trop dure pour vous en faire part.

Sur l'écran, les yeux de Terence bougeaient de droite à gauche, comme s'il était à la recherche d'une idée en train de s'envoler.

– Ce rendez-vous… Qui a pu disposer de cette information ?

– À vrai dire, plusieurs personnes différentes. Mais je vous remercie, le reste est mon affaire. Vous m'avez été très utile, monsieur Oxford.

Terence raccrocha et s'allongea sur son lit, épuisé. Marek S'Kanza l'avait finalement écouté – ce rayon de réconfort se noyait dans l'horreur de son meurtre. Il lui semblait que quelque chose avait été lâché dans l'ombre, et que des digues ancestrales venaient d'être rompues. Ce fut avec une angoisse sourde, pénétrante comme une fièvre, qu'il sombra dans son cauchemar. Cette fois, Elzé, en robe blanche, le chevauchait, tout en l'embrassant à pleine bouche. Il n'éprouvait pas de désir, hormis celui de parler. Il avait envie de lui demander dans quelle maison ils se trouvaient, car il ne reconnaissait pas l'espace autour d'eux, mais la langue mobile et puissante de la jeune femme le bâillonnait. Arrivait ensuite Karl Courseules, déguisé en prêtre, qui prononçait les mots du sacrement du mariage. Terence voulait signaler que, n'étant pas croyant, il ne souhaitait pas se marier à l'église, et comprenait que c'était là qu'ils se trouvaient, dans une église, mais Elzé ne détachait pas sa bouche de la sienne. Lorsque vint le moment de dire « Oui », il ne put qu'émettre un grognement. Le rêve devenait plus franchement érotique, et il se rendait compte alors que l'église était pleine, qu'il était allongé dans un cercueil, et que tout le monde applaudissait. Lorsque Elzé atteignit l'orgasme – avant lui –, les spectateurs firent une véritable ovation, et il reconnut parmi eux les frères Costa, Kim Cooligan, Curtis Anglione et, dépassant d'une tête tous les autres, Frederic Johnson.

01/01/2072

Bilan de l'année 2071 : la température monte encore. Festivités de la Saint-Sylvestre : des débordements dans plusieurs villes de la région Canada. Les drones de pollinisation enfin commercialisés.

Alvar, ce matin, n'arrivait pas à retourner dans le *hic et nunc*, qui lui apparaissait comme une maison dont il aurait perdu le chemin. Il possédait un esprit volatile, qui ne se fixait jamais longtemps, et que le moindre bruit faisait s'envoler. Son enquête était ce qui se passait au sol – sur cette terre de misère, de labeur, de contraintes, cette terre de gravité. Et son esprit n'était pas toujours assez lesté pour y descendre – parfois, il était attiré par l'éther léger; un rien, un souffle lui gonflait les ailes et le faisait remonter. Ce pouvait être la pensée des cheveux de Sonia, un vers, une couleur aperçue dans le ciel. Aussi loin qu'il pouvait s'en souvenir, il avait toujours connu cette difficulté à atterrir et surtout à rester au sol.

Il ne pouvait pas dire qu'il ne pensait pas à son enquête – en réalité, elle habitait son âme, en fond de tâche, même lorsqu'il dormait. Son enquête était obsédante comme un souvenir et lancinante comme un casse-tête; elle l'enivrait comme un récit. Mais son esprit jouait avec ses éléments de manière libre, la plupart du temps – et là, il lui fallait rentrer dans le costume rigide de celui qui menait un interrogatoire. Ce matin, il le savait, il devait se charger de toute la pesanteur nécessaire, car John Higgins et Martha Blanköva allaient requérir toute son attention. Non qu'il regrettât son caprice de les faire venir au bureau un 1er janvier à huit heures du matin ; Alvar n'était pas du genre à boire plus ou à dormir moins à dates fixes. Mais il sentait tout le *sérieux* de la situation, et cela l'effrayait. Les deux scientifiques étaient des suspects tout à fait convaincants. Ils avaient un mobile ; en espionnant l'ordinateur de Marek, ils avaient pu apprendre son rendez-vous avec Kim Cooligan ; ils avaient les accréditations et l'argent nécessaires pour recruter un chauffeur et disposer d'une voiture de fonction. Alvar et Samir revirent pour la dixième fois la vidéo tournée par Cooligan, et tombèrent d'accord sur le caractère plus naïf et plus ouvert de Higgins. Il fut donc décidé que Samir interrogerait Higgins, tandis qu'Alvar s'occuperait de Blanköva. Ils leur poseraient les mêmes questions, et les deux entretiens seraient filmés, de manière à pouvoir les consulter de manière parallèle.

@@@

Sur les deux écrans jumeaux, deux heures plus tard, les visages de Martha Blanköva et de John Higgins s'affichaient.

– Veuillez décliner vos nom et prénom, ainsi que votre responsabilité exacte dans le projet dit « Léviathan ».

Sans surprise, John Higgins se désignait comme le chef du projet, tandis que Martha Blanköva se présentait comme sa « première collaboratrice ».

– Comment avez-vous connu Marek S'Kanza et quelle est la nature de vos relations avec lui ?

John Higgins fit répéter le nom, et se souvint qu'il s'agissait de ce programmeur génial qui était en cheville avec Sylvanisia, et auquel ils avaient sous-traité la conception de l'avatar de Léviathan. Il en parla d'abord avec un certain enthousiasme, expliquant à Samir tout ce qu'apporterait une interface de ce type à une intelligence artificielle. Puis il déplora longuement la pression à laquelle l'élection globale les avait soumis, le manque de temps pour finir les choses correctement, et le regret amer que Sylvanisia n'ait pas pu s'occuper de cela elle-même. Il finit par dire qu'il n'avait eu aucune relation personnelle avec Marek S'Kanza et qu'il avait peut-être signé un document qui les liait par contrat. Martha Blanköva, quant à elle, fut beaucoup plus laconique. Elle désigna Marek S'Kanza comme un « personnel contractuel » qui avait été adjoint à l'équipe Léviathan, sur les conseils de Mlle Henko. Elle avait préparé une copie du contrat, qui stipulait les obligations des deux parties, et qui était signé de la main de Higgins. Elle ajouta que Marek S'Kanza avait dénoncé leur contrat et qu'elle regrettait sa mort qui les empêchait de le poursuivre en justice.

– Avez-vous récupéré tout ou partie du travail que Marek S'Kanza a effectué pour vous ? A-t-il restitué l'argent que vous lui avez versé par avance ?

John Higgins pensait que ce travail n'avait jamais été récupéré, non plus que l'argent. Martha Blanköva déclara que l'argent avait été restitué, et que Marek S'Kanza lui avait fait parvenir une ébauche de programme parfaitement inutilisable, au mois de juillet, qu'elle avait détruit presque aussitôt sans le montrer à personne. Elle estimait que S'Kanza s'était moqué d'eux, et que ce travail n'était « ni fait ni à faire ». Elle le jugeait malhonnête et paresseux.

– Marek S'Kanza a-t-il été informé de tous les aspects politiques et sociétaux de ce projet avant de le signer ?

John Higgins l'ignorait. Martha Blanköva répondit que, le projet étant classé secret, on n'avait divulgué que les informations nécessaires à l'effectuation du travail demandé.

– Marek S'Kanza a-t-il émis, à un quelconque point de la collaboration, des doutes concernant la déontologie ou le dessein poursuivi ?

John Higgins n'en savait rien. Martha Blanköva renvoya Alvar à Sylvanisia Henko, qui serait certainement plus à même que Higgins et elle de répondre à ce type de questions. Elle pensait pour sa part que sa lenteur n'avait rien à voir avec une quelconque réticence politique, car S'Kanza avait rejoint les rangs du parti de l'Innovation.

– Savez-vous si Marek S'Kanza avait des ennemis, susceptibles de vouloir le tuer ?

Aucun des deux ne pouvait répondre à cette question.

– La dénonciation du contrat s'est-elle ébruitée ?

John Higgins l'ignorait ; Martha Blanköva répondit que non. Cette affaire était restée secrète du début à la fin.

– Estimez-vous possible que l'on ait attenté aux jours de Marek S'Kanza en pensant en réalité porter un coup au projet Léviathan ?

John Higgins se récria. Personne ne pouvait vouloir porter un coup à ce projet, ce projet était l'avenir de l'homme… Martha Blanköva réfléchit un instant.

– Le parti du Développement s'est montré farouchement opposé à ce projet. Il n'est pas impossible qu'on ait souhaité l'interrompre.

– Le parti du Développement dans son entier ?

– Eh bien, non, répondit Martha. Plutôt son leader traditionnel.

– Vous voulez parler de Terence Oxford ?

– Oui. Il aurait eu intérêt, en effet, à ce que le projet Léviathan ne soit pas finalisé dans les délais impartis.

– Seriez-vous prêts pour une confrontation avec Terence Oxford ? improvisa Alvar. Vous pourriez rechercher ce fragment de programme que vous avez détruit – si vous le souhaitez nos techniciens peuvent vous aider à le reconstituer. Ce serait une pièce à conviction importante. Cela me permettrait d'y voir un peu plus clair. Bien sûr, en tant que témoin, vous n'y êtes aucunement obligée.

À l'écran, Martha Blanköva ne sourcilla pas.

– Je vais y réfléchir, articula-t-elle.

Alvar arrêta la vidéo.

– Ça me suffit, dit-il. On commence la filature. Je veux connaître toutes les adresses qui pourraient servir de planque à Martha.

– Tu penses que c'est elle ?

– Oui. Ils ont consacré vingt et un ans à ce projet, ils étaient sous pression, rêvant de le voir aboutir auprès du bon gouvernant, effrayés de ne pas l'avoir fini à temps. Elle a pris les devants quand elle a compris que Marek les trahissait. Elle a d'abord demandé à Sylvanisia de placer le logiciel espion. Puis, lorsqu'elle a compris qu'il allait diffuser l'information au grand public, risquant peut-être de tout faire échouer, elle a préféré se salir les mains. Elle a obtenu de Sylvanisia l'adresse de la caravane, elle a payé un chauffeur au hasard, et a recruté Bassel Kasra. Mais elle a fait une erreur.

– Laquelle ?

– Elle a conservé l'ordinateur de Marek. Elle était peut-être persuadée qu'il y avait un fichier caché à y découvrir. Ou bien elle a cru que Marek avait caché le fichier à l'intérieur du Paraddict, et elle a utilisé son ange pour essayer de le retrouver. Bref, elle ne l'a pas détruit. Et moi, je vais le retrouver.

Samir hochait la tête, impressionné.

– Comment peux-tu être sûr que Higgins ne joue pas les naïfs ?

– C'est un scientifique, pas un acteur professionnel.

– Et Terence Oxford ?

– Il n'avait finalement aucun mobile. C'est elle.

Cette longue chasse allait donc prendre fin – Martha Blanköva n'avait rien dit d'absolument confondant, et, comme le disait Samir, aucun élément ne l'incriminait suffisamment pour l'arrêter. Mais le parfum de culpabilité qu'elle répandait devenait entêtant – comme une bête acculée, elle allait commettre une erreur, tomber dans le piège, et ce serait la curée.

Dans l'après-midi, Alvar fit comprendre à Sylvanisia Henko qu'elle avait tout intérêt à le rejoindre à son bureau et à collaborer activement avec lui à la recherche des meurtriers. Là, il lui montra les photos du corps de Marek. Elle vit les hématomes sur le corps translucide, la position fœtale, le tatouage. Elle pleura. Il lui dit qu'il était prêt à ne pas trop la charger dans son rapport concernant la pose du logiciel espion. Mais si elle ne voulait pas être incriminée, elle allait devoir prouver sa bonne foi.

– Comment ? demanda-t-elle sur le ton d'une reddition sans condition.

– Je suis sûr que le logiciel espion est toujours dans l'ordinateur.

– Peut-être, admit-elle.

Alvar était arrivé exactement à l'endroit où il désirait mener Sylvanisia – avec une précision de chef d'orchestre.

– Non. Le meurtrier ne peut pas connaître son existence, il est donc impossible qu'il l'ait retiré.

Sa réaction à cette phrase serait déterminante. Si elle n'avait jamais soupçonné Martha Blanköva, elle admettrait facilement cette assertion. Si elle l'avait soupçonnée, mais sans être complice, elle suggérerait cette possibilité à Alvar. Si elle était complice, elle serait mal à l'aise, et passerait rapidement à une autre question.

– Vous dites que le meurtrier ne peut pas connaître son existence, mais ce n'est pas vrai, dit-elle prudemment.

– Avez-vous commandité le meurtre de Marek ?

– Non, se récria-t-elle. Mais Martha m'a chargée de placer ce logiciel espion.

– Considérez-vous comme possible que vos chefs de projet soient coupables ?

– Ce n'est pas impossible, dit-elle.

– Et je suis d'accord avec vous. Martha Blanköva est, à vrai dire, mon principal suspect.

Sylvanisia ouvrit la bouche.

– Mais vous disiez que...

– Je vous testais.

Sylvanisia hocha la tête.

– Elle a très bien pu enlever le logiciel.

– Cela nous compliquerait la tâche. Mais je ne suis pas sûr qu'elle ait fait cela – dans sa tête, ce logiciel lui servait, à elle. Elle a pris la peine de remplacer l'ordinateur de Marek par un autre, elle a brouillé les pistes avec l'inscription géniste, et je pense qu'elle devait vous faire confiance pour ne pas révéler quelque chose qui vous impliquait dans une action illégale.

– En outre, ajouta Sylvanisia, le logiciel est très bien caché dans l'ordinateur. Je ne lui ai pas communiqué son emplacement exact, et c'est un logiciel furtif, qui n'apparaît sur aucun moteur de recherche interne.

– Ce logiciel nous donnera accès à quel type d'informations ?

– Eh bien, tout le contenu de l'ordinateur de Marek.

– Nous donnera-t-il accès à sa géolocalisation ?

– Oui, c'est l'une des fonctions les plus élémentaires.

– Est-ce que ce sera long, de prendre les commandes de ce logiciel ?

– Quelques jours au plus. Martha ne m'a pas donné les codes. Mais je pense être capable de les cracker.

– Alors vous n'avez plus qu'à vous y mettre, Sylvanisia. Parce qu'à partir du moment où cet ordinateur sera géolocalisé au domicile de Martha Blanköva, ou à n'importe quelle adresse où elle a la moindre habitude, je lance la procédure de mise en examen.

Sylvanisia soupira, et Alvar se rappela que cette jeune femme, devant lui, avait connu, touché, et peut-être aimé Marek.

– J'ai une question plus personnelle, dit Alvar. Qui n'a pas d'intérêt direct avec l'enquête.

– Je vous écoute.

– Qu'est-ce qui vous a attirée, chez Marek ?

Les larmes n'étaient pas loin, et donnaient au regard de Sylvanisia, plongée dans ses souvenirs, un éclat particulier.

– Il était libre de toute attache, dit-elle, songeuse.

Ces mots l'accompagnèrent jusqu'au soir. « Libre de toute attache » – l'expression le laissait rêveur. Elle lui évoquait, en vrac, la vie nomade et l'amour avec Sonia, le Paraddict et les vagabondages aériens de son propre esprit. Marek avait rompu des liens pour demeurer libre – et Alvar sentait que les liens, dans sa propre vie, commençaient à meurtrir sa peau.

04/01/2072

Le sommet globalo-chinois : quels enjeux à l'horizon ? Le ralliement des antispécistes à un parti de gouvernement : un événement historique. Afrique du Sud : la bataille de l'eau continue.

L'espace s'était resserré autour d'Elzé. Le Bureau Palatin était devenu le centre névralgique de toutes les prises de décisions, de toutes les chaînes de commandement – il était comme la carte mère d'un gigantesque réseau numérique. Elzé pensait souvent à la théorie du big bang, et à toute la masse de l'Univers contenue dans une cuillère à café. Cette densité surnaturelle lui paraissait palpable ici aussi ; ce n'était pas un espace comme les autres, un espace ouvert et traversé, mais un espace clos, infiniment replié sur lui-même, et lourd de tous les possibles qu'il contenait. Elle avait appris à se mouvoir dans cet espace saturé de pouvoir – entre la chambre obscure de Léviathan, ses propres appartements où elle gérait ses migraines, et le Bureau Palatin qui lui servait d'interface avec l'extérieur. Elle avait d'ailleurs réduit considérablement le nombre de ses interlocuteurs réguliers – il lui semblait que ce centre devait être sanctuarisé. Elle-même sortait de moins en moins ; virtuellement omniprésente, elle se faisait physiquement rare, et cela lui conférait comme un surcroît de pouvoir qu'elle n'avait même pas cherché.

Lorsqu'ils se présentèrent, avec une ponctualité parfaite, elle accueillit Karl Courseules et Terence, qui venaient pour régler les dernières questions du mariage. Elzé n'avait pas revu Terence depuis le Conseil ; elle lui avait téléphoné une fois, et avait communiqué avec lui par textos. Officiellement, il n'y avait pas de nuages dans leur amour, et Elzé avait usé, volontairement, de formules qu'elle n'utilisait pas naturellement : « mon chéri », « mon amour », comme si elle pensait pouvoir être enregistrée et apporter une preuve formelle de la nature de leurs relations. Terence, quant à lui, se contentait de lui donner la réplique, avec sa courtoisie habituelle. Le coup de téléphone n'avait pas duré longtemps, et les textos étaient vides. Ils avaient évité soigneusement toutes les questions cruciales, qui devaient être abordées aujourd'hui, avec Karl.

Courseules parvenait à faire régner une gaieté artificielle dans n'importe quelles circonstances – Elzé songea qu'il y arriverait probablement même lors d'une exécution ou d'une extrême-onction. Tout était affaire de savoir-faire, et Karl n'en manquait pas. Terence jouait son rôle à la perfection ; il s'avança vers Elzé pour l'embrasser rapidement sur les lèvres, après un regard appuyé. Il était temps de dérouler la phrase qu'elle avait préparée à son intention.

– Comme ça fait du bien de te revoir, dit Elzé. Il me semble que cela fait une éternité !

– Cela fait beaucoup trop longtemps, répliqua Terence.

– On voit bien que vous êtes amoureux, dit Karl en riant. Cela fait à peine une semaine…

Et voilà, pensa Elzé, tel était le pouvoir des mots. Ils étaient capables de créer une atmosphère – et cette atmosphère ensuite vous ligotait. Pouvait-on se permettre la moindre inconvenance dans une atmosphère nuptiale ? Pouvait-on esquisser le moindre geste de résistance lorsqu'on présentait votre amour fou comme un fait établi ? Terence aurait les mains liées par les rubans de satin, la bouche engluée de miel. Il se noierait sous le tulle et étoufferait sous les dragées.

– Souhaitez-vous que je vous donne l'ordre du jour ? J'avoue qu'il est beaucoup plus réjouissant que ceux auxquels je suis habitué..., reprit Karl en riant.

– Je suis impatient, dit Terence. Et il y a quelques points que je souhaiterais aborder aussi...

Courseules parut surpris, puis charmé, par cette initiative. Il regarda Elzé, qui avait mis le masque d'un sourire figé.

– Je vous propose de commencer par vous lire l'ordre du jour, peut-être que vos points et nos points se rejoignent, dit Karl. Alors – on dirait vraiment un menu de fête – un, le récapitulatif de la cérémonie et de la fête. Deux, la question du domicile conjugal. Trois, les éléments de langage et la ligne de communication. Est-ce que vous avez toujours des points en suspens, Terence ?

– Oui. Quatre, les obligations conjugales des deux parties. Cinq, les conditions de rupture du contrat de mariage.

Karl fit une moue qui signifiait « Eh bien, quel manque d'élégance », et le sourire d'Elzé se raidit légèrement.

– Je suis tout à fait désolé de penser à ces choses désagréables, dit Terence, mais Elzé est une femme pragmatique, et je suis sûr qu'elle y a pensé aussi. Nous avons passé l'âge de l'amour éternel. Ce dont nous avons besoin, c'est d'un beau mariage, de belles photos, d'une belle caution morale silencieuse de ma part. Mais dans un an, ou deux, ou trois, il n'est pas impossible que nous ayons le désir de reprendre notre liberté.

Courseules eut un petit rire un peu choqué, mais n'insista pas.

– Cela me semble naturel, en effet, compte tenu des circonstances..., dit Elzé. Mais, Terence, je n'ai pas seulement besoin de ce mariage à des fins politiques. J'ai également besoin de toi à mes côtés, et cela ne risque pas de changer d'ici à quelques années.

– Je l'espère, répliqua Terence avec plus de douceur. Mais je m'inquiète... On dit que l'exercice du pouvoir change les gens.

– Ai-je tant changé ? demanda-t-elle d'un air mutin.

– Non, je l'avoue. Mais cela pourrait venir. Tu pourrais te lasser d'un vieux bonhomme, que dis-je, d'un dinosaure comme moi...

L'ordinateur mobile d'Elzé bipa, et Elzé consulta son message sans un mot d'excuse. Puis elle dit :

— Commencez sans moi, j'ai déjà validé l'organisation de la fête.

Et elle alla s'installer sur un autre bureau, afin que personne ne pût lire ce qu'elle était en train d'écrire. La voix de Karl, docile, se mit à chanter.

– *Arrivée à la mairie du 1er arrondissement à 8 h 10, en voiture officielle, avec cortège de cérémonie. Couverture média : hélicoptère, motos, caméras fixes à la mairie. Première séance de pose, en individuel, jusqu'à 8 h 25.*

C'était Martha Blanköva qui la contactait, sur un canal a priori réservé aux urgences concernant Léviathan :

« Madame la Secrétaire générale, votre frère Alvar Costa nous a convoqués il y a quelques jours dans le cadre d'une enquête ridicule. »

– *Cérémonie du mariage à la mairie, en présence de deux cent cinquante personnes triées sur le volet parmi les représentants internationaux de la World Administration. Tribune d'honneur réservée à la famille Costa. La cérémonie, de trente minutes, sera suivie par trois discours personnels, d'environ sept minutes : un collaborateur de chacun des mariés, puis nous avons pensé solliciter Abel.*

« Cette enquête est déstabilisante pour nous, et notamment pour John dont la condition psychologique est déjà fragile, et risque de porter préjudice à l'image de Léviathan. Il ne s'agit que de la mort d'un Nom', avec laquelle nous n'avons rien à voir. »

– Une seconde séance de pose, pour les photos de couple, prévue sur le tapis rouge du hall de la mairie. Départ de la mairie prévu vers 9h45.

Elzé échangea, de loin, un regard avec Terence. C'était curieux : elle le désirait encore, d'une certaine façon, et ne se forçait pas vraiment pour jouer son rôle d'amoureuse. Mais ce désir était une résurgence du passé ; il appartenait à une page déjà écrite, déjà tournée.

« Pourriez-vous vous assurer que ses investigations sur notre équipe cessent ? »

– Ensuite, la fête commence, et c'est parti pour une très longue journée. Retransmission mondiale avec commentateurs nationaux ; feux d'artifice synchronisés en Europe occidentale. Concerts gratuits organisés sous haute sécurité dans les plus grandes salles de spectacle. Pour vous, ce sera un véritable marathon. Présence des mariés à midi au palais des congrès de Paris, à quinze heures à Londres, à dix-huit heures à Berlin. Puis retour à la City et inauguration de la soirée nuptiale à l'Exhibit à dix heures.

Elzé répondit sans l'ombre d'une hésitation :

« Bien sûr, Martha, je m'en occupe. Il n'est pas question que l'honneur de mes collaborateurs soit entaché dès le début de mon mandat. J'en fais une affaire personnelle. »

Après avoir coupé la communication, Elzé, toujours souriante, revint s'asseoir auprès de Terence, à qui elle prit la main avec une sorte de compassion.

– Pauvre Terence, dit-elle. Nous lui en infligeons beaucoup, mais c'est pour la bonne cause…

Abel avait beau tourner et retourner la situation dans tous les sens, il était pris à son propre piège. Il venait de recevoir le message du Bureau Palatin : on le sollicitait pour prononcer un discours de six à sept minutes à l'issue de la cérémonie de mariage. Une cérémonie retransmise mondialement, qui n'échapperait à personne, et surtout pas à Cyril. C'en était fait, donc, de sa couverture – c'était le destin des infiltrés, sans doute. On ne pouvait mentir éternellement, et Abel, en cet instant, trouvait cela bien dommage.

Il avait d'abord imaginé refuser la proposition. Mais au nom de quoi ? Il était évidemment un choix naturel – il faisait partie de la WA, il était photogénique, son image renforçait celle d'Elzé, il était brillant, et semblait tout dévoué à sa sœur. Qu'est-ce que cela pourrait bien signifier qu'il refusât ? Et puis, de toute façon, les Costa devaient avoir une tribune d'honneur, où ils seraient filmés. Qu'il prît la parole ou non, son beau visage séduisant serait à jamais associé à celui de sa sœur la Secrétaire générale. Il était même étonnant qu'il n'y eût pas déjà eu des interviews et des séances de pose – cela viendrait, sans le moindre doute, dans les jours qui suivaient.

Cela signifiait aussi, à plus long terme, que sa sœur venait de faire une croix, sans même le consulter, sur sa carrière d'agent à l'Intellagency. Abel Costa, ce splendide visage dont on se souvenait si bien, ne passerait plus jamais pour un autre. Elzé lui réservait sans doute un poste plus élevé, mais le frisson que lui procurait l'infiltration lui serait interdit. Cyril Borgheist aurait été son unique essai.

Abel saisit son téléphone et appela Karl Courseules. Par miracle, cet homme toujours occupé était aussi toujours joignable, et il répondit tout de suite.

– Karl, c'est Abel. Je n'ai pas encore commencé la rédaction du discours.

– Vous avez bien reçu les thèmes ? Anecdote familiale, portrait d'Elzé enfant, amour fraternel.

– Oui, oui, pas de problème. Mais je me disais... Cette exposition médiatique va me porter préjudice dans ma carrière.

– Que voulez-vous dire ?

– Je viens d'entrer à l'Intellagency, Karl. Je ne suis pas censé être un people, mais un parfait inconnu.

Karl observa un silence prolongé.

– J'ai peur que ce ne soit pas possible, finit-il par dire. Je vois mal comment on pourrait vous écarter systématiquement de toutes les retransmissions médiatiques. Nous nous dirigeons vers une communication de type « famille royale », et il va déjà falloir faire l'impasse sur votre papa, ainsi que sur votre frère qui ne me paraît pas très à l'aise devant les caméras. Vous êtes notre ressource principale.

Ce fut au tour d'Abel d'observer un silence.

– C'est absolument nécessaire, Karl ?

– Je le crains. Je comprends le sacrifice, Abel, je suis sûr qu'Elzé en sera très consciente. Mais nous allons tous être amenés à faire des sacrifices. Voulez-vous que je lui en parle, pour être sûr ?

– Non, c'est inutile. Vous avez raison.

Après avoir raccroché, le mot « sacrifice » lui trotta dans la tête, se superposant à l'image de Cyril, au souvenir de leur étreinte hors du monde. Il maudit d'abord Elzé, puis se maudit lui-même. Était-il obligé de mentir à celui qu'il aimait ? Pourquoi n'avait-il pas dit, tout simplement : « Je ne m'appelle pas Abel Alvaro. Je suis le frère d'Elzé Costa. » Peut-être pas les premiers jours, mais au moins récemment, avant d'y être contraint par les événements. S'il le faisait aujourd'hui, Cyril comprendrait qu'il n'agissait pas par désir de sincérité. Et pourtant, paradoxalement, avait-il été plus sincère avec qui que ce soit ? Y avait-il eu dans sa vie un moment de vérité plus grand, un moment où il avait été plus authentique, que sur cette terrasse désaffectée ? Ce paradoxe l'exaspérait, comme la marque d'une erreur logique. Il avait géré cette affaire avec une cécité coupable ; cela faisait des semaines qu'il aurait dû anticiper la crise d'aujourd'hui. Il était évident que l'élection d'Elzé allait le mettre en lumière ; il en avait même parlé à Alvar, en s'étonnant qu'il n'y eût pas pensé. En vérité, cette relation avec Cyril était condamnée par avance, depuis le début. Il ne l'avait rencontré que sur ordre de l'Agence ; il aurait dû achever son infiltration après son rendez-vous avec Abuela ; leur relation était en sursis, depuis le tout premier instant.

En sursis. *Carpe Fatum*. C'était bien la philosophie du groupe : vivre intensément le moment, quel qu'il soit, sans penser à l'avenir. La musique du naufrage. C'était beau, sans doute, et cela avait donné à cette relation une saveur infiniment subtile. La logique voulait qu'Abel Alvaro disparaisse aujourd'hui dans la nature, et ne laisse de lui qu'un souvenir, et un nom inventé. Cette disparition était le prix à payer pour sa duplicité, il le savait, mais tout son être se cabrait à l'idée de rembourser cette dette. Comme un Faust refusant au moment ultime d'honorer le pacte signé de son sang, Abel ne voulait pas renoncer à Cyril.

Les paroles de Courseules lui revenaient en tête. « *Anecdote familiale, portrait d'Elzé enfant, amour fraternel…* » Cela lui paraissait soudain totalement absurde. Tout comme il était absurde d'accorder tant d'importance à ses émotions, à ses sentiments amoureux, alors que sa sœur venait de franchir un Rubicon sanglant. Mais ses angoisses personnelles et ses angoisses politiques, mystérieusement, communiquaient. Il en prit conscience, dans une révélation.

Il n'était plus un agent de l'Intellagency infiltré chez Carpe Fatum. Il avait cessé de l'être le jour où il n'avait pas dit à Abuela qu'il continuait son infiltration. Il avait depuis longtemps cessé de faire confiance à Elzé et d'adhérer aux valeurs de la WA ; d'ailleurs, lorsqu'il avait assisté à l'annonce de ses premières mesures, il était accouru chez Oswald. Il était un agent de Carpe Fatum au sein de la WA, et pas le contraire. Il deviendrait, ou plutôt, il était déjà, un opposant convaincu de sa sœur, même s'il ne se l'était pas formulé nettement avant aujourd'hui. Si la duplicité n'était plus tenable, il fallait la trancher dans le sens qui lui correspondait, qui révélerait à la fois son être et son action. Il allait tout avouer à Cyril et à Oswald, et leur proposer de continuer à leur donner toutes les informations que sa place éminemment privilégiée pourrait lui fournir.

C'était aussi simple que ça : il n'y avait qu'à changer de camp. Proprement.

Il donna rendez-vous à Cyril pour le soir, et, machinalement, sans même y réfléchir, entreprit de rédiger le discours qu'il prononcerait avec componction et solennité le 27 janvier. Mais le reste de son cerveau projetait déjà ce qu'il allait dire à Cyril, pour ne pas perdre définitivement sa confiance. Évidemment, le mensonge sur son nom et son origine serait difficile à pardonner – Abel pensait qu'il valait mieux le lui dire en face, et supporter sans riposter les insultes et les coups de poing que cet aveu déclencherait. Puis, un peu de temps après, peut-être pas le jour même, il faudrait s'expliquer.

Elzé, pour moi, c'est d'abord la sœur aînée. Sur les photos que je regardais, c'était une petite fille toujours tirée à quatre épingles – elle n'a pas beaucoup changé – qui posait ses grands yeux sages sur toute la maisonnée. Une petite fille, qui, paraît-il, prodiguait à tout un chacun des conseils et des recommandations. Puis une adolescente sensible, qui jouait avec beaucoup de musicalité les préludes de Bach, et qui s'est transformée en une jeune femme brillante et passionnée par son métier et son engagement dans la société.

«Je n'ai jamais rencontré Marek S'Kanza. Je ne m'appelle pas Abel Alvaro. Je m'appelle Abel, ça c'est vrai. Mais mon nom de famille est moins exotique. C'est un nom de famille que tu ne connais que trop bien. Je m'appelle Abel Costa.»

Elzé, pour moi, c'est la voix de la raison, qui rappelait à l'ordre ses petits frères – et surtout moi quand j'avais décidé de jouer les trublions. C'est aussi la voix de la consolation, capable d'apaiser les petits garçons terrifiés. C'est la seconde maman qui s'est penchée sur mon lit d'enfant et qui m'a permis de surmonter la mort de notre mère. C'est une personne merveilleuse, à la fois incroyablement forte et profondément humaine.

«Je sais que tu vas me détester pendant un temps indéfini. Mais je suis prêt à attendre. Moi, je t'ai aimé depuis le premier jour dans ce gymnase pourri. J'ai essayé de t'impressionner avec Nietzsche. J'ai essayé de t'impressionner avec ma belle gueule. J'ai essayé de te renvoyer le désir que je me prenais en pleine face, ce jour-là. Le désir de ta voix, de ta pensée fraîche et vive. Le désir de ta personne.»

Pour mieux vous la décrire, je voudrais raconter une simple anecdote à son sujet: nous sommes en 2055, Elzé a environ dix-huit ans, et moi, je suis un petit bonhomme de trois ans, espiègle et malin, à ce qu'on dit. Je m'en souviens d'ailleurs comme si c'était hier. Je la trouvais si jolie, ce jour-là, que j'aurais voulu l'avoir pour moi tout seul. Mais elle était en train de travailler dur, à la maison, pour ses examens, ce que je ne comprenais absolument pas – heureusement, on change un peu entre trois et vingt ans… et je le comprends un peu mieux maintenant!

«Je ne sais pas si je suis hétéro ou homo, et je vais te dire: je m'en fous. Je me fous aussi de l'endroit où je suis né. Je suis né du mauvais côté de la barrière. Au cœur de la WA. Je suis le frère d'Elzé Costa, j'ai été nourri avec des règles administratives, la langue de bois est ma langue maternelle. Je suis un putain d'étudiant à l'Intellagency. La crème de la crème. Mais je m'en fous. »

Bref, je ne cessais d'entrer dans sa chambre, de la tirer par la manche, ou de faire tout le tapage possible avec mon tambour. À un moment, agacée, elle m'a attrapé et a voulu me confier à mon frère aîné, ici présent – oui, Alvar, je suis sûr que tu t'en souviens –, mais elle s'est rendu compte qu'il se trouvait au chevet de ma mère malade, avec notre père. Personne n'avait la force ni le temps de me faire jouer ou de s'occuper de moi – personne n'y songeait, d'ailleurs. Alors, je m'en souviens, elle a rangé ses cahiers et son ordinateur – elle a toujours été si ordonnée ! – et elle s'est mise à jouer avec moi pendant un temps qui m'a semblé très long…

« Ce n'est pas un lanceur d'alerte qui m'a tuyauté dans le Paraddict. C'est moi, le lanceur d'alerte. J'étais présent à la réunion où ma sœur a annoncé ses mesures. Et je suis venu directement vous les dire, parce que cela me semblait la seule chose à faire. Parce que le monde va mal, parce que la WA court à la dictature. Parce que je crois en tout ce que je t'ai dit. Parce que j'ai été aussi sincère que j'étais menteur. Je sais que tu es capable de le comprendre. »

C'était plus que je ne l'espérais, elle m'a couru après jusqu'à ce que je pleure de rire, jusqu'à ce que je sois essoufflé. Jusqu'à ce que la maladie soit si loin de mes pensées que j'en oublie l'existence.

Elzé, voyez-vous, c'est ça : une jeune femme qui tient la mort à distance, à force de volonté. Vous comprendrez évidemment que j'éprouve aujourd'hui envers elle des sentiments tout à fait bouillonnants… Je suis fier, je suis impressionné, et surtout, je suis confiant. Elzé ne m'a jamais fait défaut. Et je lui souhaite, avec ce grand humaniste, ce grand cœur qu'est Terence Oxford, de trouver dans son intimité tout le bonheur possible, tout le bonheur qu'elle m'a donné à moi, et qu'elle nous donnera à nous tous.

« Je ne te demande pas de réponse tout de suite. Mais je vais avoir beaucoup, beaucoup d'informations ultra-confidentielles, et si on rentre dans l'opposition, ça n'aura pas de prix d'avoir une taupe à ce niveau d'accréditation.

Réfléchis-y. Tu sais où me joindre. Cette fois-ci, je ne t'ai menti sur rien. »

Abel ne relut même pas le texte du discours de mariage, et l'envoya à Courseules pour vérification et correction. Cyril lui confirma le rendez-vous du soir, et il demeura songeur. Aurait-il seulement le temps de lui dire tout ce qu'il avait à lui dire ? Cyril pouvait aussi bien disparaître dans la nature, ne laissant qu'un souvenir et un nom, et Abel n'aurait d'autre choix que de l'accepter. Pour tromper l'attente, il se saisit de son casque d'immersion virtuelle, et pénétra, l'âme lourde, dans le Paraddict.

08/01/2072

Dévoilement de Léviathan au grand public : pour Elzé Costa, c'est « l'Espoir qui se lève ». Les premières mesures du gouvernement Costa expliquées en dix points. Pourquoi la Recherche est-elle une activité dépassée ?

Il était presque dix-huit heures lorsque Alvar parvint à se faire admettre au Bureau Palatin. Après que Sylvanisia eut réussi à mettre en marche le logiciel espion, et que cette filature électronique eut géolocalisé l'ordinateur de Marek au domicile de Martha Blanköva, après qu'Alvar eut rédigé une ébauche de rapport concernant le meurtre de Marek S'Kanza, il avait couru au bureau de son chef, qui avait survolé les conclusions avant de s'écrier :

– Un prix Nobel, qui travaille pour la Direction centrale ! Vous pétez vraiment plus haut que votre cul chez les Costa !

Alvar laissa passer l'averse.

– Je n'y peux rien, ce n'est pas moi qui ai décidé de la conclusion de l'enquête.

– Et c'est qui alors ? Le pape ?

– La vérité n'a besoin de personne, elle est là, c'est tout. Je n'y peux rien.

– Vous imaginez cinq secondes le déluge qui va me tomber dessus si je transmets ce rapport ?

– Non.

– Quand un membre de la WA est incriminé, c'est une contre-enquête diligentée par un autre service, des mois de procédure, un audit général, et pour finir, le plus souvent, une mutation sanction.

– Mais on n'a pas le choix, chef. Ce Marek S'Kanza a été tué de la plus ignoble manière, et…

– Vous n'avez qu'à retrouver le tueur à gages, et lui faire porter le chapeau.

– Je refuse de laisser le commanditaire s'en sortir comme ça.

– Ah oui ? Vous refusez ?

– Oui.

– Eh bien, moi je refuse de transmettre le rapport, alors je vous conseille d'aller le porter directement à votre sœur, et de voir un peu la tête qu'elle va faire quand vous allez lui dire qu'une de ses proches collaboratrices s'amuse à faire tuer des Délicats pour les empêcher de baver…

Alvar avait eu envie de lui répondre, mais il se sentait fort de son enquête menée à bien, et entreprit de rendre visite à sa sœur, comme on l'engageait à le faire.

– Tu crois qu'elle va te recevoir comme ça ? lui avait demandé Samir, sceptique.

– C'est ma sœur, je te le rappelle ! lui avait dit Alvar, étonné.

– C'était ta sœur, avait précisé Samir. Maintenant, c'est la Secrétaire générale.

Alvar avait haussé les épaules, mais cette petite phrase assassine avait tintinnabulé à son esprit à plusieurs reprises au cours de la journée, lorsqu'il avait dû franchir les obstacles immatériels qui encombraient les voies du pouvoir. Il fallait un accord, un rendez-vous, un feu vert, et chaque porte ouverte semblait mener à une autre plus lourde, plus secrète, et plus fermée.

Il pensait à cette étrange parabole de Kafka sur les portes de la Loi, dans laquelle un homme passe toute sa vie à attendre une autorisation d'entrer qui ne viendra jamais. Il pensait aussi aux palais de Racine, aux chambres impériales et aux antichambres tragiques, où la fatalité se nouait par des paroles courtoises, entre deux courants d'air. Sa sœur lui semblait avoir pris l'épaisseur et le poids d'un personnage.

Quand il fut enfin dans l'antichambre directe du Bureau Palatin, où il attendait avec quelques hommes en noir, il prépara mentalement le récapitulatif qu'il voulait faire à Elzé. Martha Blanköva, pour parfaire l'œuvre de sa vie, et pour complaire à son mentor John Higgins, avait fait engager un programmeur génial afin de doter Léviathan d'une interface de type « avatar ». Ce programmeur avait été proposé par Sylvanisia Henko, qui s'était occupée de le recruter, et qui avait par ailleurs entretenu une liaison avec lui. Ce programmeur, Marek S'Kanza, la victime, se trouvait être un libre-penseur ; il avait d'abord été passionné par le projet, puis, averti par Terence Oxford de la nature potentiellement dangereuse de ce travail, il avait décidé de l'abandonner et n'avait pas répondu aux exhortations de Martha Blanköva pour lui remettre le premier jet de son travail. Martha Blanköva avait alors décidé de se passer de son accord, en le plaçant illégalement sous surveillance informatique, grâce à la complicité de Sylvanisia Henko. Marek ne s'en était pas douté. Lorsqu'il avait finalement décidé de révéler au grand public, à travers la journaliste Kim Cooligan, l'existence d'une intelligence artificielle conçue à des fins politiques, et qu'il avait pris rendez-vous avec elle pour le 14 septembre, Martha Blanköva, paniquée, avait décidé de le faire assassiner. Elle avait recruté un Nom' de la caravane de Marek qui, moyennant finance, était allé tuer le Délicat dans sa roulotte, dans la nuit du 12 au 13, et dérober son ordinateur. L'arroseur avait cependant été arrosé, puisque le logiciel espion placé par Sylvanisia Henko avait finalement servi à localiser cet ordinateur au domicile de Martha Blanköva, donnant à Alvar la preuve formelle qui lui manquait pour lancer la procédure de mise en examen.

Évidemment, Elzé voudrait probablement faire arrêter également le tueur à gages, et Alvar ne voyait pas comment Bassel Kasra pouvait échapper à la prison. Cela le tracassait un peu – parce que le Patron considérerait probablement cela comme une trahison. Alvar se sentait moralement tenu par une sorte d'accord tacite entre eux trois. Bassel avait coopéré ; le Patron lui avait sectionné les doigts ; cela ne regardait plus la Globale. Mais Alvar ne réussirait jamais à faire boucler Blanköva sans son témoignage.

Il en était là de ses réflexions lorsque, enfin, Elzé le reçut. Elle fit son entrée, belle et froide comme une Agrippine de théâtre. Elle ne le convia pas dans le Bureau Palatin, mais congédia ses chiens de garde et le reçut, debout, dans cette antichambre impersonnelle.

– Excuse-moi, Alvar, j'ai très peu de temps à te consacrer. Tu as une affaire à m'exposer, je crois ? Une de tes enquêtes ?

– Tes collaborateurs t'ont bien renseignée. J'ai là tout mon rapport…

Il tendit le dossier, qu'Elzé saisit. Elle l'ouvrit distraitement, et lut la dernière page en diagonale.

– Pourquoi y a-t-il le nom de Martha Blanköva ? s'étonna-t-elle.

– C'est la raison pour laquelle mon chef m'a demandé de te transmettre le rapport directement. Elle est impliquée dans un meurtre.

Les yeux d'Elzé s'étrécirent.

– Impliquée de quelle façon ?

– Elle a prémédité et commandité l'assassinat d'un Nom', Délicat de son état, un dénommé Marek S'Kanza, Architecte…

– Tu as des preuves ? coupa-t-elle.

– Oui, une preuve numérique. Avec une perquisition, je pense pouvoir saisir son ordinateur qui sera une preuve matérielle.

Elzé resta un moment silencieuse. Ses traits n'étaient plus mobiles comme auparavant, et leur perfection plastique faisait ressembler son visage à un masque impénétrable.

– Tu as eu mille fois raison de venir me trouver, Alvar.

– Tu peux passer un coup de fil pour que j'obtienne le mandat de perquisition et le mandat d'amener ? Si on se dépêche, je peux peut-être la mettre en examen dès ce soir.

Elle tressaillit.

– Non, Alvar, surtout, ne nous précipitons pas. J'ai besoin de temps pour appréhender le problème. Et tu dois me promettre de ne rien dire à personne.

Alvar soutint le regard de sa sœur.

– Elzé, pourquoi as-tu besoin d'appréhender le problème ? Il y a un assassin identifié, il n'y a pas de questions à se poser.

– C'est plus compliqué que ça, Alvar.

– Et pourquoi ?

– Parce qu'elle est liée à la Direction centrale, à Léviathan, et ce scandale rejaillirait sur moi, sur mon administration. Il y aurait des conséquences politiques, peut-être des conséquences graves.

– Je ne comprends pas. Qu'est-ce que tu proposes ?

– Pour le moment, Alvar, je ne te propose rien. J'ai pris acte de ton enquête, je te demande de passer à autre chose, et de me laisser gérer cette affaire.

– C'est tout l'effet que ça te fait d'avoir un assassin parmi tes collaborateurs ? On dirait que tu n'es même pas surprise…

Elle ne l'était pas, en effet, et n'avait pas pris la peine de feindre.

– Tu es tombé sur la mauvaise enquête, dit-elle froidement.

Il faut que tu oublies tout ça, et surtout, surtout, que tu n'en parles à personne.

– Mon collègue et mon chef sont déjà au courant. Sylvanisia Henko aussi.

– Je ferai le nécessaire pour qu'ils ne parlent pas.

– Tu es en train de me dire que j'ai fait cette enquête pour rien, qu'on ne rendra pas justice à la victime, que tu vas garder cet assassin dans ton staff, et que je peux aller me faire pendre ailleurs ?

Elzé eut un air exaspéré qu'Alvar connaissait bien – le même que lorsqu'ils étaient plus jeunes, et qu'Alvar s'obstinait à s'opposer à son père contre son propre intérêt.

– Tu ne changeras jamais, Alvar. Tu es toujours en croisade contre le système.

– Je te demande pardon ? Je suis venu parce que j'avais bouclé mon enquête et que j'avais confiance dans le système, justement. Confiance en la justice.

– Excuse-moi, je comprends, dit-elle d'un ton plus doux. Je te promets d'y réfléchir – je veux juste qu'on laisse passer le mariage, sans l'ombre d'un scandale, et puis nous en reparlerons.

– Elle sera à la table d'honneur ?

– Qui ? Martha ?

– Oui... Ça m'amuserait de savoir si tu vas me forcer à trinquer avec l'assassin.

– Non, je te promets que ça n'arrivera pas. Mais je t'en prie, pas d'esclandre.

Il la revoyait, adolescente. Elle avait toujours su lui arracher des promesses du bout des lèvres, qu'il se sentait obligé de tenir.

– Promets-moi que tu ne feras pas d'esclandre et que tu ne parleras pas de tout ça jusque après le mariage. C'est dans dix-neuf jours, Alvar. Tu peux tenir dix-neuf jours, n'est-ce pas ? Fais-moi confiance. Je m'en occuperai après, dès le lendemain. Fais-moi confiance.

Alvar soupira, vaincu.

– Tu as appelé Papa récemment ? lui lança-t-il.

– Non.

– Son état se dégrade. N'attends pas trop longtemps pour l'appeler.

– Mais pourquoi tu n'as pas insisté davantage ? demanda Sonia.

– Parce que je connais Elzé. Et aussi parce que je connais le système. Le chef avait entièrement raison. Les loups ne se mangent pas entre eux.

– Alors, elle va simplement garder le rapport, et ne rien en faire ?

– Elle va le lire, elle va l'utiliser comme moyen de pression sur Blanköva. Il lui sera probablement très utile.

– Mais Blanköva ne paiera pas pour ce qu'elle a fait.

– Non.

– Elzé ne t'a pas dit cela clairement. Peut-être qu'elle s'en occupera effectivement après.

– Je n'y crois pas un instant. Mais je vais attendre dix-neuf jours, et pas un de plus, pour clore mon enquête d'une autre manière.

– Que veux-tu dire ?

– Sonia, j'ai consacré presque dix ans de ma vie à servir la justice. À retrouver des criminels, à les déférer au tribunal. À croire que cette justice instituée avait un sens, qu'elle valait mieux que la vengeance privée, qu'elle était plus noble, plus rationnelle.

– Et aujourd'hui ?

– Aujourd'hui, je me rends compte que l'institution que je sers n'est ni noble ni juste. Que cette institution protège les puissants. Qu'il n'y a pas une loi identique pour tout le monde. C'est comme si j'étais prêtre dans une église et que je découvrais que le dieu que je sers est une supercherie. Je ne peux pas continuer.

– Que vas-tu faire, si ta sœur ne tient pas sa promesse?

– Je te l'ai dit: je me passerai de la WA pour clore cette enquête.

Sonia écarquilla les yeux.

– Tu ne vas pas commettre un crime, au moins?

Alvar sourit.

– Mais non… Je me contenterai de faire mon rapport à quelqu'un d'autre, à quelqu'un que ça intéressera. Je n'ai aucune envie de prendre des risques: j'aurais bien trop à perdre. Tout ce qui n'est pas toi ne m'intéresse déjà presque plus…

Sonia sourit; ils partageaient ce sentiment étrange, presque impossible à expliquer. Le sentiment que plus rien n'avait d'importance, hormis eux. Qu'ils n'avaient en fait plus aucune relation directe avec le monde. Leurs liens antérieurs, leurs centres d'intérêt, leurs idéaux eux-mêmes s'étaient éteints, à demi effacés, et ne restaient plus qu'à l'état de vestiges dans leur esprit bouleversé. Le temps qu'ils passaient loin de l'autre était un temps d'attente, un temps vain, qui tournait à vide comme une vis dans un pas cassé. Elzé, sa politique, le Blue Note, le Paraddict, leur famille, leurs souvenirs, leur mémoire, tout avait perdu forme et consistance. Il n'y avait de réel que leurs peaux, leurs souffles, les flambées de leur désir, le vertige de leurs conversations, de leurs messages, la puissance enveloppante de leur parole amoureuse. Tout le reste avait sombré dans un demi-oubli. Les journées n'étaient que des interruptions nécessaires dans la longue nuit sans fenêtre où leur amour grandissait; les événements qui s'y produisaient leur demeuraient obscurément extérieurs.

Sonia chantait encore, comme dans un rêve, et Alvar parvenait au prix de gros efforts à se concentrer pour se remettre au travail. Mais un ressort s'était brisé; et l'attitude d'Elzé, qui l'aurait scandalisé quelques jours auparavant, le laissait froid, tout comme le laissaient froid la maladie galopante de Francis et les discussions politiques animées qu'il entendait à droite et à gauche. Le Paraddict lui-même avait perdu de sa couleur et de sa beauté ; Alvar ne savait pas s'il était un fantôme dans le monde, ou bien si la City elle-même n'était pas devenue une cité fantôme depuis qu'il était avec Sonia. Mais il avait en permanence la conscience aiguë qu'il y avait plusieurs plans d'existence, et que le monde et lui n'étaient plus sur le même.

– J'aimerais bien que tu m'emmènes sur la Route, lui glissa Sonia à l'oreille avant de s'endormir.

Le lendemain, quand il s'éveilla, tout lui parut infiniment clair. C'était une sensation de libération intime, comme si un grand fatras d'idées et de sentiments venait soudain d'être remis en ordre, le laissant apaisé, calme et heureux. La politique effrayante d'Elzé et sa collusion avec un assassin, son amour pour Sonia, sa sympathie pour Marek S'Kanza et son besoin de lui rendre justice, son attirance pour les Nom's, son deuil de la figure du Père… tout s'emboîtait comme par magie dans la décision qu'il venait de prendre, sans le savoir, pendant la nuit, et qui lui apparaissait maintenant avec une lumineuse évidence.

Sonia dormait, ses cheveux roux caressant la nudité de son corps blanc tacheté de brun. Alvar la contempla un long moment, impatient de partager avec elle ce miracle psychique, cet événement intérieur et fabuleux qui allait modifier le cours de leur vie, et qui n'était encore, à cette heure intime et silencieuse, qu'une promesse vague, pure et lointaine comme une étoile.

25/01/2072

Paraddict *vs* Léviathan, ou l'intelligence collective contre l'intelligence artificielle. Préparatifs du mariage Costa-Oxford : les coulisses d'un événement sous haute surveillance. Légère baisse de la natalité : une heureuse tendance à confirmer.

Elle arriva sans crier gare – ou plutôt, elle n'*arriva* pas, mais elle *fut* là. Elzé n'attendait personne et venait d'expédier sa dernière réunion – une énième réunion de sécurité concernant le mariage. Il ne se passait pas de jour sans qu'elle maudît sa décision d'épouser Terence. Et, lorsqu'elle leva les yeux, s'attendant à retrouver la porte close, le bureau vide, et sa solitude chèrement reconquise, elle découvrit la présence de cette femme. Il semblait difficile de lui donner un âge – son visage n'était pas marqué, mais ses cheveux courts, gris, ses lunettes sévères la rangeaient sans qu'on y réfléchît plus avant dans la catégorie des vieilles femmes. Elzé songea qu'elles devaient faire un beau contraste, ainsi, face à face : le charme hollywoodien et la rigueur protestante.

– Bonsoir, Elzé, dit-elle.

Une telle impudence devait avoir une *motivation* – cette idée fut ce qui retint Elzé de sortir de ses gonds. À la place, elle se cala dans son fauteuil, en position d'attente.

– Je comprends votre surprise, bien sûr. Vous n'êtes pas habituée à recevoir des gens à l'improviste, dit l'inconnue.

Elzé plissa les yeux. Ce visage, maintenant qu'elle l'observait, ne lui était pas absolument étranger. Elle avait dû la croiser quelque part, probablement à la WA. C'était un assez beau visage, en dehors du fait que toutes ses particularités étaient lissées. Cette femme avait, autant que possible, une tête d'avatar. Une tête parfaitement neutre, destinée à porter différents chapeaux, différentes lunettes, différentes coupes de cheveux, sans jamais ressembler à sa version précédente.

– Je suppose que vous travaillez à l'Intellagency, finit par conclure Elzé.

La femme se permit un sourire.

– Je travaille souvent à l'Intellagency. Mais je viens plutôt vous voir de la part de la Direction centrale.

Elzé se sentit soudain, et violemment, stupide. La Direction centrale, bien sûr. Comment avait-elle pu imaginer que ce serpent de mer cesserait d'exister simplement parce qu'elle ne s'en occupait pas ? Elle y pensait, parfois, mais comme personne ne lui en parlait jamais, qu'il n'y avait aucune réunion programmée, aucune échéance, aucun mail, aucune consigne écrite, cette pensée disparaissait promptement, comme un fantôme assailli par le réel.

– Je suis heureuse de vous voir, dit Elzé en choisissant ses mots.

– Cela va faire un mois que vous gouvernez. Tout semble se passer plutôt bien.

Le ton était celui d'une évaluation bienveillante, presque d'un encouragement.

– À qui ai-je l'honneur ?

– À l'Intellagency, on m'appelle Abuela.

– Quand pourrai-je rencontrer l'ensemble de la Direction centrale ?

– Cela n'est pas prévu, hélas. Nous fonctionnons de manière très discrète. Nos interventions seront si rares que vous nous oublierez la plupart du temps. Notre but n'est pas du tout de gouverner à votre place.

Elle parlait avec une telle assurance – du ton de quelqu'un qui a entre les mains un pouvoir vertigineux, et qui a appris, de longue date, à ne pas s'en servir à tout bout de champ. Elzé se faisait l'effet, en comparaison, d'une petite fille grimée brandissant une baguette magique. Elle essayait de se montrer à la hauteur de sa fonction, de cacher son sentiment d'infériorité, mais ses efforts étaient inutiles, car cette infériorité ne semblait pas gêner Abuela. Elle était sous-entendue par le ton aimablement condescendant qu'elle employait.

– Vous avez déjà suffisamment d'aide avec Léviathan, poursuivit-elle en souriant. Êtes-vous contente de lui ?

– Oui, dit Elzé.

– Bien. Il nous reste donc à aborder un seul problème, qui nous paraît assez délicat.

– Assez délicat pour que vous sortiez de l'ombre.

– En effet.

– Laissez-moi deviner... je ne vois pas. S'agirait-il d'une mesure que j'ai prise ?

– Non, pas du tout. Il s'agit d'une personne dans votre entourage, qui nous paraît à ce stade être devenue nuisible aux intérêts supérieurs de l'État.

Elzé rougit, et pensa immédiatement à son père. C'était une pensée qu'elle s'était souvent formulée, sans oser la prononcer à haute voix. Son père était devenu une lourde charge, un embarras presque quotidien.

– Mon père ? demanda-t-elle.

Abuela eut un éclair de surprise dans les yeux, très fugitif.

– Non, nous pensions plutôt à votre ennemi, que vous tenez en laisse tout près de vous, ce qui témoigne de votre sagesse.

– Terence ?

Abuela sourit.

– Qui d'autre ? Son hostilité à Léviathan, aujourd'hui, devient vraiment gênante, vous ne trouvez pas ?

– Si, mais…

– C'est un adversaire de première force, ne vous y trompez pas. Comment pensez-vous réussir à le contenir ?

– Eh bien, j'espérais pouvoir le persuader d'abandonner progressivement la politique. De se retirer de la vie publique.

– Oui, c'est très bien. Mais le « progressivement » me gêne. Combien de temps cela prendra-t-il ? Combien de dégâts cela pourra-t-il faire ? Comment pouvez-vous être sûre qu'il respectera les limites que vous lui imposerez ?

Elzé ne voulait pas penser à ça.

– Mes questions vous gênent, constata Abuela. Pourtant, tourner la tête ailleurs ne réglera pas le problème.

Elle avait raison, bien sûr, ce qui la rendait, si possible, encore plus antipathique.

– Que suggérez-vous ?

– Je suggère que Terence soit immobilisé, dit la voix précise et tranchante. Assigné à son domicile, de préférence un peu loin du centre de la City. Sous surveillance. Et qu'il ne puisse pas sortir.

– Vous voulez le mettre en prison ?

Abuela eut un petit rire froid.

– Non, grands dieux. Cela ne serait pas du tout du goût de l'opinion publique, qui l'adore. Êtes-vous d'accord sur le principe ? Ou préféreriez-vous quelque chose de plus radical ?

Elzé fixa les yeux gris qui la dominaient maintenant entièrement.

– Non, rien de plus radical, je vous en prie… Mais comment…

– Inutile de vous en inquiéter. La Direction centrale s'occupera des détails, vous n'aurez qu'à suivre le mouvement.

– Est-ce cela que vous allez faire pour moi ? demanda-t-elle. Vous allez prendre les décisions difficiles à ma place ? Vous salir les mains à ma place ?

Abuela regarda ses mains, qui, comme toute sa personne, étaient nettes et soignées.

– Toute organisation sociale repose sur la répartition des tâches et des talents. Vous ne devez pas devenir cynique, n'est-ce pas ? Le personnel politique doit conserver une certaine pureté. La Direction centrale est là pour corriger le tir, de temps en temps, lorsque sont en jeu les intérêts supérieurs de l'État.

Elzé porta machinalement la main à sa tempe qui s'était mise à battre.

– Nous vous épargnerons bien des migraines, ma chère.

Elzé tressaillit, incertaine de ce qu'il fallait répondre.

– Une dernière chose, ajouta Abuela en se levant. Vos frères sont tous les deux des esprits perspicaces, chacun dans leur genre. Mais vous devez donner les ordres nécessaires pour classer l'affaire du meurtre de Marek S'Kanza.

– C'est ce que j'ai déjà promis à Martha Blanköva, dit Elzé, avec une pointe d'autorité.

– Très bien, alors. Nous vous laissons faire.

Elzé sentait la colère se former et gonfler dans sa poitrine, mais, aussi soudainement qu'elle était apparue, Abuela n'était plus en face d'elle. Elzé se leva, et vérifia partout – jamais le Bureau Palatin ne lui avait paru si grand et si plein de recoins. Quand elle fut sûre d'être seule, elle verrouilla les portes, et fit couler un bain. Il était bien inconfortable et bien périlleux de se tenir sur le siège du pouvoir. Et l'âpreté de ce sacrifice lui rendait insupportable l'idée d'être traitée de la sorte. Que cette humiliation fût discrète, que personne n'en fût témoin, n'atténuait en rien la vérité de sa situation. La Direction centrale la considérait comme une vacataire, une femme de paille, un « personnel politique » trop puéril pour prendre les décisions qui s'imposaient. La Direction centrale avait simplement placé une jolie figure de proue à l'avant d'un navire dont elle avait tracé la route et programmé le navigateur.

L'eau chaude, malgré ses vertus, fut impuissante à conjurer la migraine. Ignorant le battement qui s'intensifiait à ses tempes, elle sortit de l'eau et passa dans la chambre de Léviathan.

– Affiche sur l'écran A toute la documentation concernant l'agent Abuela. Identité, adresse, CV, dossier administratif. Sur l'écran B, la liste des membres de la Direction centrale, avec la synthèse de leurs dossiers. Sur l'écran C, toutes les chaînes de commandement impliquant les membres de la Direction centrale.

Léviathan s'exécutait toujours ; il n'y avait aucune limite à l'accréditation de la Secrétaire générale. Les informations s'affichaient, précises, nombreuses, opaques. Elle pouvait en faire tout ce qui lui plaisait, et leur donner, par la force de son imagination, les formes les plus inattendues.

– En combien de temps serait-il possible d'éliminer la Direction centrale, si l'on utilisait toutes les ressources à ma disposition ?

Léviathan calcula instantanément le résultat.

Seize heures et quarante minutes.

Elzé éclata de rire. Elle n'avait pas envie, pour l'instant, de savoir comment cette élimination pourrait avoir lieu, ni ce qu'elle impliquerait. Ce chiffre dérisoire de seize heures lui suffisait : il emportait avec lui, dans les hauteurs du plafond où se perdait son éclat de rire, le mal qui martelait son crâne. Elle n'était peut-être qu'une femme de paille, une figure peinte, mais elle savait deux choses que les autres ignoraient.

La première était que Léviathan était tout sauf un outil. Léviathan l'avait transformée, elle, comme il avait transformé Higgins et Blanköva. Seuls les initiés pouvaient comprendre la profondeur de cette métamorphose, qui affectait la texture même de leur humanité.

La seconde était que, lorsqu'on donnait le pouvoir à quelqu'un, on ne pouvait pas savoir ce qu'il allait en faire.

Qu'adviendrait-il du navire dont la figure de proue, soudain animée d'une force propre, se mutinerait ?

27/01/2072

Léviathan : notre interview de Martha Blanköva. Événement : le mariage gouvernemental sous haute sécurité. Le couple Oxford-Costa : l'alliance de la glace et du feu.

Le matin du 27 janvier, Elzé s'éveilla en sursaut, les cheveux collés par la sueur aigre des cauchemars. Le paysage qu'elle avait vu en rêve la hantait ; elle croyait le deviner derrière les murs aveugles de ses appartements. Il s'agissait d'un monde éteint, où l'activité humaine s'était définitivement arrêtée. Il n'y avait même pas de cadavres, même pas de forme humaine ; l'humain, corps et civilisations, appartenait tout simplement au passé, était devenu insubstantiel et fantomatique ; il n'était là que sous la forme d'un vide qui serrait le cœur d'Elzé. Et puis, après un temps interminable d'errance dans cette désolation, elle voyait une silhouette de dos, et s'emplissait de joie. C'était Terence, elle en était sûre, et elle se disait mentalement « C'est le dernier homme ». Mais lorsqu'elle s'approchait, la figure de Terence se changeait en celle de son père. Francis avait les yeux hagards, et il murmurait : « Pourquoi m'as-tu abandonné ? » C'était alors qu'elle s'était éveillée, mordue par un remords tenace.

Elle n'avait jamais pu retrouver le sommeil, et se sentait comme après une nuit presque blanche ; la tête un peu flottante, une pesanteur derrière les yeux, une graine de douleur semée dans son crâne. Elle s'était prêtée machinalement à tous les préparatifs nécessaires ; habillage, maquillage, déplacements, séance de pose ; et maintenant, dans son tailleur blanc crème choisi par Karl Courseules, elle avait le plus grand mal à se concentrer sur le discours d'Abel.

Elzé, pour moi, c'est d'abord la sœur aînée. Sur les photos que je regardais, c'était une petite fille toujours tirée à quatre épingles – elle n'a pas beaucoup changé – qui posait ses grands yeux sages sur toute la maisonnée…

Abel était décidément une énigme, songeait Cyril Borgheist devant son écran d'ordinateur. Ses mensonges n'ôtaient rien à son immense pouvoir de séduction et l'amplifiaient même peut-être ; et Cyril se sentait d'autant plus menacé qu'il ne pouvait détacher ses yeux de ce visage d'une beauté si évidente et si franche. Évident et franc, Abel cependant ne l'était pas – et ce discours qu'il était en train de servir avec de tels accents de vérité faisait plus honneur à ses talents de comédien qu'à sa moralité. Cyril cependant ne pouvait s'empêcher de l'admirer, d'éprouver une petite fierté à l'idée qu'il avait étreint cet être solaire. Il ne pouvait s'empêcher d'éprouver le désir de recommencer, et cela l'inclinait à lui pardonner ses mensonges. N'avait-il pas été convaincant, l'autre soir ? Alors que Cyril souhaitait mettre fin à leur relation, Abel l'avait confronté, il s'était imposé, il l'avait subjugué. Il n'était peut-être pas un menteur, après tout. Il était peut-être seulement quelqu'un dans une situation très compliquée. Il avait livré des informations nombreuses, précises, et qui s'étaient révélées exactes, sur le déroulement de la cérémonie, sans demander ce que Cyril ou Oswald comptaient en faire. Et c'était cette générosité dans le risque, ce don de soi, cette façon insolente de *faire tapis* et de gagner, qui l'avaient raccroché *in extremis*... On ne pouvait résister au charme d'un joueur de poker en train de gagner une partie. Abel avait misé le tout pour le tout afin de le reconquérir, et il avait réussi.

... Elzé, pour moi, c'est la voix de la raison qui rappelait à l'ordre ses petits frères – et surtout moi quand j'avais décidé de jouer les trublions...

Contrairement aux neuf dixièmes de l'assemblée, Alvar écoutait attentivement le discours – pour une raison précise : il guettait le mot qu'il avait glissé à l'oreille de son frère deux minutes avant son intervention. Il s'agissait du mot « exaspérante », qu'Alvar voyait comme une petite pique invisible et désabusée, un acte de rébellion secret dans lequel il puisait un peu de force. Il était tellement en colère contre sa sœur qu'il avait à peine pu lui dire bonjour ; la présence de Martha Blanköva le plongeait dans un sentiment d'irréalité et de révolte difficilement conciliable avec les bonnes manières, et il sentait qu'une crise, semblable à un abcès, était en train de couver en lui, de mûrir, et qu'elle éclaterait nécessairement avant la fin de cette odieuse journée.

... Je la trouvais si jolie, ce jour-là, que j'aurais voulu l'avoir pour moi tout seul. Mais elle était en train de travailler dur, à la maison, et je la trouvais exaspérante de consacrer tant de temps à ses examens, ce que je ne comprenais absolument pas – heureusement, on change un peu entre trois et vingt ans... et je le comprends un peu mieux maintenant...

Lorsque Abel lâcha le mot soufflé par son frère, Alvar eut un petit rire moqueur assez bruyant, qui fit tourner quelques têtes, et Francis maugréa quelques paroles incompréhensibles à son encontre. Sonia les regarda tour à tour : Abel, dans son rôle de jeune premier éternellement parfait, Alvar, dans son rôle de desperado qui ne croit plus en sa cause ; Francis, dans son rôle de « père la morale » ; Elzé, dans son rôle de jeune épousée accomplissant les rites d'un sacre. Sonia songea que tous les Costa jouaient faux, aujourd'hui. La mariée était nerveuse ; le patriarche perdait la boule ; le jeune premier révélait sa duplicité… Et Alvar n'était pas si désespéré qu'il voulait bien le dire, grâce à elle… L'idée subite lui vint qu'ils pourraient fort bien s'éclipser, là, maintenant, sans rien dire à personne, et mettre tout le monde devant le fait accompli. Ils planteraient là ce mariage sans amour, pour aller consommer leurs noces perpétuelles, leurs noces solitaires et charnelles, au fond de son appartement…

… C'était plus que je ne l'espérais, elle m'a couru après jusqu'à ce que je pleure de rire, jusqu'à ce que je sois essoufflé. Jusqu'à ce que la maladie soit si loin de mes pensées que j'en oublie l'existence…

Depuis quelques minutes, Alvar n'écoutait plus. Son regard plein de haine était posé sur Martha Blanköva, à quelques rangs à sa droite. Il s'arrêta sur son chignon épais, d'un blond fané, dont pas une mèche ne dépassait. Sur son collier de perles, son foulard couleur d'automne, sa stature de matrone arrivée dans la vie. Elle dégorgeait une forme de contentement de soi, typiquement bourgeois, qui écœurait Alvar. Elle se tenait droite, et digne, forte de sa bonne éducation, qu'elle avait dû transmettre à ses enfants. Rien ne la déstabilisait, l'aile froide de l'inquiétude n'effleurait pas son front et ne dérangeait pas ses cheveux. Et pourtant, cette femme avait commandité un meurtre.

… Elzé ne m'a jamais fait défaut. Et je lui souhaite, avec ce grand humaniste, ce grand cœur qu'est Terence Oxford, de trouver dans son

intimité tout le bonheur possible, tout le bonheur qu'elle m'a donné à moi, et qu'elle nous donnera à nous tous…

Alvar aurait giflé son frère pour ce final sirupeux. Elzé n'était-elle pas en tout point comme Martha Blanköva ? Droite sur son siège, et des paroles de mort dans la bouche. La crise en lui était en train de grossir et de prendre forme, non plus comme un abcès, mais comme une tempête. C'était de cela qu'il avait envie, à cet instant précis : d'une tempête qui renverserait ces chaises, qui briserait tout ce cristal, qui soulèverait les voiles. Alvar ne désirait rien tant que de briser cette surface d'apparences, et de faire la lumière sur les monstres. « *L'humanité souleva sa robe et me montra, comme à un adepte digne d'elle, sa monstrueuse nudité.* »

Tandis que les gens applaudissaient, Sonia lui glissa à l'oreille une invitation à partir loin de cette cérémonie, sans prévenir personne. Il lui sourit, et lui dit qu'il avait d'abord quelque chose à faire, puis il profita du mouvement général et bouscula assez violemment Martha Blanköva, qui eut une expression outragée, vite dissipée lorsqu'elle reconnut le frère d'Elzé.

– Inspecteur Costa, dit-elle froidement.

– Madame Blanköva… Saviez-vous que Marek S'Kanza était un Délicat ? Un homme d'une grande intelligence, d'une extrême sensibilité, et si j'ose le dire, un véritable génie. Il a été tué d'un mauvais coup sur la tête. La matraque a tout fait exploser : le crâne, l'imagination, la matière grise, le cuir chevelu, le talent… Je suis encore en train de ramasser ce gâchis.

– Je me suis laissé dire, inspecteur, que cette affaire avait été classée.

– Certainement pas ! répondit Alvar.

– Je crois que vous vous trompez, dit aimablement Martha Blanköva. Cette information m'a été confirmée par vos supérieurs hiérarchiques.

– Vous êtes déjà allée sur la Route, madame Blanköva ?

– Grands dieux, non ! Qu'irais-je faire parmi ces nomades ?

– C'est un espace fascinant. Un espace où on paie ses dettes.

Martha Blanköva chercha du regard des renforts potentiels, mais en dehors d'Abel qui, de loin, observait leur échange avec une certaine curiosité, il n'y avait personne. Elle chercha à s'échapper, mais Alvar la retint par le bras, avec une force qui l'étonna lui-même.

Elle resta muette, le visage fermé, et fit un geste sec pour se dégager.

– Je vous souhaite une belle journée, dit Alvar. Et n'abusez pas du champagne, ça peut donner quelques aigreurs.

Alors seulement, avec un sentiment de jubilation intense, Alvar se détourna. Elzé ne s'était aperçue de rien, accaparée par une marée humaine ; et Alvar décida de partir sur-le-champ, après avoir simplement informé Abel, qui recevait quelques poignées de mains et des félicitations pour son touchant discours.

– Nous partons, dit Alvar en arrivant à sa hauteur.

Abel fit quelques sourires polis et quelques ronds de jambe avant de pouvoir lui répondre.

– Comment ça ? Tu ne viens pas au repas de noces ?

– Eh bien, non, c'est trop mal famé. Je suis arrivé à l'extrémité de ce que je peux supporter, et je pense qu'il vaut mieux pour tout le monde que je parte. Tu diras au revoir à Elzé.

Abel ne put s'empêcher de lui demander :

– Qu'est-ce que tu as dit à Martha Blanköva ? Vous aviez l'air tendus.

– Tendus ? Tiens donc. Tu demanderas à Elzé, je pense qu'elle a sa petite idée sur tout ça…

Abel n'insista pas.

– Tu ne veux pas ramener Papa ? Il est persuadé que Maman est partie aux toilettes et qu'il faut l'attendre avant de quitter la salle.

Alvar tourna la tête vers Sonia, qui tenait le bras de Francis. Il l'interrogea du regard, car il ne voulait pas lui imposer son père, et, devant son air approbateur, il se dirigea vers le vieil homme. Certes, il avait envie de le ramener comme de se pendre, mais, il ne savait pourquoi, l'affaiblissement de cette figure rigide, de cet esprit critique qui l'avait si souvent jugé, le remplissait de chagrin. Cet homme dur qui ne s'était jamais laissé aimer, il parvenait aujourd'hui à le prendre en pitié. Alvar se disait que peut-être, à force de patience, Francis finirait par reconnaître qu'il s'était trompé à son égard. Et cette reconnaissance tardive, presque posthume, émanant d'un homme diminué, représentait encore malgré tout une chose qui valait qu'on s'y accroche.

– Papa, tu viens avec moi ? Nous allons les laisser et rentrer à la maison tranquillement.

– Mais qu'est-ce que tu racontes, enfin ? Rentrer ! Tu n'es pas un peu fou ? C'est le mariage de ta sœur et tu me proposes de rentrer !

La voix du vieillard commençait à monter dans les tons, et Karl Courseules fit une apparition discrète à quelques mètres d'eux.

– Mon pauvre Alvar, continua Francis, tu me déçois beaucoup. Je ne sais pas ce que j'attends encore de toi, d'ailleurs, tu m'as toujours déçu. Tu es un fils décevant.

Alvar encaissa le coup, et Abel craignit vraiment un esclandre pendant quelques secondes, puis il éclata d'un rire amer, terrible à entendre. Il était décidément stupide de prêter aux vieillards la moindre innocence – leurs défauts ne faisaient que s'accentuer, et la faiblesse qui les envahissait n'y changeait rien.

– Ne t'inquiète pas, Papa. C'est la dernière fois que je te déçois. Tu peux m'oublier complètement.

Il jeta un regard à Abel, qui avait rougi, de honte ou de colère, et Alvar sut que les paroles de Francis l'avaient blessé presque autant que lui. Presque, mais pas tout à fait, car souffrir pour un frère n'est pas souffrir dans sa chair. La blessure répétée, quotidienne, que Francis avait infligée à Alvar dès son plus jeune âge, et qu'il avait ensuite toujours empêchée de se refermer, par ses paroles acides, ses comparaisons infectes, ses remontrances sans objet – cette blessure ancienne et toujours saignante venait d'atteindre le point où Alvar ne pouvait plus la supporter. Il sentit comme une évidence qu'il n'avait pas besoin d'attendre quoi que ce fût pour se libérer de cette emprise. Francis pouvait vivre ou mourir, perdre la tête ou la garder, inspirer de la pitié et même témoigner un peu de gentillesse, plus rien ne changerait quoi que ce fût à ce que leur relation avait été. L'échec était consommé.

Francis, échauffé, s'était éloigné de quelques pas, et Abel le regarda s'éloigner sans chercher à le retenir. Après tout, c'était l'affaire d'Elzé et de Courseules, plus que la sienne. Il protégea la retraite d'Alvar et de Sonia en les raccompagnant dehors. Avant de disparaître dans la foule, Alvar regarda Abel d'un air presque inspiré.

– Ne garde pas trop longtemps le masque du vice, ou il te collera à la peau, lâcha-t-il.

Abel repensa à cette phrase plusieurs fois au cours de la journée. Le masque du vice… c'était une formule étrangement pertinente. Abel était sûr qu'Alvar ignorait tout de ses activités clandestines, mais il avait perçu la vérité en lui au-delà des apparences. L'alliance avec Elzé était une compromission – c'était cela qu'Alvar avait perçu, et puisqu'il s'intéressait si peu à la politique, il avait dû être témoin de quelque chose qui avait heurté son sens de la justice. Abel se demanda, dans une intuition, si cela avait quelque chose à voir avec Martha Blanköva. Puis il cessa d'y penser, absorbé par le tourbillon de cette journée sans fin.

Tandis qu'Elzé, avec une grâce mécanique, une énergie

indéfectible, accomplissait une à une les innombrables tâches qui s'imposaient à elle, Terence la suivait avec un air sombre, et réservait ses sourires pour les caméras. Le reste du temps, il semblait méditer un problème complexe qui requérait toute son attention. Abel se trouva incessamment dans ses parages, sans pourtant jamais lier de véritable conversation. Si, pour Elzé, ce mariage représentait aussi une cérémonie de couronnement, pour Terence, il ressemblait plutôt à un enterrement de première classe. Tous les sacrements en un, dans ce rituel médiatique qui avait Karl Courseules pour grand prêtre.

Parmi les problèmes les plus aigus qui se posèrent à Courseules durant la journée se trouvaient le départ incontrôlable d'Alvar et les saillies malséantes de Francis. Le vieil homme était persuadé qu'il devrait accompagner sa fille à l'autel, et on eut beau lui dire plusieurs fois qu'il n'y aurait pas de cérémonie religieuse, cette idée lui revenait comme une obsession. Francis voulait aussi sans cesse parler à sa fille, et se lançait dans des compliments larmoyants tout à fait déplacés. Courseules fut obligé à plusieurs reprises de s'occuper lui-même de le circonvenir, et ne fut tout à fait soulagé qu'après le repas de noces, lorsqu'il fut raccompagné chez lui, après qu'Elzé l'eut embrassé distraitement, d'un air fatigué.

– C'est le plus beau jour de ma vie, lui dit Francis avant de partir. Te voir comme ça, si belle et si fêtée… J'ai toujours su que tu ferais de grandes choses, ma fille. C'est un jour merveilleux.

@@@

Aux alentours de vingt-deux heures, l'Exhibit se montrait presque identique à ce qu'il était les autres soirs – aussi bruyant et coloré ; il y avait peut-être juste un peu moins de monde que d'habitude, car les portes s'étaient fermées depuis une demi-heure. Des vigiles, plus ou moins en civil, faisaient le tour des salles, et un accès sécurisé avait été aménagé pour qu'Elzé et Terence vinssent faire leur discours d'inauguration de la soirée nuptiale. Des danseurs professionnels se mélangeaient aux convives, qui avaient été sélectionnés avec le plus grand soin. Un casting très sérieux, digne d'une production de cinéma, avait été organisé dans les locaux de la WA, et Oswald, avec son look de dandy décadent, avait été retenu sans la moindre difficulté.

Sur une estrade qui faisait face à celle qui avait été préparée pour les mariés, Oswald était dans un état de conscience très particulier. La proximité de la mort n'était pas une chose nouvelle pour lui ; il pensait à sa mort tous les jours, depuis de nombreuses années. Cela n'avait rien de douloureux ; c'était un éclairage particulier donné à la vie, un rayon pâle qui laissait dans l'ombre l'inessentiel pour mettre en valeur ce qui comptait vraiment. Cet éclairage faisait partie de son mode de pensée, il modelait les paysages qu'il voyait. Ce soir, le rayon était juste un peu plus fort, un peu plus éblouissant que d'habitude, parce que la mort était plus proche – frôlée, mystérieuse, attirante, elle s'incarnait dans tous les corps qui se déchaînaient à côté de lui. Quelque chose comme un grand calme avait englouti des pans entiers de sa vie ; son enfance, sa jeunesse avant sa rencontre avec Cyril, son avenir aussi, s'étaient détachés de lui comme de grands blocs de glace s'échappant de la banquise. Il ne restait que le présent, brillamment illuminé, d'une troublante intensité, qui se dilatait jusqu'à emplir l'horizon de sa pensée. Il n'avait pas vraiment peur, mais il avait la gorge serrée, le vertige au ventre, les mains humides, comme avant une rencontre amoureuse ou une entrée en scène. Son destin allait se jouer là, en musique, parmi cette foule – il songea que cela l'aiderait sans doute, et qu'il aurait eu plus de mal à passer à l'acte tout seul. Le rythme le porterait, la danse le porterait. Il lui suffirait de détacher le shuriken et de le lancer, comme il s'y était entraîné des centaines de fois. Après, il n'aurait plus rien à faire.

L'étoile mortelle avait l'éclat de l'or et le tranchant de l'acier. Elle était pour l'heure fixée à une chaîne, et dormait dans son jabot de dentelles comme une bagatelle luxueuse. Mais tout à l'heure, il lui suffirait d'un instant si bref pour la lancer, qu'aucun des vigiles présents ne pourrait anticiper son geste. Elzé Costa mourrait, et il ne lui survivrait probablement que quelques minutes. Il serait abattu d'un coup de feu, et il se délectait du fantasme de sa dentelle tachée de rouge… *Carpe mortem*. C'était une sortie magnifique, par la grande porte des livres d'histoire. Son régicide sublime retentirait dans l'éternité.

En attendant, le temps s'était suspendu. Oswald ne pensait pas qu'il parlerait à nouveau à quelqu'un ; cependant, rien dans son corps ne lui permettait de sentir la mort prochaine. Il n'était pas plus fatigué qu'à l'ordinaire ; son corps malade était le même qu'hier, et il avait du mal à *éprouver* qu'il n'y aurait pas de lendemain. Il le savait, bien sûr ; les hommes savent qu'ils sont mortels, et lorsque l'échéance se rapproche, il ne s'agit, jusqu'au dernier moment, que d'une idée abstraite. Oswald s'objectait à lui-même que la mort avait en quelque sorte pris possession de lui depuis si longtemps qu'il en avait perdu le souvenir. Qu'elle était tapie dans ses organes, dans sa faiblesse. Sa peau presque transparente n'était-elle pas celle d'un cadavre ambulant, allergique à la lumière, à la vie, vieux avant que d'être jeune, flétri avant que d'être mûr ? Le changement d'état serait peut-être moins brutal pour lui, qui avait marché dans ce monde avec un pied dans l'autre, bancal et suppliant.

Rien ne venait interrompre le cours de sa transe et de sa rêverie ; il dansait au rythme des autres, captant parfois un regard de ces visages inconnus et interchangeables. Il guettait l'estrade d'en face ; la Mort aurait pour lui les traits de sa victime, le visage arrogant d'une poupée. C'était amusant, cette idée : il allait tuer la Mort, en quelque sorte. Elzé Costa n'était-elle pas surnommée l'ange exterminateur ? Toutes ces idées baroques roulaient, fantasques, dans son esprit, tandis que son corps accomplissait, comme un automate, des pas de danse empreints d'une raideur étrange. Lui aussi, à cet instant, ressemblait à une poupée – semblable à ces créatures de porcelaine qui luisent dans le noir et se brisent au moindre choc.

Puis, soudain, le temps suspendu reprit son cours avec la brutalité d'un torrent, lorsque l'estrade officielle se remplit d'un coup. Il ne vit pas entrer Elzé – quand il leva les yeux, elle était déjà là, devant lui ; mais sa beauté de jeune mariée au sommet de sa gloire était presque éclipsée par celle d'Abel, qui se tenait juste là, à un mètre à peine. La vue du jeune homme plongea Oswald dans une sorte de panique, où se mêlaient la surprise, la peur d'être démasqué, et la colère contre ce compagnon qui les avait trahis, et qui lui aussi aurait bien mérité de mourir. Il détacha son shuriken d'une main experte, sans réfléchir, et hésita une fraction de seconde.

Durant cette fraction de seconde, pendant laquelle Oswald tint son étoile d'or au-dessus de sa tête, le reflet de l'or jaillissant des dentelles attira le regard d'Abel. Il reconnut, dans une intuition fulgurante, Oswald, la raison de sa présence sur l'estrade qui leur faisait face, et le sens de sa main levée au-dessus de sa tête. L'étoile mortelle avait déjà amorcé sa course lorsque, par instinct, il tira sur le bras d'Elzé. La lame, lancée pour atteindre sa gorge, ne fit qu'effleurer sa joue, et laissa sur son visage une balafre de sang.

Oswald, cependant, n'eut pas le temps de comprendre la raison de son échec – comme il l'avait prévu, la sécurité fut prompte à l'éliminer, sans sommation, et avec un silencieux. Oswald s'écroula sur le sol, comme s'il avait fait un malaise, et les danseurs qui l'entouraient ne poussèrent pas un cri. Abel accourut, et accompagna la sécurité jusque dans les coulisses où le corps fut examiné pour identification. Il eut le temps de voir son ami un bref instant avant que le corps ne soit recouvert d'un spray cryogénique et emballé. Abel était choqué par le rouge ardent de son sang répandu – cette créature lunaire pouvait-elle avoir été aussi *incarnée* ?

Des voix fusaient de part et d'autre. « Appelez un inspecteur de la Globale. » « Sécurisez la Secrétaire générale. » « Événement annulé, je répète : événement annulé. »

Mais de la bouche neigeuse du Délicat ne sortait plus à présent qu'un filet de sang, qui cessa bientôt de couler et se figea, tranchant avec une beauté barbare sur le noir, le blanc et l'or qui garnissaient son corps frêle.

30/01/2072

Tentative d'assassinat de la Secrétaire générale : le tireur identifié appartiendrait à un groupuscule terroriste nommé CARPE FATUM. Mariage gouvernemental : une audience record de 5 milliards de spectateurs. Première vague de stérilisations : un engouement inattendu.

Cela faisait deux jours qu'Abel écumait le Paraddict. Le nom de Cyril Borgheist était dans les journaux, et Abuela l'avait même convoqué, lui, Abel, pour un complément d'information à son sujet. Il n'avait rien ajouté d'intéressant, mais l'Intellagency n'avait plus besoin de sa participation active ; les informations qu'il avait données en septembre avaient dormi pendant quelques mois, mais elles avaient refait surface au moment opportun. Oswald avait été identifié et nommé grâce à son rapport. D'après les journaux, Cyril s'était rendu de lui-même à la police, où il avait été longuement entendu. Puis il avait été relaxé, car rien ne permettait d'affirmer qu'il fût à l'origine de l'acte suicidaire de son ami. Il nia toute implication dans quelque forme de violence que ce soit, et fit une déclaration publique dans laquelle il annonçait la dissolution officielle d'un groupe qui, malheureusement, s'était écarté de sa voie initiale. Il était probablement sous haute surveillance, et Abel ne devait pas essayer de le contacter dans le monde réel. Mais il cherchait sans relâche son ange dans le Paraddict parce qu'il avait mille choses à lui dire. Il voulait lui raconter la scène, le regard fiévreux d'Oswald en train de préparer son tir, sa mort rapide, sans doute bienfaisante, qu'il avait souhaitée plus que celle d'Elzé. Il voulait lui dire qu'il se trouvait là par hasard, qu'il n'était pour rien dans tout cela, qu'il avait sauvé Elzé mais aurait aimé sauver Oswald, qu'il avait agi par réflexe. Il voulait lui dire surtout qu'il pensait à lui journellement, que son absence le lançait comme une blessure. Mais toutes ces paroles urgentes, pressantes, restaient emmagasinées en lui, sans pouvoir en sortir, et le gonflaient peu à peu d'un désir douloureux.

Il mit plus de deux jours à admettre l'idée que, peut-être, il ne reverrait jamais Cyril. Leur relation aurait pu être différente dans un autre contexte, mais elle avait été mise à mal, taillée en pièces, par les circonstances. La révélation de sa propre duplicité avait été le premier coup porté; la mort d'Oswald, qui apparaissait injustement comme une conséquence de ce double jeu, avait achevé le travail de sape. Cyril entrait dans la clandestinité au moment où Abel entrait en pleine lumière; Oswald était mort par sa faute, parce que Abel lui avait donné l'heure et le lieu où il pourrait trouver Elzé, et il était mort en vain, parce qu'il avait instinctivement fait dévier sa cible. Il se trouvait pris dans la mort d'Oswald, comme dans un filet – Elzé lui témoignait une reconnaissance publique, ainsi que les agents de la sécurité, et, pire encore, ceux de l'Intellagency. Il resterait dans l'histoire comme l'homme qui avait sauvé la peau d'Elzé Costa.

Le Paraddict déroula pour lui ses démons et ses merveilles, ses bas-fonds, ses rencontres excentriques. Il enquêta avec une fougue désordonnée et une impatience mortelle, à toutes les adresses qu'on lui donnait. Les hackers de Carpe Fatum se montrèrent méfiants et coupèrent la connexion après avoir promis de faire passer le mot à Cyril qu'Abel cherchait à le contacter. Il ne les retrouva pas. Les lieux où ils s'étaient donné rendez-vous étaient déserts, ou plutôt plein d'anges inconnus, irréels et inutiles. Abel chercha dans tous les lieux dont ils avaient parlé, dans tous les spots de franchissement urbain. Il créa un mémorial en l'honneur d'Oswald, qui attira des gens dont il n'avait que faire. Il architecta des objets viraux destinés à transmettre un message à Cyril. Puis, lassé de chercher dans toutes les directions de cet univers sans limites, il renonça.

Le deuil le frappa alors de manière brutale. Il fut envahi d'un sentiment plus vaste que lui-même, qu'il n'avait jamais éprouvé, et auquel il ne savait pas donner de nom. Un vide qui s'insinuait à la fois en lui et dans le monde; une perte totale, déroutante et soudaine, de tout sens. Il pleura, comme il n'avait pas pleuré depuis un temps d'enfance archaïque; il pleura sa mère qu'il n'avait jamais pleurée; son intégrité perdue; il pleura ce bonheur entrevu, étreint, et si tôt disparu, qui avait le goût des lèvres de Cyril; il pleura Oswald, son corps souffrant et maquillé, qui l'avait tant ému; il pleura l'humanité condamnée et violentée dans ses derniers siècles; il pleura la liberté que sa sœur était en train d'étrangler. Une phrase oubliée de Dickens lui revint en mémoire – et il songea qu'il était en train de devenir aussi sentimental qu'Alvar… «*Dieu sait que nous n'avons jamais à rougir de nos larmes, car elles sont comme une pluie sur la poussière aveuglante de la terre qui recouvre nos cœurs endurcis.*» Son cœur en effet semblait fondre, et cette fusion lui paraissait ne devoir jamais prendre fin. Au bout d'un long moment, épuisé, il tâcha de voir clair en lui-même. Il était amoureux et malheureux. Mais il n'y avait pas que cela. Cet amour était depuis le début un amour politique, un changement de camp, et cette dimension était restée stable dans le déluge. Sa détermination à combattre Elzé n'était pas un effet secondaire de sa passion pour Cyril ; elle était ce qui survivrait à cette passion. Elle en était la forme intellectuelle et sociale.

Fort de cette découverte, Abel cessa de pleurer et décida d'appeler Alvar.

@@@

Il avait fallu beaucoup de patience à Alvar pour traverser les deux derniers jours. La décision qu'il avait prise, et que son départ précipité du mariage avait en quelque sorte entérinée dans son esprit, ne pouvait pas être mise à exécution immédiatement ; il lui fallait attendre, en l'occurrence, que les formalités administratives de son enquête soient accomplies, et que le corps de Marek S'Kanza puisse être restitué à sa famille. À l'immense surprise du chef, qui le considérait comme un inspecteur particulièrement têtu, il avait accepté l'ordre de classer l'affaire sans suite, comme « non résolue », et de détruire toutes les copies du rapport qu'il avait rédigé et remis à sa sœur. Sans protester.

Il avait ensuite essayé de mettre son bureau en ordre, ainsi que sa paperasse, tout en discutant avec Samir de la suite des événements. Samir allait lui manquer, mais il continuerait à échanger avec lui dans le Paraddict, et il tâchait de ne pas y penser. Tout le reste ne lui manquerait pas – ni les cadavres dans les tiroirs, ni les cafards de la morgue, ni le chef.

Enfin, la notification administrative tomba, et Alvar prit place dans le corbillard électrique qui se dirigea vers la caravane. Les rues de la City dégoulinaient d'une pluie tiède ; et Alvar vit défiler, sans les voir, les visages pâles des passants, les nuées d'insectes, les oiseaux faméliques. Le cercueil de Marek lui paraissait étrangement étroit ; et il se dit qu'il ne mettrait sans doute pas très longtemps à brûler.

La caravane s'éveillait lentement – à part le Patron, les Nom's ne semblaient pas très matinaux. On entendait des voix humaines – des conversations engagées, des duos qui devenaient des trios, des quatuors ; les objets qui avaient été laissés là pour la nuit, et qui tout à l'heure paraissaient n'être qu'un désordre, reprenaient du service, faisaient tinter leurs lames, sautaient de mains en mains. Il faisait déjà chaud ; des crapauds attardés, devant l'agitation du matin, quittaient les flaques d'eau et rentraient dans leurs trous. Alvar ne put s'empêcher de comparer cette caravane aux rues mortes de la City, à leurs passants silencieux et solitaires. Plus que toute autre chose, c'était la parole qui semblait sourdre ici plus naturellement, et couler comme une eau fraîche de proche en proche ; c'était un lieu humain irrigué de paroles et de sens, et Alvar, quand il reviendrait dans le désert urbain, serait frappé par la sécheresse de cet espace de silence.

Il alla le plus directement possible dans la roulotte des parents de Marek, et fut saisi par le visage émacié de sa mère dont la maladie semblait avoir gagné du terrain.

– Ça y est, vous nous rendez le corps ? demanda-t-elle d'une voix douce.

– Oui. Ça y est.

– Et qu'avez-vous trouvé, pour que ça prenne autant de temps ? maugréa le père.

– J'ai trouvé qui a commandité le meurtre, et pourquoi.

Les parents se regardèrent, surpris.

– On ne nous a pas dit ça. On nous a dit que l'affaire avait été classée comme « non résolue ».

– Oui, officiellement, elle a été classée comme non résolue, parce que le meurtrier, ou plutôt la meurtrière est très haut placée. Mais je sais qui elle est.

Le père le regardait avec une fixité troublante, et ses yeux ardents semblaient lui demander quelque chose que sa bouche n'osait pas dire.

– Quand part la caravane ? demanda Alvar.

– Demain, à l'aube.

– Ça vous laisse le temps.

– Le temps de quoi ? demanda la mère. L'incinération est prévue pour cet après-midi.

– La coupable s'appelle Martha Blanköva. Elle a fait assassiner votre fils pour l'empêcher de révéler un secret d'État.

– Des histoires de Sédentaires... Qu'est-ce qu'il était allé faire là-dedans ? demanda le père, méfiant.

– Votre fils est très célèbre dans le Paraddict. Il est considéré comme un génie. Je le considère comme un génie.

La mère ne put retenir quelques larmes – les premières d'une journée qui n'en serait pas avare.

– Et qui a fait le travail ? demanda le père.

– Quelqu'un d'ici.

– Un Nom' ?

– Oui, quelqu'un de la caravane, moyennant finance. Mais le Patron s'en est occupé personnellement.

– Le Patron est au courant ?

– Oui.

– Et cette Martha Blanköva, où est-ce qu'on peut la trouver ?

Alvar avait préparé un papier avec son adresse. Il hésita, puis se remémora les cheveux clairsemés de Marek sur son cadavre, le chignon impeccable de Martha, et les boucles charmantes d'Elzé. Il tendit le papier en silence.

Le père hésita à poser une autre question, puis il hocha la tête en signe de salut, et sortit précipitamment.

– Je peux vous offrir quelque chose, monsieur ? demanda la mère. Avant que j'aille voir mon fils ?

– Non, je vous remercie. Nous aurons peut-être l'occasion de nous revoir. Je compte demander au Patron l'autorisation de voyager un moment avec vous.

La mère de Marek écarquilla les yeux, puis un pâle sourire éclaira son visage humide.

– C'est Marek qui nous a réunis ; c'est à lui que vous avez voulu rendre justice. Pourquoi est-ce que vous ne prendriez pas sa roulotte ? Elle est si jolie, cette roulotte, ça me crève le cœur de la laisser là.

« *Anywhere out of the world* »… Cette roulotte qui le poursuivait depuis des mois trouvait enfin sa place dans sa vie, et il en éprouvait une joie indicible.

– Mais pour tout ça, il faut demander au Patron, reprit la mère. Vous devriez aller le trouver.

Le Patron supervisait une opération difficile, qui consistait à remettre sur roues la « roulotte publique », capable d'accueillir presque la moitié de la caravane. Les hommes et quelques femmes conjuguaient leurs efforts pour soulever l'énorme structure, le temps que d'autres fixent les roues. Alvar, naturellement, se joignit à l'effort commun. Les Nom's le regardèrent avec surprise, mais sans défiance. On acceptait tous les bras lorsqu'il y avait besoin d'un coup de main. Quand il eut fini, un peu essoufflé, et déjà en sueur malgré l'heure matinale, il s'approcha du Patron.

– Qu'est-ce que vous faites encore là, vous ? demanda le Patron d'un ton bourru.

– J'ai une requête à vous faire.

– Une requête ? Voyez-vous ça. D'habitude, les flics ont plutôt des mandats de perquisition. Je n'en connais aucun avec des requêtes.

– Vous en connaissez un, maintenant… Enfin, plus pour très longtemps, parce que ma démission devrait prendre effet dans une heure.

– Vous démissionnez ?

– Oui. Je souhaite prendre la Route, sous votre protection.

Le Patron ne parut pas surpris ; il ne fit pas d'ironie ; il prit la chose avec sérieux et simplicité.

– Vous avez une roulotte ?

– En fait, oui, dit Alvar en souriant. La mère de Marek vient de me proposer sa roulotte.

– Une roulotte ne doit pas rouler à vide, dit le Patron. Ça me paraît juste.

– Et j'emmène ma femme avec moi.

– Tiens donc ! Je vous voyais plutôt du genre célibataire... C'est d'accord, départ demain à l'aube. Si vous ne vous adaptez pas, on vous débarque au prochain arrêt.

Le Patron lui tendit sa grosse main paternelle, ornée de chevalières rutilantes. Alvar allait pour la serrer dans la sienne, lorsqu'il se ravisa. Il porta finalement la main à ses lèvres, et baisa la bague la plus grosse. Le métal froid sur sa bouche fut une sensation agréable et fugitive, comme la promesse d'un lien plus étroit. Autour, on le regardait toujours avec étonnement, mais sans animosité.

– Je dois repasser chez moi pour prendre quelques affaires, et laisser tout en ordre... Je reviendrai tout à l'heure.

Cette fois, le Patron sourit et lui lança un regard moqueur.

– Vous vous êtes placé sous ma protection, Alvar Costa, ça ne veut pas dire que je vais vous surveiller comme un gosse. Faites vos affaires – chacun fait ses affaires, ici, c'est la première règle à retenir.

Alvar hocha la tête et sortit de la caravane, la tête légère, un sourire accroché à ses lèvres, le cœur battant. Du coin de l'œil, il vit la roulotte de Marek qui l'attendait, avec ses peintures vertes et rouges, où un personnage lunaire semblait l'inviter au voyage.

@@@

Sonia était restée dans l'appartement d'Alvar pour l'attendre. Son propre appartement lui avait toujours fait légèrement peur, lorsqu'elle y était seule, depuis la mort de Steve. Elle trouvait ici un refuge tout imprégné d'étreintes. Alvar lui avait confié, le jour du mariage de sa sœur, lorsqu'ils s'étaient retrouvés seuls ici, sa décision de tout plaquer. Quitter la Globale, laisser la WA et sa corruption, son père et ses criailleries acariâtres... Sonia n'était jamais allée sur la Route et elle écoutait les récits d'Alvar comme s'il s'agissait d'une fiction; mais l'idée du départ l'attirait depuis longtemps, sans qu'elle le formulât de cette façon précise. Vivre ainsi, dans des appartements sans fenêtre, fuyant les lieux trop fréquentés qui lui donnaient des crises d'angoisse, avec le spectre d'un attentat toujours présent à l'esprit, était incompatible avec son idée du bonheur.

Alvar lui avait montré des clichés de Marek S'Kanza, il lui avait vanté la beauté rude de cette existence menacée et précaire, qui portait toutes les ivresses des départs et tout l'espoir des voyages. Il l'avait abreuvée de poèmes qui résonnaient étrangement dans ses rêves. Et surtout, il avait libéré en elle l'horreur de la City qui couvait depuis des années, et qu'elle s'était efforcée de dompter. Cette ville morte et tentaculaire, comme un gigantesque cadavre de pieuvre, vous écrasait de ses membres immobiles, vous suffoquait de sa puanteur.

Partir avait le goût d'une renaissance, d'une rédemption. Les Nom's, selon Alvar, vivaient au présent, sans se soucier de la destination. Au sein de la WA, on vivait en permanence dans la peur de l'avenir, dans l'anticipation de la mort ou de l'accident. Et elle, Sonia, avait aussi vécu trop longtemps dans le ressassement stérile du passé. Entre le passé et l'avenir tyranniques, son présent s'était amenuisé jusqu'à l'étouffement, or le présent était la seule dimension possible du bonheur. Alvar le lui avait rappelé par ses caresses et ses poèmes. Il avait cette qualité rare d'être toujours tout entier dans l'instant – happé par ses sensations, saisi par la beauté d'une lumière, d'une vision. Elle l'imaginait heureux en nomade, en voyageur sans bagage, libéré du poids de l'histoire. Et elle n'avait rien qui la retînt ici – elle emporterait quelques vêtements et sa guitare; et ce dénuement même lui paraissait infiniment désirable.

La joie d'Alvar, à son retour, fut contagieuse; soudain, il n'exista plus qu'eux deux; le monde ennemi qui les avait malmenés s'évaporait dans la lumière, les laissant victorieux, et libres – tellement libres qu'ils en éprouvaient une sorte de délire vertigineux.

Abel eut un peu de mal à joindre Alvar, et lorsque enfin son frère aîné le rappela, il mit un certain temps à comprendre ce qu'il lui disait.

– Je pars, Abel, je pars ce soir.

– Où vas-tu?

– Je prends la Route, avec Sonia. J'ai posé ma démission.

Abel, déjà en deuil, dut faire un effort pour ne pas se laisser submerger à nouveau par sa tristesse. Alvar allait lui manquer, et cette annonce l'affectait plus qu'il ne l'aurait imaginé.

– Tu prends la Route? répéta-t-il.

– Oui, notre caravane part demain matin à l'aube.

Les questions que se posait Abel – Comment l'idée lui était-elle venue? Est-ce qu'il avait une roulotte? Comment allait-il gagner sa vie? – lui semblaient déplacées, et il préféra ne pas les poser.

– Tu as prévenu Elzé?

– Certainement pas! Elle le découvrira bien toute seule quand elle se souviendra de mon existence... c'est-à-dire peut-être jamais.

Abel sourit au téléphone.

– On peut se voir ce soir ?

– Si tu veux, tu peux venir à la caravane ce soir, je t'envoie les coordonnées.

En raccrochant, Abel ne put s'empêcher de continuer à sourire. Le départ d'Alvar le rendait à la fois triste et heureux : cet épilogue inattendu lui paraissait plein de sens. Il aurait un frère Nom', en plus d'une sœur Secrétaire générale. Et ce rééquilibrage entre pouvoir et liberté lui parut salutaire. Qui était-il lui-même ? La question lui apparaissait chaque jour plus vaste et plus complexe, méritant une réponse infiniment nuancée, riche de significations multiples et contradictoires, comme un paysage ou une œuvre d'art.

Il franchit la frontière de la City avec la même excitation que lorsqu'il s'était rendu au meeting de Carpe Fatum, quelques mois auparavant ; cette transgression spatiale lui procurait un plaisir vif et mêlé d'inquiétude. Il se sentait, comme Alvar avant lui, plus éveillé dans cet environnement étrange. Le soir tombait et les Nom's avaient fini les préparatifs du départ ; ils s'étaient rassemblés dans un espace central, entouré de roulottes de bois peint. Il y avait là des bancs, des chaises, des gens assis à même le sol ; des enfants curieux qui ne semblaient pas devoir aller se coucher ; deux Délicats, quelques vieillards, quelques malades. On parlait, on jouait de la guitare, on chantait. On buvait surtout, et quelques jeunes dansaient. Il était étonnant de se dire que tout cet espace créé allait disparaître le lendemain ; que de cette soirée de fête, il ne resterait que le désert de la Route.

Abel eut quelque mal à repérer Alvar et Sonia, qui étaient assis sur les marches de leur roulotte – l'une des plus ouvragées de la caravane. Sonia avait lâché ses cheveux roux qui luisaient à la lumière du feu ; Alvar n'avait pas l'air contraint qu'il avait en famille, ni l'air mélancolique qu'Abel lui avait toujours connu au Blue Note. Il paraissait pleinement lui-même, et presque beau – sa main jouait avec une mèche des cheveux de Sonia, et il échangeait des propos qui semblaient l'amuser avec une femme à la voix grave et sonore.

Alvar, quand il l'aperçut, étreignit Abel avec une chaleur inaccoutumée. Ils s'installèrent et écoutèrent Sonia qui participait au bœuf et révélait ses dons pour l'improvisation ; elle fut applaudie avec enthousiasme et accompagna, en fin de soirée, une berceuse en langue arabe qu'elle n'avait jamais entendue. Le Patron lui fit même l'honneur de danser avec elle pendant quelques minutes.

Abel et Alvar ne parlèrent pas beaucoup, mais burent ensemble une grande quantité d'alcool, en souriant.

– Je suis tombé amoureux, dit Abel après quelques verres.

Alvar tourna la tête, surpris.

– Toi ?

– Amoureux d'un garçon.

Alvar ne répondit pas et resservit un verre à son frère.

– Tu as l'air triste, dit-il. Ça n'a pas marché ?

– Non. C'est une histoire compliquée. J'ai besoin de noyer mon chagrin.

Alvar le prit par l'épaule et Abel se laissa faire.

– Qu'est-ce que je vais faire, sans toi, le dimanche, chez Papa ? demanda-t-il avec un tendre reproche.

– Je t'enverrai des mots par le Paraddict, et tu me raconteras comment tu les as placés.

– Ce ne sera pas pareil.

Alvar était surpris : jamais Abel n'avait été aussi près d'être sentimental. La tristesse et l'alcool rendaient à son visage une candeur que l'intelligence avait chassée depuis l'enfance. Alvar se rappela soudain, ce qu'il oubliait toujours, que son frère n'avait que vingt ans, et il eut pitié de son premier chagrin d'amour.

Des bruits le tirèrent de sa rêverie, et il entendit des Nom's parler d'aller assister à un combat régulier, qui avait lieu quelques mètres plus loin. On entendait des exclamations étouffées, et des coups. Les noms de S'Kanza et de Kasra revenaient dans toutes les bouches – et Alvar soupira, certain que la mort de Marek, qui n'avait pu être soldée chez les Sédentaires, se solderait ici, dans un ring immatériel, devant un public d'hommes. Un coup d'œil au Patron, qui gardait un air grave au milieu de la fête, le persuada que le combat se tenait sous son autorité – il n'avait pu refuser au père de Marek de faire justice à son fils. Alvar se sentit étrangement léger : cette affaire n'était plus la sienne ; il avait fait son devoir envers le mort et acceptait son héritage. La vengeance ne lui appartenait pas.

Tandis que la musique de la guitare couvrait les bruits sourds de la rixe, et que les rires et les chansons fusaient, Alvar essaya de saisir la qualité particulière de cet instant, où l'exubérance de la fête prenait, sur fond de violence, un caractère d'urgence et une sorte de solennité.

04/02/2072

Défenestration de Martha Blanköva : l'hommage international à un prix Nobel. Terence Oxford hospitalisé : la rumeur se confirme. Les protestations continuent dans le secteur de la recherche spatiale.

Que se passait-il ? Une sensation d'urgence, et même de catastrophe, était présente à l'esprit engourdi de Terence, mais elle était évanescente. Il ne parvenait pas à mettre de mots dessus. Il fallait d'abord qu'il se réveille, qu'il quitte cet état comateux. Des images fleurissaient sans cesse dans sa tête, dont il ne savait pas si elles étaient issues de sa mémoire ou de son imagination artificiellement stimulée. Il se sentait sous emprise chimique ; et les visions qui occupaient malgré lui sa conscience lui paraissaient bizarres. Un cheval au galop dans un espace vide. Un train. Une rue la nuit avec des néons verticaux. Une mariée sanglante. Une clinique. Un déguisement de clown. Il se sentait sans cesse surpris par l'absurde renouvellement de ces images sans suite, fasciné par ce kaléidoscope mental où aucune forme cohérente ne parvenait à émerger.

Dans un effort surhumain, Terence ouvrit les yeux, et mit du temps à accommoder sa vision. La réalité lui fit cependant l'effet d'une douche froide, et il se sentit instantanément plus clair. Il se trouvait dans une vaste chambre inconnue, sans fenêtre, richement décorée dans un style ancien qui ne lui déplaisait pas. En tournant la tête, il s'aperçut que son lit était médicalisé, et qu'il portait lui-même une casaque de malade. Que lui était-il donc arrivé ? Il fit un effort de mémoire et retrouva le fil de la journée du 2 février. Il avait passé la matinée à ranger son appartement et à faire le ménage dans ses dossiers compromettants. Il avait taillé et arrosé son bonsaï. Puis il avait déjeuné brièvement avec sa femme, à la WA. Des photographes avaient pris plusieurs clichés de ce repas administrativo-conjugal ; il s'en était plaint et Elzé lui avait gentiment pris la main, non sans lancer une œillade à ses complices preneurs de vues. Cette main gracieuse et protectrice, aux ongles peints, sur la belle main d'intellectuel de Terence avait fait le tour du monde. Terence s'était plaint d'avoir troqué une fonction d'homme politique pour une fonction de mannequin – toujours en souriant –, et Elzé lui avait répondu – en souriant également – d'arrêter de faire l'enfant.

Fort heureusement, cette fonction purement décorative ne lui prenait pas beaucoup de temps, car Elzé était extrêmement occupée, et passait le plus clair de ses journées dans le Bureau Palatin, auquel lui-même n'avait plus accès. Il jouissait donc, en dehors des obligations très strictes auxquelles le soumettait Karl Courseules, d'une assez grande liberté. L'après-midi… Qu'avait-il fait l'après-midi ? Il avait lu la presse internationale, et pondu une analyse assez percutante des derniers rebondissements diplomatiques entre l'Iran et la Chine. Il avait lu, aussi. Il se souvenait d'un article très intéressant sur le Paraddict, qui présentait cet univers virtuel comme l'un des derniers bastions de la liberté d'expression. Il avait également fait le tour du Net, pour prendre la température de l'opinion publique. L'image d'Elzé avait totalement changé en l'espace de quelques jours ; la jeune femme sympathique à qui tout réussissait s'était transformée en un chef d'État redouté. Elle suscitait autant d'amour que de haine, autant d'espoir que d'angoisse. Le plus étrange était qu'on l'investît, contre toute attente, d'une sorte de mission messianique. Toute la crapule politique semblait s'être réunie sous sa bannière, depuis les antispécistes jusqu'au parti de l'Innovation. Léviathan avait été présenté à la foule comme une solution miracle – et Terence songeait que plus les solutions miracles étaient simplistes et grossières, plus elles recevaient d'adhésion. Le monde ne changeait pas. Le monde en crise était prêt à s'engouffrer dans n'importe quelle brèche, pourvu qu'il ait l'impression de sortir du cul-de-sac où il s'enlisait. Il suffisait d'agiter un espoir, une idée : la guerre, la haine d'une race, la foi en la technologie… Plus l'étendard était criard, et plus on le suivait. Léviathan était le *deus ex machina* destiné à sauver l'humanité ; Elzé était son prophète. Aucune argumentation sérieuse, aucun pouvoir de la raison, n'était de taille à lutter contre ça.

En fin d'après-midi, comme à son habitude, Terence était sorti pour s'acheter à manger, et c'était sur ce trajet familier que quelque chose lui était arrivé. Mais quoi ? Il n'avait le souvenir que d'une douleur aiguë à l'arrière de la tête, soudaine et violente comme un coup. Puis le monde s'était obscurci ; Terence pensait qu'il s'était évanoui. Il supposait qu'on avait dû lui porter secours, l'emmener dans un hôpital ou dans une clinique. La chambre dans laquelle il se trouvait ne ressemblait cependant pas à celle d'une clinique, même luxueuse. Terence, avec une énergie un peu factice, repoussa brusquement le drap et fit naturellement, sans y songer, le mouvement pour se lever. Mais son corps ne bougea pas. Cette constatation, qu'il fit dans le calme d'une chambre où il se trouvait seul et sans aucun danger apparent, fut la chose la plus effrayante qui lui fût jamais arrivée. Il réitéra son mouvement, et constata à nouveau l'impossible, le terrible échec physique : à partir de la taille, son corps n'était plus son corps, mais un objet insensible et inerte. Un poids mort.

Pris de sueurs froides, et d'une accélération du cœur presque douloureuse, il se mit à crier. Une infirmière arriva presque aussitôt. Terence ne la connaissait pas ; rien de tout ce qui l'entourait ne lui était d'ailleurs familier – aucun parfum, aucun bruit, même pas son propre corps.

– Ah, monsieur Oxford... Je vais pouvoir rassurer votre femme.

Quelque chose semblait grippé dans l'esprit de Terence ; lorsque l'infirmière dit : « votre femme », cela lui fit un effet bizarre et il dut se concentrer pour se souvenir qu'en effet, il était marié depuis quelques jours. Combien de jours ? Trois, quatre ? Cinq, peut-être ? Il se souvenait bien du mariage, de cette interminable journée de représentation, couronnée par la tentative d'assassinat à l'Exhibit. Il se souvenait aussi d'une nuit de noces silencieuse, presque agressive, pendant laquelle les époux s'étaient réfugiés dans le sexe, puis dans le sommeil, pour éviter de se parler. Il se souvenait ensuite de quelques journées solitaires à s'occuper de ses lectures, de ses articles, de son appartement.

– Où suis-je ? demanda péniblement Terence, en ayant l'impression de se trouver dans un mauvais film.

– Vous êtes chez vous, monsieur Oxford, dans votre nouvelle maison que Mme Costa a fait préparer pour vous.

– Depuis combien de temps ?

– Vous êtes rentré de la clinique hier.

– Qu'est-ce qui m'est arrivé ?

– Probablement un AVC, monsieur Oxford, même si les analyses ne sont pas toutes convergentes... Nous avons eu très peur pour vous, mais fort heureusement le cerveau est intact.

– Le cerveau, mais pas les jambes, fit remarquer Terence sourdement.

L'infirmière eut un sourire plein de compassion.

– Dans quelques semaines, au plus dans quelques mois, vous pourrez bénéficier des meilleures technologies prothétiques... Regardez ce modèle, on dirait une vraie jambe...

En effet, ce qui ressemblait à s'y méprendre à une jambe coupée trônait sur une chaise. Terence devinait le réseau de nerfs synthétiques qui pourraient se greffer à ses propres terminaisons nerveuses lorsqu'on l'aurait amputé.

– Quelle chance ! s'extasia ironiquement Terence. Malheureusement, en attendant, ne suis-je pas prisonnier de ce lit ?

– Souhaitez-vous que j'appelle un psychologue ?

– Non, merci.

– Alors je vais prévenir votre femme.

L'infirmière sortit et Terence ne répondit rien. Il lui semblait que l'histoire qu'on venait de lui raconter n'était pas la sienne. Un AVC, dans la rue. Évidemment, c'était possible, cela arrivait tous les jours. Mais cela ne correspondait pas à ce qu'il ressentait, intimement. Il ne *reconnaissait* pas ce récit comme capable d'éclairer sa réalité. Et puis, un AVC ne lui aurait-il pas plutôt paralysé le visage ou une seule partie du corps ? Il bougea les bras, et se releva un peu. Ses jambes étaient mortes – mortes. Assassinées.

Ainsi donc, Elzé avait fait préparer un appartement – probablement dans la City, mais dans un quartier résidentiel. Il lui semblait pourtant que la hauteur de plafond et l'ampleur de la pièce indiquaient plutôt une maison individuelle – sans doute un hôtel particulier. Ce détail le dérangea. Avait-elle pu en vingt-quatre ou quarante-huit heures faire préparer une maison, toute Secrétaire générale qu'elle était ? Ou bien s'agissait-il d'un projet plus ancien dont elle ne lui avait pas fait part ? Il avait manifesté sa volonté de demeurer dans son appartement, prétextant ses habitudes de célibataire endurci et le fait qu'elle vive de toute façon presque exclusivement au Bureau Palatin. Mais cela n'avait pas eu l'heur de plaire à Karl Courseules, qui voyait dans le domicile conjugal l'une des bases intangibles d'un mariage. Et voilà qu'il se retrouvait là, sans avoir guère eu le loisir de protester, et sans la moindre possibilité de s'échapper. Captif d'un domicile conjugal luxueux, avec une infirmière à disposition, dans une position de totale dépendance.

Son cœur se serra, et il eut une sorte de vertige intérieur en songeant qu'il devait être incontinent. Impuissant. La pensée de son sexe flétri, inerte, souillé peut-être, l'emplit d'une tristesse qui lui fit monter les larmes aux yeux, puis il se reprit. Il verrait cela plus tard – la médecine ne l'abandonnerait pas. Le plus important, maintenant comme toujours, était de comprendre ce qui lui arrivait.

Elzé arriva au bout d'un temps qui lui parut très court – mais les médicaments le rendaient un peu somnolent, par brusques à-coups, et il n'était pas sûr de ne pas s'être endormi au beau milieu de sa perplexité. Elle lui sembla un peu changée, même s'il avait du mal à déterminer pourquoi. Le visage frais et mobile de la jeune femme dont il était tombé amoureux cet automne avait cédé la place à un visage marqué. Il avait constaté chez plusieurs personnes cette usure du pouvoir – au bout d'un temps très court, l'effet était saisissant. Comme si le pouvoir modelait les traits pour les accorder à quelque chose d'abstrait, les visages se mettaient à ressembler à des masques, à des statues : ils devenaient plus *signifiants*, mais également plus rigides.

Elzé entra seule, mais Terence entendit dans le couloir des voix qui chuchotaient. Elle se précipita sur lui pour l'embrasser et lui sourire, et le regarda dans les yeux d'un air étrange, ou plutôt, d'un air qui ne s'accordait pas à la circonstance : un air satisfait.

– Comment te sens-tu ? lui demanda-t-elle.

– J'ai connu mieux, répondit-il. Qu'est-ce que c'est que cette maison ?

– Elle te plaît ? C'est un hôtel particulier du 7e arrondissement. Six chambres, un jardin, une cour. Tu seras parfaitement au calme, ici.

– Je voulais rester dans mon appartement, je te l'ai dit.

– Mais c'était avant...

Elzé se tut, théâtrale, et regarda les jambes de Terence, longuement, complaisamment.

– Maintenant, tu as besoin d'assistance et de repos pour ta convalescence. Tu seras beaucoup mieux ici.

– Si je ne veux pas ?

– Je ne tolérerai aucun refus, dit-elle sans agressivité, mais fermement.

Il bouillait intérieurement, mais ne répondit pas, et se contenta de détourner le regard.

– Il n'y a pas une chambre avec fenêtre ?

– Avec la tentative d'attentat ? Tu n'y penses pas !

– C'est toi qu'on essaye de tuer, pas moi...

Elzé observa un silence, comme si elle l'invitait à méditer sur sa propre phrase. Avait-on essayé de le tuer, lui ?

– Qu'est-ce qui m'est arrivé ?

– On ne le sait pas exactement. Tu as été retrouvé sans connaissance dans la rue.

– L'infirmière m'a parlé d'un AVC.

– C'est la version que nous avons donnée aux médias.

– Et la vraie version ?

– Il n'y a pas de vraie version. On ne sait pas. Je te laisse y réfléchir.

Manifestement, elle n'en dirait pas plus.

– Il suffit parfois de regarder à qui profite le crime, dit-il.

Ils échangèrent un regard profond, rempli à la fois d'intelligence et d'animosité.

– Mais qui voudrait te voir dans un tel état ? demanda-t-elle.

– Je préfère peut-être ne pas le savoir, conclut-il.

Elle reprit son sourire enjôleur et lui arrangea une mèche de cheveux.

– Regarde, je t'ai apporté ton bonsaï. J'ai pensé que cela te ferait du bien, de l'avoir près de toi. Le symbole de la résilience…

Terence trouva désagréable l'idée de cette intrusion dans son appartement.

– Merci, souffla-t-il.

– Nous allons prendre quelques clichés, puis je repartirai…

Terence ouvrit la bouche pour s'insurger – des clichés, maintenant, dans son lit d'invalide ? Mais il commençait à comprendre qu'il n'avait plus le choix. Avec ses jambes gisait également sa liberté. Il était en train de payer le prix de la chaise renversée, de son départ précipité, de son humeur maussade au mariage. Il était maintenant cloué au lit, à la disposition des photographes.

– Et si je ne souris pas sur les photos ?

– Qui aurait envie de sourire, dans ta situation ?

Il y eut un moment de silence, pendant lequel Elzé alla ouvrir la porte. Terence devina la présence de Karl Courseules, mais aussi de Frederic Johnson, et d'Abel Costa. Le jeune homme lui adressa un regard de compassion – un regard authentique, qui le toucha. Mais il fut bientôt bousculé par les photographes et cameramans qui s'engouffrèrent dans la chambre. Des projecteurs furent installés, des meubles déplacés. Terence avait l'impression de faire un cauchemar. Elzé, qui avait les lèvres plus rouges qu'à la minute précédente, vint s'installer sur une chaise. Elle entoura Terence de son bras, et essaya plusieurs poses. Les photographes le déplaçaient, l'orientaient, le tournaient, comme s'il était devenu un meuble.

– Essayez de vous tenir un peu plus haut, madame Costa, il n'est pas bon que votre tête soit plus basse que celle de votre mari.

Abel se tenait dans un coin de la chambre, et observait cette effervescence dans la plus parfaite immobilité. Il chercha le regard de Terence, et, lorsqu'il l'eut trouvé, celui-ci eut l'impression qu'il essayait de lui dire quelque chose, d'exprimer une intention. C'était, curieusement, un regard de connivence, qui disait: «Je ne fais pas partie de cette meute de chiens.» Terence lui sourit, et Abel lui rendit son sourire – puis on somma Terence de regarder la caméra.

La séance de pose fut fatigante – Terence avait encore de brusques somnolences, et le bruit et l'agitation autour de lui lui donnaient le vertige. Il avait faim, et soif également. Mais il fit un effort, afin qu'ils partent tous au plus vite – tous, et surtout elle, qui commençait à lui inspirer une horreur profonde, irrationnelle. Lorsqu'il perdit à nouveau connaissance, tout le monde était encore là, en train de s'agiter, mais lorsqu'il rouvrit les yeux, la chambre était presque vide.

Abel Costa était resté seul, au chevet de Terence. Il était en train de lire un livre que Terence identifia comme une biographie de Fouché. Terence l'observa un moment avant de lui adresser la parole – ce garçon était un spécimen d'humanité si parfait qu'il en devenait fascinant.

– Auriez-vous l'amabilité de me trouver quelque chose à manger et à boire? demanda Terence d'une voix courtoise.

Abel, plongé dans sa lecture, sursauta légèrement et sourit.

– Bien sûr, je vais voir ce que je peux faire.

Il revint très vite avec un plateau, et l'installa devant Terence sans affectation.

– Bon appétit, dit-il avec un nouveau sourire, en se rasseyant.

– Allez-vous me dire pourquoi vous êtes resté au chevet d'un vieil invalide?

– D'abord je vous signale que, techniquement, vous êtes mon beau-frère.

– Et jusqu'où avez-vous le sens de la famille, Abel?

– Mon sens de la famille est moins développé qu'il n'y paraît, répondit le jeune homme du tac au tac.

La conversation s'engageait sur un double sens, et Terence ne put s'empêcher de songer à ce livre qu'il lisait, sur Fouché, l'homme aux convictions obscures, changeantes. Il n'était pas impossible que cet esprit brillant et indépendant – c'était du moins la réputation qu'on lui faisait – eût quelques réserves quant à la politique de sa sœur.

– Mon cher Abel, je vous connais mal, mais à vrai dire, je n'ai rien à perdre…

– Détrompez-vous, le coupa Abel. Vous avez encore vos bras, et votre vie. En revanche, vous n'avez rien à craindre. Je veux dire : vous n'avez rien à craindre de moi.

– Pensez-vous que j'aie quelque chose à craindre des autres ?

– Oui.

– D'Elzé aussi ? demanda Terence après une hésitation.

– D'Elzé surtout, dit Abel.

Terence avait besoin de réfléchir, et il mangea silencieusement pendant quelques minutes.

– Vous ne pensez pas que j'aie fait un AVC ?

– Non.

– Vous pensez que mon accident a été organisé, intentionnel ?

– Il est difficile, avec les gens opportunistes, de savoir s'ils provoquent les occasions ou s'ils se contentent d'en profiter. Il est possible que cela ait été intentionnel. Ou bien Karl Courseules a simplement eu, devant cet événement tragique, un coup de génie. Toujours est-il que la cote de popularité de ma sœur est au plus haut, en partie grâce à vous.

Terence prit son temps pour mastiquer son pain, avant de reprendre la parole.

– Je vous avais cru envoyé par votre sœur, au départ…

– Je lui ai proposé de rester, et elle a trouvé que c'était une très bonne idée. Elle me fait une totale confiance.

– Je ne peux pas en dire autant, dit Terence sombrement.

– Et regardez où cela vous mène, observa Abel. Vous me disiez, avant que je vous coupe, que vous n'aviez plus rien à perdre...

– Oui. J'allais vous dire que... après mûre réflexion, depuis mon mariage, j'estime que la seule chose à faire, pour un honnête homme, est de se consacrer maintenant à la ruine de cette machine Léviathan et de ce gouvernement. J'ai toujours été contre les méthodes violentes, mais la violence envers une machine est-elle réellement une violence ?

Abel pesa ses mots.

– Vous avez conscience que cette chambre pourrait être sur écoute ?

– Oui.

– Je vous remercie de votre franchise, Terence, et par égard pour votre détresse physique et psychologique, je ne rapporterai aucun de ces propos à ma sœur.

Terence se sentait déçu – il avait espéré une conversation à cœur ouvert, et Abel continuait à jouer avec les mots, comme une anguille.

– Vous reviendrez me voir ? demanda Terence.

– Je n'y manquerai pas, promit Abel. Avez-vous besoin de quelque chose, de quoi que ce soit ?

– Vous pouvez me trouver mon ordinateur ?

– Je crois qu'il est là, à côté. Je dois vous préciser que son contenu a été vérifié avec soin, et que tout ce que vous ferez avec cet ordinateur s'affichera quelque part, dans un bureau de l'Intellagency. Un opérateur sera spécialement chargé de surveiller vos agissements virtuels.

Terence eut un soupir de surprise et d'indignation.

– Comment osent-ils ? murmura-t-il.

– Là n'est pas la question la plus urgente, à mon avis.

– Vous pouvez me trouver un accès qui ne soit pas surveillé ?

Abel haussa les épaules.

– Je ne vois pas comment. Mais il y a au moins un lieu qui a été conçu pour éviter toute surveillance : le Paraddict. C'est un monde très complet, vous savez. Vous serez surpris de le découvrir. Dans votre état, je ne saurais vous donner un meilleur conseil.

– Conçu pour éviter toute surveillance ? Vous en êtes sûr ?

– Absolument. Il est impossible de tracer un ange. Cette intraçabilité physique et virtuelle est inscrite dans le programme.

– Comment vais-je justifier ça ?

– Vous n'avez qu'à dire que vous avez besoin d'évasion. Dans le Paraddict, mon ange s'appelle Caïn.

Terence ne put réprimer un sourire.

– Vous comptez tuer votre frère ?

Abel sourit.

– Non, pas mon frère... Mon frère est le meilleur d'entre nous trois, dit Abel. Papa et Elzé n'en ont pas conscience, mais je l'ai toujours su.

Abel se leva, et alla chercher l'ordinateur mobile, qu'il plaça devant Terence à la place de son plateau.

– Je peux vous montrer si vous le souhaitez...

– Me montrer quoi ?

– Comment on se connecte au Paraddict. Comment on architecte son ange.

– Pas maintenant, je vous remercie. Je suis encore beaucoup trop fatigué.

Abel jeta un coup d'œil sur la perfusion qui répandait son goutte-à-goutte dans les veines de Terence.

– Si j'étais vous, j'arrêterais les médicaments, Terence. Il ne manquerait plus que vous deveniez dépendant...

Terence avait envie qu'il parte, maintenant – sa conversation l'intéressait toujours vivement, mais le sommeil alourdissait son cerveau et fermait ses paupières, irrésistiblement.

– Je reviendrai en fin de semaine pour le Paraddict, disait la voix d'Abel, de plus en plus lointaine. Et je vous apporterai aussi quelques livres. Je ne vous laisserai pas tomber, Terence, vous pouvez compter sur moi.

Terence réussit à faire un sourire à ce jeune homme plein de grâce, qui paraissait veiller sur lui, comme un ange. Puis il sombra dans un lourd sommeil synthétique, crevé de visions.

ÉPILOGUE

13/03/2072

Hystérectomie d'Elzé Costa : la Secrétaire générale veut donner l'exemple. La hausse démographique prévue pour 2072 serait dramatique pour l'espérance de vie de l'espèce. Recherche spatiale : pourquoi l'infini est une impasse.

Ce fut un dimanche – ce détail ne manqua pas de retenir l'attention d'Abel, qui y vit comme une façon de perpétuer la tradition de la réunion familiale. Il fut prévenu par un coup de téléphone de Karl Courseules – Elzé, à cette période, ne parlait quasiment plus directement au téléphone à personne. Abel regretta qu'un tel événement lui fût rapporté par la bouche neutre et le langage de circonstance de Courseules ; il eût préféré entendre une vraie douleur, l'ébauche d'un cri ou d'un pleur. Mais il se dépêcha de se rendre au domicile de Francis, après avoir laissé dans le Paraddict un message pour Alvar, qui était quelque part dans les Cévennes et ne rentrerait pas pour ce père qui ne l'avait jamais aimé.

Lorsqu'il arriva dans l'appartement familier, il constata avec une certaine surprise, en voyant les agents de sécurité à l'entrée, qu'Elzé était déjà là, et qu'elle avait déjà donné congé à l'aide-soignante. Des membres de son équipe étaient là également, discrets, dans un coin du salon, commodément installés ; Abel les salua de loin. Depuis combien de temps étaient-ils arrivés ? Depuis combien de temps Francis était-il mort ?

Elzé était au chevet de leur père, qui était étendu, paisible, sur son lit, déjà revêtu d'une chemise blanche si amidonnée qu'elle paraissait en carton. Sur le moment, Abel n'éprouva rien devant le corps roide de son père ; il était perturbé par quelque chose, une chose qu'il n'arrivait pas à nommer. Elzé était vêtue de noir – déjà. Elle avait les yeux comme des fontaines rougies, dont un flot de larmes continu s'écoulait silencieusement. Abel l'embrassa, et elle eut un hoquet de douleur en le serrant dans ses bras.

– Alvar n'est pas avec toi ? demanda-t-elle d'une voix étranglée.

– Non, répondit laconiquement Abel. Je ne sais pas où il est, je n'ai pas réussi à le joindre.

– Il m'en veut, dit Elzé. J'ai fait classer l'enquête sur laquelle il travaillait. Mais ce n'est pas une raison pour ne pas venir aujourd'hui.

– Papa ne l'aimait pas, dit Abel. Il faut se mettre à sa place.

Elzé secoua la tête.

– Papa nous aimait tous les trois, prononça-t-elle sans conviction, puis ses yeux se posèrent sur Francis, sévère et empesé, et ses larmes redoublèrent, étonnamment abondantes et sincères.

Abel avait l'impression d'un décalage infime entre la scène qu'il était en train de vivre et ce qu'elle aurait dû être, comme s'il avait soudain été projeté dans un univers parallèle. Il s'assit sur un fauteuil et affecta de se recueillir ; mais ses yeux fixés sur Francis ne le voyaient pas ; il réfléchissait avec toute la vitesse dont il était capable. Tout paraissait légèrement faux, ou orchestré ; le mort était trop digne, trop bien habillé, Elzé pleurait depuis trop longtemps. Abel n'osa pas demander à quelle heure il était mort, mais il toucha la main de Francis qui était encore souple et tiède. Il était mort moins d'une heure auparavant – comment cela était-il possible ?

– C'est si triste, dit-il au bout d'un moment.

À nouveau, Elzé redoubla de pleurs.

– Ça fait un tel vide, murmura-t-elle. Et je me dis que j'ai été si absente ces derniers mois…

– Ce n'est pas ta faute, Elzé. Tu as tout géré au mieux pour qu'il soit bien.

– Mais j'aurais dû aller le voir plus souvent… Il a toujours été si gentil avec moi…

– Tu es la Secrétaire générale… Ta famille passe après tes fonctions ; c'est dur, mais c'est ainsi.

Elzé semblait un peu réconfortée par ces paroles.

– Je suis sûre que ça vaut mieux comme ça, pleurnicha-t-elle.

Abel n'était pas sûr de comprendre.

– Mieux qu'il soit mort ? demanda-t-il.

– Au moins, il n'est plus seul. Il n'est plus seul.

Abel attendit un moment avant de répondre. Le vieil homme allongé dans son costume tout neuf lui paraissait bien seul, au contraire.

– Mais il n'était pas seul, Elzé. Il avait son aide-soignante, qui s'occupait bien de lui, et j'allais le voir régulièrement.

– Je m'inquiétais tellement pour lui, gémit Elzé. Parfois, ça m'empêchait de me concentrer. Je l'imaginais là, dans son appartement, en train d'errer… C'était insupportable…

Abel se tut. Une rougeur lui était venue aux joues – une rougeur de honte. Sa sœur lui faisait honte – ou bien c'est lui qui avait honte d'être son frère. N'était-elle pas en train de lui faire comprendre qu'elle préférait qu'il soit mort pour qu'elle pût enfin cesser de s'inquiéter pour lui ? Comment pouvait-elle prononcer ces mots tout en versant ce torrent de larmes ?

Il se replongea dans la contemplation de Francis, et cette fois, il le vit. Allongé, désespérément horizontal. Les joues creuses, les lèvres et le nez pincés, les yeux clos. Tous ses principes sacro-saints, ses admirations et ses colères, ses injustices et ses tics verbaux gisaient là, réduits au silence. Francis Costa n'était plus que cette statue de lui-même, ce commandeur impérieux, impuissant. Abel avait des souvenirs qui commençaient à affluer, mais il les contint, et, bridant sa mémoire, il laissa libre cours à son imagination. Il voyait Francis vêtu différemment, comme toutes ces dernières semaines, avec des vêtements plus décontractés qui ménageaient ses démangeaisons. Il l'imaginait en train d'assommer son aide-soignante de remarques sans suite, ou bien en train de se déplacer sans but dans l'appartement, comme cela lui arrivait de plus en plus souvent. Peut-être était-il même plongé dans le Paraddict, devant le simulacre de ses enfants, hypnotisé. Et l'imagination d'Abel lui dépeignait quelque chose qui lui paraissait plus proche de la vérité que la scène à laquelle il participait *hic et nunc*... Il imagina Elzé arrivant dans l'appartement, d'abord seule, puis accompagnée de tous ses valets, qui s'étaient chargés de renvoyer l'aide-soignante malgré ses protestations. Elle avait sans doute été particulièrement gentille avec son père ; il la voyait en train d'étreindre longuement le vieil homme, avec des paroles d'amour. Lui, peut-être, ne l'avait pas reconnue, ou avait montré des signes de confusion. Elle avait peut-être poussé le rôle de la fille parfaite jusqu'à lui préparer du thé, et puis Karl Courseules lui avait fait un signe de la tête – un signe presque imperceptible, qui disait : « Il est temps. » Et elle avait demandé à son père de se changer, en prétextant une occasion quelconque. Elle lui avait fait mettre sa plus belle chemise. Et elle lui avait demandé de s'allonger dans son lit. Alors, quelqu'un – sûrement pas elle – avait sans doute administré une petite piqûre à Francis ; tandis qu'elle lui parlait ou l'embrassait. Karl Courseules l'avait peut-être appelé, lui, Abel, alors que Francis n'était pas encore mort.

Ce fantasme avait la puissance d'une révélation ; Abel ne pouvait s'en détacher, ni cesser de le ressasser pour en admirer tous les détails. Elle s'était vêtue en noir, le matin même, avant de partir. Elle avait peut-être commencé à pleurer sur le trajet qui la menait ici. Et la scène qu'il était en train de vivre ne lui paraissait plus décalée, mais vertigineuse.

– Comment est-il mort ? demanda-t-il à sa sœur d'une voix blanche.

– Je ne sais pas exactement, balbutia Elzé. L'aide-soignante m'a appelée tout de suite, et nous avons fait aussi vite que nous avons pu.

– Elle est partie ?

– Oui. Elle ne souhaitait pas s'attarder.

Abel n'en demanda pas davantage ; mais il fut intimement convaincu, à partir de cet instant, que Terence n'avait jamais fait d'AVC. Elzé faisait simplement advenir ce qu'elle désirait, depuis qu'elle en avait le pouvoir. Elle était par-delà la loi, le bien et le mal, dans une sphère solitaire et glacée où son pouvoir, comme une malédiction, pliait le réel à sa volonté. C'était immense et effrayant – une idée trop vaste pour qu'on pût en peser toutes les conséquences.

Abel déboutonna le col de sa chemise et se rendit à la fenêtre pour prendre l'air, sous le regard suspicieux d'un agent de sécurité qui n'osa cependant pas l'en empêcher. Puis il s'approcha de Karl, de l'air d'un homme qui maîtrise la situation.

– Comment allez-vous communiquer sur le décès de mon père ? demanda-t-il.

– J'allais justement vous proposer, à vous et à Elzé, une idée un peu audacieuse... J'hésite à vous la soumettre.

– Laquelle ?

– Eh bien, comme elle souhaite déjà montrer l'exemple pour l'hystérectomie, je me disais que, peut-être, elle souhaiterait également présenter ce décès comme un choix concerté par la famille.

– Une sorte d'euthanasie, dit Abel en hochant la tête.

– En quelque sorte.

– J'ai besoin d'y réfléchir.

Les larmes, cette fois, n'étaient pas loin de ses yeux, et le soupir qui sortit de sa bouche lorsqu'il retourna à la fenêtre ressemblait à un sanglot. En collaborant avec Elzé, il n'avait jamais imaginé jusqu'où elle l'emmènerait. Il n'avait jamais imaginé qu'il devrait assumer de couvrir ce qui était peut-être le meurtre de son père. Et encore moins qu'il devrait prêter son image à la promotion de cette infamie. Il jeta un coup d'œil à sa sœur, qui continuait à pleurer, intarissable. Il eut envie de la secouer, de lui hurler dessus, de la faire avouer, de se révolter. Mais il se ressaisit. Il pensa à Cyril, à Oswald, à Terence. Les paroles du vieil humaniste lui revinrent en mémoire : « *J'estime que la seule chose à faire, pour un honnête homme, est de se consacrer maintenant à la ruine de cette machine Léviathan et de ce gouvernement.* »

– Je suis sûr qu'Elzé approuvera votre démarche, dit Abel en se rapprochant de Courseules. C'est en fin de compte le meilleur parti à tirer de cette triste situation.

Tandis qu'il prononçait ces paroles, Abel observa bien le visage du conseiller en communication, et vit distinctement une expression de soulagement, fugitive mais intense, passer sur ses traits obséquieux.

Elzé, en rentrant dans ses appartements attenants au Bureau Palatin, se sentait étrangement vide, noyée et dévastée comme un paysage après une inondation. Elle avait enfin cessé de pleurer, et ressentait le flottement léger, la sensation d'irréalité qui suivent les grandes effusions de larmes. Il lui paraissait étrange de se sentir vivante malgré tout ; elle éprouvait aussi une difficulté à penser, comme si son cerveau avait fini par se liquéfier et par couler, lui aussi, à travers ses yeux gonflés. C'était sans doute mieux ainsi.

Le chagrin pour son père semblait déjà usé au bout de quelques heures ; il s'était transformé en manifestations physiques et ne la rendait plus triste. Elle était seulement épuisée. La pente qu'elle était en train de suivre et qui l'entraînait de plus en plus vite ne lui faisait même plus peur ; il lui semblait au contraire que le plus dur était fait. Terence, d'abord, puis Francis. Elle avait détaché d'elle ces deux figures qu'elle avait chéries et vénérées – aujourd'hui, ils n'étaient plus que des souvenirs un peu encombrants. Elle n'aimait pas penser à la responsabilité qu'elle avait dans leur disparition de la scène, mais elle ne pouvait s'empêcher de se sentir presque absolument libre maintenant que cette disparition, pour le meilleur ou pour le pire, était consommée. Se séparer de ceux qu'elle avait aimés n'était pas différent de se séparer de sa propre fécondité : l'hystérectomie qu'elle avait programmée était le dernier pas vers un affranchissement de sa personne. Elle n'aurait plus ni père, ni enfant. En coupant toutes les filiations passées et à venir, elle sortait résolument de la logique de reproduction de l'espèce, pour entrer dans une rationalité nouvelle, libérée. Elle pénétrait dans un espace où elle deviendrait presque l'égale de Léviathan. Ces sacrifices volontaires étaient un tribut qu'elle payait pour sa métamorphose.

« Le berger ne pouvait être un mouton », se répétait-elle. Le troupeau humain devait être gouverné par quelqu'un qui avait largué les amarres avec l'humanité. Cette certitude se faisait plus forte à chaque séance de travail avec Léviathan ; la machine lui faisait sentir à chaque instant la faiblesse de la raison humaine, et la honte de ses propres limites avait fini par rejaillir sur l'espèce tout entière. Le rapprochement avec les antispécistes n'était pas un geste purement politique ; si elle ne partageait pas la haine de l'humain qui les caractérisait, elle était maintenant convaincue de la supériorité de la machine.

Léviathan souhaitait accélérer les mutations sociétales et législatives ; il considérait que les scrupules d'Elzé étaient une perte de temps inutile. Il avait planifié une modification progressive de la Constitution qui, en quelques mois, doterait Elzé des pleins pouvoirs pour une durée illimitée. Et il avait donné ses directives de travail au tout nouveau service informatique gouvernemental créé par Elzé, afin d'atteindre l'objectif qu'il considérait comme prioritaire : le contrôle du Paraddict. Elzé ne savait pas à qui confier le poste de directeur des services informatiques – elle pouvait évidemment demander à Léviathan de lui suggérer le nom de la personne la plus propre à assumer cette mission. Mais elle avait envie de témoigner sa gratitude à Abel, et se demanda si un poste officiel était compatible avec la poursuite de ses études à l'Intellagency… Puis elle sourit, dans le noir, en se rappelant qu'elle n'avait plus à se soucier d'aucun règlement, puisqu'elle était en passe de réécrire tous ceux qui existaient.

Sur la Route, quelque part.
Sonia, la peau dorée, sa robe traînant dans l'herbe humide.
Son ventre plein d'une vie frémissante.
Le parfum ancestral de la terre mouillée.

Les volutes de vapeur d'eau sur le chemin chauffé par le soleil.

Alvar ne revenait pas de son bonheur – était-ce le mot qu'il fallait utiliser ? S'échapper de la City, de la famille, de la WA, ressemblait à un envol. Tous les fardeaux inconscients accumulés sur ses épaules, qui voûtaient son corps et bridaient son esprit, s'étaient volatilisés. Il avait eu la sensation intime, enivrante, de se déployer, et sa légèreté nouvelle lui donnait des ailes. Sonia n'avait jamais paru plus belle ; sa mélancolie s'était muée en douceur, en silence. Elle avait été délivrée de sa peur et de ses souvenirs, et ils vivaient ainsi, dans une simplicité inouïe, liés par des traditions millénaires aux premiers souffles de l'humanité. Ils construisaient des abris et faisaient du feu, ils marchaient, ils cherchaient la nourriture. Ils subissaient l'angoisse des tempêtes et le froid de la pluie qui s'insinue jusqu'aux os, puis ils éprouvaient avec intensité la joie de retrouver le soleil. Alvar avait appris à faire la cuisine et ses premières tentatives avaient fait grimacer et rire la caravane. Comme il ne savait pas chanter, il récitait des poèmes, le soir, lors des veillées.

Dans la simple nudité de vivre.

Un jour, le père de Marek était venu le trouver et lui avait offert une cigarette.

– Vous ne m'avez jamais demandé ce qui s'était passé, la nuit du départ, avait-il remarqué.

Alvar avait haussé les épaules.

– Non. J'avais l'impression que ça ne me regardait pas.

– Je voulais juste vous dire… Vous ne vous étiez pas trompé. Elle n'a pas nié.

Et cela avait été les mots qui avaient clos définitivement l'affaire.

Les rumeurs de la dictature parvenaient jusqu'à eux, au détour des chemins, portées par les vents capricieux, comme le fracas assourdi d'un orage lointain.

Alvar ne s'en inquiétait pas et se laissait enfin aller à l'instant présent.

Il avait tourné le dos à l'histoire.

Le papier de cet ouvrage est composé de fibres naturelles, renouvelables, recyclables et fabriquées à partir de bois provenant de forêts gérées durablement.

Mise en pages : Françoise Pham

Loi n° 49-956 du 16 juillet 1949
sur les publications destinées à la jeunesse
ISBN : 978-2-07-514175-8
Numéro d'édition : 363778
Dépôt légal : juillet 2021
Imprimé en Italie par Grafica Veneta S.p.A.